古典文學研究輯刊

十九編

曾永義 主編

第23冊

杜貴晨文集（第四卷）：
泰山與《西遊記》研究

杜貴晨 著

國家圖書館出版品預行編目資料

杜貴晨文集（第四卷）：泰山與《西遊記》研究／杜貴晨 著——
初版 — 新北市：花木蘭文化事業有限公司，2019〔民108〕
序 2+ 目 2+296 面；19×26 公分
（古典文學研究輯刊 十九編；第 23 冊）
ISBN 978-986-485-656-5（精裝）
1. 西遊記 2. 研究考訂
820.8　　　　　　　　　　　　　　　　　　108000795

ISBN-978-986-485-656-5

9 789864 856565

古典文學研究輯刊
十九編　第二三冊　　　　　ISBN：978-986-485-656-5

杜貴晨文集（第四卷）：泰山與《西遊記》研究

作　　　者　杜貴晨
主　　　編　曾永義
總 編 輯　杜潔祥
副總編輯　楊嘉樂
編　　　輯　許郁翎、王筑　美術編輯　陳逸婷
出　　　版　花木蘭文化事業有限公司
發 行 人　高小娟
聯絡地址　235 新北市中和區中安街七二號十三樓
　　　　　　電話：02-2923-1455 ／傳真：02-2923-1452
網　　　址　http://www.huamulan.tw 信箱 hml810518@gmail.com
印　　　刷　普羅文化出版廣告事業
初　　　版　2019 年 3 月
全書字數　225426 字
定　　　價　十九編 33 冊（精裝）新台幣 64,000 元　　版權所有・請勿翻印

杜貴晨文集（第四卷）：
泰山與《西遊記》研究

杜貴晨　著

作者簡介

　　杜貴晨，字慕之。山東省寧陽縣人。1950 年 3 月 25（農曆庚寅年二月初八）日生於寧陽縣堽城鄉（今鎮）堽城南村。六歲入本村小學，從仲偉林先生受業初小四年；十歲入堽城屯小學讀高小二年；十一歲慈母見背；十二歲入寧陽縣第三中學（初中，駐堽城屯）；十五歲入寧陽縣第一中學（駐縣城）高中部；文革中 1968 年畢業，回鄉務農。歷任村及管理區幹部。1978 年高考以全縣第一名考入中國人民大學中文系；1979 年 10 月作爲學生代表列席全國第四次文代會開幕式；1980 年開始發表文章，1981 年參加《文學遺產》編輯部舉辦的青年作者座談會；1982 年七月大學畢業，畢業論文《〈歧路燈〉簡論》發表於《文學遺產》（1983 年第 1 期）。

　　1982 至 1983 年短暫在全國人大常委會法制工作委員會辦公室工作。1983 年 3 月調入曲阜師範學院中文系（即今曲阜師範大學文學院），先後任講師、副教授、教授、碩士生導師，教研室主任；2000 年 10 月調河北大學人文學院，任教授、博士生導師、教研室主任；2002 年 7 月調山東師範大學文學院，任教授，古代文學、文藝學博士生導師、博士後合作導師，學科負責人。2015 年 4 月退休。兼任中國《三國演義》學會副會長，《歧路燈》研究會副會長，羅貫中學會副會長，中國水滸學會、中國《儒林外史》學會（籌）常務理事，中國《金瓶梅》學會理事等；創立山東省水滸研究會並擔任會長；擔任山東省古典文學學會副會長兼秘書長。

　　先後出版各類著作 19 部；在《中國社會科學》《文學評論》《文學遺產》《北京大學學報》《中國人民大學學報》《復旦學報》《清華大學學報》《明清小說研究》《河北學刊》《學術研究》《齊魯學刊》《山東師範大學學報》《南都學壇》等刊，以及《人民日報》（海外版）、《光明日報》等報發表學術論文、隨筆等約 200 篇。多種學術觀點在學界以至社會有一定影響。

提　　要

　　本卷分上、下編。上編主要探討泰山與《西遊記》關係，提出泰山是《西遊記》寫「花果山」和「三界」的地理背景，或曰藍本、原型。「孫悟空是『泰山猴』」，以及略述古今載論中的孫悟空崇祀，特別是泰山周邊孫悟空崇祀之俗等，開創《西遊記》的泰山文化背景和泰山文化的《西遊記》影響研究，以及孫悟空崇祀之俗研究；下編主要是《西遊記》文本研究，在對「西遊」作了主要是孫悟空的兩次「西遊」之新解的同時，提出「《西遊記》是『仙石記』」、其「三教歸一歸於佛」「萬法歸一歸於心」，是一部「成佛之書」，以及「孫悟空」義即「心悟空」等。另有若干考證和有關《西遊記》文本的數理批評，後者可與本文集第一卷諸文相參觀。

自 序

　　本卷分上、下兩編，上編是泰山與《西遊記》研究，下編是《西遊記》作者、文本等研究。

　　我自 2006 年才開始關注《西遊記》研究，但一時成為「網紅」。即本人於 2006 年 1 月撰文並接受採訪提出《西遊記》寫「三界」的背景是泰山，泰山傲來峰是《西遊記》「花果山」的原型等，經媒體報導成「泰山是花果山」「孫悟空是泰山猴」之說，遂致一夜醒來，網上驚呼「杜悟空」。

　　其實，論泰山與《西遊記》關係不始於本人，但自本人著論發表在《山東社會科學》和《東嶽論叢》兩刊並經轉載，特別是有新媒體的推波助瀾，全面主張發揚「孫悟空『籍貫』『故里』」泰山說和泰山是《西遊記》寫「三界」背景說，泰山與《西遊記》關係才引起轟動性關注。從而本人除發表上述兩文外，不得不有這件事情上的一些應酬如講座、報告之類。本卷上編的文章就主要是這一階段形成的文字：一部分是為發表撰寫的論文，一部分由有關講稿整理而成，內容互涉甚至重複的地方，今已不便調整，請讀者鑒諒；下編諸文則是後來陸續寫成。這些文章多曾發表過，也有的寫完後為他事打斷，未及時處理，遺忘在電腦文件中，至今第一次發表。

　　我幼時家在泰山西南約百里，天氣晴好時，舉目遙見泰山金頂插天，每感神秘，心懷敬懼。如今年望古稀矣，雖往事如煙，但能有這些研究泰山的文字，揭示其與《西遊記》《水滸傳》等通俗小說名著之聯繫，為泰山文化，同時也為西遊與水滸文化做一點貢獻，不能不說是人生的一大愉快。至於是非得失，謹請同好批評指正。

　　本卷曾經山東農業大學圖書館邱培君副研究館員文字校正，特此致謝！

二〇一八年三月二十日

目

次

上　編

《西遊記》與泰山關係考論

引　言

　　本文所論《西遊記》，是指今存最早的明萬曆二十年（1592）序刊之世德堂本，即今通行百回整理本《西遊記》所主要根據的版本。其與泰山的關係，是指此本地理環境描寫與泰山自然和人文景觀的聯繫。這種聯繫雖然早在唐代就已經發生，宋、元以至於明初的各種西遊故事文本中續有發展，但至今本寫定之前，基本上屬於零星、偶然的現象，與《西遊記》中有涉其他地域環境的描寫一樣，並未構成可作總體考論的必要與價值。只有到了明中葉以後今本寫定過程中，作者自覺大量地採泰山景觀為其故事環境描寫的原型，泰山景觀才成為了《西遊記》地理環境描寫的主要藍本。因此，雖然這一聯繫的發生可追溯至唐代，但其真正的確立是在大約四百年前今本《西遊記》的成書，是今本《西遊記》的作者把「五嶽獨尊」的泰山作為《西遊記》神魔環境描寫取象的根據，使《西遊記》神魔環境與泰山景觀之間在諸多方面形成摹本與原型的對應關係。然而四百年來，這一聯繫一直處於被遮蔽之中，在無論《西遊記》還是泰山文化的研究，都是一個有待解決的學術問題，不可不給予重視。

　　這個問題早有學者做過探討。承蔣鐵生先生提示，筆者得讀張宏梁、彭海《吳承恩〈西遊記〉與泰山》〔註1〕、周郢《〈西遊記〉與泰山文化》〔註2〕

〔註 1〕張宏梁、彭海《吳承恩〈西遊記〉與泰山》，《泰安師專學報》1986 年第 1 期。
〔註 2〕周郢《〈西遊記〉與泰山文化》，《山東礦業學院學報（社會科學版）》1999 年第 4 期。

兩文，是最早有關此一問題探討的學術論著（以下或簡稱「兩文」）。兩文後先相承，揭示了若干《西遊記》與泰山關係的事實並有所推論，乃至得出「《西遊記》的創作與泰山是有許多聯繫的」之認識；但在得見兩文之前，筆者已寫成《孫悟空「籍貫」「故里」考論——兼說泰山爲〈西遊記〉寫「三界」的地理背景》一文〔註3〕，雖有個別與兩文所揭示暗合之處，但由於拙文旨在探討泰山是《西遊記》所寫孫悟空「籍貫」「故里」和「三界」描寫原型，所以未至於是重複的研究，而不廢其有獨立的價值。但是，包括拙文在內已有的研究，於涉及《西遊記》與泰山關係的方面都重在揭示事實，而未及從學理上深入討論這一關係的特點與意義；同時諸文對這一關係之眞相的揭示，雖然所獲頗多，但仍有一些重要的遺漏與不夠準確處，因此有必要深入考論，以更加全面深入說明《西遊記》創作的泰山文化背景和泰山文化的西遊文化內涵。這在《西遊記》成書、作者以及泰山文化研究與旅遊開發諸多方面都有重要意義。

這一考論既有泰山歷史考證的品格，又是對《西遊記》藝術創作過程的探秘。爲此，我們必須確認《西遊記》所寫地理環境與泰山景觀有根本性一致的情況下，泰山景觀的得名在先，而《西遊記》的成書在後，如此才可能確認泰山與《西遊記》間原型與摹本關係的成立。因此，本文先要說明的有以下兩點：

一是今本《西遊記》成書的年代還很難定論。但是，即使如近百年來人們一般認爲此書是明代嘉靖、隆慶、萬曆年間的吳承恩所作，《西遊記》的成書也不可能早於隆、萬之際；而有學者認爲「《西遊記》之成書、刊刻和流傳是在萬曆二十年（1592）」〔註4〕，卻是更爲可信的結論。這就是說，至晚是在萬曆二十年以前形成的泰山景觀才有可能被作爲原型寫入《西遊記》之中。

二是本文引據泰山景觀資料主要出自《岱史》。《岱史》十八卷，明查志隆撰。隆字鳴盛，海寧（今屬浙江）人。嘉靖三十八年（1559）進士，官至山東布政使左參政，著有《山東鹽法志》等。《岱史》乃查氏山東鹽司同知任內奉上司長蘆巡鹽御史譚耀之命輯纂，成書於明萬曆十四年（1586）。卷首有譚耀序，謂是書「裁取舊編，斷以己意，擬例三史，取材百家」；又有查氏自

〔註3〕杜貴晨《孫悟空「籍貫」「故里」考論——兼說泰山爲〈西遊記〉寫「三界」的地理背景》，《東嶽論叢》2006年第2期。

〔註4〕〔日〕磯部彰《〈西遊記〉二十卷一百回》，石昌渝主編《中國古代小說總目（白話卷）》，山西教育出版社2004年版，第412頁。

爲《岱史公移》，備敘纂修始末體例等，稱皆「取材於舊志」〔註5〕。其所謂「舊編」「舊志」，主要是指明代歙縣（今屬安徽）人汪子卿輯《泰山志》。《泰山志》四卷，成書於嘉靖二十三年（1544），所據資料特別是其中記「山水」內容大多採自明弘治《泰安州志》〔註6〕，來源更古。

可知《岱史》成書尤其所據資料遠早於今本《西遊記》。因此，《岱史》記泰山與《西遊記》描寫相一致者如係個別，還可能是暗合，但如果不止一處乃至較多，那麼就一定是《西遊記》取景摹寫自泰山，爲二者摹本與原型關係的證明。本文考論《西遊記》與泰山的關係，就主要是以《岱史》的記載與《西遊記》所寫相比對，而論斷的原則：

一是《岱史》所記泰山景觀與《西遊記》描寫相一致者，才有可能是《西遊記》描寫取於泰山的藍本；

二是這種與《西遊記》描寫相一致的景觀爲泰山所獨有，並不可能由純粹的想像得來，才一定是《西遊記》此一描寫的藍本；

三是據《西遊記》寫及泰山獨有景觀可以推知其作者熟悉泰山。從而如果某種與《西遊記》描寫相一致的景觀雖非泰山所獨有，但其他有此類似景觀者卻不另具《西遊記》所描寫之任何獨有的景觀，則可以認定此一描寫仍然摹自泰山景觀，屬《西遊記》與泰山相聯繫的事實；

當然，《西遊記》作爲神魔小說，其大量的環境描寫並非都有我們所說的藍本，並且即使有藍本的，也不僅出於泰山（例如書中許多地名是歷史上與現實中不曾出現過的，而可考的地名中如平頂山在河南，也不盡在山東泰山）。因此，如上論斷的原則雖然爲討論《西遊記》與泰山關係而設，但同樣適合於作《西遊記》與其他地域文化聯繫的考察，並也有可能找到《西遊記》摹本於彼的證據，說明其環境描寫取材多方，藍本不止泰山一處。然而，那當作別論，也早就有人做了。至於本文，不過是考論《西遊記》描寫取景於泰山一面的事實而已。

一、《西遊記》原型爲泰山所獨有的景觀

考論《西遊記》與泰山關係所首先要注意到的，是其大量的地理環境描

〔註5〕〔明〕查志隆著，馬銘初、嚴澄非校注《岱史校注》，青島海洋大學出版社1992年版。本文引《岱史》均據此本，僅括注卷目。

〔註6〕周郢《明〈泰山志〉整理論略》，《泰山學院學報》2004年第2期。

寫中，有些涉及泰山所獨有的景觀，茲參考兩文論列如下：

（一）摩頂松

《西遊記》第一百回：

> 唐僧四眾，隨駕入朝，滿城中無一不知是取經人來了。卻說那長安唐僧舊住的洪福寺大小僧人，看見幾株松樹一顆顆頭俱向東，驚訝道：「怪哉，怪哉！今夜未曾颳風，如何這樹頭都扭過來了？」內有三藏的舊徒道：「快拿衣服來！取經的老師父來了！」眾僧問道：「你何以知之？」舊徒曰：「當年師父去時，曾有言道：『我去之後，或三五年，或六七年，但看松樹枝頭若是東向，我即回矣。』我師父佛口聖言，故此知之。」急披衣而出，至西街時，早已有人傳播說：「取經的人適才方到，萬歲爺爺接入城來了。」〔註7〕

這一情節所涉及「一顆顆頭俱向東」的松樹，即泰山靈巖寺摩頂松。《太平廣記》卷九二《異僧六》載：

> 沙門玄奘俗姓陳，偃師縣人也。幼聰慧，有操行。唐武德初，往西域取經，行至罽賓國，道險，虎豹不可過。奘不知為計，乃鎖房門而坐。至夕開門，見一老僧，頭面瘡痍，身體膿血，床上獨坐，莫知來由。奘乃禮拜勤求，僧口授《多心經》一卷，令奘誦之。遂得山川平易，道路開闢，虎豹藏形，魔鬼潛跡。遂至佛國，取經六百餘部而歸，其《多心經》至今誦之。初，奘將往西域，於靈巖寺見有松一樹，奘立於庭，以手摩其枝曰：「吾西去求佛教，汝可西長；若吾歸，即卻東回，使吾弟子知之。」及去，其枝年年西指，約長數丈。一年忽東回，門人弟子曰：「教主歸矣！」乃西迎之。奘果還。至今眾謂此松為摩頂松。

注：「出《獨異志》及《唐新語》。」

《獨異志》，唐李亢撰。亢，或作元、冗。唐開成、咸通間仕至明州刺史，是書作於咸通（860～873）六年（865）稍後〔註8〕；《唐新語》，又題《大唐新語》《唐世說新語》，劉肅撰。肅正史無傳，《新唐書·藝文志》載「劉肅《大

唐新語》十三卷，元和中江都主簿。」〔註9〕書成於元和丁亥（807），記載要早於《獨異志》，但通行本失載，今整理本輯有佚文。我們知道，玄奘自長安赴印度取經，必不可能經過山東泰山靈巖寺，但從《大唐新語》最早記載又《獨異志》略同可知，這一虛飾的故事應早在中唐就已經出現，後經宋編《太平廣記》收錄，見重於世，流傳至於明中葉以後，被採入今百回本《西遊記》，惟將故事又寫回到長安，寺名亦易爲「洪福」〔註10〕。

（二）傲來山

《西遊記》以悟空爲「傲來國」籍。「傲來國」之名前所未有，是作者虛構首創。但名稱「傲來」，前代文獻包括西遊故事文本中絕無，又可以認爲單憑想像實難成立，而恰好泰山岱頂西南有「傲來山」。《岱史》載：

> 傲來山，在岳頂西南竹林寺。其石巑岏矗矗，至御帳俯視之更奇。（《山水表》）

可知「傲來」名號自泰山作古。「傲來國」名稱非《西遊記》作者想像得來，乃借岱嶽「傲來山」名而成。

（三）天宮

玉皇大帝所住的「天宮」是《西遊記》全書特別是前七回重點寫到的環境，其主要設施包括靈霄寶殿、一天門、二天門、三天門、南天門，西天門、東天門、瑤池等書中時常寫及的天界布置，都早在《西遊記》之前泰山上就已經有了。《岱史》載：

> 一天門，有坊，在岳陽岱廟內〔北〕里許。（《山水表》）

> 二天門，有坊，在岳陽，一名小天門，即御帳，蓋宋眞宗曾此駐蹕也。（《山水表》）

> 三天門，石門，一曰南天門，即十八盤盡處。（《山水表》）

> 東天門，在岳頂東。（《山水表》）

> 西天門，在岳頂西。（《山水表》）

> 玄武門，在岳北址。（《山水表》）（引者按：「玄武門」即第三十三回所寫及「北天門」）

〔註9〕石昌渝主編《中國古代小說總目（文言文卷）》，第50頁。
〔註10〕周郢《〈西遊記〉與泰山文化》，《山東礦業學院學報（社會科學版）》，1999年第4期。

> 王母池，一名瑤池，在岳之南麓，池水之源乃岱岳山澗之水也。自黃現〔峴〕嶺會石經峪、水簾洞諸源，匯而爲此池焉。昔黃帝建觀岱岳，遣女七人，雲冠羽衣，修奉香火，以迎王母，故名。（《山水表》）

> 玉帝觀，即太清宮，在嶽之絕頂，蓋古登封臺，昔嘗圯廢。成化十九年，中使以內帑金資重建。隆慶間，侍郎萬恭撤觀於巔北，出巔石而表之，題曰「表泰山之巔」，萬恭自爲之記。（《靈宇記》）

這些構成泰山極頂「天宮」的景觀，在《西遊記》中幾乎一一對應地頻繁出現，決非偶然，應視爲《西遊記》寫「天宮」擬自泰山的證明。

事實上明人正是有稱岱頂爲「天宮」者，如上引所及萬恭《表泰山之巔碑》記曰「隆慶壬申……臣恭以八月禮泰山，報成績也。余乃歷巉岩，逾險絕……陟山巔，謁天宮」即是。而鍾宇淳《泰山紀遊》云：「又上，則玉皇宮在焉，此泰山絕頂。」（《岱史·登覽志》）劉孝《題南天門》詩云：「齋戒含香叩帝閽，仙風吹我上天門。……即看紫氣臨閶闔，金殿當頭捧至尊。」（《岱史·登覽志》）也都以玉帝觀爲天帝之「宮」「殿」，即「天宮」的影像。總之，這是至晚明中葉人對岱頂的習稱，因此而有《西遊記》作者借景於泰山爲《西遊記》「天宮」描寫的原型，真是最自然不過的事情。

（四）鷹愁澗

《西遊記》第十五回寫「鷹愁澗意馬收繮」，故事發生處叫做「蛇盤山鷹愁澗」。《岱史》載：

> 鷹愁澗，在十八盤下。（《山水表》）

此「鷹愁澗」之名，也不容易單憑想像可得，又僅見於泰山，也應該視爲《西遊記》描寫借名於泰山景觀的證明。

（五）岳巔石

《西遊記》第一回寫石猴出世云：

> 那座山正當頂上，有一塊仙石。其石有三丈六尺五寸高，有二丈四尺圍圓。三丈六尺五寸高，按周天三百六十五度；二丈四尺圍圓，按政曆二十四氣。上有九竅八孔，按九宮八卦。四面更無樹木遮陰，左右倒有芝蘭相襯。蓋自開闢以來，每受天真地秀，日精月華，感之既久，遂有靈通之意。內育仙胞。一日迸裂，產一石卵，

似圓球樣大。因見風，化作一個石猴。

對於這段描寫，一般讀者大概從未往其有所依傍的方向上去想。然而，事有不期然而然者，《岱史》載：

> 岳巔石，在玉帝觀前，侍郎萬恭刻石，曰「表泰山之巔」。(《山水表》)

這塊石頭誠可謂天下獨一無二的「奇石」，請看萬恭《表泰山之巔碑》記云：

> 隆慶壬申……臣恭以八月禋泰山，報成績也。余乃歷巉岩，逾險絕……陟山巔，謁天宮，忽緇衣蹁躚，目瞪足踐招余曰：「是泰山巔石也。」余異之，視其上室如錮也，視其下砌如砥也，而惡知夫泰山之巔？而又惡知夫泰山之巔石？余喟然歎曰：「夫泰山擅四嶽之尊，而茲巔石又擅泰山之尊，乃從而屋之，又從而夷之，又從而踐履之，令尊貴不揚發，靈異不表見，余過也！余過也！」亟命濟倅王之綱撤太清宮，徙於後方，命之曰：「第掘地而出巔，毋刊方，毋毀圓，毋斫天成，返泰山之眞巳矣。」倅乃撤土，巔出之。巔石博十有一尺，厚十四尺有奇，聳三尺，戴活石焉。東博二尺五寸，厚一尺三寸；西博一尺八寸，長八尺有五寸。夫約泰山而束之，巔巳奇甚矣。又摩頂而戴之石，斯上界之絕頂，青帝之玄冠也。余倚活石覽觀萬里，俯仰八荒……而六極之大觀備矣。彼巔石不表見幾千萬年矣，今出之，始返泰山之眞而全其尊。後來觀覽者……務萬世令返其眞而全其尊，以毋得罪於泰山之神，其緇衣蹁躚之意乎？……
>
> (《岱史·靈宇紀》)

可知此「泰山巔石」有三個特點：一是在泰山「正當頂上」，二是經測量記有尺寸，三是「活石」「奇甚」「靈異」。其位置神形與花果山之「仙石」何其相似乃爾！

萬恭字肅卿，南昌（今屬江西）人，嘉靖二十三年（1544）進士，官至僉都御史巡撫山西。「隆慶壬申」爲明穆宗六年（1572），是年八月萬恭奉旨以侍郎祭泰山之事，特別是移玉皇殿，出巔石，立碑爲志，碑陽大書「泰山之巔」四字諸舉措，在當時必有較大的影響，因泰山遊客而廣爲世知，從而引起《西遊記》作者的注意，成爲了他虛構悟空出世之「仙石」神話的素材。

萬恭「表泰山之巔碑」毀於清乾隆間，「岳巔石」之名遂湮，民國以來稱「極頂石」。

二、《西遊記》原型可斷爲泰山的景觀

由以上《西遊記》多處描寫所涉及泰山獨有景觀可以推知其作者熟悉泰山，於泰山上下景觀都有相當具體的瞭解，從而《西遊記》所寫及泰山與其他地域共名的景觀，也使我們傾向於認爲其非借自他處，而仍然是摹自於泰山。這類描寫有以下數處：

（一）水簾洞

《西遊記》第一回寫石猴自稱「東勝神洲傲來國花果山水簾洞人氏」，並因石猴而寫及水簾洞云：

> 你看他瞑目蹲身，將身一縱，徑跳入瀑布泉中，忽睜睛抬頭觀看，那裡邊卻無水無波，明明朗朗的一架橋梁。他住了身，定了神，仔細再看，原來是座鐵板橋，橋下之水，沖貫於石竅之間，倒掛流出去，遮閉了橋門。

又寫道：

> 石猴笑道：「這股水乃是橋下沖貫石竅，倒掛下來遮閉門戶的。橋邊有花有樹，乃是一座石房。房內有石鍋石竈、石碗石盆、石床石凳，中間一塊石碣上，鐫著『花果山福地，水簾洞洞天』。……裏面且是寬闊，容得千百口老小……」

「水簾洞」見稱於早期西遊故事，但明佚名《二郎神鎖齊天大聖雜劇》僅稱「在此花果山水簾洞」，沒有具體描寫；朝鮮漢語教科書《朴通事諺解》注引當即我國元代的「《西遊記》云：『西域有花果山，山下有水簾洞。』」以其不在中土；至上引今本《西遊記》中，「水簾洞」才成爲鮮明的文學洞窟形象。也就因此，「水簾洞」的原型應作前後兩段落的考察。

一是《西遊記》之前即早期西遊故事中的「水簾洞」。我國自古多「水簾洞」，據兩文考述等可知，古代見於記載的就有雲台山、衡山、羅浮山、歸州、阜平、嘉定、盧江、黃山、泰山等十餘處。這些「水簾洞」多早在唐宋時即已成名勝。早期西遊故事中僅僅具名之「水簾洞」，應該就從我國這多有水簾洞的現象啓發而來，而不便確認哪一處包括泰山水簾洞就是其原型。

二是《西遊記》中所寫「水簾洞」。其名稱雖可以認爲是承前代西遊故事而來，但是，有關具體描寫卻表明其另有區域的設定，建構的特點，進而有模擬之原型的可能。所以，一如「花果山」，早期西遊故事中的「水簾洞」實

難確考，但是，今本《西遊記》中的「水簾洞」卻因其有具體的描寫，有了考論其原型的可能。

　　考今本《西遊記》為「花果山水簾洞」所設，就是由無區域到有區域，由在「西域」而改寫為在「東勝神洲傲來國花果山」。如上已論及，「傲來國」借名於「傲來山」即泰山西南之傲來峰，從而「花果山水簾洞」與泰山建立了聯繫；進而以泰山水簾洞與《西遊記》的具體描寫相比對，可考這種聯繫已經達到原型與摹本的程度。據周郢《〈西遊記〉與泰山文化》云：「洞名始見於宋人李諤《瑤池記》」，而明人高誨《遊泰山記》描述泰山水簾洞景觀云：

　　　　稍前為水簾洞泉自天紳岩出，飛流垂練，聽之泠泠然，下有小
　　石橋，通泉於溪。(《岱史·登覽志》)

又據《岱史》載：

　　　　水簾洞在高老橋上。(《山水表》)

可知泰山「水簾洞」得名甚古，而又距傲來峰不遠在於其下，與《西遊記》寫其在「傲來國」區位相合〔註11〕。又有明人王衡《重九後二日登泰山記》載：

　　　　又數里，為高老橋，平橋際崖間，頗勝。又過短橋者一，而得
　　水簾洞。(《岱史·登覽志》)

而王在晉《東巡登泰山記》云：

　　　　「橋橫水簾洞。」((《岱史·登覽志》)

又都指出泰山水簾洞為瀑布下有橋之水簾洞，與上引《西遊記》所繪建構頗相一致。又雖然泰山的「石橋」到《西遊記》中改寫成了「鐵板橋」，但是這一點竟也可以無憾。據原籍泰安今居長春的夏廣新老先生致函本人稱：

　　　　(原)山東省太西地區牙山村山東面，有一座「紅山」，在紅山
　　的後面，相傳有一座「鐵板橋」。當地自古傳說，「紅山高又高，路
　　過鐵板橋」。這座「鐵板橋」與你所說的洞口有座「鐵板橋」有無聯
　　繫尚不得而知。見信後敬請將提供的這一線索加以考核……

這裡除向夏先生致敬和表示感謝以外，還可以告上的是，雖然還抱歉未及有實地考核的結論，但是，僅有此傳說，已足加強《西遊記》所寫水簾洞為模

〔註11〕〔明〕蕭協中《泰山小史》：「一在高老橋上，岩岩亭右。一在西百丈崖。巨壑瀑瀉，下為磐石激蕩，不覺珠玉浪翻，千派爭流，有建瓴之勢。尋真欲問碧雲宮，竹杖芒鞋可御風。洞裏有仙疑睡穩，故將珠水掛簾櫳。」湯貴仁、劉慧主編《泰山文獻集成》(第二卷)本，封建華點校，泰山出版社2005年版，第365頁。

自泰山水簾洞的結論了。

（二）高老橋

明初楊景賢《西遊記雜劇》寫豬八戒強娶的女子爲「裴家莊」人，至《西遊記》寫豬八戒入贅，始稱「烏斯藏高老莊」。「烏斯藏」即西藏。朱一玄、劉毓忱編《〈西遊記〉研究資料》錄丁國鈞《荷香館瑣言》卷下《高老莊》引《衛藏通志》稱西藏德慶有「蔡里，一作米里，俗傳即《西遊眞詮》所記之高老莊」〔註12〕。然而此說僅是「俗傳」，「蔡里」並未徑稱「高老莊」，多半係攀附《西遊記》而爲，所以不可能是《西遊記》創造「高老莊」的由來。而「高老莊」因「高老」得名，泰山有「高老橋」，《岱史》載：

> 高老橋，在紅門上五里許，相傳有學黃老者姓高，始開此道。（《山水表》）

又《泰山道里記》云：

> 北爲高老橋坊，自一天門到此五里。北即高老橋，古有高老創開此道，故名。有嘉靖三十九年副使高捷重修橋碑。其旁有龍泉水，從西北山峽經此東注中溪。〔註13〕

可知泰山「高老橋」得名遠在明嘉靖之前，在《西遊記》作者熟悉泰山的大前提下，應該視爲《西遊記》寫「高老莊」的藍本。而據成書於明萬曆末期的蕭協中《泰山小史》於「高老橋」條下辨稱：

> 《西遊》有高老橋（引者按當作「莊」），俗遂以此當之，然眞贗無從考也。世傳有高老得道於此，故名。〔註14〕

由此可知，明萬曆時就已經有人認爲《西遊記》「高老莊」由泰山「高老橋」得名，對泰山與《西遊記》關係的思考與認識由來久矣！反而由於《西遊記》所寫「高老莊」已不在泰山而在「烏斯藏國」，引發了西藏德慶有「蔡里」即《西遊記》「高老莊」的「俗傳」。

（四）玉女洗頭盆

《西遊記》第三十回賦花果山景色，有「上連玉女洗頭盆，下接天河分派水」之句。張宏梁、彭海二先生文揭出：「這一節裏的玉女洗頭盆，正就是

〔註12〕朱一玄、劉毓忱編《〈西游記〉研究資料》，中洲書畫社1983年版，第305頁。
〔註13〕〔清〕聶鈫《泰山道里記》，湯貴仁、劉慧主編《泰山文獻集成》第九卷本，陳偉軍點校，泰山出版社2005年版，第44頁。
〔註14〕〔明〕蕭協中《泰山小史》，《泰山文獻集成》第二卷本，第364頁。

錢宗淳《泰山記》裏記述的玉女洗頭盆」，「王衡《登泰山記》也記述了玉女洗頭盆」〔註15〕。但其引稱錢氏文，《岱史‧登覽志》作「鍾宇淳《泰山紀遊》」，未知孰是。此外，語及此景觀者尚有王世貞《登岱》六首之五「渴問三漿玉女盆」，尹臺《東平道中望嶽》「晒衣玉女盆」等句。而張、彭二先生文指出「玉女洗頭盆不只泰山有，華山也有」，但筆者考其所引據王世貞《委宛餘編》辨證玉女洗頭盆「起於華山……又轉訛而爲泰山」之外，還見晚明人胡汝煥在其《登岱四首》之三的尾註中，也說到是西華蓮花峰玉女洗頭盆「誤於泰山山頂」。但是，這一訛誤早在《西遊記》成書之前，而與書中涉及諸多泰山獨有景觀相參觀，此「玉女洗頭盆」係據泰山景觀言之，也是可以相信的。

（五）曬經石

《西遊記》第九十九回寫唐僧師徒取經東歸，過通天河濕經，「少頃，太陽高照，卻移經於高崖上，開包曬晾。至今彼處曬經之石尚存」。「曬經石」正是泰山「石經峪」的古稱。《岱史》載：

> 石經峪，在岳之陽，坦石半畝許，古刻《金剛經》楷書，有近
> 八分書者，大尺許，人傳王右軍書。（《山水表》）

此「石經峪」舊名「曬經石」，明萬恭題曰「曝經石」。《岱史》載萬恭《石壁記》云：

> 余既表泰山之巔，掠岱麓而南下，則憩曬經之石。石廣可數畝，
> 遍刻梵經，皆八分書，大如斗，不知何代所爲……余乃大書「曝經
> 石」字，皆博可六七尺，刻深三寸，垂不磨以助其勝。（《宮室志》）

據此稱「曬經之石」，可知「曬經石」爲明隆慶以前即已有之名，萬恭不過就舊稱改換一字耳。而《西遊記》在泰山石經峪古稱「曬經之石」以後，寫「至今彼處曬經之石尚存」，稱「曬經之石」與上引萬恭記石經古稱一字不差，必非偶然，而一定是借自泰山石經峪舊名並附會其「曬經」之事而爲。

但是，大概因爲萬恭題刻的影響，後世「曝經石」名顯而「曬經石」名晦。所以明末張岱《琅嬛文集》卷二《岱志》載：

> 石經峪……山峽中有石，五倍虎邱。傳唐三藏曝經於此，又名
> 曝經石。石上鐫漢隸《金剛經》，字如斗，隨石所之，盡經而上。

這也正如上引蕭協中的存疑「高老莊」，說明至晚明末即已有人把「曝經石」

與西遊故事聯繫起來思考，唯因對《西遊記》作者、成書的情況幾一無所知，所以很可能是顛倒了「曬經之石」早於《西遊記》的關係，得出了與事實完全相反的結論。

另據俞樾《茶香室四鈔》卷十九《唐僧取經古蹟》引明朱孟震《西南夷風土記》云：「都魯濮水關有唐僧曬經臺板。古有河曰流沙，唐僧取經故道，亦有曬經臺。」孟震新淦（今江西清江）人，隆慶二年（1568）進士，於萬恭爲晚進，又其文稱「臺」「臺板」，比較萬恭《石壁記》與《西遊記》均稱「曬經之石」，顯然泰山「曬經石」更接近爲《西遊記》寫稱「曬經之石」的原型。

（六）地府

《西遊記》第三回、第十回、第十一回、第九十七回分別寫到的地府、森羅殿、奈河、奈河橋等，也是泰山所有景觀，其中奈河、奈河橋或爲泰山獨有，因統屬「地府」，所以也一併討論。

地府即地獄，自古與泰山聯繫最爲密切，今見魏晉六朝人所著《列異傳》「蔣濟」、《冥報錄》「睦仁蒨」等篇中，就已有關於泰山地府、府君的描寫。《太平廣記》卷九九《釋證一》錄《冥報記·大業客僧》即曰：「世人傳說云，泰山治鬼。」而泰山亦有「酆都峪」等實之。《岱史》載：

> 酆都峪，在岳之陽，俗傳爲冥司，今峪南有酆都廟。（《岱史·山水表》）

> 酆都廟，在岳之南麓，升元觀東。弘治十四年建，其神爲酆都大帝。其左爲閻王廟。嘉靖壬戌年，濟南府同知翟濤重修，有記。（《靈宇紀》）

「森羅殿」即閻王殿，《岱史》載：

> 森羅殿，左爲閻王廟，在岳南三里蒿里、社首二山之間，有七十五司，及三曹對案之神，神各塑像，俗傳爲地獄云。（《靈宇紀》）

泰山景觀與「地府」相「配套」的，還有《岱史》載：

> 亭禪山，一名高里，又名蒿里。聯屬社首，在岳南三里。（《山水表》）

「蒿里」得名甚古，《岱史》又載：

> 蒿里者，古挽章之名，田橫之客傷橫而作者也。漢李延年分爲二曲，薤露送王公貴人，蒿里送士大夫庶人。後世以爲人死精魂歸於蒿里，有神主之。張華《博物志》、陸機《泰山吟》皆云人死魂拘

於蒿里。白樂天詩曰:「東岳前後魂,北邙舊新骨。」樊殿直《廟記》
亦言:「人生受命於蒿里,其卒歸於社首。」蒿里祠距岳廟西南三里
許,社首壇之左。自唐至宋,香火不絕。(《靈宇紀》「森羅殿」附徐
世隆《記略》)

並載其他尚有:

> 思鄉嶺,在岳頂西,傳人死魂歸於此而思鄉。(《山水表》)

> 鬼兒峪,在岳之陽,俗傳人死魂歸於此,本張華《博物志》之
> 說。(《山水表》)

「鬼兒峪」一說即「酆都峪」之俗稱。

「奈河」即「渿河」,《太平廣記》卷三四六《鬼》三十一《董觀》載太
原人董觀死後入地獄:

> 行十餘里,一水廣不數尺,流而西南。觀問習,習曰:「此俗所
> 謂奈河,其源出於地府耶!」觀即視其水,皆血而腥穢,不可近,
> 又見岸上有冠帶褲襦凡數百。習曰:「此逝者之衣,由此趨冥道耳。」

「渿」之名稱亦見於泰山,河上有橋。《岱史》載:

> 渿河,源出岳頂西南諸谷,匯爲西溪,由白龍池出大峪口南流
> 入汴河,會汶水以達於漕水。(《山水表》)

> 渿河橋,在渿河上,州城西南河津。(《山水表》)

這裡所考及酆都、森羅殿、奈河、奈河橋等,後三者基本上可視爲泰山所獨
有的景觀。但其中最主要的即泰山地府的主體酆都之稱,卻非泰山所原有,
而是借自道教傳說的酆都地獄。此說似起於隋唐酆都縣(今重慶豐縣),傳至
東省與泰山地獄之說合一而有泰山酆都峪等。酆都被認爲是泰山地府的主體
至晚在弘治十四年建酆都廟之前,遠早於《西遊記》而與蒿里、渿河等融爲一
體,成了泰山文化的有機組成部分。從而因作者熟悉泰山之故,《西遊記》
有關地府的描寫能集中取借於泰山酆都峪等。

三、《西遊記》與泰山關係的意義與溯源

除以上述論所及之外,泰山仍有許多明以前形成的景觀可納入《西遊記》
環境描寫原型的思考。如「馬神廟」「馬棚崖」之於「御馬監」(第四回)、「弼
馬溫」,「東神霄山」「西神霄山」之於「靈霄寶殿」(第一回),「桃花峪」之

於「蟠桃園」（第四回），「玉女山」「玉女池」之於「七仙女」（第五回），「黑風口」之於「黑風山」「黑風洞」（第十六、十七回），「蓮花洞」之於「蓮花洞」（第三十二回），「觀音洞」之於「南海觀音」（按《西遊記》第八回說觀音「鎮太（泰）山，居南海」），「黑水灣」之於「黑水河」（第四十三回），「金絲洞」之於「盤絲洞」（第七十二回）等等。又泰山靈巖寺自北魏以降就是著名的佛寺，而據周郢先生文考證，泰山有「火焰山」「魔王洞」「扇子崖」分別與「牛魔王」「芭蕉扇」「火焰山」的對應。如此等等，總計《西遊記》環境描寫涉及泰山景點多達四十餘處。這個數量無可辯駁地表明泰山不僅是孫悟空「故里」，而且是大半部《西遊記》故事的舞臺背景。

　　但是，四百年來，我華夏無人不知泰山，又無人不知《西遊記》，而《西遊記》與泰山這與生俱來的血肉聯繫，除兩文的作者有所揭示之外，卻又幾乎沒有什麼人注意到，遂至今日，對於絕大多數人來說還是一個秘密。這個秘密既關乎《西遊記》成書、作者，同時也關乎泰山久被遮蔽的西遊文化內涵。此一秘密的揭示在《西遊記》與泰山兩個方面都極大地拓展了研究的領域，應該受到《西遊記》研究與泰山文化研究界的重視。而一般說來，此事既經解密而讀者又能夠接受的話，則以後說孫悟空、《西遊記》就離不開泰山，而說泰山也應該說到《西遊記》、孫悟空！

　　又由上論可知，自中唐泰山靈巖寺摩頂松傳說，西遊故事以至今本《西遊記》與泰山的關係就開始發生了。至宋代李諤《瑤池記》載泰山有水簾洞，即與當時天下多有的水簾洞一樣，泰山與西遊故事以至今本《西遊記》就建立了一種泛山水文化的聯繫。雖然由朝鮮《朴通事諺解》注引元代「《西遊記》云：『西域有花果山，山下有水簾洞。』」可知，晚至元代的那本《西遊記》的「花果山水簾洞」還在西域，與中土諸山包括泰山都絕無聯繫。但是，其後明楊景賢《西遊記雜劇》第十一齣《行者降妖》寫銀額將軍自稱「太山深洞號三絕」，明中期無爲教創始人羅祖（無爲居士、悟空，嘉靖六年歿）所著五部六冊教派寶卷之《巍巍不動泰山深根結果寶卷》一冊中收有唐三藏西天取經故事〔註16〕，都曾提及泰山，說明西遊故事與泰山的聯繫一直存續，成爲《西遊記》與泰山摹本與原型密切聯繫的基礎和淵源。

　　但從今本《西遊記》看，前代西遊故事與泰山的聯繫除摩頂松故事被寫

〔註16〕〔日〕磯部彰《〈西遊記〉二十卷一百回》，石昌渝主編《中國古代小說總目（白話卷）》，山西教育出版社2004年版，第414頁。

入和沿襲「花果山水簾洞」名稱之外，至多是給了作者一種或明或暗的提示，而並未有更多實際的影響；而泰山有可爲後世《西遊記》所取象之景觀，也不因前代西遊故事的影響。這就是說，今本《西遊記》借泰山景觀創造其幻奇瑰麗的故事環境極少由於前代的基礎，而是作者師心泰山文化的創造。在這個意義上，沒有泰山景觀爲原型，《西遊記》的環境描寫就不可能是現在這個樣子；而沒有《西遊記》作者的妙法泰山，泰山景觀也就不可能與流傳數百年的西遊故事建立如此密切的聯繫。

總之，天生泰山，而人類歷史又造就了西遊故事特別是《西遊記》作者這樣一位熟悉泰山的人，才使早就與泰山有蛛絲馬蹟聯繫的西遊故事，終於至《西遊記》而藝術之魂附麗於泰山。

餘　論

《西遊記》作者問題迄今未有定論，本文的考論沒有也不可能爲這一問題的解決提供什麼關鍵的證據。但是，從以上所論《西遊記》與泰山關係所顯示作者對泰山瞭解的多面、立體、系統與深刻上，我們認爲他絕非一般到過泰山的遊客；而《西遊記》作爲一部主要是寫西天取經的神魔小說，全書或寫人，或述事，或設喻，總計不下十四次提及泰山，比較同是山東人寫的《金瓶梅》與河南人寫成的《歧路燈》各僅四次提及泰山，更顯示其作者似有某種泰山情結。至於書中第六十九回寫孫悟空形容金毛犼怪說「他卻像東嶽天齊手下把門的那個醜面金睛鬼」的比喻，則表明了《西遊記》作者一定是到過泰山東嶽天齊廟，對那裡「把門」的神像有深刻印象。因此，我們認爲這位作者即使不是一位泰安人，也應該有久寓泰安的經歷。否則，他就根本不可能如此自覺大量而又巧妙地籠泰山景觀於筆端，創造出今本《西遊記》「花果山」以至「天、地、人」三界的環境，乃至石猴出世的情節。

這一事實給我們的提示，就是考論《西遊記》作者應該顧及他非常熟悉泰山的特點。這固然不足爲解決《西遊記》作者問題的關鍵，但是，在有關資料極缺乏的情況下，由《西遊記》與泰山關係的解密所帶出作者身份的這一特點，至少是尋找解決問題方向的一個參照。

（原載《山東社會科學》2006 年第 3 期）

孫悟空「籍貫」「故里」考論——兼說泰山為《西遊記》寫「三界」的地理背景

引　言

今通行百回本《西遊記》（以下稱《西遊記》無特別說明者，均指此本）孫悟空形象的研究，學者向來關注其原型，百年間先後有印度神猴哈奴曼說、中國淮渦水神巫支祁說、中印神猴混合說等。諸說都追溯這隻猴子的淵源來歷，卻忽視了歷來西遊故事寫這隻猴子，既不在印度，也不在淮渦，而是早在宋無名氏《大唐三藏取經詩話》中，就已經有了「我是花果山紫雲洞八萬四千銅頭鐵額獼猴王」之說，到了《二郎神鎖齊天大聖雜劇》則寫作「在此花果山水簾洞」，朝鮮漢語教科書《朴通事諺解》則稱「西域有花果山，山下有水簾洞」，至百回本《西遊記》中才經最後寫定者（以下徑稱「作者」）改造為石猴答須菩提祖師問「鄉貫」所稱「東勝神洲傲來國花果山水簾洞人氏」（第一回）。所以，若論孫悟空源流，學者固然仍可以爭論其為中外的哪一隻猴子演變而來；但是，若論西遊故事中孫悟空地域背景則有兩說：一是《西遊記》之前在不知何方之「花果山紫雲洞」（或「水簾洞」），或「西域」之「花果山水簾洞」；二是《西遊記》中石猴所自稱「鄉貫」即其「籍貫」「故里」為「東勝神洲」云云。從而若論早期西遊故事中孫悟空所在，則天下「花果山」或各有份；而若論《西遊記》中孫悟空之「籍貫」與「故里」，卻只是一個「東勝神洲傲來國花果山水簾洞」。此「東勝神洲」云云雖有承於早期西遊故事的因素，但是既經界定其洲屬國籍，又前所未有地聯繫了「天、人、地域」三界的環境來寫它，總體上已是《西遊記》作者的創造，也是一般閱讀

所認可孫悟空的「老家」。因此，《西遊記》「東勝神洲傲來國花果山水簾洞」的研究，是孫悟空形象之地域背景演變的終端課題，確定孫悟空「籍貫」與「故里」的中心題義；同時，其從何而來，有無具體的模擬對象與所擬為何地，對於研究《西遊記》的成書乃至作者的情況有重要意義。

這當然不可以作歷史地理的考證，然而卻可以並一定要作文學的考證，即從存在支配意識、生活決定創作、傳統影響創新的角度，我們不能不認為作者在為孫悟空設定這樣一個出生隸籍之地及其活動的大環境即「三界」的時候，受到過某種歷史與現實因素的影響，是從其所知見歷史、現實、傳說、宗教與文學的地理形貌，模擬、誇張、挪移、嫁接、化用、變形而來，從而那些地理形貌成為了孫悟空「籍貫」「故里」以至「三界」的原型。而後人也就可以從現在仍能夠知見的那些地理形貌與《西遊記》文本中環境描寫的對照中，發現二者具體的聯繫，確認其中哪些正是或一定程度上是《西遊記》作者當年設定孫悟空「籍貫」「故里」以及「三界」之原型的地理形貌，即其在現實生活與傳統文化中的根據。這就是本文考論學理上的依據和所追求的目標。

這種考證當然不可能做到如真人真事的完全對號入座，而是對作者藝術虛構過程與其所依據之蛛絲馬跡聯繫的追尋，結果在大多數不熟悉文藝創造規律的人看來總難免不夠切實和具體，甚至有牽強附會、捕風捉影之嫌。但是，正如一切文學藝術形象與其原型的關係，《西遊記》寫孫悟空「籍貫」「故里」可能有的地理背景與作品的實際描寫，也必然是若即若離，似是而非，似非而是，有如鏡花水月的天然不可湊泊。所以，在這樣的地方能做的只是藝術的考證，所求的只能是文學原型之模糊的真實。唯是在具體的論證中，我們仍當力求在這種地理形貌與文本比對能有最大限度吻合的情況下作結論，實事求是，無過或不及。我們的結論是：《西遊記》寫孫悟空「籍貫」「故里」及其所大鬧的「三界」，有現實地理環境的參照即背景，這一背景是「五嶽獨尊」的東嶽泰山；西遊故事最後形成的「齊天大聖」是一隻「泰山猴」。試論述如下。

一、「東勝神洲」擬山東古齊地

《西遊記》第一回篇首詩後，正文以「蓋聞天地之數」云云領起，寫「盤古開闢，三皇治世，五帝定倫，世界之間，遂分為四大部洲：曰東勝神洲，

曰西牛賀洲，曰南贍部洲，曰北俱蘆洲」〔註1〕，從而擬定西遊世界的「地理」形勢，全部故事發生的舞臺。而孫悟空生地即在「四大部洲」之一的「東勝神洲」。「東勝神洲」即悟空所隸屬之洲，作爲「一方水土」，其義必須結合了「四大部洲」的由來，才可以說得清楚。

按《西遊記》第九十六回寫一秀才稱「四大部洲」說本《事林廣記》，今檢此書未見〔註2〕，而實本於佛書。佛經「四大部洲」或稱「四大洲」，《佛說法集名數經》曰：「云何四大洲？所謂南贍部洲，西俱耶尼洲，北俱蘆洲，東勝身洲。」其中「南贍部洲」，「贍」諸經或作「瞻」；「西俱耶尼洲」，「俱尼」諸經多作一字即「貨」。上引《西遊記》所稱，字面上與此雖僅微有不同，但卻對佛經「四大部洲」之說作了奪胎換骨的改造。何以見得？

原來佛說「四大部洲」之名義，正如著名哲學家方立天先生所解釋說：

> 東方是勝身洲，此洲土地東狹西廣，形如半月，以身形勝，故
> 名。……南方是瞻部大洲，……因有瞻部林故名。……西方是牛貨
> 洲，因此洲以牛爲貨故名。……北方是俱蘆洲，也稱爲勝處，因係
> 四大洲中國土最爲妙的，故名。〔註3〕

可知「四大部洲」名號在佛經雖各有指稱，但都無明顯褒貶之義。然而一入於《西遊記》就不同了，按第八回寫佛祖如來講經罷，對眾信徒論「四大部洲」曰：

> 我觀四大部洲，眾生善惡，各方不一。東勝神洲者，敬天禮地，
> 心爽氣平；北巨蘆洲者，雖好殺生，只因糊口，性拙情疏，無多作
> 踐；我西牛賀洲者，不貪不殺，養氣潛靈，雖無上眞，人人固壽；但
> 那南贍部洲者，貪淫樂禍，多殺多爭，正所謂口舌凶場，是非惡海。

又第九十八回寫佛祖對唐僧說：

> 你那東土乃南贍部洲，只因天高地厚，物廣人稠，多貪多殺，
> 多淫多誑，多欺多詐；不遵佛教，不向善緣，不敬三光，不重五穀；
> 不忠不孝，不義不仁，瞞心昧己，大斗小秤，害命殺牲。造下無邊

〔註1〕〔明〕吳承恩《西遊記》，李卓吾、黃周星評，山東文藝出版社1996年版。本文引《西遊記》原文及評語均出此書，說明或括注回數。

〔註2〕《事林廣記》，宋陳元靚撰，今存板本多種，筆者檢中華書局1999年影印此書今存最早刻元後至元六年（1340）鄭氏積誠堂刻本和最晚刻日元祿十二年（1699，康熙三十八年）翻刻本，均未見有此記載，乃疑爲作者假託。

〔註3〕方立天《佛教哲學》，中國人民大學出版社1985年版，第147頁。

之孽，罪盈惡滿，致有地獄之災，所以永墮幽冥，受那許多碓搗磨
舂之苦。變化畜類，有那許多披毛頂角之形，將身還債，將肉飼人。
其永墮阿鼻，不得超昇者，皆此之故也。雖有孔氏在彼立下仁義禮
智之教，帝王相繼，治有徒流絞斬之刑，其如愚昧不明，放縱無忌
之輩何耶！

上引佛祖對「四大部洲」的褒貶，前後照應，實爲奠定和強調其欲傳經東土，
而唐僧必要西天取經即《西遊記》故事發生的基礎。而包括在佛祖話語中《西
遊記》對「四大部洲」稱名用字的改動，也就配合了佛祖對四洲之人的褒貶。
換言之，佛經「四大部洲」到了《西遊記》中稱名雖僅微有不同，卻已完全
小說化而具有了爲全書主旨服務的新的內涵。具體有以下兩個方面：

首先，《西遊記》「四大部洲」，雖仍保有佛教世界四分的格局，但本質上
已因小說敘事的需要成了被隨意處置的地理概念。例如，按第一回所寫，猴
王於東勝神洲傲來國花果山下「自登木筏之後，連日東南風緊，將他送到西
北岸前，乃是南瞻部洲地界」，又自南瞻部洲「獨自依前作筏，又飄過西海，
直至西牛賀洲地界」，在那裡拜須菩提祖師學道。由此知東勝神洲至西牛賀
洲，正如須菩提祖師所說，「隔兩重大海，一座南瞻部洲」。這就是說，南瞻
部洲在東勝神洲與西牛賀洲之間，與後者亦隔有大海。然而《西遊記》寫東
土大唐在南瞻部洲，佛祖西天在西牛賀洲，但是，唐僧取經卻未嘗過海，也
沒有寫到「洲」界。可知「四大部洲」不過全書開篇一個關於世界分野的寓
言，並非正文寫西遊地理的眞正根據。其眞正的根據是其所瞭解現實世界即
當時中國與古印度大致的地理形勢，而佛祖對「四大部洲」的褒貶則主要源
自我國傳統對中國四方以至天竺佛國之俗的觀念，並最終服務於《西遊記》
取經成佛之旨。

其次，具體說來，上引佛祖褒貶四洲，以南、北二洲惡有差等，似原本
《論語》謂「南人有言曰」（《子路》），《壇經》謂「人有南北」（《頓漸品第八》）
等南北文化差異的觀念而來。而北洲之稱，無論「俱盧」爲「俱蘆」或「巨
蘆」，「盧」與「蘆」都諧音「魯」。「魯」義謂粗直。此說北洲之人爲「俱魯」
或「巨魯」，實是以之合其「好殺生……性拙情疏」之陋劣。而佛祖獨惡南洲，
於諸經之不同中捨「瞻望」之「瞻」而取「贍養」之「贍」，又因「南」諧音
「難」，從而「『南贍』部洲」實爲「『難贍』部洲」，即《論語》孔子所謂「難
養」（《陽貨》）者，以合於佛祖所說「雖有孔氏在彼立下仁義禮智之教」卻無

可如何，並引出此洲「東土大唐」之人須「有字眞經」才可望教化的道理，
爲唐僧取經故事的張本。又佛祖說東、西兩洲均爲妙勝之區，尤以西洲爲「我
佛」所在，其既「不貪不殺」云云，自然就不能有「牛貨」，故易「貨」爲「賀」。
但其易「貨」爲「賀」，卻不僅由於音便，而是與「西牛」組詞成「西牛賀洲」，
可讀曰「西牛」來「賀」之「洲」義。這應當是暗用老子「乘青牛車去，入
大秦，過西關」〔註4〕的傳說，和早在漢代就已經流行的佛教「老子化胡說」
〔註5〕。而《西遊記》第九回也正是提到過老子即太上老君「當年過函關，化
胡爲佛」，第五十至五十二回還寫了金峴山金峴大王本是老君誤走的青牛作
怪，表明作者對老子、青牛傳說頗爲關注。所以「西牛賀洲」之稱，實隱有
以道教所託始之鼻祖老子，騎牛東來，「賀」西天之佛的意義，以彰顯《西遊
記》仙、佛同源，道、釋一家，而佛高於道，爲天下獨尊之旨。

總之，佛經「四大部洲」入《西遊記》被改造賦予了配合佛祖褒貶四洲
之人的意義，並因此形成除北洲之外，西、東、南三洲分別與佛、道、儒三
家相對應的聯繫。從而使《西遊記》所寫故事，成了立有儒教的「南贍部洲」
東土大唐之唐僧，在道教神仙所住「東勝神洲」之孫悟空等的保護之下，去
佛祖西天所在之「西牛賀洲」取經。這一邏輯的內在思路是「三家配合本如
然」（第一回），沒有矛盾與對立，卻有差等，即儒不如道，道不如佛，從而
「三教歸一」（第四十七回）歸於佛，「萬法……歸一」（第八十四回）歸於心，
即唐僧所謂「千經萬典，也只是修心」（第八十五回）。唯是「修心」的極致
是「無心」，書中所謂「若知無物又無心，便是眞如法身佛」（第十四回）。所
以，作爲「無心訣」（第十四回），「《西遊》一成佛之書也」（第九十八回黃周
星評）。這些且可以不論，而單說本節要著重討論的「東勝神洲」，也就在與
「西牛賀洲」的偶對中，被賦予了新義。

按「東勝神洲」雖自「東勝身洲」易一字而來，但其一定是易爲「神」字，
雖由於音便，卻更是源於我國古有「赤縣神洲」之說。此說起於戰國齊人騶衍，
騶氏並有海外「九州」之論，影響後世有《漢武洞冥記》《十洲記》等方士小說，
託於漢初齊人東方朔，推衍出道教「十洲三島」的仙話。《西遊記》寫「東勝神

〔註4〕 〔漢〕劉向《列仙傳・神仙傳》、〔晉〕葛洪《神仙傳》，《諸子百家叢書》合
訂影印本，上海古籍出版社 1990 年版，第 3 頁。
〔註5〕 〔日〕牟兼田茂雄《簡明中國佛教史》，鄭彭年譯，力生校，上海譯文出版社
1986 年版，第 20 頁。

洲」之「花果山」，「乃十洲之祖脈，三島之來龍」，不僅表明其受齊文化的影響，而且由「花果山」在「東勝神洲」並爲「十洲三島」之「祖龍」推論，「十洲三島」實包括於其所謂「東勝神洲」之域了。《西遊記》爲「東勝神洲」所設定與「十洲三島」的這一層關係表明，此洲名雖從佛經成說改一字而來，卻已脫胎換骨，成了騶衍、東方朔等爲代表的齊國方士神仙文化一脈的符號。進而聯繫書中一再寫及的道祖老子青牛的故事，使我們有理由推測，作者想像中的「東勝神洲」之「勝」，實諧音「聖」，「東勝（聖）」即老子，「東勝神洲」實是指以老子爲鼻祖之神仙道教之說發達最早的山東古齊地。

　　《西遊記》有關孫悟空的描寫，也正與「東勝神洲」——「西牛賀洲」的遙對所寓「東勝（聖）」騎牛「西……賀」之佛高於道之意，處處相合。如其寫「東勝神洲者，敬天禮地，心爽氣平」，悟空後來雖然頑劣，但其初生畢竟也還「拜了四方」；又他雖已修成仙體，但還要漂洋過海，遊學至「西牛賀洲」之「靈臺方寸山」，「斜月三星洞」，從須菩提祖師學道；後來成「太乙金仙」，也還要「棄道從僧用」（第三十五回），爲唐僧取經護法，乃至與唐僧等於全書結末「五聖成眞」（第一百回），也經由道教玉眞觀中路出後門，直上靈山成佛等，就都由「東勝神洲」這一個道教神仙的發生之地生發而來。其自然而然，完全是由於關合了我國歷史上神仙道教之說興起於燕齊渤海之濱的傳統，而易於爲廣大讀者所接受。但是「百姓日用而不知」，也就容易忽略了《西遊記》孫悟空因「東勝神洲」的洲屬，不再是早期西遊故事中「西域」或不知何方之「花果山」上一般意義的神猴，而是古齊地神仙文化包裝成的一隻猴子了。

二、「傲來國」借名「傲來山」

　　《西遊記》第一回述「四大部洲」之後，接寫道「這部書單表東勝神洲。海外有一國土，名曰傲來國。國近大海」云云，即以悟空爲「傲來國」籍「人氏」。「傲來國」之名前所未有，是作者虛構首創，所依傍只有一個，即泰山岱頂西南的傲來山。《岱史》載：

　　　　傲來山，在岳頂西南竹林寺。其石巑岏矗矗，至御帳俯視之更
　　奇。〔註6〕（《山水表》）

〔註 6〕〔明〕查志隆著，馬銘初、嚴澄非校注《岱史校注》，青島海洋大學出版社 1992
　　　年版。本文引《岱史》均據此本，僅括注卷目。

按《岱史》十八卷，查志隆撰。隆字鳴盛，海寧（今屬浙江）人。嘉靖三十八年（1559）進士，官至山東布政使左參政，著有《山東鹽法志》等。《岱史》乃查氏山東鹽司同知任內奉上司長蘆巡鹽御史譚耀之命輯纂，成書於明萬曆十四年（1586）。卷首有譚耀序，謂是書「裁取舊編，斷以己意，擬例三史，取材百家」；又有查氏自爲《岱史公移》，備敘纂修始末體例等，稱皆「取材於舊志」。

其所謂「舊編」「舊志」，主要是指明代歙縣（今屬安徽）人汪子卿輯《泰山志》。《泰山志》四卷，成書於明嘉靖二十三年（1544），所據資料自然是出於嘉靖之前。由學者公認今百回本《西遊記》成書不早於明中葉甚至遲至萬曆年間可知，如果不是偶然的巧合，則《岱史》所載泰山名勝有與百回本《西遊記》所寫名號相同者，即使有因於早期西遊故事的可能，卻一定不是因於此本《西遊記》，而是《西遊記》作者虛構或借境於早期西遊故事，或直接借境於泰山。這是本文立論的原則。根據這一原則，既然「傲來」之名自泰山作古，而早期西遊故事中並無「傲來」名號，則《西遊記》作者虛構悟空「傲來國」籍，就一定是直接由岱頂西南之「傲來山」的啓發並借其名而來。從而與上述「東勝神洲」擬山東古齊地相一致，《西遊記》孫悟空形象作爲古齊文化包裝的一隻猴子，又具體是齊魯之界泰山西麓「傲來山」上的一隻猴子。

「傲來山」又名「傲來峰」。天下名山無數，以《西遊記》作者寫人敘事命名取義之不苟作（如對孫悟空的命名），而獨借名「傲來山」以爲悟空「國籍」之稱，除表明其熟悉泰山之外，還應該是有所寄寓的。按「傲來」之義，向無確考。但「傲來」之「來」，或作「徠」。泰山之東約數十里有「徂徠山」，「傲徠山」得名或因其在泰山西南，與「徂徠山」東西相望之故，但也許是以二者雄踞都有不讓泰山之致的緣故。但《西遊記》虛擬孫悟空國籍，不從「傲徠」而從「傲來」，以言悟空爲「傲來國」的一隻猴子，似乎是以「傲來」可解爲傲視一切，以此命爲悟空「國籍」之稱，偕其「尊性高傲」（第二十三回）。這可以由《西遊記》對悟空行事的描寫得到證明，如其對包括玉帝、如來等一切的神祇，無不倨傲無禮即是。又從「比喻有兩柄而復多邊」[註7]考量，第七回曾寫悟空與如來佛鬥法，自以爲騰雲跳到「盡頭路」了，乃復原路回轉「站在如來掌內道：『我已去，今來了……』」云云作想，以「傲來」有「傲」對「如來」之義，大概也不無「作者未必然，讀者何必不然」之閱讀的合理性。

[註7] 錢鍾書《管錐編》第一冊，中華書局 1979 年版，第 39 頁。

三、「花果山」擬泰山──傲來峰

《西遊記》寫「花果山」就在「傲來國」所近大海之中：

> 此山乃十洲之祖脈，三島之來龍，自開清濁而立，鴻蒙判後而成。眞個好山！有詞賦爲證，賦曰……正是百川匯處擎天柱，萬劫無移大地根。

按「花果山」早在宋無名氏《大唐三藏取經詩話》和明《楊東來先生批評西遊記》中就有了，但僅名號而已，無具體描繪。至朝鮮古漢語教科書《朴通事諺解》引我國元代《西遊記》稱「西域有花果山，山下有水簾洞」，才有了一個大概的區位，仍然僅可想像一有「花果」之山而已。而道釋經典多言仙佛之境爲遍滿花果之山，使我們感到「花果山」首先未必是指某一座眞實的山，而是仙佛福地一個普泛的象徵。自然現在還不肯定早期西遊故事中花果山一定不是取自於現實的某一座山，但是要有相關文獻的充分證明。而《西遊記》寫「花果山」是有具體形貌性徵的，《西遊記》花果山原型之山，應該在有文獻爲據的名實兩個方面，尤其是在其性徵上能與《西遊記》的描寫基本相符，才足以當之。

《西遊記》第一回花果山賦寫「花果山」作爲仙山的根本特徵，爲「勢鎭汪洋，威寧瑤海……水火方隅高築土，東海之處聳崇巓」，「十洲之祖脈，三島之來龍」，又爲「擎天柱」「大地根」，另有「水簾洞」等。這些特徵固然總體上也由虛構包括從大千世界雜取種種而來，但在現實中如果有某山可作集中的攝取，大概作者就不會拒之不納而捨易求難，從而某山幾乎必然地就成爲了《西遊記》花果山的原型；而有助於作者想像與描繪的這樣一座山，也應非一般普通的高山。根據於這個道理，我們認爲「五嶽獨尊」的泰山正就是此山。這只要把泰山景觀與《西遊記》「花果山」形貌比對，就可以明白了。具體有三：

首先，泰山爲春秋齊、魯之界，至戰國大部屬齊。而與上論「東勝神洲」擬山東齊地與「傲來國」取名自泰山相一致，《西遊記》寫花果山爲「勢鎭汪洋，威寧瑤海……水火方隅高築土，東海之處聳崇巓」，「十洲之祖脈，三島之來龍」，應該是由山東齊地之名山起意，從而泰山作爲「傲來國」取名所自，又雄踞距東海不遠，是齊地同時是天下第一名山，爲唯一「東海之處聳崇巓」的大山，自然就是作者虛擬花果山原型的首選。

其次，只有泰山既可以稱「擎天柱」，又能夠稱「大地根」。我國高山以「天柱」名者古代有三：一是《列子‧湯問》之「共工氏……怒而觸不周之山，天柱折」所稱不周山，《水經注》謂指崑崙山；二是《爾雅‧釋山》「霍

山爲南嶽」，注「即天柱山」；三是《岱史・山水表》載：「天柱峰，在嶽頂西南仰止亭之後。」這三處「天柱」都早於百回本《西遊記》，從而都有可能是《西遊記》形容「花果山」憑藉的背景。但是，不周山與霍山雖稱「天柱」，卻不同時是「大地根」。按「大地根」說本《老子》：「谷神不死，是謂玄牝。玄牝門，天地根。」「玄牝門」即生死門。而魏晉以降，道教有「泰山地府」與「泰山治鬼」之說，張華《博物志》卷一云：「泰山一曰天孫，言爲天帝孫也。主召人魂魄。東方萬物始成，主知人生命之長短。」從而泰山作爲主生死的地獄所在，具有了「大地根」的特徵。他山無以當之。同時，還值得一說的是明太祖洪武二十三年六月三十日御製岱山高文稱「……世之山首泰山也。……岱山之高也哉，柱天之勢，其可云乎！」（《岱史・形勝考》）這裡「柱天」即「天柱」，幾乎可以看作是明太祖對泰山的封號。

第三，泰山有「水簾洞」。明成化間參議尙綱《遊泰山紀略》曰：「由紅門路過高老橋，傍有水簾洞，洞左爲岩岩亭。」（《岱史・登覽志》）又《岱史・山水表》載：「水簾洞，在高老橋上。」清聶鈫《泰山道里記》更具體寫此水簾洞云：「三官廟北爲水簾洞房〔坊〕，自高老橋坊至此三里，一澗深廣，有橋跨之，曰『住水流』。橋西北二里爲天紳岩，山坳古洞出水，即水簾洞。危壁習瀑，名曰水簾泉，東注中溪。」近人臧勵龢編《中國地名大辭典》「水簾洞」條首項即云：「在山東泰安縣泰山。山坳出水如重練。洞藏岩際，隱約可見。」可知泰山「水簾洞」得名甚古，明以前人一直都很注意其景觀的價值。而更值得注意的是，明人高誨《遊泰山記》云：「稍前爲水簾洞泉自天紳岩出，飛流垂練，聽之泠泠然，下有小石橋，通泉於溪。」（《岱史・登覽志》）又明人王在晉《東巡登泰山記》云：「橋橫水簾洞。」（《岱史・登覽志》）指出泰山水簾洞前有「小石橋」，與《西遊記》所寫水簾洞前有「鐵板橋」建構頗爲相合，從而這一在「傲來山」下的「水簾洞」，比較史載其他水簾洞更合於《西遊記》的描寫，而最有理由視爲《西遊記》所寫「花果山水簾洞」的原型。

總之，綜考泰山與《西遊記》所寫「花果山」爲「十洲之祖脈，三島之來龍」，爲「擎天柱」「大地根」，又有「水簾洞」等多項重要特徵相合而觀之，比較近世學者僅據某山有「水簾洞」還可能是後起之稱的判斷，東嶽泰山具體說其岱頂西南之傲來山，即今所稱傲來峰，是《西遊記》作者虛構「花果山」的原型，應該是合乎實際的。【補說：這也與書中寫孫悟空「尊性高傲」（第二十三回）若相符合。】

四、「仙石」擬「岳頂石」

《西遊記》第一回寫石猴出世云：

> 那座山正當頂上，有一塊仙石。其石有三丈六尺五寸高，有二丈四尺圍圓。三丈六尺五寸高，按周天三百六十五度；二丈四尺圍圓，按政曆二十四氣。上有九竅八孔，按九宮八卦。四面更無樹木遮陰，左右倒有芝蘭相襯。蓋自開闢以來，每受天眞地秀，日精月華，感之既久，遂有靈通之意。內育仙胞。一日迸裂，產一石卵，似圓球樣大。因見風，化作一個石猴。

這裡寫誕育石猴的「仙石」，一般不可以認爲會有所依傍。然而「仙石」有特點：一是在「那座山正當頂上」，二是有尺寸，三是「有靈通之意」。從而因如上論《西遊記》作者熟悉泰山之故，也引起我們從泰山奇石中尋覓其原型的思考。

按《岱史》載：「岳頂石，在玉帝觀前，侍郎萬恭刻石曰『表泰山之巔』。」（《山水表》）又載萬恭《表泰山之巔碑》文記事云：

> 隆慶壬申……臣恭以八月禋泰山，報成績也。余乃歷巇岩，逾險絕……陟山巔，謁天宮，忽緇衣裳蹁躚，目瞪足踐招余曰：「是泰山巔石也。」余異之，視其上室如錮也，視其下砌如砥也，而惡知夫泰山之巔？而又惡知夫泰山之巔石？余喟然歎曰：「夫泰山擅四嶽之尊，而茲巔石又擅泰山之尊，乃從而屋之，又從而夷之，又從而踐履之，令尊貴不揚發，靈異之表見，余過也！余過也！」亟命濟倅王之綱撤太清宮，徙於後方，命之曰：「第掘地而出巔，毋刓方，毋毀圓，毋斫天成，返泰山之眞已矣。」倅乃撤土，巔出之。巔石博十有一尺，厚十四尺有奇，聳三尺，戴活石焉。東博二尺五寸，厚一尺三寸；西博一尺八寸，長八尺有五寸。大約泰山而束之，巔已奇甚矣。又摩頂而戴之石，斯上界之絕頂，青帝之玄冠也。余倚活石覽觀萬里，俯仰八荒……而六極之大觀備矣。彼巔石不見幾千萬年矣，今出之，始返泰山之眞而全其尊。後來觀覽者……務萬世令返其眞而全其尊，以毋得罪於泰山之神，其緇衣蹁躚之意乎？（《岱史·靈宇紀》）

萬恭字肅卿，南昌人，嘉靖二十三年進士，官至僉都御史巡撫山西。隆慶壬申即穆宗隆慶六年（1572）八月，萬恭奉旨以侍郎祭泰山，遂有此記。此記

出百回本《西遊記》成書之前。記中萬恭所出「泰山巔石」也正是有三個特點：一是在泰山「正當頂上」，二是被量有尺寸，三是「活石」，被萬恭表爲「靈異」「奇甚」「青帝之玄冠」和泰山「返其眞而全其尊」的標誌。與上論誕育石猴之「仙石」的三個特點相對照，二者形神何其相似乃爾！

筆者以爲，萬恭當年以朝廷命官祭泰山，移太清宮（即玉皇廟，又稱玉皇宮、玉皇殿），出巔石，立碑表之，碑陽大書「表泰山之巔」諸事，在當時必有較大的影響，從而引起《西遊記》作者的注意，成爲了他虛構石猴出世之「仙石」的素材。

「泰山巔石」後世又稱「岳頂石」，民國以來至今稱「極頂石」。

五、「齊天大聖」也是泰山神

早在百回本《西遊記》問世以前，宋元話本《梅嶺失妻記》就已經有猿怪號「齊天大聖」，至元無名氏《銷釋眞空寶卷》才有「孫行者，齊天大聖」之說，而由朝鮮古漢語教科書《朴通事諺解》注「孫行者」引《西遊記》也稱「齊天大聖」，可知孫悟空爲「齊天大聖」不是今本《西遊記》作者首創。但明《楊東來先生批評西遊記》、無名氏《二郎神鎖齊天大聖》等雜劇中，號「齊天大聖」的神猴卻不是孫行者，而是其「大兄」，孫行者則自稱「大唐三藏國師弟子通天大聖」。所以，從今見資料看，《西遊記》以孫悟空爲「齊天大聖」雖非作者首創，卻是其承早期西遊故事傳統又自作選擇的結果。又孫悟空爲「心猿」原本佛教之說〔註 8〕，其以「心猿」自號「齊天大聖」，卻又似與宋張伯端著道釋雜糅的《悟眞篇》中卷第六十「了了心猿方寸機，三千功行與天齊」的詩句，有直接關係。總之，《西遊記》以孫悟空爲「齊天大聖」，如同對佛典「四大部洲」名稱的移植，既承於前代，又從小說總體構思的需要，作了重要的乃至根本性的變化。從而如上論作爲藝術上原生於泰山的一隻猴子，即使不把泰山神有「天孫」之稱而悟空恰又被賜姓「孫」扯到一起說，我們也還可以揣測其形象的塑造，未必不與泰山神有一定的聯繫。

按泰山神稱「東嶽大帝」，早在《西遊記》成書之前就已經是道教重要神祇。歷代帝王多有封贈，而《元和郡縣志》載：

〔註 8〕〔三國・吳〕支謙即已漢譯之印傳佛典《維摩詰所說經》云：「以難化之人，心如猿猴。故以若干種法，制御其心，乃可調伏。」這一譬喻後世多爲禪宗典籍《祖堂集》《五燈會元》《古尊宿語錄》等書所稱引。

開元十三年冬，玄宗登封泰山。登封之夕，凝氣昏晦，迅風激
烈。皇帝出齋宮，露立以請。及明，清霽，旗幡不搖。事畢，至山
下。日又抱戴，明曜五色，千官稱賀。其日大赦，以靈岳昭感，封
泰山神爲天齊王。（卷十一《兗州·乾封縣》）

《舊唐書》卷八《玄宗紀》、卷二十三《禮儀志》等記載略同。中唐以後歷代
封贈有別，但封號中都保持「天齊」之稱。這一傳統與上述宋明話本、雜劇
等創爲「齊天大聖」名號相參觀，特別是與《西遊記》寫孫悟空生地擬「傲
來山」相聯繫，就不能不使我們想到《西遊記》寫孫悟空「齊天大聖」的名
號，雖承自前代，但在其寫定全書的總體構思中，有以之爲從唐玄宗封泰山
神王號「天齊」顛倒而來之義。

我們這樣推斷的根據是，「齊天大聖」在前代西遊故事中基本上只是一個
孤立的名號，但到了《西遊記》中，雖然仍舊其與玉帝平起平坐之義，卻又
有了一個對應的形象即「東嶽天齊」。我們以「東嶽天齊」與「齊天大聖」爲
對應的根據是這一形象分別在第三十七回、五十六回、六十九回先後三次出
現，皆因孫悟空而言及，卻全無直接正面的描寫：一則由「那人道『東嶽天
齊是他（按指孫悟空——引者）的好朋友。』」（第三十七回）一則由悟空道
「東嶽天齊怖我」（第五十六回），又一則由悟空道「他卻像東嶽天齊手下把
門的那個醮面金睛鬼」（第六十九回）。如此三復提示，都不過是說有號稱「東
嶽天齊」的泰山神而已，卻又都是與悟空相對說，特別強調其與悟空先爲對
頭後是朋友的關係。這就不能不使人想到作者之意並不在寫東嶽天齊，而在
藉此點出「『齊天』大聖」與「東嶽『天齊』」有顛倒共生的對應關係。參以
《西遊記》作者慣於作這種顛倒文字爲名稱的遊戲之筆（如書中「孫行者」「行
者孫」「者行孫」與「刁鑽古怪」「古怪刁鑽」等都是），可以確認無論「齊天
大聖」之稱早期的起因、意義如何，但到了《西遊記》中，作者已使這一名
號具有了與「東嶽『天齊』」顛倒共生的意義。

這一意義的產生，源於《西遊記》所貫穿《易傳》「一陰一陽之爲道」的
原則。也就是說，正如書中有「大雷音」即有「小雷音」（第六十五回），有
「黃風怪」即有「定風丹」（第二十一回），有「刁鑽古怪」就有「古怪刁鑽」
（第八十九回），則有「東嶽『天齊』」，也就應該有「『齊天』大聖」，並且二
者都是泰山神，唯是「天齊」在岱頂，「齊天」在「傲來國（山）」而已。這
一意義的最終指向則是通過孫悟空「天齊」先是與東嶽「齊天」對立，後又

在皈依佛門後與東嶽「齊天」成爲朋友，強調佛法「安天」的作用，即表明如「『齊天』大聖」者，在無邊佛法的壓力之下，也不得不一變與「東嶽天齊」爲同道，不僅再不與天廷對立，而且「死心塌地」（第十四回），「入我（佛）門來」（第八回）。

六、「『齊天』大聖」遠祖古齊「天主」

然而，《西遊記》以「齊天大聖」爲與「東嶽天齊」的對應，還有更深的文化淵源。這要從「東嶽天齊」的得名說起。按「天齊」在今存文獻中最早見於《尙書‧呂刑》云：「天齊於民。」這裡「齊」讀「qì」，注家均以爲整頓、整齊義，是正確的。上述唐玄宗封泰山神爲「天齊王」與《西遊記》稱「東嶽天齊（王）」之「齊」，今音義同於《尙書》，但其原本實通於「臍（jì）」。《史記》卷二十八《封禪書第六》載：

> 於是始皇遂東遊海上，行禮祠名山大川及八神，求仙人羨門之屬。八神將自古而有之，或曰太公以來作之。齊所以爲齊，以天齊也。其祀絕莫知起時。八神：一曰天主，祠天齊。天齊淵水，居臨淄南郊山下者……

對於這段文字，三家注本於「一曰天主」下引《索隱》謂：「主祠天。」可知自古「齊」地並「齊」國之得名，是因爲有「天齊淵水，居臨淄南郊山下」之故。而八神將之首「天主」祠於「天齊」，從而「天齊」作爲淵名，又成爲「主祠天」之「天主」神之祠號，自然也是「主祠天」之神的別稱。但是，這裡「天齊」之「齊」卻非整頓、整齊義。三家注本於「齊所以爲齊」二句下引《集解》蘇林曰：「當天中央齊。」又「天齊淵」下引《索隱》顧氏案引解道彪《齊記》云：「臨淄城南有天齊泉，五泉並出，有異於常，言如天之腹齊也。」這裡「齊（qì）」通「臍（jì）」，「腹齊」即肚臍。從而表明，這位八神將之首的「天主」，因居於「天中央」之地「山下」的「天齊泉」畔，而爲天齊（臍 jì）神，實即天的「肚臍」之神。但早在漢初，「八神將」包括「天主」即「天齊（臍 jì）」神已經「其祀絕莫知起時」，從而後世唐玄宗應是有意無意，奪了古齊「主祠天」之「天主」神祠號，以移封其歷代帝王傳統尊崇的「主祠天」之泰山神，不知不覺間完成了「天齊」從古齊臨淄南郊山下水神（天之肚臍神），到泰山之巔（祀天之最高壇）之泰山神的轉變。

總之，唐玄宗之封泰山神爲「天齊王」與《西遊記》之稱「東嶽天齊」

之「齊」，原本通「臍」，俗讀「天齊（qì）」，乃一如「齊國」之「齊（qì）」，都由於「臍（jì）」字的音轉，而原本應讀曰「天齊（臍 jì）」。從而上述唐玄宗封泰山神爲「天齊王」和《西遊記》稱「東嶽天齊」，唐宋以降至今音義同《尚書・呂刑》「天齊（qì）」，其實是一個歷史的誤讀。退一步說，即使玄宗之封所用「齊（臍 jì）」字音義，當時就已轉變爲「齊（qì）」，但是，參以《列子・周穆王》謂「四海之齊（臍 jì）謂中央之國，跨河南北，越岱東西，萬有餘里」云云，可知用「天齊」指「四海之齊謂中央」之神，「天齊（qì）王」之原本仍爲「『天齊（臍 jì）』王」，乃自「齊」地「當天中央齊（臍 jì）」而來，指中央之神，也是一個歷史的事實。

　　至於由「天主，祠天齊」演爲泰山神封「天齊王」的具體原因，據清皮錫瑞《經學通論・三禮》云：「泰山者，古中國之中也……古中國地小，以今之齊國，爲天下之中，故《爾雅》曰齊，中也。又曰，中有岱嶽。」這就是說，古以齊國爲天下之中，岱嶽即泰山爲齊之中，也成了天下即古中國之「中」，從而原在臨淄南郊山下的淵名「天齊（臍 jì）」，也就有極大的理由移爲泰山之稱。應當與此有關，唐玄宗才可能以古之「天齊（臍 jì）」移封泰山爲「天齊（qì）王」，使自古天子封禪「主祠天」的泰山，有了更爲恰當的稱號。至《西遊記》故事發生，乃漸以形成孫行者稱「齊天大聖」之說，卻與泰山還沒有建立具體的聯繫，至今本《西遊記》成書，寫定者神思妙想，賦予其顛倒「天齊」而爲「齊天」之義，用作孫悟空的名號，並三復提示「東嶽天齊」以彰顯其所寓意，從而偕於「花果山」的原型爲泰山和孫悟空爲泰山猴的總體設計，「齊天大聖」也成了泰山神，具體則爲居於花果山即傲來山之神。其心思之幽深邃密，眞有「太公陰謀」之風。

七、《西遊記》「三界」擬自泰山上下

　　我國《周易》早就有「天、地、人」三極之說，後經道、釋出於輔教目的的敷演，乃有天（宮）、人（世）、地府（獄）「三界」的分別。《西遊記》在天下「四大部洲」的視野中，又正是以此「三界」的分別，寫孫悟空上天入地的神通，尤其是前七回俗所謂「大鬧天宮」的故事，其實是大鬧了「三界」。

　　這七回書所寫的「三界」，當然早在《西遊記》之前各種道、佛之書就都已有所稱揚，似不足爲異。然而，那些記載大都止於三界洞天神明的名號，比較當時泰山早已被儒、道、釋以及各種民間宗教塑造成了一座絕地天通的

神山,而現成地有「三界」的格局,《西遊記》作者對「三界」的想像,當然還是以他所熟悉的泰山爲起點更加容易與方便。這也就是說,《西遊記》寫「三界」固然有取甚至植根於各種道、釋文獻與傳說,但是,如果他對泰山貫通「三界」的文化內涵有所瞭解的話,那麼一定會以泰山作爲虛構「三界」的參照,乃至是不召自來、揮之不去的原型。而如上述,作者既知借名「傲來山」而爲「傲來國」名,那麼他肯定是熟悉泰山形勝的一個人,而《西遊記》寫「三界」與《岱史》記泰山名勝的若合符契,更足以證明泰山正是《西遊記》作者虛構「三界」環境的原型。

首先,岱頂自古又稱玉皇頂,上有玉帝觀,又稱玉帝宮,被認爲是天帝居所,即天宮。上引萬恭《表泰山之巔碑》文即稱其攀登岱頂爲「謁天宮」。因此,自下而上,又有一天門,二天門,三天門(即南天門),東天門,西天門,步天橋,王母橋,王母池,玉女池,觀音洞等等。一山而集中如此眾多「天」上的名號,又大都出現在《西遊記》中,當然是探討《西遊記》天宮環境描寫之背景所不可不注意的。

其次,自魏晉以降,泰山地府(獄)之說就已深入人心,早在魏晉六朝人所著《列異傳》「蔣濟」、《冥祥記》「趙泰」等篇中,就已經有關於泰山地獄的較爲具體的描繪。這也就是說,泰山早在《西遊記》成書以前,就已經千百年爲世所公認地府之所在。而相應泰山腳下有蒿里山相傳爲地獄之門,酆都峪相傳爲冥司所在,又有奈(一作渿)河爲相傳地獄之河,以及奈河橋等。同時作爲地界的組成部分,泰山有白龍池、黑龍潭等,後者相傳潛通東海。《西遊記》第三回寫四猴王對悟空道:「我們這鐵板橋下,水通龍宮東海」云云,正與此傳說相合,也是研究《西遊記》地(水)界環境描寫值得注意的方面。

第三,至於人界,在前七回書中自然只是悟空所居之花果山,其所擬應主要是岱頂西南的傲來山,如「水簾洞」也只在泰山較低之處,從而以山之中麓的地位,與岱頂「天宮」和山底「地獄」,構成「天、地、人「三界」的格局。這一格局給了《西遊記》想像「三界」的方便,也決定了《西遊記》對「三界」的描寫,看似海闊天空,無邊無際,其實場面有限。如第三回寫太白金星奉旨宣詔,只是「出南天門外,按下祥雲,直至花果山水簾洞」,直下而已,根本不曾遠行;而第四回開篇寫孫悟空隨太白金星去見玉帝,也只是「駕雲而起」,直上而已,亦不曾遠行。即使後來取經途中,悟空屢去天宮

求救，也只是一上一下的騰降，說明《西遊記》「三界」的描寫不過是泰山上下「三界」格局的放大，不僅對前七回，而且對其全書的敘事都有很大的影響。

餘　論

本文所考論是一個很大的問題。因此，筆者自己也非常擔心以上的比對按斷是否牽強附會呢？應當說在全等的意義上，是不可能有什麼說服力的。但是，文學藝術的考證，並不應該也不需要同時也不可能作全等的要求，而是依其虛構、模擬、捏合、嫁接、挪移、化用等等藝術創作規律的可能，確證其是一種形似與神似的境界，就可以做結論了。

至於從正面說來，重申我們以爲決非牽強附會的理由：一是本文立論的主要依據《岱史》所據泰山舊志山水名勝的資料，成於今百回本《西遊記》以前，只能是《西遊記》有取於泰山名勝，而不是相反；二是除泰山以外，天下群山沒有任何一座曾薈萃如此數量眾多的自然與人文景觀，而能與《西遊記》之描寫相合者，同時這些相合必非偶然，而是出於作者有意和精心的攝取；三是由《西遊記》借名「傲來山」以爲悟空「國籍」可知，作者既是熟悉泰山的，則在其創作過程中，泰山作爲溝通「三界」的神山形象與景觀特點，也必然如「傲來山」之名號，不期而至，爲其所用。從而作者所熟悉之泰山注定成爲《西遊記》花果山的原型，與其想像虛構孫悟空大鬧「三界」描寫的地理背景。

這也就是說，東嶽泰山即《西遊記》之「花果山」，「齊天大聖」無論其遠源是哪一隻猴子，又無論其在早期西遊故事中曾在何方爲聖，但寫在百回本《西遊記》中的只是「泰山猴」，孫悟空也正是在這裡大鬧「三界」。從而一部《西遊記》，雖遠祖歷史上陳玄奘取經之事及其有關文獻傳說等，但其能成爲現在這個樣子，即其真正的發達之地，只在泰山。至於泰山還有高老橋、曬經石、鷹愁澗等等與《西遊記》描寫明顯相關的地名，也同樣有助於證明這樣一個結論。

最後，筆者要特別聲明的是，這裡討論孫悟空「籍貫」「故里」云云，只限於今通行百回本《西遊記》在明人寫定過程中可能參照的地理背景，而且不排除其仍有前代傳統的影響；至於早期西遊故事中「花果山水簾洞」等地

理背景，人們完全可以依據相關的記載，考察其與任何一地一山的淵源聯繫。
這也就是說，就整個西遊故事而言，「花果山水簾洞」的原型不主一家，但就
今通行百回本所寫而言，泰山是唯一孫悟空的「籍貫」與「故里」，並且是他
「大鬧天宮」「地府」「龍宮」等描寫的地理背景。

（原載《東嶽論叢》2006 年第 2 期，本次收錄有補說）

太話西遊
——《西遊記》與泰山關係論

各位師友：

上午好！謝謝泰山講壇主持人的安排，謝謝各位的光臨，使我能有機會，在這金秋美好的日子裏來到泰安市的最高學府泰山學院，與各位交流《西遊記》與泰山的關係！

我要講的題目是「太話西遊」。「太話西遊」是在「大話西遊」的「大」字底下加了一「．」，卻不是比「大話西遊」大一「．」的更加「大話」的《西遊》。恰恰相反，這是一個嚴肅的學術論題。這個題目中的「西遊」當然也是指《西遊記》小說，具體說是百回本《西遊記》小說；但「太話」的「太」，卻是指「太山」。「太山」是泰山最古老的稱呼。「太話西遊」的意思，既是在泰山話《西遊》，又是我作爲一個泰安人講《西遊記》，但根本上是講《西遊記》與泰山的關係，即在一定程度上，泰山哺育了《西遊記》的成書，《西遊記》有深刻鮮明泰山文化印記。

我們知道，泰山是東土神山，《西遊記》是西天佛話，作爲東方神山與西天佛話的結合的密諦，「太話西遊」妙不可言！正是佛曰：「不可說。」

佛曰「不可說」，是以佛家貴能「悟空」，諸天妙處，只能意會，不可言傳；又只須意會，不必言傳。但是，我輩世俗人，相信話不說不透，理越辯越明，所以儘管泰山與《西遊記》的關係妙不可言，我們還是要「太話西遊」一番，講一講我所知道的泰山與《西遊記》的關係。凡人俗話，難免有誤，就預先請大家，看在我也是一個泰安人的情面上，多多批評。

閒言少敘，話歸正題。此話怎講？可概括爲以下六節：

一、泰山與西游說來話長

二、泰山是花果山

三、泰山是《西遊記》三界的縮影

四、孫悟空是泰山猴

五、泰山是《西遊記》眾神魔之山

六、《西遊記》作者是泰安或久寓泰安之人

一、泰山與《西遊記》說來話長

巍巍泰山，漫漫西遊。一座東方天柱，與一部西行漫記，能有什麼關係呢？我們說有，而且密切久遠，說來話長。這有兩層意思：一是這一關係形成的歷史，說來話長；二是後人對這一關係的覺察、思考與研究的歷史說來話長。

先說第一，泰山與《西遊記》的關係說來話長。毫無疑問，泰山不知其幾千百億萬年，遠遠早於《西遊記》故事的發生。我們一般所說《西遊記》西天取經的故事，中心人物唐僧是唐代歷史上實有之人。俗姓陳，名禕（602～664）。洛州緱氏（今河南偃師緱氏鎮）人。隋大業十一年（615）出家，法名玄奘。唐貞觀三年（629）在未被朝廷批准的情況下私出國界，遠赴天竺學習佛法。至貞觀十九年（645）歸國，帶回並後來又翻譯佛經 75 部 1335 卷，又著《大唐西域記》等。他歷時 17 年，跋涉幾萬里，艱險備嘗，九死一生，取經以歸的壯舉，受到唐太宗賜號三藏，和舉世僧俗的禮敬。他的事蹟在當時就有極大傳奇性，而唐代本就在於傳奇小說盛行的時代，故事流傳，如滾雪球般，日益豐富，瑰麗幻奇，900 餘年後衍化創造出一部百回本小說《西遊記》來。

這樣一個衍化創造的過程，也就是《西遊記》成書的過程，必然是一個各種因素雜糅互動的過程。從理論上說，天文地理，世間人物、事件、神話、傳說，都可能被裹挾其中，成爲西遊故事的組成部分；而且如果不是雜取各種文化因素糅爲一起，而只講取經事實的話，哪有那麼多的話說？又如何說得動聽？所以，泰山的「傲來山」的「傲來」被當作了孫悟空隸籍的國名，江蘇的海州成了唐僧的老家，河南的平頂山是金角大王與銀角大王的駐地，許多地方都有的青龍山成了辟寒與辟暑、辟塵三妖的藏身之地。這些現實中

就有的風水寶地，文化名區、山水勝境被寫進《西遊記》中，既是講故事的需要，又是作者虛構不能不有的依靠。泰山也正是如此。作為「五嶽之首」的一座神山，它的許多景觀成為《西遊記》地理環境描寫的藍本，一點也不奇怪，完全是情理中的事。唯是在各種被寫入《西遊記》的風水寶地、景觀名勝中，屬於泰山的最早，也最多，並且僅從名號上看，只屬於泰山的也不在少數。這就不能不使我們加以特別的注意，在天下紛紛爭言花果山的時候，思考泰山與《西遊記》關係的特殊性。

這種特殊性，首先是泰山與西遊故事的聯繫早於任何其他的山水，據今見文獻，這種聯繫早在唐僧取經的當朝——唐朝中葉以後就開始了。例如，我們知道，泰山靈巖寺有摩頂松，而《太平廣記》卷九二《異僧六》載：

> 沙門玄奘俗姓陳，偃師縣人也。幼聰慧，有操行。唐武德初，
> 往西域……取經六百餘部而歸，其《多心經》至今誦之。初，奘將
> 往西域，於靈巖寺見有松一樹，奘立於庭，以手摩其枝曰：「吾西去
> 求佛教，汝可西長；若吾歸，即卻東回，使吾弟子知之。」及去，
> 其枝年年西指，約長數丈。一年忽東回，門人弟子曰：「教主歸矣！」
> 乃西迎之。奘果還。至今眾謂此松為摩頂松。

原注：「出《獨異志》及《唐新語》。」這裡所說靈巖寺摩頂松，就是泰山靈巖寺摩頂松。而最早有這段記載的《唐新語》，又題《大唐新語》，劉肅撰，作於唐憲宗元和丁亥（807），即詩人元稹、白居易生活的時代。這也就是說，早在1200年前詩人元稹寫《鶯鶯傳》的時代，泰山靈巖寺摩頂松的故事就與唐僧取經聯繫在一起了。故事流傳，從我們能看到的資料可知，約成書於明初的《楊東來先生批評〈西遊記〉雜劇》中已有詩句說「此間蒼葡花方盛，中土松枝已向東」，就是用了這一情節。至百回本《西遊記》成為第十二與第一百回間全部取經故事的一個照應，可說都是泰山靈巖寺摩頂松故事影響的表現。

早期西遊故事還直接與泰山建立了聯繫。今見刊刻於明正德四年（1509）的羅祖（無為教始羅祖，號無為居士、悟空，嘉靖六年歿）所著五部六冊教派寶卷之《巍巍不動泰山深根結果寶卷》一冊中曾說到「朱八界、沙和尚、白馬做護法」的西遊故事；還有明嘉靖三十四年（1555）刻的《清源妙道顯聖真君二郎寶卷》中，講楊二郎的母親雲花，被孫悟空壓在了太山下，二郎劈山，救出母親，又把孫悟空壓在了太山之下，直到唐僧取經路過，悟空「叫

聲師父救救我，情願為徒把經擔。唐僧一見忙念咒，太山崩裂在兩邊」，悟空才從太山底下被搭救出來。

這幾處早期西遊故事與泰山關係的表現，並不顯著，所以從來沒有引起人們的注意。但是，從唐朝至明中葉流傳的西遊故事中，很少有真人、真事、真境，唯一提及的現實中存在的山名，就只有這一座泰山，就很值得注意了！因此，後來百回本《西遊記》創作，加強泰山與西遊故事的聯繫，把大量泰山景觀寫進書中，使《西遊記》幾乎所有主要場景與人物都或多或少與泰山建立了聯繫，從而泰山成為《西遊記》人物故事環境描寫的主要原型與藍本，就不是偶然，而是一個自然的延續了。

第二個說來話長是對泰山與《西遊記》關係的發現與探討由來已久。早在明萬曆（1573～1620）末，蕭協中著《泰山小史》於「高老橋」條下就有辨稱：

> 《西遊》有高老橋〔莊〕，俗遂以此當之，然真贗無從考也。世傳有高老得道於此，故名。

又明末張岱《琅嬛文集》卷二《岱志》記泰山經石峪云：

> 石經峪……山峽中有石，五倍虎邱。傳唐三藏曝經於此，又名曝經石。石上鐫漢隸《金剛經》，字如斗，隨石所之，盡經而上。

由此可知，至晚明萬曆年間《西遊記》問世不久，就已經有人認為《西遊記》豬八戒「高老莊」由泰山「高老橋」得名，泰山石經峪由唐僧曬經得名，有了對泰山與《西遊記》關係的思考。

此外，清乾隆中李百川著《綠野仙蹤》小說一百回（1762），寫冷於冰渡人成仙的故事，全書有大量篇幅寫到泰安州和泰山。但第九回寫冷於冰出家訪道，遊覽華山：

> 次早問明上山路徑，繞著攀道，紆折迴環，轉過了幾個山峰，才到了花果山水簾洞處，不想都是就山勢鑿成亭、臺、石窟、廊、榭等類。又回思日前經過的火焰山、六盤山，大概多與《西遊記》地名相合，也不知他當日，怎麼就將花果山水簾洞做到海東傲來國，火焰山做到西天路上，真是解說不出。〔註1〕

這等文字，完全是乾（隆）嘉（慶）中人重考據以學問為小說的做派，但對於《西遊記》考證卻是有意義的。即倘若華山果然有花果山水簾洞、火焰山、

〔註1〕〔清〕李百川《綠野仙蹤》，李國慶點校，中華書局 2001 年版，第 94 頁。

六盤山這樣一些地名，又早於《西遊記》成書時間的話，那麼我們就要考慮是不是還要討論泰山是花果山的問題了。然而，經查有關文獻，西嶽華山只有一個水簾洞，並沒有另外與西遊故事可能有關的地名。因此，我們可以推測，作者李百川並不是從華山見到了這些景觀，而是把他所熟悉的泰山水簾洞、火焰山等寫到了華山之上，又藉此發問《西遊記》作者「他當日」如何如何。這段文字夾雜於小說中，固然不是真正意義上的學術考證，但仍能夠表明，李百川當年實已發現並思考過泰山的許多地名何以被寫進了《西遊記》，並把這一懷疑通過《綠野仙蹤》中華山的描寫體現出來。

總之，《西遊記》成書以後，明清文人已相繼以不同方式提出泰山與《西遊記》的關係問題。雖然此後 200 餘年間相對沈寂，再無進一步的探討，但是，幽光不滅，到了 1986 年，仍又有當時在泰安師專（今泰山學院）工作的張宏梁、彭海兩位學者，合作《吳承恩〈西遊記〉與泰山》〔註2〕一文；1999年又有泰安師專學者周郢先生，發表《〈西遊記〉與泰山文化》〔註3〕一文，各以堪稱豐富的證據揭示《西遊記》與泰山之間久被遮蔽的文化聯繫，卻仍然沒有引起學者和社會讀者的注意。張、彭二先生文中甚至提到江蘇的「李洪甫曾多次撰文，分析吳承恩寫花果山水簾洞是以連雲港雲台山水簾洞為背景的。……但是雲台山水簾洞並不在山腰、山麓，很難形成大的瀑布」，然後指出《西遊記》「水簾洞的描寫，則是融化了泰山水簾洞的容貌的」等等，欲以此代彼，但也仍然沒有引起學者那怕是僅一稱引或反對的響應，可見這一事實真相之大白於天下，為世所接受之難。

有鑒於此，當 2006 年 1 月 8 日，本人基本撰寫完畢《孫悟空「籍貫」「故里」考論——兼說泰山為〈西遊記〉寫「三界」的地理背景》〔註4〕和《〈西遊記〉與泰山關係考論》〔註5〕兩篇論文之後，向本地新聞媒體發佈了兩文的部分根據與結論。後經國內外媒體輾轉報導，「花果山的原型是泰山」「孫悟空的『老家』是泰山」，或「孫悟空是山東人」之說，廣為傳播，一時反響強烈，成為多數參與討論者抨擊的「驚人」之論。

〔註2〕張宏梁、彭海《吳承恩〈西遊記〉與泰山》，《泰安師專學報》1986 年第 1 期。
〔註3〕周郢《〈西遊記〉與泰山文化》，《山東礦業學院學報（社會科學版）》1999 年第 4 期。
〔註4〕杜貴晨《孫悟空「籍貫」「故里」考論——兼說泰山為〈西遊記〉寫「三界」的地理背景》，《東嶽論叢》2006 年第 2 期。
〔註5〕杜貴晨《〈西遊記〉與泰山關係考論》，《山東社會科學》2006 年第 3 期。

由於絕大多數人都不是研究過這一問題的人，一時的不理解完全是正常的。這一期間眞正值得注意的是研究《西遊記》的專家大都能夠嚴肅對待，例如武夷學院楊國學教授是一位中國古代文學方面的專家，多年研究《西遊記》，現任中國《西遊記》研究學會副會長。他在答記者問時說：

> 你剛才提到的杜貴晨教授的觀點則應當是在明代百回小說《西遊記》中的。這和王益民所指的是不同階段的。我還沒有認眞看過他的論文，不能多發議論。不過我認爲，作爲學術研究，他能夠得出這樣的結論肯定有他的道理。

又有一位筆名爲林野吧的河南學者在自己的博客文章中說：

> 山東師範大學文學院中國古代文學、文藝學的博士生導師杜貴晨教授的考證我完全同意，他的考證與我的是一致的，孫悟空與泰山有相當密切的聯繫，是正確的。……我不同意孫悟空是河南人的說法，儘管我也是河南人。

後來我的這兩篇文章幾乎同時分別發表於在《東嶽論叢》和《山東社會科學》，又分別爲人大複印資料和《中國社會科學文摘》轉載或重點摘要，標誌取得學術上「一家之言」的認可。

綜合以上兩個說來話長，我們可以得出以下認識：

一是《西遊記》與泰山關係的發生與演進，幾乎貫穿西遊故事流傳以至《西遊記》成書的全過程，是當今所有與《西遊記》相關地域文化中發生最早的，不是突然發生的，更不是什麼人憑空捏造出來的，而是一個歷史地發生的客觀的事實；

二是自明末至今，泰山與《西遊記》關係的被覺察與被思考和探討，已近 400 年了。雖然至今近二十多年來才有眞正的研究，但是，這一研究決非今人突發奇想，橫生波瀾，而是這一問題上學術史的自然延續，應該受到公正的對待；

三是就今天而言，我們關於《西遊記》與泰山關係的探討卻幾乎是最晚的。近百年來，特別是近年來，全國據說已經有了二十八座花果山，三十七個水簾洞。從而我們最晚提出「泰山是花果山」等，就有了湊熱鬧之嫌。但是，但這最次也是眾多說法中的一種，而與眾不同的是，我們始終只是把這作爲一個學術問題探討，始終只是靠材料說話，實事求是。

作爲一種實事求是的學術探討，本人堅持以下認識與做法；

　　一是如上所述及，花果山、孫悟空早在百回本《西遊記》成書之前就出現了，那時的花果山、孫悟空有無現實的根據，根據是什麼，除了與泰山有關的，都不在我們討論的範圍；我們所討論的花果山、孫悟空等主要是指明朝萬曆初年以前成書的一百回本《西遊記》中所描寫的形象。這是經過一位天才作家最後寫定的《西遊記》。正是他對西遊故事的最後加工，使花果山、孫悟空成為真正的文學形象，具有了泰山文化的深重印記。同時，我們所說的泰山是「大泰山」，包括主峰與東西麓及其主要的支脈。

　　二是我們討論的泰山與《西遊記》的關係不是雙向的互動，而是泰山影響於百回本《西遊記》的因素。這就要求我們，在發現泰山與《西遊記》的一致時，只有泰山景觀的得名在《西遊記》之前，才能夠認為《西遊記》可能以泰山景觀為原型與藍本。否則，就成了泰山取《西遊記》所寫為景觀，是《西遊記》對泰山文化的影響了。因此，在充分注意有關西遊故事流傳變異過程的基礎之上，我們主要是用百回本《西遊記》成書（至晚明萬曆初年）以前的泰山文獻與《西遊記》的描寫比對作研究。《西遊記》成書至晚在萬曆二十年（1592）之前，因此，我們使用文獻主要是明弘治《泰安州志》（1488～1505）、明嘉靖《泰山志》（1555）。周郢先生《泰山志校證》〔註6〕的出版提供了很大的方便。

　　三是結合小說創作與傳播的規律討論《西遊記》攝取泰山景觀為描寫原型或藍本的可能性與合理性，不能憑泰山與《西遊記》有一兩處地名相同就做結論，因為那可能是偶合，而且這類情況頗多。只有在二者一致處頗多，其中又有一些是泰山所獨有的（如傲來國之「傲來」）情況之下，我們才可以判定《西遊記》的描寫參照了泰山，進而推論那些即使其他地方也有的景觀（如水簾洞）也應該是參照泰山而來。

　　如此說來，「太話西遊」就不能不是一個嚴肅、認真的科學探討。在這樣需要博學審問、慎思明辨的地方，我們可能會有見不到與見不准處，但我們決不敢掉以輕心，更不能「忽悠」，尤其不能譁眾取寵，而要以可靠並翔實的資料，細密而周到的論證，使結論水到渠成，無可辯駁地取信於天下！

〔註6〕周郢《泰山志校證》，黃山出版社2006年版。

二、泰山是花果山

花果山是《西遊記》寫悟空出世爲王的神山，整體是虛構的產物。這也就是說，世間並沒有這樣一座花果山。然而，花果山卻又不是憑空地創造出來的，特別是到了百回本《西遊記》中，寫得有方位，有洞窟，有神氣，自然少不了作者閱歷中山的影子，也就是某種程度上的藍本。因此，我們說泰山是花果山的意思，實在只是說泰山才是百回本《西遊記》所寫花果山參考的藍本。也就是說《西遊記》花果山的描寫有許多參考了泰山的形貌景觀，在這個意義上泰山就是花果山。

這個問題可以從以下三方面來看：一是從小說描寫花果山的方位看；二是從小說描寫花果山的性質看；三是從小說寫花果山的特徵看。

首先，從小說描寫花果山的方位看。花果山之名早在《西遊記》成書以前，元明有關西遊故事的文學作品中就有了。但那時的花果山基本上沒有具體描寫，唯一講得稍微具體一點的，是說它在西域，稱「西域有花果山」。那時的花果山無可考證，也無須考證。至百回本《西遊記》寫花果山，才寫得有方位，有國度，有特徵，有了諸多況喻河山的蛛絲馬蹟，從而才有可考證，也值得考證。書中第一回寫道：

> 感盤古開闢，三皇治世，五帝定倫，世界之間，遂分爲四大部洲：曰東勝神洲，曰西牛賀洲，曰南贍部洲，曰北俱蘆洲。這部書單表東勝神洲。海外有一國土，名曰傲來國。國近大海，海中有一座名山，喚爲花果山。」〔註7〕

後來悟空學道，對祖師自報家門，就說「弟子乃東勝神洲傲來國花果山水簾洞人氏」。可知依百回本《西遊記》所寫，花果山在東勝神洲傲來國。談花果山原型的方位，就是探討花果山所在的國是哪裏？洲是哪裏？答案就是山東泰安。理由有四：

一是按《西遊記》所說「四大部洲」，本於佛經。雖然諸經對四大部洲說法不一，但都是依四方說的，又東方之洲均稱「東勝身洲」。《西遊記》的「東勝神洲」自然首先是從「東勝身洲」改一字——易「身」爲「神」來的。但作者爲什麼易「身」爲「神」，又爲什麼能夠想到易「身」爲「神」？除了「身」爲「神」音便的原因之外，主要是受了齊文化與泰山文化的影響。具體說，

〔註 7〕〔明〕吳承恩《西遊記》，李卓吾、黃周星評，山東文藝出版社 1996 年版。

根據《史記》的記載，早在戰國就有齊人騶衍提出「赤縣神州」（《史記·孟軻荀卿列傳》）之說。「東勝身洲」易「身」爲「神」爲「東勝神洲」，是作者要把佛教的四大部洲中國化，具體的做法卻是受齊文化的影響。從而不僅東勝神洲在東與山東方位相合，而且直接就是從山東古齊文化著想而來；

二是戰國齊人騶衍另有海外「九州」之論，影響後世產生《漢武洞冥記》《十洲記》等方士小說，託於漢初齊人東方朔，推衍出道教「十洲三島」的仙話。《西遊記》寫「東勝神洲」之「花果山」，「乃十洲之祖脈，三島之來龍」，不僅表明其受齊文化的影響，而且由「花果山」在「東勝神洲」並爲「十洲三島」之「祖脈」「來龍」推論，使「十洲三島」實際包括在了其所謂「東勝神洲」的域內。《西遊記》爲「東勝神洲」所設定與「十洲三島」的這一層關係表明，此洲名雖從佛經成說改一字而來，卻已脫胎換骨，成了騶衍、東方朔等爲代表的齊國方士神仙文化一脈的符號。進而聯繫書中一再寫及的道教之祖老子青牛的故事，使我們有理由推測，作者想像中的「東勝神洲」之「勝」，實諧音「聖」，「東勝（聖）」即老子，「東勝神洲」實是指以老子爲鼻祖之神仙道教之說發達最早的山東古齊地。

三是泰安古稱「泰安神州」，又稱「東嶽神州。泰安有神州之稱起於秦朝。清唐仲冕《岱覽》載：「李斯從秦始皇發封，出玉女於岱宗之巔，因祭之，稱爲神州姥姥。」這是講泰山老奶奶的來由，但這裡明確稱泰山爲「神州」。後世文獻又見於元雜劇《黑旋風雙獻功雜劇》第一折稱「泰安神州」，《看錢奴買冤家債主》第四折稱「泰安古號神州」。可知泰安神州之稱是元朝以前就有的。明清間此稱號繼續使用：明末清初諸城人丁耀亢所著《續金瓶梅》文字的佐證，其第四回有云：「那西門慶隨著鬼使往東北而去，不計日夜，早到泰山東嶽神州地方，就如那京城一般。」清雍正末山東巡撫王士俊《泰安改府疏》中也說：「泰安古號神州。」又可知「泰安古號神州」的本義是指其爲「東嶽神州」，即東嶽天齊王所鎮守之「神州」。其地似比泰安地方爲大，也有合於如上「東勝神洲」指山東古齊地的推論，並加強了「東勝神洲」與泰山的聯繫。

四是傲來國的國名「傲來」，不見於《西遊記》以前的西遊故事，是作者首創，卻不是隨便可以想得的，而必有根據。其根據又只有一個，那就是泰山的「傲來峰」，或稱「傲來山」。《泰山志·山水》載：

> 傲來山，在岳頂西南竹林寺。其石巉岏矗矗，至御帳俯視之更奇。

《西遊記》作者虛構悟空「傲來國」籍，不可能不是直接由岱頂西南之「傲來山」的啓發並借其名而來。從而與上述「東勝神洲」擬山東古齊與泰山文化相一致，《西遊記》寫孫悟空「國籍」的傲來國，同樣出自古齊——泰山文化。這是一個絕對的標誌。如果說東勝神洲還可以說我國東部的其他地方或可以充當，但是，傲來國之得名就不是任何其他地方可以替代的了。

這樣綜合來看：東勝神洲得名泰安東嶽神洲，傲來國得名自泰山傲來峰，那麼花果山在泰山就完全是順理成章的結論了。

其次，從小說描寫花果山的性質看。早期西遊故事中的花果山以「花果」爲名，應得自道、釋經典多言仙佛之境爲遍滿花果之山的文化傳統，而別有深意。至百回本《西遊記》乃濃墨重筆，大加渲染，使之成爲一座神山。書中寫道：

> 此山乃十洲之祖脈，三島之來龍，自開清濁而立，鴻蒙判後而成。真個好山！有詞賦爲證，賦曰：

> 勢鎮汪洋，威寧瑤海。勢鎮汪洋，潮湧銀山魚入穴；威寧瑤海，波翻雪浪蜃離淵。水火方隅高積土，東海之處聳崇巔。丹崖怪石，削壁奇峰。丹崖上，彩鳳雙鳴；削壁前，麒麟獨臥。峰頭時聽錦雞鳴，石窟每觀龍出入。林中有壽鹿仙狐，樹上有靈禽玄鶴。瑤草奇花不謝，青松翠柏長春。仙桃常結果，修竹每留雲。一條澗壑藤蘿密，四面原堤草色新。正是百川會處擎天柱，萬劫無移大地根。

這就比較早期西遊故事中花果山的僅具名號有了根本不同，成爲一座富含文化意蘊的神山，從而與中國悠久的神山文化建立了更具體的聯繫。這個聯繫就是原型或曰藍本所自，儘管可能不止一處，但主要是泰山。理由有三：

第一，泰山爲春秋齊、魯之界，至戰國大部屬齊。而與上論「東勝神洲」擬山東齊地與「傲來國」取名自泰山傲來峰相一致，《西遊記》寫花果山爲「十洲之祖脈，三島之來龍」，「勢鎮汪洋，威寧瑤海……水火方隅高築土，東海之處聳崇巔」，也應該是由山東齊地之名山起意，從而泰山作爲「傲來國」取名所自，又雄踞距東海不遠，是齊地同時是天下第一名山，爲唯一「東海之處聳崇巔」的大山，自然就是作者虛擬花果山原型的首選。

第二，泰山玉皇頂又名天柱峰，並且只有泰山既可以稱「擎天柱」，又能夠稱「大地根」。我國高山以「天柱」著名者古代有三：一是《列子·湯問》之「共工氏……怒而觸不周之山，天柱折」所稱不周山，《水經注》謂指崑崙

山；二是《爾雅·釋山》「霍山為南嶽」，注「即天柱山」；三是《岱史》《岱史·山水表》載：「天柱峰，在岳頂西南仰止亭之後。」今存明人磨崖石刻有「天柱東維」之辭。這三處「天柱」都早於百回本《西遊記》，從而都有可能是《西遊記》形容「花果山」憑藉的背景。但是，不周山與霍山雖稱「天柱」，卻不同時是「大地根」。按「大地根」說本《老子》：「谷神不死，是謂玄牝。玄牝門，天地根。」「玄牝門」即生死之門。而魏晉以降，道教有「泰山地府」與「泰山治鬼」之說，張華《博物志》卷一云：「泰山一曰天孫，言為天帝孫也。主召人魂魄。東方萬物始成，主知人生命之長短。」從而泰山作為主生死的地獄所在，具有了「大地根」的特徵，即明朝流行的《二郎寶卷》中所稱「主天主地一座山」，他山無以當之。

這裡，我們還要特別指出的是，《西遊記》「花果山賦」很可能是參考了《泰山志》卷一《望典》載明太祖《御製岱山高文》。該文起首如下：

> 文曰：岱山高兮，不知其幾千萬仞。根盤齊魯兮，亦不知其幾千百里。影照東海兮，巍然而柱天。

此文作於洪武二十三年（1390）六月三十日。這裡明太祖以天子之尊，頌美泰山為「根盤齊魯」，並兩言其勢「柱天」，又稱其「影照東海」，三言其有「百川」；又說到「蒼松」，「丹崖」，「鶴」等等。對比可知，上引《西遊記》花果山賦意境乃至不少詞藻都與此相去不遠。甚至「根盤齊魯」「柱天」「百川」諸語聯繫起來的意思，正就是花果山賦中「百川會處擎天柱，萬劫無移大地根」之意。考慮到《西遊記》作者是一位明代文人，可以認為這篇花果山賦是作者參考乃至一定程度上因襲了明太祖《御製岱山高文》而成，從而泰山也就成為了《西遊記》花果山的原型。

最後，從小說寫花果山的地理特徵看，最突出是花果山有水簾洞。書中寫道：

> 你看他瞑目蹲身，將身一縱，徑跳入瀑布泉中，忽睜睛抬頭觀看，那裡邊卻無水無波，明明朗朗的一架橋梁。他住了身，定了神，仔細再看，原來是座鐵板橋，橋下之水，沖貫於石竅之間，倒掛流出去，遮閉了橋門。

這個水簾洞的最大特點是有「一架橋梁，……原來是座鐵板橋」。而據《泰山志》等知，泰山也有「水簾洞」，並且是兩個：其一據蕭協中《泰山小史》，在傲來峰西百丈崖下，其一在高老橋之上。高老橋之上的水簾洞，洞名始見

於宋人李諤《瑤池記》，其建構與《西遊記》所寫最爲近似。《泰山志·登覽》載明通判高誨《遊泰山記》描述泰山水簾洞景觀云：

> 稍前爲水簾洞，泉自天紳岩出，飛流垂練，聽之泠泠然，下有小石橋，通泉於溪。

所以明人王在晉《東巡登泰山記》有云：「橋橫水簾洞。」都指出泰山高老橋上水簾洞爲瀑布下有橋之洞，與上引《西遊記》所繪建構頗相一致。又雖然泰山的「石橋」到《西遊記》中改寫成了「鐵板橋」，但是這一點竟也是有出處的。據原籍泰安今居長春的夏廣新老先生致函本人稱：

> （原）山東省太西地區牙山村山東面，有一座「紅山」，在紅山的後面，相傳有一座「鐵板橋」。當地自古傳説，「紅山高又高，路過鐵板橋」。這座「鐵板橋」與你所説的洞口有座「鐵板橋」有無聯繫尚不得而知。見信後敬請將提供的這一線索加以考核……

遵照夏先生的這一指示，筆者於 2006 年 2 月 17 日偕記者訪問了該地，鄉之老幼皆知原有鐵板橋，因修路被毀。當地政府提供證明材料如下：

> 孫伯鎮鐵板橋的傳説
>
> 在肥城市孫伯鎮駐地北二公里處有兩座大山，一座叫岈山，又名霹靂山，一座叫九山，又名九仙山，這兩座山海拔都在 400 米以上，岈山險峻挺拔，爲石灰岩，九山巍峨壯觀，爲花崗岩，兩山之間有一條深溝，溝旁有一山，山石全部爲火燒般的紅色，當地人稱紅山，山後澗中有一鐵板橋，雙鏈懸空，一走一搖，很是險要，哪個朝代，誰人所建，現在已無從考證，但民間有一首歌謠流傳至今，：「九岈二山，狼蟲虎豹，黑風口三千里，人頭刮掉，小紅山萬丈高，磨得老天吱吱叫，山後有個鐵板橋，走一步搖三搖，九仙山，山升仙，九口大鍋沒蓋嚴，山下出了滴答泉，滴答泉，往南淌，曲溜拐彎到汶上。」
>
> 這首歌謠一輩輩的傳了下來，到目前考察來看，很是實際，鐵板橋在在 1970 年修公路時被破壞，人們爲紀念奇橋，在相同位置修了一座石橋，2004 年公路拓寬時被扒掉，其他的紅山，九山，滴答泉都有，霹靂洞更是稱奇，裏面有洞有泉，更有石凳，石床，石桌和鍾乳石，近年來這些景點得到了保護性開發，九山下有蠍子城，呈二虎把門，九蠍甩尾之勢，更讓人稱奇的是此地蠍子爲九尾蠍，

與其他地方不同，據記載，袁達、柳木曾在此擺兵列陣，七十年代修西塢水庫曾挖出許多青銅兵器，2004年更有漢墓、唐墓出現，給這一地帶增添了神秘色彩。

　　民國初年，孫伯鎮西北角村村民徐友殿（此人活到近九十歲，前幾年才去世）闖關外犯了罪，按律當斬，適逢負責此案的官員是泰安老鄉，又見徐友殿還年輕，就改判充軍發配到一個「九岈二山，狼蟲虎豹，黑風口三千里，人頭刮掉，小紅山萬丈高，磨得老天吱吱叫，山後有個鐵板橋，」的地方，解差押送到安站，聽說離黑風口已不遠，不敢再向前走，便讓他自己回來了。

孫伯鎮鐵板橋今雖已不存，其建築年代也有待確考，但是，這一傳說仍然加強了《西遊記》所寫水簾洞的原型為泰山水簾洞的結論。

　　又《西遊記》第三回寫四猴王對悟空道：「我們這鐵板橋下，水通龍宮東海」云云，正與泰山有水通海並有「海眼」傳說相合。按《泰山志‧山水》引「《山海經》曰：『泰山，環水出焉，東流注於海。』其曰東者，亦《詩》言『荒於大東』之謂……」馬銘初、嚴澄非《岱史校注》載明吳同春《登泰山記》記泰山有「海眼」，注云：「海眼：在泰山西北麓。《泰山道里記》：『老虎溝西側為河上林，因舊時多桃樹而名。（桃花）峪水又西南曲，中有石窟，深不測，曰大海眼。……又南為龜灣，其下長石攲斜，曰石鯉，達於小海眼。」

　　由此可知，泰山水簾洞除為有「水簾」之洞以外，另有石橋、鐵板橋、海眼等等與《西遊記》所寫相配合，是天下水簾洞中最適合於稱為「花果山水簾洞」原型者。

　　綜合以上三點可知，泰山——傲來山與《西遊記》所寫「花果山」為「十洲之祖脈，三島之來龍」，為「擎天柱」「大地根」，又有「水簾洞」等多項重要特徵相合，比較近世學者僅據某山有「水簾洞」還可能是後起之稱的判斷，東嶽泰山具體說其岱頂西南之傲來山即傲來峰，是《西遊記》作者虛構「花果山」的原型，應該是合乎實際的。

三、泰山是《西遊記》三界的縮影

　　佛教以天、人、地獄為「三界」。這「三界」正是《西遊記》故事的大環境。其中所寫「花果山」與西行途經都屬人界大量模擬泰山是不必說了，即使書中擬所定「天宮」「地獄」「龍宮」等幻境，根本上固然是觀念的產物，

但其具體的塑造，明裏暗裏仍不免以泰山景觀爲原型與藍本。試分說如下：

（一）「天宮」擬泰山主峰上下玉皇大帝所掌管居住的「天宮」，是《西遊記》全書特別是前七回描寫的主要環境之一，其主要設施包括天門、靈霄寶殿、瑤池等等。

泰山上的這些神話中的仙境，不知何年由何人開始被陸續創造出來。但我們從早期釋、道經典中「天宮」之稱比比皆是可知，這一「天上人間」的想像應源自釋道。又從三國魏曹植《大饗碑序》有「設天宮之衛列」的句子可知，至漢末中國「天宮」的觀念就已經由釋道創造出來了。又從唐初東都（洛陽）有天宮寺，杜牧《七夕》有「天街夜色涼如水，臥看牽牛織女星」之句，可知至晚唐代天宮已成規模，有了「天街」等布置，並且具象爲人間的寺院，從而後世宋人蘇軾《中秋詞》有「不知天上宮闕，今夕是何年」的遐想。而記載表明，也正是在唐宋時，也就是早在《西遊記》成書之前，中國人天宮的觀念就已與泰山融爲一體，形成了泰山的天宮景觀。在百回本《西遊記》成書以前，沒有任何一部書如泰山那樣具體詳細地展示過天宮的圖景，更沒有哪一座山如泰山那樣直觀地把天宮的形象呈現出來。因此，泰山天宮是明朝以前中國人天宮觀念最直接完備的現實表現。而《西遊記》描寫天宮與泰山天宮景觀廣泛的對應性，使我們有理由認爲，雖然其思想之源在二氏的觀念，但具體描繪卻是受了泰山天宮景觀的啓發，由對泰山天宮的模擬而來。具體說明如下：

「天門」本是泰山古稱。《泰山志·山水》引《漢官儀》云：「盤道屈曲而上，凡五十餘盤，……至天門。」又唐人類書《兔園策府》云：「告成方岳，陵天樞而紀號。」原注：「樞，門也。王嬰《古今通》曰：太山一名天門。」〔註8〕故李白《泰山吟》詩曰：「清曉騎白鹿，直上天門山。」又曰：「天門一長嘯，萬里清風來。」《西遊記》自第一回始，就不時寫到「天門」「一天門」「二天門」「三天門」「南天門」，「西天門」「東天門」「北天門」等等，這諸多門構成天宮的範圍，是小說人物特別是孫悟空取經前活動的主要場所。而這些門在泰山都能找到與之相對應的景觀。據泰山志書載：

小天門：一名御帳，一名五松亭。（《泰山志·山水》

一天門，有坊，在岳陽岱廟內〔北〕里許。（《岱史·山水表》）

〔註8〕《英藏敦煌文獻》第二冊，四川人民出版社刊。轉引自周郢《泰山志校證》卷之一《箋證》（1），第81頁。

二天門，有坊，在岳陽，一名小天門，即御帳，蓋宋眞宗曾此
駐蹕也。(《岱史·山水表》)

南天門：即十八盤盡處。(《泰山志·山水》)

三天門，石門，一曰南天門，即十八盤盡處。《岱史·山水表》)

東天門：在嶽頂東。(《泰山志·山水》)

西天門：在嶽頂西。(《泰山志·山水》)

玄武門，在嶽北址。(《岱史·山水表》) (引者按：「玄武門」即
第三十三回所寫及「北天門」)

《西遊記》諸天門系統的描寫與泰山可謂驚人一致。這種情況不可能是偶合，
而且即使用心模擬了，也要費不少工夫。

《西遊記》寫「靈霄寶殿」是玉帝聽政的地方。《水滸傳》第八十一回寫
徽宗御書自稱「神霄玉府眞主宣和虛靜道君皇帝」，就是以「神霄玉府」代指
朝廷，而由《西遊記》第四回寫巨靈神稱李靖爲「高上神霄托塔李天王」，更
可以知道「靈霄」即「神霄」，「靈霄寶殿」之名，當自泰山「神霄山」名化
出。《泰山志》載：

東神霄山，在嶽頂東十里。(《泰山志·山水》)

西神霄山，在嶽頂西十里。(《泰山志·山水》)

與「靈霄寶殿」對應的則是泰山玉帝觀、玉皇廟等，《泰山志》載：

玉帝觀：在岳之絕頂，即古登封臺。昔嘗圮廢，成化十九年中
使以內帑金資重建。濟南知府蔡晟記石。(《靈宇》)

玉皇廟：在岳之回馬嶺。《山水》)

《西遊記》寫「瑤池」是天宮宴會之所，俗稱王母池。《泰山志》載：

王母池：一名瑤池，在岳之南麓。……池水之源，乃岱嶽山澗
之水也。自黃峴嶺會石經峪、水簾洞諸源委，匯而爲斯池焉。(《山
水》)

這個名稱是從三國以下唐代就有了。而與「玉帝」「王母」相關的，尚有玉女
池、碧霞靈應宮等 (詳後)。這些綜合構成泰山極頂「天宮」形象的景觀，在
《西遊記》中幾乎一一對應地頻繁出現，決非偶然，應視爲《西遊記》寫「天
宮」擬自泰山的證明。

總之，天宮形象雖然主要是道教文化的一個積累，而不一定是由泰山首

先產生出來。但是，泰山因其特殊的地理形勢與神山性質，集道教天宮形象之大成，最早形成岱頂天宮的神話布局，從而成為可見可觸的天宮，卻是萬山中的獨創。這一獨創至晚在明朝以前，西遊故事尚不夠成熟的階段就完成了，從而《西遊記》寫作過程中，泰山天宮形象的實景自然成為作者的藍本，形成泰山的天宮源於道教，而《西遊記》的天宮模擬泰山的關係。

事實上明朝人正是有稱岱頂為「天宮」者，如上引《岱史》之萬恭《表泰山之巔碑》文就有「陟山巔，謁天宮」的話。劉孝《題南天門》詩云：「齋戒含香叩帝閽，仙風吹我上天門。……即看紫氣臨閶闔，金殿當頭捧至尊。」（《岱史·登覽志》）徐紳《登泰山》有句云：「曾聞天上玉皇宮，絳節星壇向此逢。」（《泰山志·登覽》）也都稱岱頂、玉帝觀為天帝之「宮」「殿」即「天宮」。這可以說是至晚明中葉人對岱頂一種普遍的觀念和俗稱。因此而有《西遊記》作者借景於泰山，為《西遊記》「天宮」描寫的原型，是最自然不過的事情。

（二）「地府」擬「泰山地獄」。《西遊記》第三回、第十回、第十一回、第二十九回、第九十七回等，分別寫到「地府」「陰司」「酆都」「森羅殿」「鬼門關」「奈河」「金橋」「銀橋」「奈河橋」等等，也是泰山先已有之的景觀。

「地府」，《西遊記》中又稱「陰司」「冥司」、地獄，自古與泰山聯繫最為密切。《泰山志·山水》引《福地記》云：「泰山洞天周回三千里，鬼神之府。」又魏晉六朝人所著《列異傳》「蔣濟」、《冥報錄》「睦仁蒨」等篇中，就已有關於泰山地府、泰山府君的描寫。《太平廣記》卷九九《釋證一》錄《冥報記·大業客僧》即曰：「世人傳說云，泰山治鬼。」而泰山亦有「酆都峪」等實之。《泰山志》載：

　　酆都峪：在岳之陽，俗傳為冥司，今峪南有酆都廟，本其說也。
（《山水》）

　　酆都廟：在岳之南麓，升元觀東。弘治十四年建，其神為酆都
　　大帝。其左為閻王廟。（《山水》）
「森羅殿」，《泰山志》載：

　　森羅殿：左為閻王廟，在岳南三里蒿里、社首二山之間，有七
　　十五司及三曹對案之神，神各塑像，俗傳地獄收捕追逮、出入生死
　　之說，固儒者不道，然亦足以警教愚民，使之向善而畏惡也。張華
　　《博物志》、陸機《泰山吟》、白樂天詩，俱見學士徐世隆撰《蒿里

神廟記》。（《靈宇》）

「鬼門關」，《校證》引《岱臆》云：

> 蒿里山神祠門，俗呼爲鬼門關，以石爲之。觀其修門刻石，東
> 西二方，皆云嘉靖三十一年（1522）修。（卷之二《箋證》之164《森
> 羅殿》，第392頁。）

「奈河」即「渿河」，相傳爲地獄之河。《太平廣記》卷三四六《鬼》三十一
《董觀》載太原人董觀死後入地獄：

> 行十餘里，一水廣不數尺，流而西南。觀問習，習曰：「此俗所
> 謂奈河，其源出於地府耶！」觀即視其水，皆血而腥穢，不可近，
> 又見岸上有冠帶褲襦凡數百。習曰：「此逝者之衣，由此趨冥道耳。」

「渿河」之名稱亦見於泰山，河上有渿河橋、金銀橋。《泰山志·山水》載：

> 渿河，源出岳頂西南諸谷，匯爲西溪，……城西郭河津曰渿河
> 橋，西南隅河津曰金銀橋。

又《泰山道里記》云：「（渿河）水西南流，明人建金銀橋，今僧道做法事，
有金銀橋、奈河橋，以誑世取財，蓋藉此附會耳。」

　　這裡所考地府諸景觀多爲泰山所獨有。但其中「酆都」，卻非泰山所原有，
而是借自道教傳說的酆都地獄。此說當起於隋唐時的酆都縣（今重慶豐縣），
傳至東省與泰山地獄之說合一而有泰山酆都峪等。酆都被認爲是泰山地府別
稱，至晚在弘治十四年建酆都廟之前，遠早於《西遊記》，而與渿河等融爲一
體，成了「泰山地府」文化的有機成分，爲《西遊記》地府描寫的參考。

　　（三）靈山。《西遊記》寫佛祖住靈山。國內多靈山。泰安也有靈山，泰
安《寧陽縣志》載，靈山在寧陽縣靈山鄉境內。山上有寺，唐稱妙峰寺，金
改壽峰寺，創建年代無考。

　　總之，《西遊記》所寫是宇宙大背景上的故事，泰山是微縮的宇宙景觀。
泰山古已有之的「三界」格局給了《西遊記》作者以靈感和作爲虛構之依傍
的方便，從而《西遊記》的宇宙背景直接模擬自泰山。這一做法不僅使《西
遊記》所寫「三界」與泰山全體上上下下格局成基本對應關係，而且也影響
了《西遊記》對「三界」的描寫，看似海闊天空，無邊無際，其實場面極其
有限。如依全書稱「四大部洲」，唐僧西天取經必要渡海，但書中並沒有取經
人過海的描寫，似作者並無寫海中西遊的興趣與能力；又如第三回寫太白金
星奉旨宣詔，只是「出南天門外，按下祥雲，直至花果山水簾洞」，自上直下

而已，根本不曾遠行；而第四回開篇寫孫悟空隨太白金星去見玉帝，也只是「駕雲而起」，自下直上而已，亦不曾遠行。即使後來取經途中，悟空屢赴天宮求救，也只是一上一下的騰降，說明《西遊記》「三界」的描寫不過是泰山上下「三界」格局的模擬與放大。

四、孫悟空是「泰山猴」

如上已論及，與《泰山志》同在明嘉靖三十四年（1555）刊刻的《清源妙道顯聖眞君二郎寶卷》中，講楊二郎的母親雲花，被孫悟空壓在了太山下，二郎劈山，救出母親，又把孫悟空壓在了太山之下，直到唐僧取經路過，悟空「叫聲師父救救我，情願爲徒把經擔。唐僧一見忙念咒，太山崩裂在兩邊」，悟空才從太山底下被搭救出來。這個故事表明孫悟空早就是命運與泰山呼吸相通泰山猴了。又進一步從我們已經證明《西遊記》「東勝神洲傲來國花果山」的原型是泰山，那麼自稱「東勝神洲傲來國花果山水簾洞人氏」的孫悟空，自然也就可以得出孫悟空是泰山猴的結論了。但是，這個問題還可以有更深入細緻的分解，容慢慢道來。

孫悟空的形象早在百回本《西遊記》成書之前就有了，淵源久遠而複雜，但尚未定型。至《西遊記》才有了具體細緻的刻畫，有了更多鮮明生動的特點。例如他由仙石化育而成，使如意金箍棒，曾做弼馬瘟，又號齊天大聖等等，都是到了今百回本《西遊記》才最後寫定。這些特點的形成是《西遊記》作者或曰最後寫定者的創造。他的創造不免借用許多現成的資料，或受到某些歷史現象的啓發，從而使這一最後完成階段的孫悟空形象具有了鮮明的地域文化色彩。這種色彩可能並不專署於某一處地方包括泰山，但在我們看來，泰山文化給了孫悟空形象定型化以最大的支持。主要有以下根據：

（一）孕育石猴的花果山「仙石」受到了泰山極頂「岳巓石」的啓發。《西遊記》第一回寫石猴出世云：

> 那座山正當頂上，有一塊仙石。其石有三丈六尺五寸高，有二丈四尺圍圓。三丈六尺五寸高，按周天三百六十五度；二丈四尺圍圓，按政曆二十四氣。上有九竅八孔，按九宮八卦。四面更無樹木遮陰，左右倒有芝蘭相襯。蓋自開闢以來，每受天眞地秀，日精月華，感之既久，遂有靈通之意。內育仙胞。一日迸裂，產一石卵，似圓球樣大。因見風，化作一個石猴。

這裡寫誕育石猴的「仙石」，一般不可以認為會有所依傍。然而「仙石」有特點：一是在「那座山正當頂上」，二是有尺寸，三是「有靈通之意」。從而因如上論《西遊記》作者熟悉泰山之故，也引起我們從泰山奇石中尋覓其原型的思考。按《岱史》載：

> 岳巔石，在玉帝觀前，侍郎萬恭刻石曰「表泰山之巔」。（《山水表》）

並載萬恭《表泰山之巔碑》文記其事云：

> 隆慶壬申……臣恭以八月禋泰山，報成績也。余乃歷巉岩，逾險絕……陟山巔，謁天宮，忽緇衣裳蹁躚，目瞪足踐招余曰：「是泰山巔石也。」余異之，視其上室如錮也，視其下砌如砥也，而惡知夫泰山之巔？而又惡知夫泰山之巔石？余喟然歎曰：「夫泰山擅四嶽之尊，而茲巔石又擅泰山之尊，乃從而屋之，又從而夷之，又從而踐履之，令尊貴不揚發，靈異之表見，余過也！余過也！」亟命濟倅王之綱撤太清宮，徙於後方，命之曰：「第掘地而出巔，毋刑方，毋毀圓，毋斲天成，返泰山之真已矣。」倅乃撤土，巔出之。巔石博十有一尺，厚十四尺有奇，聳三尺，戴活石焉。東博二尺五寸，厚一尺三寸；西博一尺八寸，長八尺有五寸。大約泰山而束之，巔巳奇甚矣。又摩頂而戴之石，斯上界之絕頂，青帝之玄冠也。余倚活石覽觀萬里，俯仰八荒……而六極之大觀備矣。彼巔石不見幾千萬年矣，今出之，始返泰山之真而全其尊。後來觀覽者……務萬世令返其真而全其尊，以毋得罪於泰山之神，其緇衣裳蹁躚之意乎？
>
> （《靈宇紀》）

萬恭字肅卿，南昌人，嘉靖二十三年進士，官至僉都御史巡撫山西。隆慶壬申即穆宗隆慶六年（1572）八月，萬恭奉旨以侍郎祭泰山，遂有此記。此記出百回本《西遊記》成書之前。記中萬恭所出「泰山巔石」也正是有三個特點：一是在泰山「正當頂上」；二是被作為大發現隆重表彰，且經測量記有尺寸；三是被萬恭認為是「活石」，稱「靈異」「奇甚」「青帝之玄冠」和泰山「返其真而全其尊」的標誌。與上論誕育石猴之「仙石」的三個特點相對照，二者形神何其相似乃爾！

萬恭當年以朝廷命官祭泰山，移太清宮，出巔石，立碑表之，碑陽大書「表泰山之巔」諸事，在當時必有較大的影響，廣為泰安人與來泰山的遊客

所知，從而可以認爲，這件事也引起了《西遊記》作者的注意，成爲了他虛構石猴出世「仙石」的素材。

萬恭「表泰山之巔」毀於乾隆年間，「岳巔石」之名遂湮，民國以來至今稱「極頂石」。

（二）孫悟空被封「弼馬溫」與泰山有關。早期西遊故事寫孫悟空沒有天宮授職官封弼馬瘟之說。至《西遊記》增加此一情節，第四回寫孫悟空因鬧了龍宮、地府，而玉帝又爲了息事寧人，除授悟空官職：

> 玉帝宣文選武選仙卿，看那處少甚官職，著孫悟空去除授。旁邊轉過武曲星君啓奏道：「天宮裏各宮各殿，各方各處，都不少官，只是御馬監缺個正堂管事。」玉帝傳旨道：「就除他做個弼馬溫罷。」眾臣叫謝恩，他也只朝上唱個大喏。玉帝又差木德星官送他去御馬監到任。

從此孫悟空有了「弼馬溫」這一令他起初歡喜後來「大惱」的稱號，導致他第一次打出天宮。

相傳猴子可以避馬瘟，孫悟空得「弼馬溫」做「御馬監」「正堂管事」的情節來源，當不止一端。但是，放在泰山爲花果山原型的背景上，我們不能不注意到泰山馬棚崖、馬神廟等，正有可資引發作者如此想像的景觀。按弘治《泰安州志·山川》載：如

> 馬棚崖在山之陽，若覆棚其上者，有「馬棚崖」三字，又名三字崖，世傳洞賓書。

又明成化丙午（1486）春參議尙絅作《遊泰山紀略》曰：「由紅門路過高老橋，傍有水簾洞，洞左爲岩岩亭，少憩。經馬棚崖、回馬嶺，路漸陡峻。」馬銘初、嚴澄非《岱史校注》於尙絅文下注云：

> 馬棚崖：在天紳岩登仙橋北，有石崖懸空如棚，可容馬，故名。明代吳維岳題刻「歇馬崖」。《岱史》謂「向有墨書三畫，風雨不滅，傳爲呂仙跡，故又名三字崖。」清代忽傾落，趙國麟詩曰：「高崖已夷陵谷變，後來休笑畫圖虛。」崖北即 1929 年 6 月爲紀念孫中山先生安葬所建之《總理奉安紀念碑》。

可知馬棚崖在是成化以前爲泰山勝景之一，清代猶存。

另據《岱史》卷一《圖考·泰山新圖（二）》，於天書觀之左標有「馬神廟」，當爲舊圖所遺。此外據《泰山志》《岱史》等，泰山與馬相關的景點，

另有石馬山、飲馬灣、馬蹄峪等。從而以馬棚崖、馬神廟爲中心，這些與馬相關的景觀，不僅會對《西遊記》作者爲「泰山猴」孫悟空安排一個「弼馬溫」的「御馬監」「正堂管事」有啓發，而且也使我們想到唐僧取經所騎之馬，也正與泰山多「馬跡」的情況相偕。

還有一件事也許曾經對《西遊記》「弼馬溫」故事有所啓發，即據《泰山志・靈宇》「玉帝觀」條下濟南知府蔡晟《記略》云，明成化十九年，他曾經陪同御馬監太監錢喜「歸前代封禪玉冊於舊所」，「禮成，太監錢喜……多出內帑白金，命工修繕」。這件事與孫悟空爲「御馬監」「正堂管事」勤於職守的描寫頗相神似，說不定《西遊記》作者曾經從這裡受到過啓發。

（三）孫悟空「齊天大聖」之稱與「東嶽天齊王」有關。《西遊記》寫孫悟空反下天宮，回到花果山，自稱「齊天大聖」。「齊天大聖」的名號雖然不自百回本《西遊記》始，但是，這一稱號被寫入《西遊記》之後，便也與泰山文化有密切聯繫。

早在百回本《西遊記》問世以前，宋元話本《梅嶺失妻記》就已經有猿怪號「齊天大聖」，至元朝無名氏《銷釋眞空寶卷》才有「孫行者，齊天大聖」之說，而由《朴通事諺解》注「孫行者」引《西遊記》也稱「齊天大聖」，可知孫悟空爲「齊天大聖」不是今本《西遊記》作者首創。但明《楊東來先生批評西遊記》、無名氏《二郎神鎖齊天大聖》等雜劇中，號「齊天大聖」的神猴卻不是孫行者，而是其「大兄」，孫行者則自稱「大唐三藏國師弟子通天大聖」。所以，從今見資料看，《西遊記》以孫悟空爲「齊天大聖」雖非作者首創，卻是其承早期西遊故事傳統又從中選擇的結果。

《西遊記》作者選擇孫悟空稱「齊天大聖」與泰山神東嶽天齊王有關。按泰山神古稱「東嶽大帝」，早在《西遊記》成書之前就已經是道教重要神祇。歷代帝王多有封贈，至唐玄宗稱「天齊王」。《元和郡縣志》載：

> 開元十三年冬，玄宗登封泰山。登封之夕，凝氣昏晦，迅風激烈。皇帝出齋宮，露立以請。及明，清霽，旗幡不搖。事畢，至山下。日又抱戴，明曜五色，千官稱賀。其日大赦，以靈嶽昭感，封泰山神爲天齊王。（卷十一《兗州・乾封縣》）

《舊唐書》卷八《玄宗紀》、卷二十三《禮儀志》等記載略同。中唐以後歷代封贈有別，但封號中都保留「天齊」之稱。這一傳統與上述宋明話本、雜劇等創爲「齊天大聖」名號相參觀，特別是與《西遊記》寫孫悟空生地擬「傲

來山」聯繫來看，就不能不使我們想到《西遊記》寫孫悟空「齊天大聖」的名號，雖承自前代，但在其寫定全書的總體構思中，有以之爲從唐玄宗封泰山神王號「天齊」顛倒而來之義。

這一點俞平伯先生早曾指出，他在《西城門外天齊廟》一文中說：「天齊即東嶽，唐玄宗開元十三年封泰山神爲天齊王，……《西遊記》謂齊天大聖，殆從此設想。」但他沒有作具體的推論。我們這樣推斷的根據是，「齊天大聖」在前代西遊故事中既非孫悟空所專用，又基本上只是一個孤立的名號，並無別解。但到了《西遊記》中，雖然仍舊其與「天」平起平坐之義，卻又有了一個對應的形象即「東嶽天齊」。我們以「東嶽天齊」與「齊天大聖」爲對應的根據是，這一形象分別在第三十七回、五十六回、六十九回先後三次提及，皆因孫悟空，卻僅有名號而無正面的描寫：一則由「那人道『東嶽天齊是他（按指孫悟空——引者）的好朋友。』」（第三十七回），一則由悟空道「東嶽天齊怖我」（第五十六回），又一則由悟空道「他卻像東嶽天齊手下把門的那個醜面金睛鬼」（第六十九回）。如此三復提示，並無多少情節上的意義，而僅是道出了孫悟空與東嶽天齊先是對頭後成朋友的關係罷了。

這就不能不使我們想到作者寫及東嶽天齊之意，並不在東嶽天齊，而在於借「東嶽天齊」之稱，點出「『齊天』大聖」實與「東嶽『天齊』」顛倒共生，並爲泰山神祇。參以《西遊記》作者慣於作這種顛倒文字爲名稱的遊戲之筆（如書中「孫行者」「行者孫」「者行孫」與「刁鑽古怪」「古怪刁鑽」等都是），可以確認無論「齊天大聖」之稱早期的起因、意義如何，但到了《西遊記》中，作者已藉「東嶽『天齊』」賦予了「『齊天』大聖」名號泰山文化的內涵。

其所能夠如此，換言之「齊天大聖」與「東嶽天齊」顛倒共生並爲泰山神意義的形成，源於《西遊記》所貫穿《易傳》「一陰一陽之爲道」的原則。也就是說，正如書中有「大雷音」即有「小雷音」（第六十五回），有「黃風怪」即有「定風丹」（第二十一回），有「奔波兒灞」就有「灞波兒奔」（第六十二回），有「刁鑽古怪」就有「古怪刁鑽」（第八十九回），則有「東嶽『天齊』」，也就應該有「『齊天』大聖」，並且二者都是泰山神，唯是「天齊」在「天宮」岱頂（又稱玉皇頂），「齊天」在「傲來國花果山」而已。這一意義的最終指向，則是通過孫悟空「齊天」先是與東嶽「天齊」對立，後又在皈依佛門後與東嶽「天齊」成爲朋友，強調佛法「安天」的作用，即表明如「『齊

天』大聖」者，在無邊佛法的壓力之下，也不得不一變與「東嶽『天齊』」爲同道，不僅再不與天廷對立，而且「死心塌地」（第十四回），「入我（佛）門來」（第八回）。

（四）孫悟空做「齊天大聖」大鬧瑤池會與泰山景觀有關。《西遊記》寫孫悟空受封齊天大聖，被派掌管王母蟠桃園，偷吃蟠桃，後又擅闖瑤池，大鬧蟠桃宴。這裡所寫到的蟠桃爲泰安肥城的特產，瑤池則如上所述，是泰山重要景觀。

總之，自明初寶卷孫悟空形象與泰山的聯繫開始形成，至百回本《西遊記》寫孫悟空，在這一方向上對其形象充實、放大、精雕細刻，更多採用了泰山文化的因子，使之內在地具有泰山文化的血脈，而徹頭徹尾成爲泰山猴。這一過程不是偶然的，除上述泰山景觀自身的條件之外，周郢先生還考證出泰山早在元代就有奉祀孫悟空的廟宇——大聖院的遺址，位於泰安市岱嶽區夏張鎮朱家莊村西。可見孫悟空的傳說很早就是泰山文化的組成部分。後來《西遊記》中這一形象的定型多採泰山文化，不僅是作者的愛好，也是泰山文化的古老傳統的影響所致。

五、泰山是《西遊記》眾神之山

與孫悟空是泰山猴相一致的，是《西遊記》中所寫唐僧、八戒、沙僧、白龍馬，乃至不少妖魔鬼怪形象的塑造，也與泰山有密切關係。論列如下：

（一）唐僧。前舉《西遊記》寫「洪福寺」松借自泰山「靈巖寺摩頂松」傳說之例，表明《西遊記》所寫唐僧的形象有借自泰山文化的成份，茲不再述。這裡要補充說明的是，歷史上未見記載唐僧玄奘曾到過泰山，他西行取經之事也與泰山沒有關係。對此，周郢先生考得唐代齊州山荏（今山東濟南長清）人土窟寺（在今長清張夏鎮）僧義靜，因慕玄奘之宗風，也曾西遊取經，歸國後受封三藏法師。「按義靜亦稱唐三藏，其取經事又與玄奘略似，很可能民間將他的故事嫁接到玄奘身上，泰山『西遊』故事，或由此產生」﹝註9﹞。此說可從。

（二）豬八戒「高老莊」借名泰山「高老橋」。明初楊景賢《西遊記雜劇》寫豬八戒強娶的女子裴海棠爲「裴家莊」人。「裴」者，「非」「衣」也。以《三

﹝註 9﹞周郢《〈西遊記〉與泰山文化》，《山東礦業學院學報（社會科學版）》，1999 年
第 4 期。

國演義》寫劉備以兄弟爲「手足」、妻子爲「衣服」的邏輯，八戒「倒踏門」做女婿，海棠的身份自然不同於一般的妻子，就「非衣」而姓「裴」了。所以，「裴家莊」本是一個富有寓意的命名，然而《西遊記》作者大概是不解此風趣，改「裴家莊」成了「烏斯藏高老莊」。

「烏斯藏」即西藏。朱一玄、劉毓忱編《〈西遊記〉研究資料》錄丁國鈞《荷香館瑣言》卷下《高老莊》引《衛藏通志》稱西藏德慶有「蔡里，一作米里，俗傳即《西遊眞詮》所記之高老莊」〔註10〕。然而此說僅是「俗傳」，文獻上的「蔡里」並未逕稱「高老莊」，所以顯係攀附《西遊記》而爲，不可能是《西遊記》創造「高老莊」的由來。而「高老莊」得名有自，乃與「傲來國」等並出泰山，從泰山「高老橋」借名而來。《岱史》載：

> 高老橋，在紅門上五里許，相傳有學黃老者姓高，始開此道。（《山水表》）

又《泰山道里記》云：

> 古有高老創開此道，故名。有嘉靖三十九年副使高捷重修橋碑。
> 其旁有龍泉水，從西北山峽經此東注中溪。

周郢《校證》卷之三《箋證》之 181 引《元詩選》癸集有李簡《高老橋》詩云：「石橋流水碧泠泠，多少遊人坐此聽。好看春風二月雨，桃花新浪滿沙汀。」可知泰山「高老橋」早在元代即已成勝景，得名遠在《西遊記》之前。在《西遊記》作者熟悉泰山的大前提下，應該視爲《西遊記》寫「高老莊」的藍本。而據成書於明萬曆末期的蕭協中《泰山小史》於「高老橋」條下辯稱：

> 《西遊》有高老橋（引者按當作「莊」），俗遂以此當之，然眞
> 贋無從考也。世傳有高老得道於此，故名。

由此可知，明萬曆時就已經有人認爲《西遊記》「高老莊」由泰山「高老橋」得名，對泰山與《西遊記》關係的思考由來久矣！反而因爲《西遊記》中由泰山「高老橋」得名的「高老莊」被寫在了「烏斯藏國」，引出世間西藏德慶「蔡里」即《西遊記》「高老莊」的「俗傳」，「高老莊」因泰山「高老橋」得名的歷史眞相倒被掩蓋了！

這裡還要順便說到，豬八戒原是天篷元帥，因醉戲嫦娥被罰下凡，他醉酒亂性的地方就是瑤池。如上所述及，早在唐朝，泰山就已經形成了瑤池景觀。從而泰山不僅是豬八戒娶媳婦的地方，而且是他做天篷元帥以權謀色的

〔註10〕朱一玄、劉毓《〈西遊記〉研究資料》，中州書畫社 1983 年版。第 305 頁。

地方，是八戒一生沉浮命運的關鍵之地，豈不又是一大風景！

（三）白龍馬「鷹愁澗」「化龍池」亦取自泰山。《西遊記》第十五回「鷹愁澗意馬收繮」，寫白龍收繮化馬故事發生地「叫做蛇盤山鷹愁澗」，或稱「鷹愁陡澗」：

> 二神道：「原來是如此。這澗中自來無邪，只是深陡寬闊，水光徹底澄清，鴉鵲不敢飛過，因水清照見自己的形影，便認做同群之鳥，往往身擲於水內，故名鷹愁陡澗。

又第一百回「五聖成真」，寫白馬於取經有功，折罪升職，仍復為龍身：

> （佛祖）又叫那白馬：「汝本是西洋大海廣晉龍王之子，因汝違逆父命，犯了不孝之罪，幸得皈身皈法，皈我沙門，每日家虧你馱負聖僧來西，又虧你馱負聖經去東，亦有功者，加升汝職正果，為八部天龍馬。」長老四眾，俱各叩頭謝恩。馬亦謝恩訖，仍命揭諦引了馬下靈山後崖化龍池邊，將馬推入池中。須臾間，那馬打個展身，即退了毛皮，換了頭角，渾身上長起金鱗，腮領下生出銀鬚，一身瑞氣，四爪祥雲，飛出化龍池，盤繞在山門裏擎天華表柱上，諸佛讚揚如來的大法。

這兩處有關白龍故事的「鷹愁澗」與「化龍池」，名號都不易僅從想像而來，卻僅見泰山，或與泰山密切相關。《岱史》載：

> 鷹愁澗，在十八盤下。（《山水表》）

《泰山志》載：

> 白龍池，在傲來山趾，廣數尋，深不可測，上有龍神祠。在州祀典，歲旱禱輒應。按察黃黿刻石曰「霖原」（《山水》）

這兩處與上引《西遊記》所寫同名或幾乎同名的記載，應可視為《西遊記》作者寫白龍馬故事始末之地點取材的出處。而泰山與龍相關的景觀另有：

> 虹在灣，在王母池上，奇石可愛。呂純陽詩曰：「無賴狡蚪知我字」是也。（《泰山志·山水》）

> 龍灣泉，在州東三十里。（《泰山志·山水》）

> 小大龍口：石峽為眾水所歸，飛泉若龍噴然。（《泰山志·山水》）

後稱小大龍峪：

> 小龍峪，古名小龍口，石峽為眾水所歸，飛泉若龍噴然。（《岱

史・山水表》）

　　　　大龍峪，古云大龍口。（《岱史・山水表》）

這些也應該視爲《西遊記》「鷹愁澗」「化龍池」描寫借鑑於泰山景觀的旁證。

　　（四）唐僧「曬經之石」與泰山「石經峪」。《西遊記》第九十九回寫唐僧師徒取經東歸，過通天河濕經，「少頃，太陽高照，卻移經於高崖上，開包曬晾。至今彼處曬經之石尚存」。這裡「曬經之石」即「曬經石」，乃摹泰山「石經峪」而來。《泰山志》載：

　　　　石經峪，在岳之陽，坦石半畝許，古刻《金剛經》，楷書，有近
　　八分書者，大尺許，山人訛傳王右軍書。（《山水》）

而明人正是曾以「曬經之石」稱「石經峪」，《岱史》載萬恭《石壁記》云：

　　　　余既表泰山之巔，掠岱麓而南下，則憩曬經之石。石廣可數畝，
　　遍刻梵經，皆八分書，大如斗，不知何代所爲……余乃大書「曝經
　　石」字，皆博可六七尺，刻深三寸，垂不磨以助其勝。（《宮室志》）

據此，可知石經峪早在明隆慶以前即已有俗稱「曬經之石」即「曬經石」，萬恭題書不過就舊稱改「曬」爲「暴」，換一字爲之。而《西遊記》云「至今彼處曬經之石尚存」，稱「曬經之石」，與上引萬恭記石經古稱一字不差，必非偶然，是其借自泰山石經峪舊名並附會其「曬經」之事而爲的明證。

　　但是，大概因爲萬恭題刻的影響，後世「曝經石」名顯而「曬經石」名晦。所以明代張岱《琅嬛文集》卷二《岱志》載：

　　　　石經峪……山峽中有石，五倍虎邱。傳唐三藏曝經於此，又名
　　曝經石。石上鐫漢隸《金剛經》，字如斗，隨石所之，盡經而上。

這也正如上引蕭協中的存疑「高老莊」，說明至晚明末即已有人把「曝經石」與西遊故事聯繫起來思考。唯是對《西遊記》作者、成書的情況幾一無所知，所以很可能是顛倒了「曬經之石」早於《西遊記》爲後者原型的關係，得出了與事實完全相反的結論。

　　另外，明朱孟震《西南夷風土記》云：「都魯濮水關，有唐僧曬經臺板。古有河，曰流沙，唐僧取經故道，亦有曬經臺。」孟震新淦（今江西清江）人，隆慶二年（1568）進士，於萬恭爲晚進，又其文稱「臺」「臺板」，比較萬恭《石壁記》與《西遊記》均稱「曬經之石」，顯然泰山「曬經石」更接近爲《西遊記》寫「曬經之石」的原型。

　　加以上所述及靈巖寺摩頂松故事，可知《西遊記》寫唐僧取經始末，都

不免就泰山景觀著意生心,是此書創作上一大特色。

(五)沙僧「捲簾大將」得名東嶽廟神。俞樾《茶香室三鈔》卷十九《捲簾將軍》云:

> 國朝段松苓《益都金石記》:「唐東嶽廟尊勝經幢,載諸神名,有南門捲簾將軍。」然則《西遊衍義》有捲簾大將之名,亦非無本也。〔註11〕

可知沙僧爲捲簾大將,得名也與東嶽即泰山諸神有關。

這裡也要說到,正如豬八戒,沙僧前世作爲捲簾大將失手打碎琉璃瓶的地方也正是瑤池。結合孫悟空的在瑤池大鬧蟠桃會,泰山是取經所有主要人物故事命運的重要轉折地之一。這麼多重要人物故事發生地名都集中出現於泰山景觀,豈是偶然的嗎?

(六)「玉女」「七仙女」「玉女洗頭盆」與泰山。《西遊記》第三、第四、第三十一、第六十、第九十四回,共七次提到「玉女」,包括第三十回賦花果山「上連玉女洗頭盆」之句,與第三十一回所寫私通奎木狼下界配十三年夫妻的「披香殿侍香的玉女」寶象國公主,表明「玉女」在《西遊記》形象體系中佔有一定地位。玉女的傳說與相關景觀當然不止泰山同處獨有,但泰山尤多,而且記載甚早。《泰山志》載:

> 玉女山,在嶽頂東北十里許,有玉女修眞石屋在其下。(《山水》)

> 玉女池,在嶽頂元君祠右,甘冽,四時不涸,詳見《靈宇志·玉女考略》。一名聖母水池。(《山水》)

《校證》考池名見於北宋以前,又號玉女泉。〔註12〕

又「玉女」即仙女,《西遊記》第五回寫奉王母之命去蟠桃園採摘蟠桃「七衣仙女」,即七仙女,也是玉女。玉女傳爲七人,稱「七仙女」,亦見於泰山志書。《泰山志·靈宇》載:「碧霞靈應宮:在嶽絕頂西南下三里許,舊名昭眞觀,宋眞宗東封建。……其神曰『天仙玉女碧霞元君。』」〔註13〕並引高誨《玉女考略》云:「及觀李諤《瑤池記》,謂黃帝建觀岱嶽,嘗遣女七人,雲冠羽衣,修奉香火,以迎西崑侖眞人……」〔註14〕又《泰山志》卷之三《登覽》載李白《泰山吟》「四月上泰山」篇有句云:「玉女四五人,飄飄下九垓。

〔註11〕 朱一玄、劉毓忱《〈西遊記〉研究資料》,中州書畫社1983年版。第131頁。
〔註12〕 周郢《泰山志校證》,黃山出版社2006年版,第105頁。
〔註13〕 《泰山志校證》,第235頁。
〔註14〕 《泰山志校證》,第236頁。

含笑引素手，遺我流霞杯。」明廖道南《望嶽》詩有聯云：「上有玉女池，銀河瀉長虹。玉女散天花，萬朵青芙蓉。」明馬三才《玉女池》詩云：「玉女何年去，名猶在水濱。雲疑畫眉客，月似洗妝人。風外聽鸞佩，天邊憶鳳輪。不逢仙子降，空指鏡中塵。」由此可知，與黃帝、西崑侖眞人（即西王母）密切相關的玉女傳說是泰山文化重要組成部分。

至於「玉女洗頭盆」，元明人詩多及之，馬銘初、嚴澄非《岱史校注》卷十七《登覽志》尹臺《東平道中望嶽》詩注謂：「岱頂東北天空山，其東爲九龍岡，上有鑒池，清可鑒髮，俗呼玉女洗頭盆。」張宏梁、彭海二先生文揭出：「（《西遊記》）這一節裏的玉女洗頭盆，正就是錢宗淳《泰山記》裏記述的玉女洗頭盆」，「王衡《登泰山記》也記述了玉女洗頭盆」。但其引稱錢氏文，《岱史》卷十八《登覽志》作「鍾宇淳《泰山紀遊》」，未知孰是。此外，語及此景觀者尚有王世貞《登岱》六首之五「渴問三漿玉女盆」，尹臺《東平道中望嶽》「晞衣玉女盆」等句。

張、彭二先生文指出「玉女洗頭盆不只泰山有，華山也有」，但筆者考其所引據王世貞《委宛餘編》辨證玉女洗頭盆「起於華山……又轉訛而爲泰山」之外，還見晚明人胡汝煥在其《登岱四首》之三的尾註中，也說到是西華蓮花峰玉女洗頭盆「誤於泰山山頂」。但是，這一訛誤早在《西遊記》成書之前，而與書中涉及諸多泰山獨有景觀相參觀，此「玉女洗頭盆」係據泰山景觀言之，也是可以相信的。

這些聯繫使我們有理由認爲《西遊記》有關玉女、七仙女等等的描繪，深受泰山玉女池、碧霞靈應宮等景觀傳說的影響。

（七）「牛魔王」「火焰山」「鐵扇公主」與泰山。《西遊記》第三、第四、第四十至四十二、第五十三、第五十九至第六十一回，都曾經寫到「牛魔王」及其家族成員「紅孩兒」（聖嬰大王）、「鐵扇公主」（羅刹女）、「玉面公主」，以及故事發生的主要地點「火焰山」。這些章回是書中僅次於「大鬧天宮」部分的最好的文字，而周郢先生《〈西遊記〉與泰山文化》文有「火焰山・魔王洞・扇子崖」一節，考論書中牛魔王、火焰山、芭蕉扇影像正有取於泰山「魔王洞」「火焰山」「扇子崖」。這件事使我想到《水滸傳》寫宋江唯一的弟弟宋清，名列七十二地煞，就綽號「鐵扇子」。我們知道，《水滸傳》的作者羅貫中爲山東東平人，寫梁山泊事，東平、梁山泊都離泰山不遠，所以書中多及於泰山（詳下）。宋清綽號「鐵扇子」，說不定也正是從泰山扇子崖啓發而來。

（八）《西遊記》寫「玉眞觀」與泰山日觀臺有關。《西遊記》第八回寫觀音菩薩奉佛旨赴東土尋取經人，下至靈山腳下：

　　　　那菩薩到山腳下，有玉眞觀金頂大仙在觀門首接住，請菩薩獻茶。菩薩不敢久停，曰：「今領如來法旨，上東土尋取經人去。」大仙道：「取經人幾時方到？」菩薩道：「未定，約摸二三年間，或可至此。」遂辭了大仙，半雲半霧，約記程途。

至第九十八回山寫唐僧等取經來到靈山腳下：

　　　　孫大聖認得他，即叫：「師父，此乃是靈山腳下玉眞觀金頂大仙，他來接我們哩。」三藏方才醒悟，進前施禮。大仙笑道：「聖僧今年才到，我被觀音菩薩哄了。他十年前領佛金旨，向東土尋取經人，原說二三年就到我處。我年年等候，渺無消息，不意今年才相逢也。」……同入觀裏，卻又與大仙一一相見。即命看茶擺齋，又叫小童兒燒香湯與聖僧沐浴了，好登佛地。

這裡所寫「玉眞觀金頂大仙」正如上所論及「洪福寺」松樹，都縮合一篇，並各有象徵意義。如果說唐僧再見洪福寺松標誌了取經成佛，那麼他得見菩薩所安排的金頂大仙則標誌了成仙，為成佛之初階，也有某種畫龍點晴的作用。

　　這一情節也因泰山景觀、掌故而來。按唐李白《泰山吟》「朝飲王母池」篇有云：「寂聽娛清暉，玉眞連翠薇。想像鸞鳳舞，飄飄龍門衣。」而泰山有日觀峰，《泰山志·山水》載：「日觀峰，在嶽頂東五鼓可見海上日出。」峰舊有臺，《校證》卷之三《箋證》之16「（李白《泰山吟》）寂聽娛清暉，玉眞連翠薇」，引詹鍈《李白全集校注彙釋集評》，卷十七注云：「玉眞，道觀也。……此處借指泰山之道觀。」並按云：「太白於此寫岱頂道觀，特用『玉眞』二字，實有寓意。……泰山日觀臺道士與玉眞公主府實具密切之聯繫，……日觀一臺，幾可視為公主在泰山勢力之代表，故太白特以『玉眞』稱之。……李白與玉眞公主之締交，或即夤緣泰山日觀臺道士之力。」此說最後的結論或待進一步證實，但是，以李白詩中「玉眞」指泰山日觀臺確然可信。從而岱頂的日觀臺道士，就有可能成為《西遊記》「玉眞觀金頂大仙」的原型。

　　（九）「觀音菩薩」等其他與泰山相關的描寫。除上述之外，《西遊記》人物、故事、環境描寫與泰山有關的尚多，茲分述如下：

　　1、「觀音」，全稱「南海普陀落伽山大慈大悲救苦救難靈感觀世音菩薩」，

自第六回出現，一直是書中重要人物，取經人第一導師和保護神。他在故事中是佛祖如來的代理，作用之大，乃至凡取經途中大難，都是觀音菩薩救了。但這個人物卻是與泰山有關係的，第八回觀音賦贊即曾說他「鎮太（泰）山，居南海」，而泰山正是有觀音洞。《泰山志·山水》載：「觀音洞，在竹林寺後。」

2、「蟠桃園」，見第四回寫孫悟空受封齊天大聖，管理蟠桃園。桃園之設，作者自然不難由想像而來，但是，《西遊記》既已大量攝取泰山景觀以爲描寫的原型，我們就不能不指出泰山正是有多處與桃相關的景觀。《泰山志·山水》載：「桃花洞，在嶽頂西北四十里，可容數十人。」又「桃花峪，在嶽頂西南二十里，桃花洞南，昔多桃花。」明王宏海《詠桃花峪》詩：「流水晴懸碧澗霓，桃花春似五陵溪。東方自擬隨王母，縱少漁郎路不迷。」已是把泰山桃花峪與西王母、東方朔一起說了。又同書第十七卷《登覽》吳同春《過桃花峪》詩前半云：「桃樹千重帶水涯，靈巖百折傍山斜。秋高瑤圃日爲實，雨過天門浪作花。」「瑤圃」即瑤池的園圃，更接近於「蟠桃園」了。

3、芙蓉峰，見第二十四回萬壽山賦、第六十六回武當山賦。泰山也有芙蓉峰。《泰山志·山水》載：「懸刀峰、芙蓉峰、飛鴉峰，俱在嶽西南西溪上，見元人《萃美亭記》石。」

4、蓮花洞，見第三十二回，謂「平頂山蓮花洞」。泰山有蓮花峰，《泰山志·山水》載：「蓮花峰，在獨峰之東，奇簇如蓮。」也有蓮花洞，馬銘初、嚴澄非《岱史校注》卷十六《登覽志》林應麟（按《泰山志》「麟」字作「麒」）作《遊石屋》詩注，謂石屋在岱頂東北，又名後石塢，「崖刻『天空山』，……其巔曰『堯觀臺』，臺前有黃華洞，傳爲玉女修眞處。中有靈異泉，東爲蓮花洞。」

5、「盤絲洞」，見第七十二回。周郢《〈西遊記〉與泰山文化》文末有注以爲「《太平廣記》卷四七九載有泰嶽蜘蛛精異聞，《西遊》之『盤絲洞』或受其啓發而成」。但也許還有另外的因素，《泰山志·山水》載：「金絲洞在嶽頂北九十里，可容百餘人，丘長春煉丹處。舊有庵，今廢。」「盤絲洞」稱名說不定同時與此「金絲洞」有關。

6、《西遊記》有十七次用「泰（太）山」一詞，隨文分佈於第三至第八十八回之中。其中有三次用稱十殿閻羅之「泰山王」，分別在第三、第十、第五十八回；十一次用爲比喻，分別是第三回寫悟空變得「頭如泰山」；第二十二回寫八戒道「師父的骨肉凡胎，重似泰山」，又「遣泰山輕如芥子」；第三

十二回詩「築倒泰山老虎怕」之句；第三十三回「所謂泰山之福緣」；第四十二回「剃作一個太山壓頂」，第四十三回詩「驚天動地泰山搖」之句；第四十九回「築倒太山千虎怕」；第六十一回又是寫孫悟空變得「頭如泰山」；第六十九回「豈但如泰山之重而已乎！」第八十八回「一句話，足足衝倒泰山！」三次為實指，用為情節描寫的構件，即第八回稱觀音菩薩「鎮太山，居南海」，第三十三回妖魔「將一座泰山遣在空中，劈頭壓住行者」的「泰山下頂之法」。

六、《西遊記》作者為泰安人或久寓泰安之人

以上討論滿足了我們開始時提出的標準，即《西遊記》所寫地理環境、人物與《西遊記》成書之前的泰山景觀相合者，數量眾多，據我的研究統計達 45 處之多。這一文學現象的形成不可能是偶合；在諸多相合中，如神州（洲）、傲來、天宮、地獄、鐵板橋、鷹愁澗、神霄、奈河、極頂石、牛王洞、扇子崖、馬棚崖等等一二十處，又是泰山所獨有的，更不可能暗合。這就除了使我們能夠斷定泰山是花果山、孫悟空是泰山猴等等之外，還會進一步思考：是什麼人使泰山與百回本《西遊記》這樣密切聯繫起來的？當然是那位作者。作者是誰？是吳承恩嗎？

很遺憾，近百年來以《西遊記》為吳承恩所作，是完全錯誤的！根據有六：

一是《西遊記》問世本是一部不署名的作品。清初有人提出作者是元代道士長春真人丘處機，後來人據天啟《淮安府志》的記載提出吳承恩，都是猜測或考證加猜測的結果，所以不值得完全信賴；

二是說《西遊記》的作者是吳承恩，與說《西遊記》的作者是長春真人丘處機犯了同樣的錯誤，即邱與吳雖然都有一部《西遊記》，但都屬於地理遊記類的書，而不是小說。這裡的根據是，表明吳有《西遊記》的文獻天啟《淮安府志》中，吳的這部書就被記錄在《淮賢文目》中，稍後清初著名藏書家黃虞稷的《千頃堂書目》中就收錄在「史部地理類」，進一步明確了吳著《西遊記》為地理遊記之作；

三是有學者指出《西遊記》第七回「受籙承恩在玉京」，第九回「承恩的，袖蛇而走」，第二十九回「承恩八戒轉山林」等三次出現「承恩」一詞，「舊時文人如此漫不經心地把自己的名字嵌入小說是不符合情理的」。尤其是「受籙承恩在玉京」一句，與吳承恩根本不曾面君受封的經歷很不相稱。「承恩」

的這種用法，如果說出自是一位名叫吳承恩的人，那是不可想像的。

四是過去學者以書中用淮安方言斷其爲淮人所作進而定《西遊記》作者爲吳承恩是片面的，因爲這部書中既有淮安方言，也有吳中即蘇州方言，還有泰安方言。僅憑這一點不足證明；

五是明嘉靖時淮安山陽縣人吳承恩不是一個可能寫作這樣一部書的人。他曾經作過一部文言小說《禹鼎志》今不存，序中說自幼喜好的故事，到偌大年紀「日與懶戰」，才記下來。以這樣的性情，難得寫出幾十萬字的小說來。

六是沒有資料證明吳承恩曾經到過泰山，他只憑讀書與耳聞不可能做到這種程度。

《西遊記》的作者不是吳承恩，那麼是誰？現在還沒有能夠找出這樣一個人來。但從上述《西遊記》與泰山的關係來看，我們認爲，這位作者應該是泰安人或久寓泰安的人。具體根據有四：

第一，這位作者對泰山異常熟悉。《西遊記》所涉及泰山景觀中，「傲來山」「鐵板橋」「岳巔石」「摩頂松」「天宮」「地府」「鷹愁澗」「扇子崖」、奈河、奈河橋、金銀橋等等多處，爲泰山所獨有，並在泰山分佈範圍甚大。這種情況不可能出於作者描寫與泰山景觀的偶合，而應能證明作者曾經到過泰山，對這些景觀有瞭解，印象深刻，才可能把它們攝入《西遊記》中。而因此之故，加以《西遊記》「水簾洞」有「鐵板橋」而與泰山「鐵板橋」相吻合可證，《西遊記》所涉及那些雖非泰山所獨有的景觀如「水簾洞」者，也並不來自別處，而是就近從泰山取影。從而表明《西遊記》作者對泰山的瞭解，不是僅憑臥遊文獻和博採傳聞，而是親歷親見，知之甚多，識之甚深，有宏觀的考量。這就不是一年二年短期所能辦，而非泰安人或久居泰安者不能做到。

第二，這位作者是對泰山有濃厚的感情。以上說到，《西遊記》全書寫人、述事、設喻，總計不下十七次提及泰（太）山，比較臨近泰山的山東東平人羅貫中寫《水滸傳》有三十四次提到泰（太）山，而河南人寫成的《歧路燈》與同是山東人卻非泰安人寫成的《金瓶梅》各僅四次提及泰（太）山，更顯示其作者很可能是一位山東人，而且與《三國演義》《水滸傳》的作者羅貫中一樣，似有某種泰山情結。至於書中第六十九回寫孫悟空形容一個妖怪說「他卻像東嶽天齊手下把門的那個醜面金睛鬼」的比喻，則表明了《西遊記》作者很可能是到過泰山東嶽天齊廟，對那裡「把門」的神像有極深的印象。因

此，我們認爲這位作者即使不是一位泰安人，也應該有久寓泰安的經歷。否則，他就根本不可能如此自覺、大量而又巧妙地籠泰山景觀於筆端，創造出今本《西遊記》「花果山」以至「天、地、人」三界的環境，乃至石猴出世的情節。

第三，書中有大量泰安方言。如第十三回寫吃東西「只聽得㘞啅之聲」，「㘞啅」在魯西南方言中是常用的；又如第十四回寫說話反反覆覆地囉嗦爲「緒咶」，第二十三回寫「四聖試禪心」：「那八戒聞得這般富貴，這般美色，他卻心癢難撓；坐在那椅子上，一似針戳屁股，左扭右扭的，忍耐不住。走上前，扯了師父一把道：「師父！這娘子告誦你話，你怎麼佯佯不睬？好道也做個理會是。」第二十七回說「五黃六月」，第五十三回寫唐僧師徒誤飲了子母河水而懷孕，肚裏有血肉之塊「不住的骨冗骨冗亂動」，又寫老婦人走路爲「蹼踏蹼踏的」，第七十七回寫「大聖在雲端裏嗟歎道：『我那八戒、沙僧，還捱得兩滾；我那師父，只消一滾就爛。若不用法救他，頃刻喪矣！』」等等，都是魯西南泰安的方言用語。

第四，《西遊記》最早的刻本與山東關係密切。最早說到《西遊記》作者的萬曆二十年刊《鼎鍥京本全像西遊記》陳元之序云：「《西遊》一書，不知其何人所爲。或曰『出今天潢何侯王之國』，或曰『出八公之徒』，或曰『出王自製』。」即出於某藩王府；又聯繫明周弘祖《古今書刻》曾著錄兩種山東刊刻的《西遊記》：一種是魯府本，一種是登州府本，刻者、書名、時間等都與陳序所說相合。而開藩在今山東濟寧境內的魯王府與泰山道觀寺院的關係甚密。

我曾經在一次學術會議上談到通過方言的運用考評章回小說作者籍貫或其生活過的地方的原則，是書中有這個地方的方言，作者不一定是這個地方或曾久寓這個地方的人；但若書中沒有這個地方的方言，則作者一定不是這個地方或不曾久寓這個地方的人。換言之，方言並不標誌作者一定是某方人，特別是當一種書中有多處方言的時候，更是如此。但是，方言標誌了作者是某方人的可能性，就是說，只有書中有某地方言，作者才可能是這個地方的人；反之，則一定不是這個地方的人。因此，《西遊記》有泰安方言雖不足以證明作者是泰安人或久寓泰安的人，但是，與這位作者非常熟悉泰山、最早《西遊記》刻本出自魯王府等諸多線索聯繫來看，使我們基本上可以斷定，它的作者應是一位泰安人，或久寓泰安的人。他一生到過許多地方，特別是

到過淮安、吳中等地，所以熟悉那裡的一些方言土語，並且用在小說的描寫中。但他是在山東並很可能就是在魯王府寫成了《西遊記》，並最早由魯府付刻。

　　泰山與《西遊記》的這一重要而密切的關係，是中國傳統文化久被遮蔽的一頁歷史，對泰山與《西遊記》雙方都有重要意義：在泰山文化是泰山作為千古神山的《西遊記》文化內涵；在《西遊記》文化是《西遊記》作為不朽名著的泰山文化背景。這在兩大文化各都是大事。而且，泰山與《西遊記》的關係不止是一個思想文化與文學問題，而且是一個歷史、社會和經濟文化問題，對泰山與《西遊記》文化產業的研究開發都有重要意義。在這一方面，泰山與《西遊記》文化的關係更是長時期被忽略了。如今此歷史真相既經揭密，事實大白於天下，進一步的研究與開發就有了依據和希望。如果說其他層面的東西我們不便妄擬，但可以肯定的是，從今而後，泰山與《西遊記》文化各自的學術研究中，這兩大文化——神山與佛話的文化——的聯姻將成為世人注目的現象：說孫悟空——《西遊記》就離不開泰山，而說泰山也將離不開《西遊記》——孫悟空光輝的一面！

　　（據《泰山講壇》講演稿改定，原載《泰山學院學報》2007 第 5 期）

關於「泰山是『花果山』」的新證

2006 年 1 月，我撰文並接受媒體採訪，提出「泰山是『花果山』」「孫悟空是『泰山猴』」，雖然受到某些人（基本上只是沒有讀過本人文章的非專業人士）的責難，甚至辱罵恐嚇，但是對我來說，只是堅定了進一步弄清事實，說明道理的決心；而越來越多專家學者的不同形式的理解與支持，也愈加堅定了我做好這項研究的信心。加以各方面的幫助和不斷有同道加入，這項研究又取得了新的進展。

進展的標誌是陸續有新的證據被發現出來。最新的發現應推泰安孫悟空廟‧《泰山金週刊》（2006 年 10 月 17 日）題為《泰山發現「孫猴子廟」遺址》的報導全文如下：

> 近日，泰山研究者周郢近日在田野考察中，發現了泰山一座奉祀孫悟空廟宇——大聖院的遺址。此廟位於泰安市岱嶽區夏張鎮朱家莊村西，據民國《重修泰安縣志》卷二記載：「大聖院：在縣西南五十餘里嶅山東南。創建無考。元重修之，有至元三十一年徐朗塔廊記碑，張士彧書廟久圮，惟磚塔九級碑存焉。」所云大聖，據本村老人證實，即「齊天大聖」孫悟空。

> 據朱家莊八十二歲老人楊桂松介紹：大聖院俗稱「孫猴子廟」，廟內有一高塔，共九級，俗稱「北白塔子」，又稱萬丈塔。白塔第一層高約 2 米，塔門南向，塔中置有小神龕，置有「孫猴子」手執金箍棒的塑像，造型生動傳神。同村七十歲老人楊玉金補充說：「『猴子像』高約二尺，係一尊立像。相傳白塔之下，壓著白骨精，故塑孫悟空以鎮妖。又有塔底有洞，直通嶅山之西。」

　　大聖塔於 1956 年被村民拆除，現遺址散落著許多的古碑。樹立
《塔廊記》碑的石座尚存，據楊玉金介紹：此碑爲圓頭，約 2 米高。
後被人僕毀，現正在尋找。關於此碑，周郢在清楊守敬《三續寰宇
訪碑錄》卷十一上查到相關的記載：「《重修大聖院塔廊記》：徐朗撰，
張士或正書並題額正書。至元十一年九月。山東泰安。」雖原文尚
待查找，但是證明，泰山大聖院至遲在元代已經出現，遠早於百回
本《西遊記》的成書時代。至於孫悟空廟爲何會在泰山出現，周郢
認爲，這是由於泰山地區爲《西遊》故事的發源地之一，岱西的大
聖院，正逗透了兩者的一段文化淵源。

周郢先生原籍河南人，是當今研究泰山文化的重要學者，先後有《泰山志箋
證》等有關泰山文化的專著問世。他的這一發現無疑是關於《西遊記》與泰
山關係的一個重大信息。這一信息表明，因爲元朝的歷史不過百年（1279～
1368），卻早在至元三十一年（1294）就已經重修的岱西大聖院，其始建應不
晚於宋末，有可能更早。這就是說，至晚宋朝末年，泰山地區就已經流傳孫
大聖即孫悟空故事；在今百回本成書以前很久，孫悟空早就已經是「泰山猴」
了！

　　另外，周郢先生還早就發現，《西遊記》第十三與第一百回寫摩頂松故事，
取自泰山靈巖寺摩頂松傳說。而摩頂松傳說能與唐僧取經聯繫起來，應是與
一位同在唐朝稍後於玄奘，也是因西遊印度取經有重大貢獻，而被唐天子封
爲三藏法師的高僧義靜和尚，曾經長期住持靈巖寺有關。即有關義靜自泰山
靈巖寺出發西遊取經的摩頂松故事，被移到了當時已經成爲取經故事的「箭
垛」似人物唐玄奘身上，才有了《西遊記》以泰山靈巖寺摩頂松爲原型的描
寫。

　　這一考證的結論是完全可靠的，但其意義卻不止於發現了《西遊記》寫
摩頂松故事的原型，更在於逗透出孫悟空形象的發生與義靜其人其事的聯
繫。按筆者在最近應邀考察濟南市長清區（原長清縣）張夏鎮四禪寺等佛教
遺跡時，經隨行當地學者陪同指教，在附近王泉村登山拜謁了義靜法師的墓
塔，又入山至相傳爲法師之恩師善遇大師的法身葬地，瞻仰了應是比照其恩
師生前形貌鑿雕而成的石窟造像。因造像在山背陰處，故俗稱「背陰佛」；又
因造像的面部，雖然今見鼻子以下已有殘缺，但從鼻以上尚存部分的造型，
還可以看出其貌如猴，故舊來又俗稱「雷公佛」。

　　這尊「雷公佛」貌相如猴，還可以從王泉山山峪深處的「五十三參」摩崖石刻得到印證。據當地學者房澤水先生等說，該石刻表現義靜西行求法，也有三個徒弟；而義靜的師父善遇大師的刻像，正是人身猴臉。近來大概與本人提出「孫悟空是『泰山猴』」相關，他們認爲《西遊記》寫孫悟空形象的靈感，也許就來自這位雷公佛。他們的理由，除了以善遇大師爲原型的這尊「雷公佛」與其雕刻的造像都統一酷似猴子之外，還有一點就是善遇大師有很好的武功，而義靜當年西遊，自靈巖寺出發，曾親至師父墓前拜謁，祈求保祐。從而義靜的事蹟引起《西遊記》作者想像，在義靜的徒弟中，有這樣一位相貌如猴武藝高強的護法者隨行，於是有了孫悟空的形象。

　　這些主要是得自傳說又摻雜了許多想像的認識，自然尙不足爲定論。但是，長清原屬泰安，張夏地近泰山，泰山夏張孫悟空廟的發現，無疑增強了張夏這位唐三藏義靜法師的師父——「雷公佛」與孫悟空形象的聯繫。因爲在《西遊記》中，孫悟空正是被寫作一個「雷公臉」！

　　辨證法告訴我們，世界上一切事物都處在相互的聯繫與變化之中。文學形象的形成，由於歷史與口傳的種種複雜，其間各種因素的聯繫與變化，更往往會有匪夷所思的情況發生。因此，本人在自信確考了《西遊記》地理環境描寫等主要以泰山爲原型和藍本的前提下，頗傾向於認爲當地學者們的推論，對於研究孫悟空形象最初的成因，仍有一定參考價值。

　　這就是說，《西遊記》孫悟空形象的發生，固然根本於世界有猴子這種動物，但其始卻未必就是來自中國或印度的什麼神猴或者水怪，而還可能是來自一位貌相似猴的僧人，即與泰安夏張鎮大聖院同在泰山地區的，原屬泰安之張夏鎮的這位「雷公佛」！

　　如果是這樣，孫悟空形象應該早在唐代就已經醞釀發生，並在此後的某個時候，很早就進入西遊故事，而至晚到元代成爲泰山地區的神祇之一。唯是百回本《西遊記》的作者雖然襲取了這一形象，並基本保留了其「雷公臉」的特徵與稱呼，但他自己卻未必明白這一形象因義靜取經之事，而起於「雷公佛」的始末。

　　當然，我們後來的人即使有向這方面的懷疑並且這方向是正確的，卻也很難做出確切的考證。但是，任何考證如果最終能有確鑿之結論的話，也是要一步一步才能逐漸達到。所以，關於孫悟空形象起源泰山，甚至直接是就張夏的「雷公佛」造像脫化而來的問題，目前我並不敢肯定其是或非；但是，

如果這事終究能夠證實的話，那麼在最後結論得出之前，這樣的探討當然是有意義的；而即使到頭來只是一場空忙，那麼比較僅有令人絕望的空無，有這麼一個從各種蛛絲馬蹟而生出的猜測，也是一種收穫，並且是美麗的。

（二○○六年十月十九日星期四）

東平縣尹山莊孫悟空廟碑考察記

我自從 2006 年 1 月 8 日接受《齊魯晚報》採訪，發表被報導爲「孫悟空是泰山猴」「孫悟空老家是山東人」的說法以來，謾罵者有之，詆毀者有之，懷疑者有之，贊成者亦有之，都使我頗覺開心！原來吾道不孤，自己做的這一點事，還是有人關心的。

於是當年三月幾乎同時發表了那兩篇文章，後來也時常想著，能夠更多發現一點證據才好。不久就有泰山學院周郢先生專告，泰安發現元代孫悟空廟大聖院的遺址，可惜原有碑已毀，一時無法考見其實。這一消息使我喜悅與悵惘兼而有之：喜的是泰山孫悟空之事畢竟有了進一步的歷史根據，而且是早在元代，百回本《西遊記》成書之前；悵惘的是有關遺址的記載至今未見，莫不又如孫悟空當年，橫空出世之後，一下又被壓到五行山下，使我輩人生有涯，定不復能見得到的了，豈不是遺憾！

然而「東邊日出西邊雨」，泰安的大聖院難得考見了，卻還是由周郢先生傳來泰安市東平縣消息：該縣接山鄉尹山莊有齊天大聖孫悟空廟碑！這可以彌補泰安大聖院一時難得考實的遺憾了，實在是一個驚人而又十分及時的大好消息！

2009 年 3 月 1 日，偕齊魯電視臺王岩記者趨車赴東平考察孫悟空廟，早九時 40 分自濟南出發，繞道泰安，邀周郢先生同行。中午 12 時抵達接山鄉政府，飯後同行有東平縣委宣傳部侯慶貴副部長等，約六七人，分乘兩部車直奔目標。

大聖廟原本座落於當地稱之謂花果山的半山坡上，已在文革中毀壞，除散存石柱坑、磚石等遺物外，唯一能夠證明世曾有此廟的，就是一塊孤立特出的大聖廟石碑。

　　石碑高約 160 釐米，寬約 80 釐米，厚約 30 釐米。雖不甚高大，但今當初春，草木凋零，一無遮擋，遠遠望去，在緩降的山坡上頗顯得醒目，還似乎有些高大了！

　　碑正面有記，敘立碑緣由始末甚詳，而未暇照錄。讀之，約略云臨近鄉民因苦旱祈雨，立此大聖廟；大聖即齊天大聖，《西遊記》中所寫者……。碑文作者為當地一庠生，時在清嘉慶十年（1805）十二月，實已是公元 1806 年了。

　　尹山莊村原黨支部書記 88 歲高齡的尹序瑞老先生稱說，故老相傳此山名花果山，逢旱即有祭大聖祈雨風俗，因立此廟。廟未毀時，供有孫悟空、豬八戒、沙僧、小白龍四神像，各高不過半米，廟的規模亦不甚大。祭祀時以條凳相接，人相續跨坐凳上，旁設火炮，放炮時人因震動作搖狀，如龍之升天行雨，以祈如願。但我觀廟址地勢與基礎較大，或尹老能見時廟已毀損縮小了規制，而初建之時，也許有一定的規模，俟考；而尹老所述祭大聖祈雨之俗與舊籍所載福建、湖北等地祀悟空祈雨風俗，大略亦相彷彿。

　　由此可知，我國清代南北曾長時期盛行立廟祭祀孫悟空以祈雨之俗，近世逐漸消歇，至今未見有關他處現存此類孫悟空廟或碑的報導。因此，東平縣孫悟空廟碑的發現，或為填補空白的僅有之文物，於民俗學乃至《西遊記》成書、流行的研究都大有裨益，是相當寶貴的。

　　從泰山與《西遊記》的關係研究來看，這一建立於清代中葉的孫悟空廟碑，甚晚於《西遊記》的成書，似已沒有什麼關係。其實未必然，因為此廟與石碑雖然立於清嘉慶年間，但其風俗或來源甚早。參以東平臨近泰安元代已有大聖廟的歷史情境，此處大聖廟之設，或即自泰安此一風俗自元代以來的沿襲，二者互證泰安及其左近自元至清有孫悟空崇拜之俗。這與拙著《太話西遊》曾言及明代寶卷有孫悟空與二郎神鬥法，悟空敗北被壓在太山之下的文字也若相呼應。泰山文化中有關孫悟空的這諸多成分，在早成為百回本《西遊記》成書的重要基礎，在晚成為泰山文化受《西遊記》影響的證明，都有助於加強拙論媒體戲稱之「孫悟空是泰山猴」「泰山是花果山」的結論。

　　下午 3 時返程，周郢先生專車回泰安，我與記者回濟南。想到自從打開《西遊記》與泰山關係的大門，深入其中，步步都有新天地，真有說不出的喜悅與榮幸！又途中與周郢先生談及此類研究，當謂之曰「文學史的田野考查」，也是行路之一得。

（2009 年 3 月 10 日）

爲孫悟空找「老家」的人

　　在過去的二十世紀中，《西遊記》孫悟空形象研究有兩件大事：一是人們力圖弄清楚這個形象的原型，即由哪一隻猴子演變來的，先後出現了「外來」（由印度神猴哈奴曼演變而來）還是「國產」（由中國神話中淮渦水怪無支祁演變而來），還是「混血」等說，都是在爲這個形象「尋祖」；二是人們也想弄清楚《西遊記》寫這個形象出生與長成的「花果山」，到底主要是參考比照了現實中哪一座山寫成，換言之孫悟空是哪座山上的「猴」？要爲他「找（老）家」。

　　二十世紀初，爲孫悟空形象「尋祖」與「找家」先後發生。大致是因「尋祖」而引出「找家」，但是後來，「尋祖」的只是「尋祖」，「找家」專做「找家」。最早爲孫悟家「尋祖」的是胡適、魯迅等先生。此後趙振鐸、陳寅恪、葉德均、季羨林等等許多學者繼續之，往來論辯，遂有以上「血統」諸說；而就在胡適發表《〈西遊記〉考證》，孫悟空形象的「尋祖」之旅剛剛開始之際，董作賓先生發表《讀〈西遊記考證〉》一文，就已經在爲孫悟空「找家」了。他說：

　　　　因爲看《淮安志》的時候，偶然見《藝文》裏有「朱民臣題云
　　　　台山水簾洞」的標題，想到水簾洞是美猴王的發祥地，也算這部《西
　　　　遊記》的出發點，不無研究的價值。於是就加意探訪，果然尋到水
　　　　簾洞的去處。

他所根據的是嘉慶《海州志》卷第十一《山川》所載雲台山水簾洞，是《西遊記》成書二百多年以後的記載，當然沒有任何證明的效力。而他接著又說：

　　　　雲臺的名字，是萬曆年間的。此山是海邊的一個孤島，周圍約

有二百餘里。志又稱：

> 雲臺，向在海中，禁爲外界；康熙十六年，奏請得爲内地。
>
> 此山的形勢，也似乎是花果山的背景。〔註1〕

這就是至今盛傳於世的「連雲港花果山」的由來。後來雖然附益者甚多，但並沒有多少新的有力證據被提出來。

然而，董作賓引據的資料表明，連雲台山的得名都晚至明萬曆年間，在《西遊記》成書的同時或稍後，那麼這座山與山上晚至清嘉慶時才見於記載的水簾洞，又怎麼可能被寫入《西遊記》中呢？可見其儘管只是作了「似乎是花果山的背景」的推測，而根本算不上什麼結論，但這推測也是站不住腳的。

儘管如此，董作賓的推測還是受到了大批學者的擁護，進而發展至似乎已成爲「定論」。這一「定論」雖然雖然千瘡百孔，完全經不信推敲，但其長期發酵的影響卻使雲台山永遠地與花果山連在了一起！

這一影響的最重要的中介是二十世紀最偉大的人物之一，已故毛澤東主席相信並支持了此說。如今比較方便見到的有關記載，是 CCTV.COM《國家地理》欄目題爲《連雲港〈大聖故里〉》的文章，那裡面說：

> 上個世紀五十年代的一天，當時身爲團中央書記的胡耀邦來辭
>
> 別毛主席，他要到徐州搞調研。毛主席聽説他要到徐州就説：「孫悟
>
> 空的老家在新海連市花果山，你可以去看看。」

在過去的幾十年中，雖然許多學者持雲台山是花果山之說對造就「連雲港花果山」各程度不同的起了作用，但在長達十年「文革」的「一句頂一萬句」的時代，毛澤東主席的這一表態顯然起了決定性作用！

在我看來，毛澤東關於「孫悟空的老家在新海連市花果山」這一表態的作用之大，已經使得在現實生活中雲台山是否真的就是《西遊記》所寫花果山的原型，已經顯得不再重要，更重要的是一代偉人毛澤東「欽定」了「新海連市」即今江蘇連雲港市雲台山就是《西遊記》中的「花果山」。

明代大學者、著名詩人王世貞《登太白樓》詩云：

> 昔聞李供奉，長嘯獨登樓。
>
> 此地一垂顧，高名百代留。

〔註1〕轉引自劉蔭柏編《西遊記研究資料》，上海古籍出版社1990年版，第712～713頁。

白雲海色曙，明月天門秋。

欲覓重來者，溻溪濟水流。

詩中道出濟寧太白樓能得勝名的原因並不在樓，而在詩仙李白的「一垂顧」。今連雲港雲台山得名「花果山」的原因也正是如此，既由於董作賓等先生的考證，更由於毛澤東親口稱許的「孫悟空的老家在新海連市花果山」！

雖然沒有董作賓等先生的考證，毛澤東就未必有如上的稱許，但是若無如上毛澤東的稱許，連雲港的雲台山恐怕永遠不會成為今天的花果山！

這就是說，《西遊記》寫花果山是否以連雲港雲台山為原型是一回事，這個問題應該還可以討論，事實上學術界從來就有不同意見，但連雲港雲台山是毛澤東命名的花果山則是鐵定的事實。僅憑這一點，也正是主要因此，今天之連雲港雲台山可以理直氣壯地改稱「花果山」，是順理成章基於名作更由於毛澤東作為偉人之「一垂顧」的文化效應。

所以，我從來不反對連雲港雲台山稱「花果山」，那不在研究的視野，但更是認為這至多是《西遊記》「花果山」原型之一說。此說的意義在造就「孫悟空的老家在新海連市花果山」之勝景，給雲台山以新文化身份與內涵之同時，也提示了尋找「孫悟空的老家」並非笑談，而是一個容易被誤認為搞笑而實際嚴肅有價值的學術問題。

因此，雖然前前後後或還有其他探索《西遊記》寫孫悟空「籍貫」「故里」的人，但作為這一探索的「里程碑」，董作賓是最早為孫悟空「找老家」的人，毛澤東是尋找「孫悟空的老家」走得最遠的人。正是董先生的辛苦考索和毛澤東的巨大影響成就了今天的連雲港花果山，並為後人繼續尋找「花果山」樹立了榜樣，指明了道路！

這也就是說，其後以至於今天，一切為孫悟空「找老家」的人，包括本人在內，都只是步了董作賓先生尤其是毛澤東他老人家的後塵！近來因為拙作《〈西遊記〉與泰山關係考論》〔註2〕《孫悟空「籍貫」「故里」考論》〔註3〕等文的發表，有些朋友把敝人當「出頭鳥」來打，如果不是出於對歷史事實的無知，那就是對文學研究缺乏基本的瞭解。

因為稍有文學常識的人都能夠明白，孫悟空的「老家」不是你、我、他、張三、李四的原籍，而是一個文學人物所處環境的描寫，是否有生活中的實

〔註2〕杜貴晨《〈西遊記〉與泰山關係考論》《山東社會科學》2006年第3期。
〔註3〕杜貴晨《孫悟空「籍貫」「故里」考論》，《東嶽論叢》2006年第2期。

景爲藍本，如果有的話，這藍本是現實中哪一處地方的認定，是原型研究中地理背景研究一個形象的說法。「泰山是花果山」「孫悟空是泰山猴」說即如此類，是《西遊記》寫孫悟空「籍貫」「故里」地理背景考證結論的一個形象表達。

文學研究中這樣的探索自古有之，至今比比皆是，讀者也大都容易接受。例如，我們說魯迅小說中孔乙己、阿 Q 的「老家」都是紹興的意思，不過是說小說中孔乙己喝酒的咸亨酒店，阿 Q 活動的未莊，是以魯迅家鄉紹興的某處爲背景即原型的。並非一定是要給魯迅找這樣一個老鄉，而且如果是一位紹興的學者做這種研究的話，也未見首先想到他是在攀孔、阿二位的高名，從中討什麼好處。

孫悟空是《西遊記》作者創造的神話人物，自然與魯迅小說人物有所不同。然而，即使神話只是生活曲折的反映，也畢竟不可能完全憑空想像創作出來。而且不管怎麼說，《西遊記》寫「傲來國」之稱「傲來」，能夠不認爲是根據於只有泰山才有的傲來峰嗎？其他四十餘處與泰山歷史（萬曆至嘉靖之前）景觀同名或意義暗通的《西遊記》描寫，能夠與泰山毫無關係而被寫成這個樣子嗎？

本人考論孫悟空的「老家」是泰山，不過是就這種關係的探討，目的只在揭示這一文學的聯繫，由此深窺西遊文化與泰山文化你中有我、我中有你共存並長的歷史情景，幫助讀者能有一個閱讀《西遊記》和瞭解泰山的新的角度與認識，不是很有必要，也頗有可爲嗎？至於客觀上也會有助於泰山文化旅遊的進一步開發，但這有什麼不好？

事實上，無論從學術發展或現實生活的方方面面來看，提出「泰山是『花果山』」「孫悟空是『泰山猴』」，都是一件大好事！所以，我很讚賞有位署名「海州人在濟南」的網友的話：

> 杜貴晨，很厲害的！他說「花果山」原型是泰山，從學術研究的角度有一定道理，文學作品畢竟不是生活，原型麼，並非只有一個了，吳承恩去過泰山或者黃山、華山等許多山也未可知，然後把看過的山雜糅在一起也在情理之中。這只能是猜想了，不能證實也不能證僞了，但絲毫不能改變這樣一個事實：連雲港有一座花果山，且與《西遊記》有某種說不清楚的神秘的關係，今天的花果山還是4A 景區。

　　換一個角度來看，連這麼牛的教授（名氣和成就一定超過連雲港現有文科教授是沒有問題的）也關注起花果山了，他的作品發表的檔次也一定會很高的，看的人（引用的人）一定會很多的，最後被提起的也許是這樣一個結果：泰山作爲五嶽之首，居然也要爭沾花果山的名了。這說明花果山的價值呀，對於花果山是件好事，泰山改名爲花果山是不可能的了，記住泰山的同時也就記起了連雲港的花果山了，有這樣一個免費的廣告，而且是名學者、名山、還是非連雲港人的宣傳，很值得的！

　　頂！強烈支持！下次見了杜教授，一定代表連雲港人民感謝他。這番話中「超過」誰誰是斷不敢當，但是跟帖也當得起一個字即很「牛」！其說不僅合於學理，而且還體現出作者的睿智與大氣。故本人願引作文章的結束，並以此文呼籲有更多人爲孫悟空「找老家」！

（二〇〇六年十月十一日初稿
二〇一八年四月八日改定）

古今載論中的孫悟空崇祀之俗

錢鍾書《讀小說偶憶》云：

> 尤西堂侗《艮齋雜說》卷三云：「福州人昔祀孫行者爲家堂，又
> 立齊天大聖廟，甚壯麗。四五月間迎旱龍舟，妝飾寶玩，鼓樂喧闐，
> 市人奔走若狂，其中坐一猴耳。」李穆堂紱《別稿》卷十四《雲南
> 驛程記》云：「過澤州，方祈雨，舁一泥人，曰孫悟空。」梁諫庵玉
> 繩《瞥記》卷六載：「應城程拳時（名大中）《在山堂集》有《蘄州
> 毀悟空像記》，其略云：『蘄俗以六月某日賽二郎神，神出鬼沒一人
> 前導，山民呼『行者』。舉行者名，則元人小說所載孫悟空也。是日
> 蘄人無遠近，皆來就觀：輟市肆，肅衣冠，立於門。出雙雉百錢爲
> 壽，必稱命於行者以致於神。一不予，則行者機變，舉動趫捷若生，
> 擊人屋瓦器皿，應手皆碎，甚則人受其咎。乾隆甲戌，州牧錢侯聞
> 其事，悉取像焚之。」以上三事皆可與《聊齋誌異·齊天大聖》條
> 相發明：「偶然題作未居士，便有無窮求福人。」此之謂也。〔註1〕

又錢著《小說識小續》一文云「《聊齋誌異》卷四『齊天大聖』條謂八閩有孫
悟空祠，香火甚盛。有慢者必遭神罰。向謂蒲留仙荒唐之言」，下又引梁玉繩
《瞥記》條引程拳時《蘄州毀悟空廟記》一節，然後論曰：「則眞有鑄像以事
者。」〔註2〕

〔註1〕 錢鍾書《讀小說偶憶》，收入《人生邊上的邊上》，見《錢鍾書精品集》，人民
　　　　文學出版社 2006 年版，第 275 頁。

〔註2〕 錢鍾書《小說識小續》，收入《人生邊上的邊上》，見《錢鍾書精品集》，人民
　　　　文學出版社 2006 年版，第 303～304 頁。

由上引錢先生考證可知，清初以降文獻記載中，福建福州、雲南澤州、湖北蘄州等地，皆曾有崇祀齊天大聖孫悟空之俗，並且爲遠在山東並未去過這些地方的蒲松齡所知。另外，這些祭祀都發生在旱災的時候，爲祈雨而設，可見是把孫悟空當作了能夠支配下雨的神靈。

但上述各地孫悟空崇祀似以福州爲最盛，且具有別樣的意義。近有《福州晚報》陳志平《蒼霞洲有供奉孫悟空的清泉庵》一文，提供了福州古代孫悟空崇祀另類的信息：

> 在風景秀麗的福州市臺江區蒼霞洲美打道的古榕樹旁，有一座歷史悠久的道教玉封齊天府霞江清泉庵（俗稱王爺廟）。……據記載，清泉庵始建於清光緒年間，庵內供奉的是我國古典名著《西遊記》中爲保護唐僧西天取經，一路除怪降魔、揚善除惡的齊天大聖孫悟空。據九旬老人唐老伯口述，少年時，他曾聽祖父說，早年閩江洪水經常泛濫，蒼霞洲沿江泥沙長年累月積澱成爲沙洲，經常有上游溪船（一種尖底的運糧船）在這裡擱淺甚至翻船，人亡船翻的悲劇時有發生。有一年，閩江發大水，不知從上游何處漂下一個神龕到美打道，有人幾次推開都沒有成。待洪水退後，鄉人將神龕抬到岸上，發現裏面有「孫黑白三聖爺」字樣，就把它供在樹上。說來也奇怪，從此後美打道船隻擱淺和翻船的事故漸漸少了，確保了福州城裏糧食的供應。

> 爲感謝齊天大聖的保祐，鄉人、船民、搬運工等籌資，在此建了廟宇，廟內供奉著孫黑白三尊聖王爺塑像，……孫大聖成爲蒼霞洲、寶鼎境、勝興社、美打道一帶居民和船民的保護神。〔註3〕

由此可知，古代福州人還把孫悟空奉爲抵禦水災和保護船民之神，其意義更加擴大，但仍主要圍繞在民生與水的關係方面問題的解決。

齊裕焜先生《〈西遊記〉成書過程探討——從福建順昌寶山的「雙聖神位」談起》一文，從福建孫悟空故事的流行與崇拜等論及孫悟空形象的淵源，寫道：

> 在洪邁《夷堅志》有《福州神猴廟記》；里人何求的《閩都別記》，雖然成書於清乾隆年間，但是說書人編的是從漢唐五代經宋元到清初流傳在福建主要是福州地區的民間故事，其中陳靖姑收妖猴丹霞

〔註3〕http://czjr.blog.hexun.com/22642073_d.html

的故事都可證明福建猴崇拜的盛行。唐僧取經的故事在福建猴崇拜的豐厚土壤上得到廣泛而深入的傳播和發展。劉克莊有「取經煩猴行者，吟詩輸鶴阿師」的詩句；與劉克莊同時代的張世南《遊宦紀聞》記載福建永福號稱「張聖」的僧人爲寺廟所作的一篇讚語，中有「無上雄文貝葉鮮，幾生三藏往西天。行行字字爲珍寶，句句言言是福田。苦海波中猴行復，沈毛江上馬馳前。」等句，說明猴行者的故事南宋已在福建傳播。在福建泉州開元寺，有東西兩塔，始建於唐垂拱年間，係木塔，至宋時改爲石塔。在西塔上有一浮雕，有猴行者的像，「猴頭人，尖嘴鼓腮，圓眼凹鼻，目光有神；頭上套著金箍，腦後鬃毛翅起，耳輪穿環；上身穿皮毛直裰，頂掛大念珠，一直垂到腹下；腰上繫綁帶，腳穿羅漢鞋，腰左繫著一卷《孔雀王咒》和一隻寶葫蘆」；「手執一把鬼頭刀」；「浮雕左上角有一小僧人，側身向左，背有圓光，駕在祥雲上，雙手合十，應爲玄奘；右上角刻有『猴行者』三字」。（王寒楓著《泉州東西塔》，福建人民出版社1992年版。）這些材料裏都是「猴行者」而不是「孫行者」，與《取經詩話》是一致的。聯繫甘肅安西縣榆林石窟和東千佛洞先後發現的六幅壁畫，說明在南宋至元初，唐僧取經故事中猴行者已佔有重要地位，他的故事在西北、江淮和東南沿海同時廣泛傳播，一定要說孫悟空誕生在西北、在連雲港、在山西婁煩、在福建都是不科學的。〔註4〕

這個結論是正確的。但對於本文而言，其論證中提到的孫悟空故事在除福建福州、雲南澤州、湖北蘄州之外，在我國的「西北、江淮和東南沿海同時廣泛傳播」的現象更值得注意。雖然這一現象各方面具體的情況頗爲複雜，但同是作爲以「猴行者」或孫悟空爲神靈的故事表達，可以認爲也都不同程度地包含了相關地域孫悟空崇拜的信息，其中大概或多或少有崇祀活動曾經發生，而孫悟空風俗流行的範圍應更廣大一些。

但是，生活於清初的蒲松齡能言閩人崇祀孫悟空之俗，卻並沒有記載，也似乎並不知道山東泰安也曾有崇祀孫悟空之俗。近有泰安記者採訪周郢先生題爲《泰山發現「孫猴子廟」遺址》的報導云：

〔註4〕齊裕焜《〈西遊記〉成書過程探討——從福建順昌寶山的「雙聖神位」談起》，《福州大學學報》2006年第3期。

　　近日，泰山研究者周郢近日在田野考察中，發現了泰山一座奉祀孫悟空廟宇——大聖院的遺址。此廟位於泰安市岱嶽區夏張鎮朱家莊村西，據民國《重修泰安縣志》卷二記載：「大聖院：在縣西南五十餘里嶅山東南。創建無考。元重修之，有至元三十一年徐朗塔廊記碑，張士彧書。廟久圮，惟碑塔九級碑存焉。」所云大聖，據本村老人證實，即「齊天大聖」孫悟空。

　　據朱家莊八十二歲老人楊桂松介紹：大聖院俗稱「孫猴子廟」，廟內有一高塔，共九級，俗稱「北白塔子」，又稱萬丈塔。白塔第一層高約2米，塔門南向，塔中置有小神龕，置有「孫猴子」手執金箍棒的塑像，造型生動傳神。同村七十歲老人楊玉金補充説：「『猴子像』高約二尺，係一尊立像。相傳白塔之下，壓著白骨精，故塑孫悟空以鎮妖。又有塔底有洞，直通嶅山之西。」

　　大聖塔於1956年被村民拆除，現遺址散落著許多的古碑。樹立《塔廊記》碑的石座尚存，據楊玉金介紹：此碑為圓頭，約2米高。後被人僕毀，現正在尋找。關於此碑，周郢在清楊守敬《三續寰宇訪碑錄》卷十一上查到相關的記載：「《重修大聖院塔廊記》：徐朗撰，張士彧正書並題額正書。至元十一年九月。山東泰安。」雖原文尚待查找，但是證明，泰山大聖院至遲在元代已經出現，遠早於百回本《西遊記》的成書時代。至於孫悟空廟為何會在泰山出現，周郢認為，這是由於泰山地區為《西遊》故事的發源地之一，岱西的大聖院，正逗透了兩者的一段文化淵源。〔註5〕

2009年3月1日，我應記者之邀，去山東東平的接山鄉考察齊天大聖碑，回來後寫有《東平孫悟空廟碑考察記》，節錄如下：

　　大聖廟原本座落於當地稱之謂花果山的半山坡上，已在文革中毀壞，除散存石柱坑、碑石等遺物外，唯一能夠證明世曾有此廟的，就是一塊孤立特出的大聖廟石碑。

　　石碑高約160釐米，寬約80釐米，厚約30釐米。雖不甚高大，但今當初春，草木凋零，一無遮擋，遠遠望去，在緩降的山坡上頗顯得醒目，還似乎有些高大了！

〔註5〕《泰山金週刊》2006年10月17日。

石碑正面有記，敘立碑緣由始末甚詳，而未暇照錄。讀之，約略云臨近鄉民因苦旱祈雨，立此大聖廟；大聖即齊天大聖，《西遊記》中所寫者……。碑文作者爲當地一庠生，時在清嘉慶十年（1805）十二月，實已是公元1806年了。

尹山莊村原黨支部書記88歲高齡的尹序瑞老先生稱説，故老相傳此山名花果山，逢旱即有祭大聖祈雨風俗，因立此廟。廟未毀時，供有孫悟空、豬八戒、沙僧、小白龍四神像，各高不過半米，廟的規模亦不甚大。祭祀時以條凳相接，人相續跨坐凳上，旁設火炮，放炮時人因震動作搖狀，如龍之升天行雨，以祈如願。但我觀廟址地勢與基礎較大，或尹老能見時廟已毀損縮小了規制，而初建之時，也許有一定的規模，俟考；而尹老所述祭大聖祈雨之俗與舊籍所載福建、湖北等地祀悟空祈雨風俗，大略亦相彷彿。

由此可知，我國清代南北曾長時期盛行立廟祭祀孫悟空以祈雨之俗，近世逐漸消歇，至今未見有關他處現存此類孫悟空廟或碑的報導。因此，東平縣孫悟空廟碑的發現，或爲塡補空白的僅有之文物，於民俗學乃至《西遊記》成書、流行的研究都大有裨益，是相當寶貴的。

但在本文，由此可以得出的結論是，與「在西北、在連雲港、在山西婁煩、在福建」等地都有或很可能有的不同形式和程度的孫悟空崇祀之俗一樣，古代山東泰安也長期流行有孫悟空崇祀的風俗。

余嘉錫先生《宋江三十六人考實・呼保義宋江》論「今揚子、濟寧之地，皆爲立廟」云：「民間迷信祠祀，多出於小説。明時水滸傳已盛行，故爲宋江立廟。彼無是公之流如齊天大聖者，猶爲人所奉祀，況江乎？」〔註6〕可見余先生也注意到近世尚存的民間奉祀孫悟空現象。

綜合以上諸家載論，可以得出有關古代孫悟空崇祀之俗的如下認識：

（一）隨西遊故事的東西流衍形成，孫悟空逐漸成爲民間崇祀的對象。其始或在南宋，元明清三代曾較爲興盛，至晚清歸於消歇，前後有數百年的歷史，是一份業已消失的民間風俗文化遺產。

〔註6〕《宋江三十六人考實・楊家將故事考信錄》，雲南人民出版社2005年版，第32頁。

（二）孫悟空崇祀之俗最早似起於福建，並在那裡最爲興盛。但除福建之外，此俗至少也在雲南、湖北、甘肅、江蘇、山西、山東等地流行，而實際流行的區域可能更廣。

（三）孫悟空崇祀之俗多因祛除水旱災害，包括祈求船運的安全，主要集中於有關民生與水之關係問題的解決，是民間自發的娛神禳災祈福活動。其形式未免狂野，還可能張揚過甚，因而很難得到官方的支持。如上引錢先生文述引蘄州例，可能在有的地方還曾受到過地方官府的壓制以至取締。這大概是其終於未能流行更廣，並至清末最後消歇的主要原因之一。

（四）明末以至清代的孫悟空崇祀之俗爲宋元流風，但也不排除百回《西遊記》成書後的影響。但是，百回本《西遊記》中孫悟空形象的塑造肯定受有此本成書以前孫悟空崇祀之俗的影響。在這個意義上，我願意重申上引拙文《東平孫悟空廟碑考察記》的結論：

> 從泰山與《西遊記》關係的研究來看，這一建立於清代中葉的孫悟空廟碑，甚晚於百回本《西遊記》的成書，於百回本《西遊記》的創作似已沒有什麼關係。其實未必然，因爲此廟與石碑雖然建立於清嘉慶年間，但其風俗或來源甚早。參以東平臨近泰安元代已有大聖廟的歷史情境，此處大聖廟之設，或即泰安元代以來此一風俗的沿襲，二者互證泰安及其左近自元至清確有孫悟空崇祀之俗。這與拙著《太話西遊》曾言及明代寶卷有孫悟空與二郎神鬥法，悟空敗北被壓在太山之下的文字也若相呼應。泰山文化中有關孫悟空的這諸多成分，在早成爲百回本《西遊記》成書的重要基礎，在晚成爲泰山文化受《西遊記》影響的證明，都有助於加強拙論被媒體戲稱之「孫悟空是『泰山猴』」「泰山是『花果山』」的結論。

（原載《濟寧學院學報》2010 年第 1 期）

附記：《歧路燈》中的描寫

清乾隆間河南寶豐舉人、退職縣令李綠園著長篇小說《歧路燈》一零八回，其第四十七回《程縣尊法堂訓誨　孔慧娘病榻叮嚀》寫開封鄉宦後裔譚紹聞的妻子孔慧娘病重求醫，去城西南柏樹莊：

> 大家不坐車，走了半里路，到槐樹莊。只見一株老槐樹下，放

了一張桌兒，上面一尊齊天大聖的猴像兒，一隻手拿著金箍棒，一隻手在額上搭涼棚兒。臉前放著一口鐵鑄磬兒，一個老嫗在那裡伺候。有兩三家子拜藥的。樊嫗婦叫德喜兒買了樹下一老叟的香紙，遞與王氏，四人一齊跪下，把盅兒安置在桌面上。老嫗敲磬，王氏卻祝讚不來，滑氏道：「譚門王氏，因兒媳患病，來拜神藥。望大聖爺爺早發靈丹妙藥打救，明日施銀……」滑氏便住了口看王氏，王氏道：「十兩。」滑氏接口道：「創修廟宇，請銅匠鑄金箍棒。」老嫗敲磬三椎，眾人磕了頭起來。遲了一會，揭開盅上紅紙，只見盅底竟有米粒大四五顆紅紅的藥。一齊都向王氏祝喜，王氏吩咐與敲磬老嫗一百錢，命德喜兒雙手捧定盅兒。到了惠家莊，滑氏又與了一個大碗，將盅兒放在裏面，囑了德喜小心。（〔清〕李綠園著《歧路燈》，欒星校注，中州書畫社 1980 年版）

《歧路燈》創作以嚴格的寫實態度著稱。這一段描寫表明，李綠園生活的乾隆時代，孫悟空崇祀在河南開封一帶也很盛行。

（二〇一七年十二月十三日）

泰山周邊孫悟空崇祀遺跡述論
——《西遊記》對泰山文化的影響一例

　　2006 年初，筆者接受媒體採訪並發表論文《〈西遊記〉與泰山關係考論》〔註 1〕和《孫悟空「籍貫」「故里」考論——兼說泰山為《西遊記》寫「三界的地理背景》〔註 2〕，一時在社會上造成所謂「泰山是『花果山』」「孫悟空是『泰山猴』」的「孫猴子風波」。這件事在傳統文學研究界幾乎沒有產生什麼反響，但即使「風波」以後，仍有不少地方文史學者持續對泰山與《西遊記》、孫悟空的關係給予關注和搜討。尤其是泰安、濟南等地，近年來包括本人在內的若干專家學者和媒體記者合作或獨立考察，先後在泰山周邊發現所謂祭祀孫悟空的院、寺、廟等已經達七處之多並作了報導和評介。七處所謂孫悟空崇祀遺跡名錄如下：

1. 泰安「岱嶽大聖院」
2. 濟南章丘張乙郎村「大聖寺」
3. 萊蕪市雪野馬鞍山「大聖院」
4. 泰安新泰市汶南鎮太平莊「大聖廟」
5. 萊蕪市牛泉鎮茂盛堂村「大聖寺」
6. 濟南平陰縣孝直鎮王柳溝村「大聖廟」
7. 泰安東平縣花果山「大聖廟」

〔註 1〕杜貴晨《〈西遊記〉與泰山關係考論》《山東社會科學》，2006 年第 3 期。收入本卷。

〔註 2〕杜貴晨《孫悟空「籍貫」「故里」考論——兼說泰山為《西遊記》寫「三界的地理背景》，《東嶽論叢》，2006 年第 2 期。收入本卷。

　　這七處所謂孫悟空崇祀之俗的遺跡陸續見諸紙本和網絡媒體的報導，引起口耳相傳，流行不輟，已經和正在進一步迅速成為《西遊記》與泰山文化關係的一部分。這就使我們不能不思考報導所稱七處遺跡，果然都如所說與祭祀孫悟空有關，又是《西遊記》成書與泰山文化關係的證明嗎？

　　筆者認為這一類新近發生似乎民間性的歷史文化問題並非不值得當今傳統學術界給予關注。理由有二：一是作為《西遊記》研究和泰山文化的積累，這些報導的內容雖非據傳統文獻或科研院、所規範性的考古揭出，但畢竟也是一些有一定學養的文化人親歷親為耳聞目見的發現，而且既已形成網絡或紙本載體的文獻存世，又口耳相傳必將「俗語流為丹青」，所以實際已經具備學術研究資料的資質與價值，學術界理應認真面對，合理利用，而不應該置若罔聞；二是從多年來陸續有報導披露的大量考察資料看，歷史上的孫悟空崇祀所代表的「齊天大聖信仰」不止存在於山東的泰山周邊，至少在福建、浙江、雲南、湖北、甘肅、江蘇、山西、河南等省都曾經非常盛行，至今留有遺跡和遺俗，甚至傳至我國臺灣和海外〔註3〕。從而泰山周邊的孫悟空崇祀是歷史上全國較為普遍的民間齊天大聖信仰的一個部分。全國範圍內福建、浙江等地的齊天大聖信仰已程度不同地受到了學者的關注，泰山周邊的這一歷史風俗也理應成為學術研究的課題。

　　基於以上兩點認識，筆者作為偶而涉足的參與者，擬以部分為反思、更多是學習探討的心情對相關報導試作粗淺的述論。具體做法與應用傳統文獻的研究略有不同，是為了有助於集中保存這一批新生的文獻資料，在把散見於紙媒與網絡的相關報導盡可能全面地攝要引入本文的同時〔註4〕，分別作內容真偽的辨析。然後在此基礎上進一步對報導所反映《西遊記》與泰山文化關係之事實的價值與意義作出判斷。以此對新近流行泰山周邊有七座孫悟空廟之說去偽存真，樹立有關歷史上泰山周邊孫悟空崇祀之俗的正見，推動《西遊記》與泰山文化以及古代文學研究「考古」或「田野調查」的進一步開展。

〔註3〕參見杜貴晨《古今載論中的孫悟空崇祀之俗》（《濟寧學院學報》2010 年第 1 期），以及黃活虎的碩士學位論文《福建齊天大聖信仰研究》、李星星的碩士論文《沿海地區民間信仰的在地化研究——以溫州靈溪鎮齊天大聖宮及其信仰為例》等。

〔註4〕這個意思是說，鑒於相關資料目前多散見於網絡和地方性報紙，不易查找，故本文有意繁引以助其集中保存和流佈。

一、「岱嶽大聖院」等五處原祀非孫悟空後或增或改祀

（一）泰安「岱嶽大聖院」

泰山文史學者周郢教授曾考證發現並撰文介紹：

> 民國《重修泰安縣志》卷二《輿地志·建置》記載：「大聖院：
> 在縣西南五十餘里嶅山東南。創建無考。元重修之，有至元三十一
> 年徐朗塔廊記碑，張士彧書。廟久圮，惟碑塔九級及碑存焉。」所
> 云大聖，即是「齊天大聖」。據朱家莊八十二歲老人楊桂松介紹：大
> 聖院俗稱「孫猴子廟」，廟內有一高塔，共九級，俗稱「北白塔子」，
> 又稱萬丈塔。塔中置有小神龕，置有孫猴手執金箍棒的塑像，造型
> 生動傳神。同村七十歲老人楊玉金補充說：「猴子像」高約二尺，係
> 一尊立像。相傳白塔之下，壓著白骨精，故塑孫悟空以鎮妖。又有
> 塔底有洞，直通嶅山之西。大聖塔於 1956 年被村民拆除，現遺址散
> 落著許多古碑。樹立《塔廊記》碑的石座尚存，據楊玉金介紹：此
> 碑爲圓頭，約 2 米高。後被人僕毀，現正在尋找。關於此碑，清楊
> 守敬在《三續寰宇訪碑錄》卷十一有記：
>
> > 《重修大聖院塔廊記》：徐朗撰，張士彧正書並題額正書。至元
> > 十一年九月。山東泰安。〔註5〕

雖原文尚待查找，但足以證明，泰山大聖院至遲在元代已經出現，遠早於百
回本《西遊記》的成書時代。〔註6〕

這一有關泰安元代「岱嶽大聖院」的發現在泰山文化研究有一定學術價
值無可置疑。其內容的可靠性有二：一是泰安確曾有創始年代不詳而元代重
修的「大聖院」，二是今當地口碑稱所見該院崇祀之神爲孫悟空亦可以採信。

但是這裡仍有可存疑者，即雖然民國《重修泰安縣志》和元徐朗撰《重
修大聖院塔廊記》都稱「大聖院」，但是「大聖」卻未必一定是「西遊」故事
中的「齊天大聖」孫悟空；又雖然當地口碑稱「岱嶽大聖院」曾祭祀孫悟空
可信以爲實，卻未必該院原本即爲奉祀孫悟空而建；而如果該院原祀並非孫
悟空，那麼其增或改祀孫悟空起於何時，則又是一個需要解決的問題。

〔註5〕引文上云《重修大聖院塔廊記》「有至元三十一年徐朗塔廊記碑，張士彧書」，
　　　　此又云「徐朗撰，張士彧正書並題額正書。至元十一年九月」，或「至元」下
　　　　奪「三」字，待考。

〔註6〕周郢《泰山是〈西遊〉文化源新考》，2014-02-13 15：23 人民網。轉引自中國
　　　　泰山網（http://www.my0538.com/2014/0213/106462.shtml）

　　筆者懷疑「岱嶽大聖院」未必原爲祭祀孫悟空而建的理由有二：

　　一是檢辭書可知，我國自先秦以下稱「大聖」者，一是道德最完善、智慧最超絕、通曉萬物之道的人，二是帝王，三是佛教稱佛、菩薩，四是極有神通之人，第五才是指小說《西遊記》中的「齊天大聖」孫悟空。但是，孫悟空被簡稱爲「大聖」也只在《西遊記》的對話描寫中有之，至少清初山東世俗並不以「大聖」爲孫悟空的別稱。例如清初的蒲松齡《聊齋誌異・齊天大聖》：「許盛，兗人。從兄成賈於閩，貨未居積。客言大聖靈著，將禱諸祠。盛未知大聖何神，與兄俱往。至則殿閣連蔓，窮極弘麗。入殿瞻仰，神猴首人身，蓋齊天大聖孫悟空云。」〔註7〕但從例文寫「兗（州）人」許盛入閩，聞「客言大聖靈著」而「未知大聖何神」看，清代閩人以「大聖」指孫悟空可能已比較通行，但在山東並不以「大聖」爲孫悟空的別稱。所以山東的「兗人」許盛聽了「客言大聖靈著」，並不曉得他所說「大聖」爲何方神道。山東兗州去泰安不過百餘里，風俗殊無大異。由此可以推知「岱嶽大聖院」之「大聖」極有可能不是孫悟空〔註8〕。

　　二是「大聖院」是爲佛寺名稱之一，唐代即已有之，如《太平廣記》卷一一五《牙將子》載：

> 唐東蜀大聖院有木像，制度瑰異，耆老相傳云：頃自荊湘溯流而上，歷歸峽等郡，郡人具舟楫取之，縴夫牽挽，不至岸。至渝，州人焚香祈請，應聲而往。郡守及百姓，遂構大聖院安置之。東川有牙將者，其子常喑，忽一日畫地，告其父曰：「某宿障深重，被茲業病，聞大聖院神通，欲捨身出家，依止供養，冀消除罪根耳。」父許之，由是虔潔焚修，夙夜無怠，經數載，倏爾能言，抗音清辯，超於群輩。復有跛童子者，睹茲奇異，發願於大聖院終身苦行，懺悔求福，未逾期歲，忽能起行，筋骨自伸，步驟無礙。事悉具本院碑，殿有東廡，見有喑僧跛童子二畫像並存焉。〔註9〕

下注「出《報應錄》」。《報應錄》作者王轂是唐代詩人，文中「木像」當即佛菩薩之像，而肯定與當時尚未被虛構出來的孫悟空無關。由此可知大聖院最

〔註7〕〔清〕蒲松齡著，朱其鎧主編，《全本新注聊齋誌異》，人民文學出版社 1989年版，第 1442 頁。
〔註8〕筆者在先也曾誤以爲此「岱嶽大聖院」爲祭祀孫悟空而建，今乃以未必然。特此説明。
〔註9〕〔唐〕李昉等編《太平廣記》第三册，中華書局 1961 年版，第 804 頁。

晚自唐代已爲僧寺之稱，早在孫悟空故事出現之前就有了。又從各種文獻檢索看，大聖院至宋元漸以普遍，雖然偶有改稱「大聖寺」者，但始終都爲佛門之地。如濟南章丘西彩石鎮（今屬山東省濟南市歷城區彩石鎮）白土山也有一座創始年代不詳而元代重修的「大聖院」，元劉敏中寫於大德三年（1299）的《重修大聖院碑記》載：「自唐貞觀間，有僧號眞覺者始居此山，歿而多靈跡，人以爲聖院之所由名也。」〔註 10〕清光緒七年陳鴻漸撰《重修大聖院碑記》〔註 11〕亦沿此說。由此可見元代名「大聖院」者，不一定因孫悟空而設，甚至不會是因孫悟空而設。尤其是泰安去章丘不遠，「岱嶽大聖院」於至元三十一年（1294）重修，與章丘西彩石鎮「大聖院」重修時間也差不多同時，則其作爲相去不遠之兩地同時同名的「大聖院」建設，應該都如彩石鎮「大聖院」而與孫悟空沒有什麼關係的吧！

雖然如此，但是世事變幻，白雲蒼狗，也並不見得原祀某位高僧的「岱嶽大聖院」後世沒有增祀或改祀「齊天大聖」孫悟空的可能。這裡就有下文將要評介的新泰「大聖廟……之前身爲三義祠，創建於明萬曆年間……清代增祀孫悟空，改稱大聖廟」〔註 12〕可以爲證。以此推論泰安當地人所見上世紀「文革」前「岱嶽大聖院」祭祀孫悟空，也應該就是事實。但是這個事實並不能證明元代或更早建立的「岱嶽大聖院」原祀即孫悟空，而自那時即已俗稱「孫猴子廟」而已。

當然，以上僅是就報導內容的推斷。「岱嶽大聖院」是否原祀孫悟空問題的最後解決可能要在徐朗《重修大聖院塔廊記》中才能得到最後的答案。現在可以確認的只是「岱嶽大聖院」在清代曾是祭祀孫悟空的場所。這雖然很可能只是岱嶽大聖院在原祀基礎上的增祀或改祀，但也已經是泰山周邊孫悟空崇祀之俗的一個組成部分了。

（二）濟南章丘張乙郎村「大聖寺」

又據《濟南日報》記者趙曉林《「大聖寺」現身章丘張乙郎村（圖）》報導：

〔註 10〕康熙三十年鍾運泰、高崇岩編纂《章丘縣志·卷八文·二十一》，又見鄧瑞全、謝輝校點《劉敏中集》，吉林文史出版社 2008 年版。

〔註 11〕參見網易「柳上惠的博客」（http://dieer1980.blog.163.com/）。

〔註 12〕周郢《泰山是〈西遊〉文化源新考》，2014-02-13 15：23 人民網。轉引自中國泰山網（http://www.my0538.com/2014/0213/106462.shtml）

　　本報 8 月 8 日訊（記者趙曉林）本報兩篇關於「創建齊天大聖廟宇碑」的報導見報後……濟南一位古代建築和碑刻的超級發燒友黃鵬向記者爆料，在濟南章丘聖井街道辦事處的張乙郎村至今還保存著一座「大聖寺」，於是記者今天一早隨其一起探訪了這座古寺……今天早上記者趕到張乙郎村，在村委會大院的後牆外，我們看到了一座坐北朝南的老建築……這就是大聖寺僅存的一座大殿了。

　　帶路的老人說，記得在上世紀 70 年代前，這裡還有不少建築，像天王殿，左右配房等，院子也很大，後來那些都被拆了。他小的時候，也就是上世紀 50 年代，這座寺還有石頭砌成的山門，門楣上有石匾，上面就是「大聖寺」3 個字。山門內是前院，院子有很多大樹，前殿和後院之間由一排廂房隔開，廂房中間有一條通往後院的過道，後院正中就是這座大殿，大殿東面有一座鐘樓，裏面懸掛著古鐘，右面有鼓樓。大殿前還有一些石碑，好像就是記錄的大聖寺的歷史。據說，從前這座大聖寺香火很旺，附近村民都來燒香祈福……現在只剩下這座大殿了……大殿四壁繪有精美的壁畫，只是北牆上的壁畫上部受損嚴重，其他牆壁上的壁畫基本完好……

　　南面牆上的壁畫內容是《西遊記》裏大聖孫悟空跟隨唐僧西天取經的故事。畫面前半部分是孫大聖大鬧天宮、攪亂王母娘娘的蟠桃會、偷吃太上老君的仙丹並打敗了天兵天將、最終被如來佛收歸五指山下的內容，後半部分是孫大聖跟隨唐僧取經，在路上大戰妖魔鬼怪的畫面，其中有三打白骨精、大戰紅孩兒、熄滅火焰山、取回真經等內容。壁畫基本上都是用黑色單線條描繪，人物形象生動、鳥獸栩栩如生、草木生機盎然，尤其是孫大聖和豬八戒的形象非常符合現代人的審美標準，和上世紀 60 年代前有關《西遊記》繪畫中的形象差不多……

　　記者還在一幅壁畫裏發現了本寺的名字，有幅畫面上的一個孩童提著一個燈籠，燈籠上就寫著「大聖寺」三個字，這在古代壁畫中應屬於比較少見的現象。

　　記者還發現殿內梁柱上也有精美的花鳥彩繪，令人驚奇的是大

梁上寫有一行字跡,仔細辨認和對照照片後才看清字跡:「大清光緒十一年歲次乙酉季春穀旦領袖鄉飲大賓附貢生李星□仼大學生毓闌等重修」,其中星字後面的一個字看不清。由此行文字可知此寺是光緒十一年,也就是 1884 年重修的,那最初修建是在什麼時候呢?黃鵬領我們來到大殿大門的東側,記者看到在牆壁上一人高的位置鑲嵌有一通寬約 50 釐米的小石碑,上面字跡為:「山東濟南府歷城明賢鄉張乙郎莊重修大聖寺佛殿一所,善人趙宗舜、李雲露,施財善人王現、張男、張九昂。木匠張岳、張道;泥水匠賈松、賈相;石匠李榮。主持僧人廣聖、廣良、祖澄」,落款為「萬曆二十三年孟夏吉旦」。在大殿大門西側的牆壁上也嵌有這樣一通石碑,記者看到原來鑲嵌石碑的地方只剩了一個長方形的窟窿,石碑已不知去向。黃鵬說,不見的石碑上記載的是康熙三十八年徵地、重修擴建寺院時捐資人的記錄,上面有徵地的面積,他曾記錄下來是「隨寺徵地十七畝二分,地內草木均攤入地」,而捐資者大多是有官職或地位的,由此也看看出這座大聖寺在當時是非常有影響和地位的。

通過大殿內房梁和康熙及萬曆年間石碑的記載可知,這座大聖寺在萬曆、康熙和光緒年間曾 3 次重修過,那麼起始修建時間最晚也在萬曆二十三年前。〔註13〕

從以上報導可知,這座「大聖佛寺」又稱「大聖寺」,在今濟南章丘聖井街道辦事處張乙郎莊,始建最晚在明萬曆二十三年(1595)之前,並曾在明萬曆、清康熙和光緒年間先後三次重修。但是,這座「大聖寺」所奉祀「大聖」為何方神聖?連「帶路的老人」也沒有明確說是孫悟空。因此除了從南牆不知繪於何時的《西遊記》壁畫可想或與孫悟空有些蛛絲馬蹟的聯繫之外,並無任何實物或說法可以證明此寺所祀之「大聖」就是孫悟空。說不定也如西彩石之「大聖院」一樣,是為紀念某位高僧而建,與孫悟空崇祀沒有任何關係。

(三)萊蕪市雪野馬鞍山「大聖院」

筆者曾與周郢教授及記者偕往調查。周郢教授曾記其址在萊蕪市雪野馬鞍山麓並曰:

〔註13〕 趙曉林《創建齊天大聖廟宇碑現身濟南(圖)》,《濟南日報》2010 年 8 月 9 日第 7 版。

係石構小廟，俗又名孫悟空廟。又據當地引導者介紹，此廟亦毀於「文革」中，近年用原石重建。有康熙四十年（1701）記碑。然碑文漫漶，無可辨識。據南白座村 67 歲老人張學軍介紹：廟中原奉祀孫悟空塑像，高約半米。大聖鎮妖布雨，頗有靈異，鄉人於清明重陽與大年初一皆至此燒香祭祀。相傳孫大聖護送碧霞元君修煉，先至此山，元君於此「坐不安穩，便又去了泰山」（原話）。而大聖留住於此，鄉人因建大聖廟以祀。按明無名氏《天仙聖母源留泰山寶卷》寫天仙公主在黃河中之遭遇，大似唐僧出世故事；而深澗得青龍神化白馬，又似悟空收服小白龍情節。西遊故事與碧霞元君信仰之關係頗可研究。〔註14〕

所以嚴格看來，我們考察過的這座「大聖院」曾經奉祀孫悟空之事，也是僅存在於口碑，而並無文獻或實物的證明。所以縱然今人的口碑可信，也未必不是後來增祀或改祀，其原本是否爲祭祀孫悟空而設，仍當存疑。

（四）泰安新泰市汶南鎮太平莊「大聖廟」

據周郢教授實地考察介紹說：

新泰大聖廟，俗稱「猴子廟」，位於新泰市汶南鎮太平莊。周郢介紹說，該廟處於嶅山西麓，其旁土嶺名猴子嶺。清人李清濂《登青山雲六首》之「帶曳長河卷猴嶺」（《飯山堂詩集》卷一），即指此。廟之前身爲三義祠，創建於明萬曆年間，今存「萬曆己酉（1609）夏」記碑。清代增祀孫悟空，改稱大聖廟。原廟有大殿二座：大聖殿居東，供奉孫大聖坐像，高 60 釐米，頭戴黃羅帽，著錦袍虎皮裙。關帝殿居西，供奉關羽。原有道士主持。1959 年改爲學校，神像拆除，廟宇盡廢。近年由村民募資重建。據村老單傳業（74 歲）、劉明華（60 歲）等介紹：孫悟空民間稱爲「大神爺爺」，相傳其「姥娘家」在東都鎮南喬莊，其「老舅家」在翟鎮梭莊。每逢天旱，村人都要祭拜大聖求雨，到時將其坐像抬上神輦，遊走四方村鎮。前高揭旗幟，大書「齊天大聖」四字。由於南喬與梭莊是「神親」，所以兩村都要設酒款待送神信眾。而大聖神輿所過之地，只有嶅陰寶泉寺、南喬觀音廟、梭莊二郎廟要「拜方」，其餘村莊都不拜而過。

〔註14〕周郢《泰山是〈西遊〉文化源新考》，2014-02-13 15：23 人民網。轉引自中國泰山網（http://www.my0538.com/2014/0213/106462.shtml）

據說大聖甚靈驗，巡遊後不過三天，必降甘雨。猴子嶺傳說是其省
親歸廟歇腳之地。每年大聖廟會開戲，第一場必唱《無底洞》（又名
《白鼠洞》），用來宣示大聖神威。據劉明華稱：廟內原有碑樓，内
有碑記孫大聖事，今已毀棄。〔註15〕

由上引可知，這座廟本是明代建立奉祀三國劉備、關羽、張飛的「三義廟」，
清朝人增祀孫悟空而改稱的「大聖廟」。古廟毀於 1959 年，近年重建，所以
增祀之事是有所本，加以口碑流傳如此，所以可信其能夠表明時至清代，新
泰人甚至割取「三義」享祀的領地來祭祀孫悟空，則不僅證明當時當地曾有
崇祀孫悟空之俗，而且其興也有勃然之勢！

（五）萊蕪市牛泉鎮茂盛堂村「大聖寺」

王福成以「安東老王」在網易發表的博客文章介紹「萊蕪市境內最大的
石佛——青龍寺石佛」，結末有說：「青龍寺以北的岳正寺則是因為在東嶽泰
山正東而得名，青龍寺以東茂盛堂村（牛泉鎮）的大聖寺則是為紀念幫助玄
奘西天取經立下汗馬功勞的孫悟空而修建的（現已消失）。」〔註16〕但筆者
電話詢問該村委會負責人，答覆說並無此事。所以該地歷史上是否曾經有過
這麼一座「大聖寺」，又其所奉祀為何神佛等，都還有待核實，當下無可深
論。

綜合以上考論，岱嶽大聖院等五處原本均非為祭祀孫悟空而設。但是有
當地口碑一致證明，五處之中，岱嶽大聖院、萊蕪市雪野馬鞍山「大聖院」、
泰安新泰市汶南鎮太平莊「大聖廟」等三處於清代以及後來曾增祀或改祀孫
悟空。即使濟南章丘張乙郎村「大聖寺」並無口碑的證明，但是從其南牆壁
畫《西遊記》故事看，該寺的祭祀似也有可能與《西遊記》相關。這就是說，
現在能夠知道的五處之中除卻萊蕪市牛泉鎮茂盛堂村「大聖寺」無可討論之
外，岱嶽大聖院等其他四處雖然本與孫悟空崇祀無關，但是後來清代的某個
時期，由於孫悟空崇祀風俗的衝擊裹挾，也都由祭祀高僧或「三義」而增祀
或改祀孫悟空了。

〔註15〕周郢《泰山是〈西遊〉文化源新考》，2014-02-13 15：23 人民網。轉引自中國
　　　　泰山網（http://www.my0538.com/2014/0213/106462.shtml）
〔註16〕網易博客：《安東老王的日誌・山東萊蕪青龍寺石塔（明代）》（blog.163.com/
　　　　andongla...2012-10-29）

二、濟南平陰、泰安東平二處「大聖廟」原祀孫悟空

（一）濟南平陰縣孝直鎮王柳溝村「大聖廟」

據《濟南日報》2010 年 8 月 5 日載記者趙曉林、實習生劉霄雲《創建齊天大聖廟宇碑現身濟南（圖）》報導：

> 今天早上 9 點，當記者與平陰縣孝直鎮文化站站長何鷹等趕到該鎮王柳溝村西的一片玉米地邊時，村支書張兆才正帶領幾個村民忙著將石碑運到村裏去。村民們費了很大力氣將石碑安置在路旁，將碑上的泥土沖刷乾淨。記者看到，正面最上方刻有「昭茲來世」4 個大字，最右側的字跡爲「創建齊天大聖廟宇碑記」。碑記字跡爲小楷，非常工整、清晰，基本沒有損壞。記者與何鷹一起對碑記進行了逐字閱讀，基本弄明白了碑記內容，記載的是當地曾於清代乾隆四十三年修建過一座「齊天大聖廟」，並稱其非常靈驗。

報導又說：

> 在碑記正文的後面，還記錄了修建「大聖廟」的 5 種工匠——塑畫、泥水、木工、石工、鐵匠，這種將工匠種類名稱同時刻在碑記上的古代石碑非常少見。石碑的背面上方刻有「萬古流芳」，下面是幾百個人名，是當時修建「大聖廟」時捐款人的名字，其中還有幾個商號的名字，說明當時捐款者公私都有。

> 這通石碑是何鷹去年來村考察時發現的，當時他正在研究孝直鎮特有的一種民間舞蹈——「加古通」時，根據資料記載認爲在王柳溝村應該建有一座「大聖廟」，經過查詢，終於找到了這通石碑，而上面記載的「大聖廟」確實與「加古通」這種民間舞蹈的創建、流傳及功能有關係。因此，這通石碑對於研究孝直鎮的民間風俗、文化及其傳承有非常高的研究價值。

這座「大聖廟」有存世石碑和《創建齊天大聖廟宇碑記》爲證，可信其爲崇祀孫悟空而設，是泰山周邊孫悟空崇祀之俗的一部分。

（二）泰安東平縣接山鄉林馬莊村花果山「大聖廟」

筆者曾與周郢先生共赴東平考察此廟遺跡。周郢先生記曰：

> 東平大聖廟，在東平縣尹山莊南的花果山之巔。周郢介紹說，現存《齊天大聖廟記》（擬題）碑。碑高 1.5 米，寬約 0.5 米。立石

於清嘉慶十年（1805）十月，府庠生夏光渭撰文，夏宗唐書丹。碑中述齊天大聖之祀云：東平州林馬莊，每逢旱，輒禱齊天大聖，屢降霖雨。宗義田君等捐工構石修大聖廟一座，王青君等復糾合同莊塑像演戲。爰求文於余，以垂永遠。雖然大聖者，金聖歎以為《西遊》之寓言，其人若不可考，然□二子固有詞以告余矣……。余不能文，為敘其事、述其言以志之。

據尹山莊 88 歲老人尹序瑞介紹：尹山莊流傳有孫悟空故事，莊南山名花果山，上有孫大聖廟，建有大殿一間，供奉孫猴子、豬八戒、沙和尚與小白龍四位神像。逢天旱時，村民往往至廟祈雨，香燭甚盛。「文革」時廟宇被毀，現僅存此《齊天大聖廟記》碑。附近還有石腚唇與石乳遺跡，都與孫悟空故事有關。〔註17〕

又據中國新聞網報導：

大聖廟遺址位於山東省東平縣接山鄉林馬莊村東南的花果山之陽坡，創建於清代，原建有石塊砌成大殿一間，大殿內正中又有一小室，正所謂房中房，小室供奉孫悟空、豬八戒、沙僧的神像。每逢天旱少雨之時，附近村民便至廟進獻瓜果上香祈雨，連年香火不斷。〔註18〕

由此可知，東平「大聖廟」確為祭祀孫悟空而建，而清嘉慶間當地曾有崇祀孫悟空之俗。

三、泰山周邊孫悟空崇祀遺跡的價值與意義

綜合以上有關報導所稱泰山周邊七處孫悟空崇祀遺跡的考述，這一發現的價值與意義有如下幾點：

（一）總體上看是泰安、濟南、萊蕪等泰山周邊歷史上有孫悟空崇祀之俗的堅強證明

七處之中除萊蕪市牛泉鎮茂盛堂村「大聖寺」為未可知以外，其他六處

〔註17〕 周郢《泰山是〈西遊〉文化源新考》，2014-02-13 15：23 人民網。轉引自中國泰山網（http://www.my0538.com/2014/0213/106462.shtml）

〔註18〕 張英愛、何召松《山東發現清代碑印證〈西遊記〉與泰山有淵源》，2009 年 03 月 10 日 00：44 來源：中國新聞網。（http://www.viewcn.com/sd-tw/jrsd/qlsk/2009/03/1345579.html）

都以原祀、增祀或改祀等不同形式地與孫悟空祭祀有關，成爲泰山周邊孫悟空崇祀之俗的民間宗教設施，是泰山周邊確曾有孫悟空崇祀之俗的確鑿證據。

（二）泰山周邊孫悟空崇祀之俗發生於清初，盛行於清乾隆、嘉慶年間

由以上僅有的濟南平陰、泰安東平二處原祀孫悟空之「大聖廟」分別建設於清乾隆四十三年和嘉慶十年，以及岱嶽大聖院等四處都是在清或近代增祀或改祀孫悟空看，大體可以斷定這一地區的孫悟空崇祀發生於清代乾隆之前，而乾、嘉年間最爲盛行。

（三）泰山周邊孫悟空崇祀之俗與道教的聯繫更爲密切

由七處之名稱可知，原本非祀孫悟空者五處，除稱「三義廟」者之外，四處均稱「院」或「寺」，明顯屬於佛門之第。而可信爲崇祀孫悟空而建者二處稱「廟」和增祀或改祀之「大聖院（寺）」俗均改稱「廟」等情況則共同表明，泰安周邊凡因孫悟空崇祀建立或改稱之祭所，均不稱「院」或「寺」而稱爲「廟」。這與據報導洛陽市宜陽縣花果山有乾隆十五年所立《重修齊天大聖孫佛老祖廟宇序》碑記稱「花果之山，巍然高聳……我孫佛老祖，廟宇實建此山」〔註19〕云云亦相符合，似能顯示包括泰山周邊地區在內，全國多省分流行的孫悟空崇祀之俗與道教的聯繫更爲密切。這一現象頗有意思的是，《西遊記》寫孫悟空最後成了鬥戰勝佛，但在孫悟空崇祀之俗中，人們尊敬、喜愛和信奉的仍然是未成佛之前道教色彩更濃的孫悟空形象。

（四）泰山周邊孫悟空崇祀爲純民間宗教風俗

以上所述無論原爲祭祀孫悟空而建的二處「大聖廟」或由奉祀其他神佛增祀或改祀孫悟空之與孫悟空崇祀有關的所有歷史信息，均不見於地方志的記載，似知其所代表民眾對孫悟空的崇祀之俗一直未得到官方的認可，爲純民間的神道信仰。而所有相關廟宇幾乎損毀殆盡的現狀，也使我們想像清代泰山周邊的這類廟宇或不止此數，唯是在歷經戰亂和「文革」的破壞之後至今已經淹沒無聞罷了。由此又可以推想清代崇祀孫悟空而設的「大聖廟」是在官方並不提倡甚至可能有所壓制的情況下集資起建，並在至少百餘年的長時期中香火不絕，豈非證明清代泰山周邊民間的孫悟空崇祀曾是一個較爲普

〔註19〕轉引自《網易·天使寶貝博客·〔西遊記〕》。（http://zhenghanjiawei.blog.163.com/blog/static/162646498201010403025187/）

遍和強烈執著的信仰？

（五）泰山周邊孫悟空崇祀之俗主要爲抗旱祈雨而作

濟南平陰與泰安東平的「大聖廟」分別存有廟碑記文。前者據《濟南日報》2010 年 8 月 5 日載《創建齊天大聖廟宇碑現身濟南（圖）》報導轉錄如下：

> 齊天大聖者，《西遊記》所藉以喻心體也。始之放縱侈肆，繼之收斂鎮定，終之勇鍵正直，所以象心之邪正兮，途其離奇怪誕則寓言遊戲，亦足見靈明之宰神妙不測耳，不必果有其人也。然而千百載後，像其貌而神之，如柳溝莊之禱雨，輒應曆年不爽，則又何說？覆幬唯天是荷，而視聽以民爲寄，二氣而偶乘矣。合眾以祈天心，至誠感格，是有呼吸可通之理，夫山川雷雨之神所聽命者，厥唯上帝，顧乃豔於齊天之名而匍匐焚祝，一若上帝之權，大聖可以並操也者。此則世俗所執守，君子固難以深論。抑循有可原，則仁愛者天之呼，籲者民之心，妥大聖於壇遺，即謂其爲天人交際之心矣，無不可也。今此地秋成，收穫頗稔，靈雨之賜昭又矣。里中以展視天祠，嫌於食德忘報，募金督工，創修殿宇，雖非祀典所載，然撥之王制，有功德於民則祀之之例意或有合。勉應眾人之請，而攝述其心之同令入是祠者，因心見心，庶幾方寸靈臺之山光，斜月三星之洞彩，去人不遠也。（標點有修正）

接下爲記者關於抄錄碑記的說明：

> 後面落款是「道人張仁科」，接著是「廩生張廣居沐手敬題」字樣，再後面刻有「糾首齊珍、張思聰、張萬祥」等 20 餘人的名字，而糾首應該是帶頭人的意思。碑記最後的落款時間爲「乾隆四十三年九月上浣吉旦」。

又評曰：

> 這段碑文講述的是當年的柳溝莊爲了求雨而修建「齊天大聖廟」的簡單原因與過程，並對「齊天大聖」的功績和靈驗給予了非常高的評價。碑記中最有意思的是關於《西遊記》的明確文字，這在全國類似碑文中還很少見。〔註20〕

後者即泰安東平縣林馬莊花果山《齊天大聖廟碑記》曰：

〔註20〕趙曉林《創建齊天大聖廟宇碑現身濟南（圖）》，《濟南日報》2010 年 8 月 9 日第 7 版。

常考祭祀之典，允有功於民者則祀之故，八蠟之祭有貓爲其食田鼠，有虎爲其驅鬼（缺若干字）東平林馬莊，每逢歲旱，輒禱齊天大聖，屢降霖雨，宗義田君等捐工初修大聖廟一座（缺若干字）得合同莊塑像演戲，爰求文於余，以□永遠，雖然大聖者，金聖歎以爲《西遊》之寓言，其人若不可考，然□二子固有詞以告余矣，彼五帝之祀禮，有明文元帝爲梵王大子，言不雅（缺若干字）西白帝南赤帝中黃□帝，又果爲何代之人，誰氏之子乎？若其功之不可沒，弟責其神之（缺若干字）駝駝咲馬腫背，雖雙瞳如豆，抑何所見之不廣耶，余不能文，爲敍其事述其言以志之。

落款：「府庠夏光渭撰文，夏宗唐書丹（缺若干字）」，「大清嘉慶十年十月吉日」。

以上兩篇分別撰刻於清乾隆四十三年和嘉慶十年的碑記，除了都明確說所祀「大聖」爲《西遊記》中的孫悟空之外，還重點記述了奉祀孫悟空之由，是所謂「像其貌而神之，如柳溝莊之禱雨，輒應曆年不爽」，或「每逢歲旱，輒禱齊天大聖，屢降霖雨」，也就是爲了祛旱祈雨。筆者早曾因東平齊天大聖碑的發現撰文介紹歷史上我國南北多省分皆有祭祀孫悟空之俗，認爲「清初以降文獻記載中，福建福州、雲南澤州、湖北蘄州等地，皆曾有崇祀齊天大聖孫悟空之俗，並且爲遠在山東並未去過這些地方的蒲松齡所知。另外，這些祭祀都發生在旱災的時候，爲祈雨而設，可見是把孫悟空當作了能夠支配下雨的神靈」〔註21〕。今平陰「大聖廟」碑文的記載進一步佐證了筆者的判斷。

（六）泰山周邊孫悟空崇祀之俗因《西遊記》而興，雖與《西遊記》成書無關，卻可溯源至作爲《西遊記》成書之重要背景的泰山文化

由上所述論可知，歷史上泰山周邊孫悟空崇祀之俗既發生並興盛於清代，那麼它就只可以是《西遊記》小說在泰山周邊地區影響廣大的一個證明，而不可能與《西遊記》的成書有什麼直接關係了。但是作爲《西遊記》與泰山文化關係的一部分，這一風俗的源頭卻應該是早在《西遊記》成書之前「西遊」故事與泰山的「聯姻」。其自身雖然晚於《西遊記》的成書，不是《西遊

〔註21〕杜貴晨《古今載論中的孫悟空崇祀之俗》，《濟寧學院學報》2010年第1期。收入本卷。

記》成書受泰山文化影響的證明，卻是泰山文化作為《西遊記》成書背景之一束遙遠的折光，是泰山文化背景下「西遊」故事成書爲《西遊記》後的一個延展。

　　綜合上所述論，有關泰山周邊所謂七處孫悟空崇祀遺跡的報導雖然總體不盡可信，在新資料發現之前，研究者既不能據此想像歷史上由元至明清二代泰山周邊孫悟空崇祀之俗如何地盛大，更無理由據以研究《西遊記》成書與泰山的關係。但是，歷史事實本屬客觀的存在，相關報導不必合於發現者預擬特定的目的而有其自在的價值與意義。從而所謂七處孫悟空崇祀遺跡眞眞假假，並不是發現者的遺憾；反而七處中有六處可證清代泰山周邊孫悟空崇祀之俗事實的揭蔽，使泰山文化在這一方面有與福建、浙江等多省分自古及今都有的齊天大聖信仰之俗有了呼應的聯繫，成爲全國性「孫悟空崇祀」或曰「齊天大聖信仰」研究的一個部分。這在某些學者所提倡建立的「泰山學」來說又是一個新的增量和加強，是「泰山學」中一個涉及古代文學、宗教、民俗等多學科研究的新課題。有關研究將進一步推動中國古代文學研究引入「考古」或曰「田野調查」方法的實踐。因此，我們有理由對此一課題的研究抱有更多的期待，而周郢教授等學者、記者蓽路藍縷，功亦大焉！

（原載《山東師範大學學報（人文社會科學版）》2014年第4期）

下　編

《西遊記》寫孫悟空對妖精習稱「外公」說之辨誤與新解

　　《西遊記》寫孫悟空與妖精鬥口，多自稱是妖精的「外公」〔註1〕，約計在 11 回書中共有 15 次之多，分別作「外公」（第二十一、三十四、三十五、五十二、七十一回），「孫外公」（第十六、二十一、五十、五十二、七十六、八十六回），或「老外公」（第十七、五十一回），「外公老爺」（第八十六回）等。這一現象在中國古典小說中罕見。《西遊記》中除寫豬八戒偶一為之（第三十二回）之外，也僅是寫孫悟空對妖精如此自稱。對此，由蘇鐵戈整理生前持《西遊記》作者吳承恩說甚力的蘇興先生遺作《〈西遊記〉中孫悟空對妖精自稱「外公」試析》〔註2〕一文（以下或簡稱「《試析》」）較早發現並提出討論，為《西遊記》研究平添了一個兼具學術價值和鑒賞趣味的題目，是值得歡迎和感謝的，而《試析》的某些見解如論「『外公』一詞是《西遊記》中人物高人、壓人的習稱」等判斷，也較為平實可信，是有益的貢獻。但是，正如許多學術問題並不一定由提出者就能夠徹底解決，所以《試析》雖就《西遊記》寫孫悟空對妖精多自稱「外公」現象有發現、提出問題之功，但它對孫悟空為什麼對妖精多自稱「外公」原因的探討上，除正確指出是為了高人、壓人的一般判斷之外，其進一步的「考察」，則無論立論的根據還是論證的方法，都有根本性的失誤，具體分析論證也多不合於情理和《西遊記》描寫的

〔註1〕〔明〕吳承恩《西遊記》，李卓吾、黃周星評，山東文藝出版社 1996 年版。
　　　　本文引《西遊記》原文及評語均出此書，說明或括注回數。
〔註2〕蘇興《〈西遊記〉中孫悟空對妖精自稱「外公」試析》，《古籍整理研究學刊》
　　　　1999 年第 1 期。

實際，其所得出的結論自然也就不能令人信服。但是，這樣一篇總體上持論極為不妥、邏輯很是混亂的文章，卻有年輕學者肯定其「做了有益的探考……可以『自圓其說』」〔註3〕。這就使對《試析》謬誤的批評成為《西遊記》研究中一個迫切的現實要求。乃有所辨正，並試為新解如下。

一、《試析》的根本失誤

《試析》認為，「唯孫悟空偏自稱為『外公』，而少說『祖宗』、『爺爺』、『爹爹（老子）』，厥為特異。究其緣故，大概可以從兩個方面考察」：

> 第一，作者（吳承恩）所處彼時（明代正嘉隆萬時）彼地（江蘇淮安及其更小範圍的附近地區），人們習慣稱外祖父為「外公」、『老爺」。而且一般市民、農民和人爭口時要稱「我是你外公（老爺）」，以占上峰（風），等等。這一點，找文獻資料以證成是或否，不大可能。

筆者完全同意《試析》的這一判斷，所以這裡也不再作討論，而把討論的重點放在《試析》所作第二個方面的考察：

> 第二，孫悟空既是現實社會的人，又不是現實社會的人，作者可以把他的某種特定生活情況下的習慣用語，合乎人物性格特點的運用，也可以以作者自身的特殊感受、愛好，把自己的某一習慣用語硬性派給人物。基於後者，我以為孫悟空之所以對妖精們自稱外公（老爺），是作者吳承恩個人的生活環境、特定心理狀態造成的。

為此，《試析》就以上「基於後者」所得出的結論進一步論證說：

> 吳承恩的祖父在父親四歲（三周歲）時便去世了，他自然對祖父一稱很淡薄；父親吳銳去世，吳承恩唯一的一子吳鳳毛未生，他在家庭生活的中年時代，沒聽到過喊「爺爺」的聲音；鳳毛夭折，他自己又沒有孫子，一直到老年，「爺爺」之呼聲仍在家庭中寂然。因此，他中年作《西遊記》時，加給書中主要人物孫悟空的自稱，不做「孫爺爺」，因「爺爺」一詞對作者無興致。爹爹呢？他當然稱呼過近三十年（其父於嘉靖十一年春逝世），但他的獨生子吳鳳毛早夭，年歲不清，很可能還不怎麼會叫「爹爹」的嬰幼年便離開人世

〔註3〕唐永喜《孫悟空自稱「外公」的民俗學解析》，《溫州大學學報·社會科學版》2008年第2期。

了吧。也許他寫作《西遊記》時「爹爹」一詞在其觀念中不十分深。但是,「外公」一詞就不同了。吳承恩有兩位外公,一爲徐外公,一爲張外公,童幼時或許呼外公不離口。姐姐吳承嘉於明正德十年(1515)生丘度的母親丘沈氏;吳承嘉還有子,孫名沈森,吳承嘉子(沈森父)不知是丘度母的兄或弟,說他生於明嘉靖元年(1522)左右也是不過分的吧。那麼,吳承恩父親去世前,當至少有一外孫女和一外孫在十歲以上或十歲左右,他們常常跑來大喊「外公」,從而又給吳承恩青年時期以深刻的感念。「外公」!「外公」!尊貴的字眼,耳際常響,比「爺爺」「爹爹」更多接觸的親切字眼,不免要轉贈給孫悟空的了。這也許正是孫悟空對妖精總自稱「外公」的奧秘吧!

我個人比較傾向是作者把自己的特定心理加給孫悟空這一點,是孫悟空所以總自稱「外公(老爺)」也。觀音禪院和車遲國智淵寺、祭賽國金光寺的僧人們對孫悟空等,由於恐懼或者恭敬,隨口混叫「爺爺」「老爺」,作者順筆也讓孫悟空在萬聖老龍處自稱一次「孫爺爺」(第六十三回)。如果我這種推斷有道理的話,也可以爲《西遊記》確是吳承恩所著添一小小的佐證。又,前面我說「老爺」一詞約即「外公」一詞的另一種俗稱,而不是特指對官府長官的稱謂,這於《西遊記》第九十七回寇洪還魂後,屢稱銅臺府、地靈縣的官員們爲「老爹」,也似能說明此一問題。

以上就是《試析》對《西遊記》中孫悟空對妖精自稱「外公」原因的要點與論證。這些論證看似「知人論世」,無懈可擊,實則從立論的根基、出發點與論證的方法上都有很大的失誤:

一是以《西遊記》作者爲吳承恩作爲立論的根基和出發點即是一大失誤。我們知道任何立論的根據即證據本身一定要確鑿無疑,否則便沒有證明力,由此得出的結論就不能取信於人,從而所謂這樣的「證據」也就不是眞正的證據。對於《試析》要討論的問題來說,以《西遊記》作者爲吳承恩正就是不能作爲證據的「證據」。這有海內外眾多質疑或否定《西遊記》爲吳承恩作的論著爲證,不難查閱〔註4〕,茲不具論。因此,雖然《試析》的作者有權堅

─────────────────────

〔註4〕否定《西遊記》作者是吳承恩的主要論著目錄,參考袁行霈主編《中國文學史》第四卷,高等教育出版社 2005 年第 2 版,第 140 頁注〔10〕。另可參見

持其《西遊記》作者吳承恩的立場，但在對此質疑甚多的情況下，如果所討論《西遊記》不是著作權問題的本身，那麼筆者以爲他最好不要拿吳承恩說事，尤其不宜以《西遊記》作者爲吳承恩說爲討論的基礎和出發點。因爲如果是那樣，或者《試析》的論證不被認眞看待而成爲自說自話；或者討論雖然還可以展開，但是勢必還要回到《西遊記》是否吳承恩所作的疑案上來，而統歸於當前的無解即根本無法達成共識。

二是《試析》認爲從吳承恩爲《西遊記》作者的立場出發論證得出的如上結論，「也可以爲《西遊記》確是吳承恩所著添一小小的佐證」，其實是陷入了「循環論證」的怪圈，即由論據得出的結論，又被作爲論據眞實性的證明，是一種沒有任何證明效果的話語遊戲。

三是上引《試析》的論證除幾個與吳承恩相關的人名之外，可說多想像之辭，附會之說，而極少確切的事實。如曰「他自然」「他當然」「很可能」「也許」「或許」「當至少」「這也許」……一路下來，無非猜測想像之辭，外加「他們常常跑來大喊『外公』」之類的演義等，使《試析》雖取學術論文的形式，但給讀者的感覺卻是缺乏學術論證應有的嚴謹和實事求是的作風，進而對它得出的結論也就難以置信。

二、《試析》之不合情理與實際

《試析》除以上在論證的立場、出發點與邏輯以及學風上的根本失誤之外，其具體分析論證中的不合情理與實際之誤也需要作進一步辨正。這自然是要在姑且承認《試析》以《西遊記》爲吳承恩所作的前提之下才最爲方便。但是，也正是這些附會於吳承恩家世生平的分析既有悖於人情事理，又不合於《西遊記》描寫的實際，試分說之。

首先，《試析》之具體分析有悖人情事理者有六：

一是《試析》以吳承恩的祖父去世早而認爲吳承恩對「爺爺」一詞「無興致」，雖然一般看來不無一定的道理，但是除了畢竟是猜測之外，也還太過於絕對化，從而其云云「無興致」的結論總體令人難以置信。具體說來，這是因爲一方面吳承恩即使「一直到老年，『爺爺』之呼聲仍在家庭中寂然」，

石昌渝主編《中國古代小說總目（白話卷）》日本學者磯部彰撰「《西遊記》」條，山西教育出版社 2004 年版，第 411～412 頁。近年來國內學者有李安綱、沈承慶等亦有提出質疑或否定的論文或專著。

但他既不是獨居深山，則鄰居親友之間，祖孫相接者多有，稱呼「爺爺」之聲也當不時入於吳承恩之耳。同時，吳承恩與旁門外姓之間稱人或被稱呼爲「爺爺」的情況也未免有之，從而其「爺爺」的觀念也就不一定十分淡薄和絕無「興致」；另一方面吳承恩的祖父去世雖早，但古人「愼終追遠」，年節祭祀，「祭如在，祭神如神在」（《論語·八佾》），豈有做孫子的年年祭祀其爺爺而不念其有爺爺的嗎？而且《試析》既以吳承恩爲《西遊記》作者，那麼以《試析》作者的邏輯，《西遊記》中大量「爺爺」「老爺」「老爺爺」的稱呼絡繹不絕，不是從吳承恩對「爺爺」一詞的「興致」而來，並證明其對「爺爺」一詞的「興致」嗎？

二是按《試析》所說，吳承恩既與其父共同生活稱呼「爹爹……近三十年」，又讀經應試，當知「父兮生我，母兮鞠我……欲報之德，昊天罔極」（《詩經·小雅·蓼莪》），又怎麼能在他「中年作《西遊記》時」，僅僅因爲自己有兒早夭，就會使「『爹爹』一詞在其觀念中不十分深」了呢？又《試析》的作者如果以爲小說家用詞是此等地感情用事而《西遊記》的作者又一定是吳承恩的話，那麼《西遊記》中「爹爹」「老爹」等稱絡繹不絕，就不是來自吳承恩的「觀念」嗎？

三是《試析》說吳承恩有兩個「外公」，「童幼時或許呼外公不離口」，又在「吳承恩父親去世前，當至少有一外孫女和一外孫在十歲以上或十歲左右，他們常常跑來大喊『外公』，從而又給吳承恩青年時期以深刻的感念」，此說猶不可解。因爲很明顯，這除了多有想像的成分之外，還極爲不合情理的是，爲什麼只說吳承恩「童幼時或許呼外公不離口」，卻不說吳承恩「童幼時」肯定更是「呼爹爹不離口」呢？既然吳承恩「童幼時」更多呼不離口的『爹爹』一詞在其觀念中不十分深」了，那麼還可能獨有「外公」一詞「在其觀念中……十分深」嗎？

四是按《試析》所說，吳承恩自己喊「爹爹」三十年，聽其姐姐之外甥（女）喊自己父親「外公」，至多不過十年中外甥（女）來探親時偶而有之，能夠「比『爺爺』、『爹爹』更多接觸」而更爲「親切」嗎？

五是《試析》說吳承恩姐姐吳承嘉的外甥（女）「吳承恩父親去世前，當至少有一外孫女和一外孫在十歲以上或十歲左右，他們常常跑來大喊『外公』」云云，更有點「亂點鴛鴦譜」。因爲吳承嘉的孫輩沈森對於吳承恩的父親而言，已經是旁系之旁系，且遠至第四代，或稱外重外孫（女）。吳承恩的父親在他

不到三十歲時去世，這一代的外孫（女）大概是見不到的；而且普通的家庭，這樣的親戚間有無來往都很成問題。即使偶得一見，也是外曾祖父輩，或呼爲「老外公」。還要說他（她）喊的決不會是吳承恩。因此而「感念」重外孫（女）喊「（老）外公」的，只能是吳承恩的父親。吳承恩是其姐姐孫子女的外舅祖父即外舅老爺，豈有當舅老爺的「感念」外甥（女）喊「外公」的嗎？

六是以《試析》所說吳承恩自己喊「爹爹」近三十年尚且「『爹爹』一詞在其觀念中不十分深」，爲什麼一個只可能是偶來探望的外甥（女）喊自己父親「（老）外公」，就能「給吳承恩青年時期以深刻的感念」呢？難道一個做舅老爺的因爲有外甥（女）十年中偶而一至「大喊」自己的父親爲「（老）外公」，就會銷蝕其喊了三十年的「爹爹」觀念，變得習慣上稱「外公」比自己喊了三十年的「爹爹」一詞還更親切了？這裡本文作者很抱歉地一問：如果吳承恩因此而「『爹爹』一詞在其觀念中不十分深」了是人之常情，那麼他那「常常跑來大喊『外公』」的重外甥（女）觀念中，還會有「爺爺」和「爹爹」的位置嗎？再說實際生活中重外甥（女）一般是很少去曾外祖母家的。即使「外甥（女）」與外祖家人的關係，比較「外公」，有幾個「童幼」的外甥（女）不是更多地親近照顧其衣食的外祖母呢？如果《試析》以與外祖家人關係的親疏而定「感念」之深淺並及於論題的邏輯可以成立，豈不是因此而他（她）也會變得「『媽媽』一詞在其觀念中不十分深」了嗎？可見《試析》此說是如何地不合情理與生活的常識了吧！

其次，《試析》之具體分析不合於《西遊記》描寫實際者亦有六：

一是《試析》所舉《西遊記》中「隨口混叫『爺爺』、『老爺』」，所指並非「外公」。例如第二回寫孫悟空見菩提祖師，「悟空道：『師父昨日壇前對眾相允，教弟子三更時候，從後門裏傳我道理，故此大膽徑拜老爺榻下。』祖師聽說，十分歡喜」；第三十六回寫僧官稱孫悟空「爺爺」，而稱「唐僧老爺爺」，第五十三回寫一婆子稱豬八戒「老爺爺」等，從被尊稱者都毫不遲疑地接受看，這些「爺爺」或「老爺」所指肯定都不是「外公」，而《試析》所謂「『老爺』一詞約即『外公』一詞的另一種俗稱」之說，並不合於《西遊記》描寫的實際。

二是《試析》舉「外公老爺」之稱也不表明「『老爺』一詞約即『外公』一詞的另一種俗稱」，而恰恰相反。這裡的我們首先要指出的，這既是《西遊記》中唯一之例，是一個孤證，又《試析》作者對此既已有「約即」的猶疑，

似就不便再有進一步的推論。其次，細讀第八十六回寫孫悟空曾偶一對妖魔
自稱「外公老爺」，不過是以「外公」爲「老爺」即「爺爺」。其所以如此，
是因爲「外公」與「老爺」乃內、外有分的祖父輩，從而把「外公」比同「老
爺」，以示「外公」同「老爺」一樣尊貴，並非以「外公」就是「老爺」或可
以稱之爲「老爺」。否則，就徑直稱「老爺」罷了，何必再冠以「外公」？我
以爲「外公老爺」之義相當於清中葉以後北方俗稱「外公」爲「姥爺」，即母
親的父親、姥姥（外祖母）的丈夫。大約《西遊記》成書之時社會上尚無「姥
爺」之說，所以在「外公」與「爺爺」同尊的意義上有《西遊記》中偶而一
現之「外公老爺」的稱呼。總之，《西遊記》中「爺爺」與「老爺」同義，都
是指直系的祖父，有時用以稱呼權勢人物。而「老爺爺」是爺爺的父親即曾
祖父，實際上又經常與「爺爺」「老爺」混稱；「外公」與「外公老爺」都是
指外公，而「老爺」與「外公」除了同爲祖父輩之外並無混淆，所以不相替
代，至少在《西遊記》中是如此。這也就是說，《西遊記》中的「隨口混叫『爺
爺』、『老爺』」，只是把稱呼自己祖父的「爺爺」與社會上稱呼官長等有權勢
者的「老爺」有所混用，並沒有把「外公」也「混叫」進去。即使第四十四
回與第六十三回中孫悟空被稱或自稱「齊天大聖孫爺爺」「孫爺爺」等，「孫
爺爺」也絕不就是「孫外公」。

　　三是《試析》以爲吳承恩個人感情上「外公」是「比『爺爺』、『爹爹』
更多接觸的親切字眼，不免要轉贈給孫悟空的了」，此說亦與書中描寫不合。
因爲很明顯，小說家雖然不免甚至很難不把自己的感情投射到作品中，但是，
因爲現實生活中愛某個人而及於個人對某個人的稱呼，把這一稱呼「移贈」
給自己所喜歡的小說人物，這樣的例子實在罕見！而且倘若視以爲《西遊記》
作者的獨創，則在孫悟空對妖精習慣自稱「外公」的定式中，豈非不知不覺
間便把自己置於了妖精血統的地位？而「外公」與外甥間勢不兩立的氣氛，
也不像是出於一個對「外公」一詞有特別「感念」的作者之手吧！

　　四是雖然如《試析》所說現實生活中「外公」爲「尊貴的字眼」，但《西
遊記》「外公」一詞卻有時明顯被戲謔化使用。例如，第十七回寫孫悟空罵黑
風山熊羆怪，剛說完「是你也認不得你老外公哩！你老外公乃大唐上國駕前
御弟三藏法師之徒弟，姓孫，名悟空」，接下又「笑道：『我兒子，你站穩著，
仔細聽之！』」還有第五十一回寫孫悟空罵妖精道：「這兒子反說了哩！不知
是我送命，是你送命！走過來，吃老外公一拳！」都是既以妖精爲「兒子」

等於自封是妖精的爹爹，又自稱是妖精的「老外公」，妖精成了他的外孫子。這樣對同一個妖精，一句從正面說自稱「外公」，一句從背後說隱然自稱「爹爹」，看似無理，實是小說家妙寫人物罵詈中口不擇言的常情。但如此一來，妖精被罵爲「兒子」和「外甥」固然沒有臉面，客觀上孫悟空明裏暗裏所據妖精「爹爹」和「外公」的身份，豈不也被戲謔化而失去了應有的鄭重與尊嚴了嗎？這種情況下，孫悟空自稱「外公」一詞還可能是從作者對於自己外公的「感念」中「移贈」來的「尊貴字眼」嗎？顯然不大可能的了。

五是《試析》以爲吳承恩個人感情上「外公」是「比『爺爺』、『爹爹』更多接觸的親切字眼，不免要轉贈給孫悟空的了」的認識基礎，大體上應該是以作者尊孫悟空爲完全正面的形象，方配得上「外公」這「尊貴的字眼」。這也不符合《西遊記》描寫的實際。以今人視《西遊記》中孫悟空形象爲幾乎完全正面的形象看，《西遊記》中當然只有孫悟空最配得上「外公」這「尊貴的字眼」。但是，倘若如此，那麼第三十二回寫豬八戒也曾說自己被妖精稱爲「豬外公」，則又是怎麼一回事，該作如何解釋呢？再說與今人多以孫悟空爲完全正面的形象不同，《西遊記》作者除了對孫悟空「大鬧天宮」並不以爲然，而不止一次寫由悟空懺悔是犯了「誑上」之罪（第十四、十五回）之外，還數十上百次被佛祖、菩薩、玉帝、天神等斥爲「乖猴」「潑猴」「妖猴」等。從而雖然後來終至於成爲「鬥戰勝佛」，卻畢竟其原本非人而爲異類，又是犯有「欺天誑上」（第十四回）之「前科」的戴罪立功改過自新的典型，與儒家理想中學行終始如一爲「修齊治平」的「君子」「賢人」迥非一路。因此，倘使確係吳承恩作《西遊記》而他又以「外公」爲比較「爺爺」和「爹爹」還更親切的「尊貴字眼」，那恐怕避之還唯恐不及，怎麼會以「外公」之稱「移贈」孫悟空，又後來後還讓豬八戒偶一稱之呢？

六是承上要單獨一說的是，《試析》以《西遊記》中寫孫悟空對妖精自稱的「外公」是用了吳承恩所「感念」的「尊貴的字眼」，尤其不合於第七十一回寫小妖誤報「外公」是來者孫悟空之名，引起妖王詫異後的一段議論描寫：

> 妖王道：「這來者稱爲『外公』，我想著《百家姓》上，更無個姓外的。娘娘賦性聰明，出身高貴，居皇宮之中，必多覽書籍。記得那本書上有此姓也？」娘娘道：「止《千字文》上有句『外受傅訓』，想必就是此矣。」妖王喜道：「定是！定是！」即起身辭了娘娘，到剝皮亭上，結束整齊，點出妖兵，開了門，直至外面，手持一柄宣

> 花鉞斧，厲聲高叫道：「那個是朱紫國來的『外公』？」行者把金箍
> 棒撏在右手，將左手指定道：「賢甥，叫我怎的？」那妖王見了，心
> 中大怒……行者笑道：「你這個誑上欺君的潑怪，原來沒眼！想我五
> 百年前大鬧天宮時，九天神將見了我，無一個『老』字，不敢稱呼；
> 你叫我聲『外公』，那裡虧了你！」

上引文字通過妖王與其娘娘完全不知「外公」為何物的描寫調侃了悟空自稱
「外公」的標新立異，同時也就透露了作者雖然寫孫悟空對妖精喜歡自稱「外
公」，但在心目中亦不以自稱「外公」為常事常情。甚至作者正是因為現實中
人自稱「外公」的情況少見，或者偶而見於市井鬥口的罵詈之中，覺得有趣，
才主要是「移贈」於他所喜歡的孫悟空這個幽默風趣的形象。這也就是說，《西
遊記》寫孫悟空喜自稱「外公」很大程度上只是遊戲之筆。即使遊戲之中暗
藏秘諦正是《西遊記》的特色，讀者似也不必並且一般也不便往作者由於身
世的原因有對「外公」一詞的「特定心理」方面去想，而只認其為化生活而
為藝術的創造也就罷了。只有篤信於《西遊記》作者吳承恩說並堅持以為小
說家動輒會向自己的作品中塞點這類私貨的讀者，才會疑心生暗，而有如上
引的想入非非。

　　綜合以上辨正可以認為，即使如蘇興先生等以吳承恩果為《西遊記》的
作者，其寫孫悟空「習稱」妖精的「外公」與其家庭和親戚關係也不一定有
什麼瓜葛。必要聯繫吳氏家世生平等為說，則不免牽強附會，甚至自相矛盾。

三、試為新解

　　然而《試析》所提出「唯孫悟空偏自稱為『外公』，而少說『祖宗』、『爺
爺』、『爹爹（老子）』，厥為特異。究其緣故」，到底該如何看待和解釋呢？

　　首先，正如《試析》所說：「『外公』一詞是《西遊記》中人物高人、壓
人的習稱。」但是也還要進一步說明的，一是除豬八戒也曾偶一為之以外，
這只是孫悟空一個人物的「習稱」；二是《西遊記》寫孫悟空的自稱甚多，如
「老孫」「老爺」「孫爺爺」「孫老爺」等，甚至蔑稱妖精為「我兒子」而實際
自居了妖精之「爹爹」的地位。所以，大約與豬八戒對妖精習稱「豬祖宗」
而偶一自稱「豬外公」相類似，「外公」作為孫悟空自我對妖精的「習稱」，
只是其多種高人、壓人的自稱之一。雖然較多，但也只在一定程度上可以算
作所謂「習稱」。

　　其次，由上述可進一步認為，《西遊記》中孫悟空對妖精自稱「外公」的描寫總體不是很突出的文學現象，既不如《三國演義》寫關羽自稱「關某」、《水滸傳》寫魯智深自稱「灑家」那樣似乎「專利」而成為人物聲口突出的標誌，又在事實上《西遊記》寫孫悟空的諸多自稱中，用得最多又能給讀者留下最深印象的應該是「老孫」，而不是「外公」或「孫外公」。這一描寫無論從全書還是從孫悟空形象看總體未能一以貫之的情況表明，它在《西遊記》中的出現應該如寫孫悟空說如來佛是「妖精的外甥」（第七十七回）一樣，乃作者運筆興會淋漓之際一種不時而發的凸顯，不像是有什麼寄託深隱的安排。只是《西遊記》寫孫悟空與妖精鬥口極多，此種興會不時而至，書中出現孫悟空對妖精自稱「外公」的描寫就比說如來佛是「妖精的外甥」多了一些罷了。因此，讀者不必過於深求作者的用心，包括不必往作者與其外祖父關係的親密上去想。我們看上引第七十一回寫小妖誤報「外公」是來者孫悟空之名引起妖王詫異後的一段對話的議論，連挨罵的「妖精」尚且不明孫悟空自稱「外公」之義，就可以知道這一描寫除了能使筆墨之趣翻進一層之外，還有言外之意是提點讀者明白，以自稱「外公」行罵詈是社會上不經見不常有之現象，因為連挨罵的妖精都還不知道自己是哪裏「中槍」了呢！

　　總之，《西遊記》寫孫悟空對妖精習稱「外公」乃神來之筆，讀者專家可欣賞其罵詈語花樣翻新的藝術，倘若由此推論證明《西遊記》的作者是吳承恩，那就更是深求而失諸僞了。

　　儘管如此，作者寫孫悟空既是對妖精也自稱「老爺」「孫爺爺」「孫老爺」等，又更多對妖精自稱「外公」，也一定是意識到了給孫悟空託為「外公」的身份對於高壓妖精的效果與自稱「老爺」等同中有異，有自稱「老爺」等不可能有的效果。否則，把通常好用並對方更容易明白的「老爺」等自稱隨口改變為連大小妖精都不能明白的「外公」還有什麼意義？又有什麼幽默風趣之處？筆者以為這後一點才是我們關注和討論《西遊記》寫孫悟空喜對妖精自稱「外公」的要義，試為一解。

　　我以為比較自稱「老爺」「孫老爺」等，孫悟空對妖精自稱「外公」雖然未必有更大實質性高壓的程度，卻在表達懲處之意上是一個不同尋常的角度，從而也就有了異乎尋常的效應。具體有四：

　　其一是如《西遊記》中也很在意的親屬有「父黨」「母黨」之分（第七十七回），「外公」作為「母黨」中的最親最尊者，雖然不比「父黨」中的「爺

爺」有所過之，但是男權制度下「父黨」對「母黨」應有的禮貌與客氣，卻能夠加強「外公」對外甥在管教上有更大的威權。這威權即使只是即時和表面上的，但在罵詈的當下卻比「爺爺」和「老爺」多了一些威懾之力；

其二是罵詈以為攻擊對象的手段，花樣翻新才會有更大的效果。如上所論及，《西遊記》作者創作的彼時彼地，一定是以自稱高人、壓人的諸說法中，「外公」是少見而能夠引起聽者更受刺激的一種，從而進入《西遊記》並成為書中「一號人物」孫悟空與妖精罵戰自報身份的「習稱」；

其三是我國古代為人子者，除了受直系父祖的撫養管教之外，「外家」即外祖父母和舅父為子弟至親長輩，對外甥亦有輔導管教之責。尤其子弟一旦在其家中失教，外祖父或舅父的管教責任便格外突出起來。清中葉李綠園著章回小說《歧路燈》第四回寫譚紹聞的母親王氏轉達其舅舅的話說「俺姐夫閒事難管」〔註5〕，就曲折透露出他這位舅舅自覺有為姐姐家管事的責任和義務。而《歧路燈》第十三回也正是寫了一個叫卂守禮的破落子弟種種不端，被他的女人「一五一十告訴了他舅。他舅惱了，把卂守禮狠打一頓，還要到縣裏告他不孝。卂守禮再三央人，磕頭禮拜，他舅恨極，發誓再不上他的門」〔註6〕。雖然卂守禮「他舅」到底不曾使其悔過自新，但是由此可見一旦居於「外家」祖父或舅父的身份，其對外甥就有了天經地義的管教權。而且舅氏對外甥之威權絕非其他親戚之可比。這恐怕就是《西遊記》寫孫悟空對妖精習自稱「外公」的社會學淵源，也就是孫悟空對妖精習稱「外公」的又一原因了吧。

其四即最後和根本的理由，大概可以從他書中也很少見的同類描寫推論而來。署名羅貫中實際已由明末馮夢龍增補的四十回本《北宋三遂平妖傳》第八回《慈長老單求大士簽，蛋和尚一盜袁公法》，寫慈長老送給了朱大伯一個鵝蛋，在雞窠裏孵出一個小孩，十分「著惱」：

> 朱大伯道：「告訴你也話長哩。去年冬下，這慈長老拿個鵝蛋兒
> 到我家來，趁我母雞抱卵，也放做一窠兒抱著。誰知蛋裏抱出一個
> 六七寸長的小孩子。」鄰捨道：「有這等事！」朱大伯道：「便是。
> 說也不信，抱出了小孩子，還不打緊，這母雞也死了。這一窠雞卵

〔註5〕〔清〕李綠園著《歧路燈》（上），欒星校注，中州書畫社 1980 年版，第 32
頁。
〔註6〕《歧路燈》（上）第 142 頁。

也都沒用了。我去叫那長老來看，長老道：『不要說起，是我連累著你，明年麥熟時，把些麥子賠你罷。』把這小怪物連窠兒撥去。我想道不是拋在水裏，便是埋在土裏。後來聽得劉狗兒撫養著一個小廝，我疑心是那話兒。今日拿這叉袋去寺裏借些麥種，順便瞧一瞧那小廝，是什麼模樣。——你不與我瞧也罷了，恁般發惡道：『幹你屁事！』又道：『認做你家孫兒去罷！』常言道：樹高千丈，葉落歸根。這小廝怕養不大，若還長大了，少不得尋根問蒂，怕不認我做外公麼？」〔註7〕

又《水滸全傳》第一百四回《段家莊重招新女婿，房山寨雙並舊強人》：

李助對范全道：「院長，小子一向不曾來親近得。敢問有個令親李大郎麼？」范全指王慶道：「只這個便是我兄弟李大郎。」王慶接過口來道：「在下本姓是李。那個王，是外公姓。」李助拍手笑道：「小子好記分。我說是姓王，曾在東京開封府前相會來。」王慶見他說出備細，低頭不語。〔註8〕

這兩部書的版本都比較複雜，但是馮補本《三遂平妖傳》和《水滸全傳》中平王慶部分的寫作，應該都與《西遊記》成書時間相去不遠。從而我們可以斷定，這兩段文字所分別顯示，前者以「外公」是「小廝」的「根蒂」，後者以「外公」為誰何是一個人的「備細」。那麼合而觀之，一般說比較「爺爺」所代表之居於人生前臺的「父黨」一系的長輩，「外公」則是代表了居於其人生後臺的「母黨」一系的長輩。前者顯而易見，後者卻關乎其人生的「備細」，需要「尋根問蒂」才知。從而比較「爺爺」等，「外公」對於外甥（女）的威權就帶有了一定的神秘性。一旦用為高人壓人的手段，可以有出其不意的震懾效果和諧謔之趣。書中寫妖精對孫悟空自稱「外公」每有莫明其妙的表現，就是這種思想與藝術效果的體現。《西遊記》作者應該正是有見於此而信手拈來，妙筆生花，才有了孫悟空對妖精自高身份為「外公」的所謂習稱。

最後還要說明的是，上論《試析》之誤倘若成立，其原因大概是在這一問題的探討上，除了作者因過執於《西遊記》作者吳承恩說而未能採取全面

〔註7〕〔明〕羅貫中著《北宋三遂平妖傳》，侯忠義主編《明代小說輯刊》第二輯之十，巴蜀書社1993年版，第614～615頁。

〔註8〕〔元〕施耐庵、羅貫中《水滸全傳》，嶽麓書社1988年版，第794頁。

而客觀的學術立場之外，還有可能因爲《試析》是其生前未完之稿，而遺稿整理者無力或不便過多加工所致。倘或如此，就更是一個遺憾。然而誠如《西遊記》中所說「天地不全」（第九十九回），人間事更不可能完美。所以即使如此，對於生前有多方面學術成就、學者皆知敬重的蘇興教授來說，也不過千慮一失，讀者識而諒之可也。

（原載《河北學刊》2015 年第 2 期）

四百年《西遊記》作者問題論爭綜述

　　近世通行百回本《西遊記》（本文以下稱《西遊記》均指此種版本）題「吳承恩著」，二三十年以前學者研究也多從此說。但是，《西遊記》明清諸本均不題作者，即使《西遊證道書》被認為假託的虞集《序》，以為「邱長春真君所纂」，也僅是作為其一家之言，並未正式為此書署名「邱長春撰」。清代學者吳玉搢、阮葵生、丁晏等先後考為「（吳承恩）先生著」，但是，清刊《西遊記》也還是沿了明人的做法不題著者。《西遊記》題「吳承恩著」只是近世學者主張而由當時出版家們加上去的。所以，長期以來，特別是近二三十年來，學術界一直有關於《西遊記》作者是否吳承恩等問題的爭論。從廣義上說，這一爭論已有四百年的歷史，值得關注，因據能見資料，綜述諸說包括各種主張與猜測如下。

一、「出今天潢何侯王之國」說

　　《西遊記》最初問世而未署作者姓名，作者問題遂成《西遊記》研究之謎。今見最早涉及《西遊記》作者問題的是明刊三種百回本《西遊記》（世德堂刊本、楊閩齋刊本、睿山文庫藏本）卷首均有的陳元之的序。陳序云：「《西遊》一書，不知其何人所為。或曰『出今天潢何侯王之國』，或曰『出八公之徒』，或曰『出王自製』。」〔註1〕從此序可知，當時人對《西遊記》作者的猜測，主要集中在可能出於某藩王府，而具體有兩種可能：一是由其門客即「八公之徒」所作，一是由「王自製」即某藩王自作。至於《西遊記》出於哪個

〔註 1〕　〔明〕陳元之《西遊記序》，轉引自劉蔭柏編《西遊記研究資料》，上海古籍出版社 1990 年版，第 555 頁。

王府，後人有種種猜測。明周弘祖成書於萬曆之前的目錄學著作《古今書刻》，曾著錄一種「魯府」刊本的《西遊記》。刻者、書名、時間等與陳序的說法相合。這就可能使百回本《西遊記》作者的研究與山東「魯王府」聯繫起來，並在近年先後有「魯府說」（詳後）、「八公之徒即吳承恩」等說的提出。又，明代盛於斯《休庵影語》中有一篇《西遊記誤》曰：「余幼時讀《西遊記》，至《清風嶺唐僧遇怪，木棉庵三藏談詩》，心識其爲後人之筆，遂抹殺之。後十餘年，會周如山云：『此樣抄本，初出自周邸，及受梓時，訂書以其不滿百，遂增入一回，先生疑者，得毋是乎？』」〔註2〕有人據此推斷《西遊記》出於「周府」（詳後）。亦有人據陳序推斷《西遊記》出於「樊山王府」（詳後）。因此，陳序「出今天潢何侯王之國」說雖屬記錄傳聞，但影響深遠。

二、「邱長春」說

因爲明刊的幾種《西遊記》都是不署作者名的，所以清初汪澹漪（象旭）箋評《新鐫古本西遊證道書》一百回時，在卷首加了一篇元代名宦、著名學者、文人虞集的《原序》，引衡嶽紫瓊道人曰：「此國初丘長春眞君所纂《西遊記》也。」遂有《西遊記》爲「邱長春所作」說〔註3〕。丘即邱，丘長春即邱長春，即元代長春眞人丘處機。丘處機爲元代全眞教創始人王嘉的七大弟子之一，曾應元太祖詔，與弟子李志常等十餘人西行跋涉，歷四載達於雷山。歸後李志常據此經歷作《長春道人西遊記》二卷，是一部道士們的地理遊記。然而汪澹漪以虞集的《序》弁首，又其評點中處處牽合丘處機以爲說，言之鑿鑿，遂使清初《西遊記》丘長春所作說漸以流行。尤侗《西遊眞詮序》曰：「世傳爲丘長春之作，……然長春微意，引而未發。」〔註4〕野雲主人《增評證道奇書序》則以爲：「今長春子以修眞之秘衍爲《齊諧》（按指《西遊記》）……」〔註5〕直到清道光間何廷椿作《通易西遊正旨序》，還稱「元代邱祖」所著《西遊》，託幻相以闡精微……後學之津梁也。」〔註6〕等等，至今有人堅持或給予重視（詳後）。

〔註2〕〔明〕盛於斯《休庵影語·西遊記誤》，劉蔭柏編《西遊記研究資料》第 677 頁。

〔註3〕劉蔭柏編《西遊記研究資料》，上海古籍出版社 1990 年版，第 554 頁。

〔註4〕劉蔭柏編《西遊記研究資料》，第 556 頁。

〔註5〕劉蔭柏編《西遊記研究資料》，第 561 頁。

〔註6〕劉蔭柏編《西遊記研究資料》，第 563 頁。

　　清代最早明確懷疑「邱作說」的是著名學者錢大昕（1728～1804）其《長春眞人西遊記跋》中指出該書是「其弟子李志常所編，於西域道里風俗，多資考證，而世鮮傳本，予始從《道藏》鈔得之。村俗小說演唐元奘故事，亦稱西遊記，乃明人所作。蕭山毛大可，據《輟耕錄》以爲出處機之手，眞郢書燕說矣。」〔註7〕同時或稍後紀昀（1724～1805）《閱微草堂筆記・如是我聞三》託乩仙考證云：「吳雲岩家扶乩。其仙亦云。邱長春。一客問曰。西遊記果仙師所作。以演金丹奧旨乎。批曰然。又問仙師書作於元初。其中祭賽國之金衣衛。朱紫國之司禮監。滅法國之東城兵馬司。唐太宗之大學士。翰林院中書科。皆同明制何也。乩忽不動。再問之不復答。知己詞窮而遁矣。然則西遊記爲明人依託無疑也。」而後焦循（1763～1820）《劇說》則曰：「按邱長春，登州棲霞人，元太祖自奈蠻國遣使臣劉仲祿召詣行在，自東而西，故有《西遊記》，非演義之《西遊記》。」〔註8〕錢大昕、紀昀、焦循等對「邱作說」的否定可謂證據確鑿，同時也把作者的研究引向了明人，進而有了「吳承恩說」（詳下）。但「邱作說」並未完全銷聲匿跡，甚至近年又有復興之跡，如1976年臺北全眞教出版社版陳敦甫編《西遊記釋義》收錄其本人與其他多人的文章，在質疑「吳承恩說」的同時，力主「邱作說」。又，詳下「史志經說」。

三、「吳承恩」說

　　雖然紀昀、焦循等學者以《西遊記》爲「明人作」，卻未能具體到何人，這就引發了人們在明人中尋找《西遊記》作者的興趣。隨後就有江蘇山陽（今江蘇）人吳玉搢（1698～1773）發現明天啓《淮安府志》卷十九《藝文志・淮賢文目》下載有「吳承恩《射陽集》四卷□冊，《春秋列傳序》，《西遊記》」，又同書卷十六《人物志二・近代文苑》記吳承恩生平語，並據其認爲《西遊記》多用淮安方言等特點，折衷「邱作說」認爲：

> 意長春初有此記，至先生（按指吳承恩）乃爲之通俗演義，如《三國志》本陳壽，而演義則稱羅貫中也。……或云有《後西遊記》，爲射陽先生撰。〔註9〕

〔註7〕 劉蔭柏編《西遊記研究資料》，第679頁。
〔註8〕 朱一玄、劉毓忱《〈西遊記〉研究資料》，中州書畫社1983年版，第178頁。
〔註9〕 〔清〕吳玉搢《山陽志遺》卷四，轉引自劉蔭柏編《西遊記研究資料》，第8頁。

這裡雖然吳玉搢並未確認《西遊記》爲吳承恩所作，但其傾向明顯，成爲《西遊記》作者「吳承恩說」的濫觴。此後又有淮安府山陽縣（今江蘇淮安市楚州區）人阮葵生（1727～1789）作《茶餘客話》，其後輩同鄉丁晏（1794－1875）作《淮陰脞錄自序》，相繼重申此說〔註10〕，《西遊記》作者「吳承恩說」就在三位「山陽人」的持續鼓動下登場，並逐漸後來居上。至魯迅先生《中國小說史略》認可「知《西遊記》之作者爲吳承恩矣」並推揚吳氏〔註11〕，至今「吳承恩說」幾成定論。

雖然如此，民國以來，胡適先是在《西遊記序》中說《西遊記》「是明朝中葉以後一位無名的小說家做的」，後在《西遊記考證》中指出「《西遊記》小說的作者是一位『放浪詩酒，復善諧謔』的大文豪，吳承恩的《二郎搜山圖歌》很可以表示《西遊記》的作者的胸襟和著書的態度」〔註12〕。魯迅亦從明清學者所據《天啓淮安府志》《光緒淮安府志》和吳玉搢《山陽志遺》等記載，肯定吳承恩「雜記之一即《西遊記》」〔註13〕。胡適、魯迅均未提出新的證據，但是，由於他們的附合提倡，吳承恩之名便赫然署在新版《西遊記》上。此後，趙景深、劉修業、蘇興各作有《吳承恩年譜》，蘇興更有《吳承恩小傳》《吳承恩詩文繫年簡目》等，力主吳承恩作《西遊記》說，並具體說創作在他的中年即嘉靖二十一年（1542）左右。而楊子堅認爲，吳承恩的生平、經歷、思想具備寫作《西遊記》的條件，他「是一位筆下流暢的文學家」，「一位喜歡寫神怪故事的通俗文學家」，「還是一個善於幽默詼諧的文學家」，這些「條件是吳承恩創作《西遊記》的絕好證明」〔註14〕。

劉振農認爲陳元之序中的「八公之徒」就是吳承恩本人。「《西遊記》裏正躍動著吳承恩獨特的經驗歷練，《吳集》中則有《西遊記》的肢節素材，兩者雖是吳承恩的生活在截然不同的兩方面的反映，骨子裏卻是互通互補的。有了這些足夠旁證，附加在文獻記載的主證上，吳承恩的百回本《西遊記》著作權應該是不容懷疑、不能否定的！」〔註15〕

〔註10〕劉蔭柏編《西遊記研究資料》，第682頁。
〔註11〕魯迅《中國小說史略》，人民文學出版社1973年版，第134頁。
〔註12〕《胡適古典文學研究論集》，上海古籍出版社1988年版，第908頁。
〔註13〕《中國小說史略》，第134～135頁。
〔註14〕楊子堅《吳承恩著〈西遊記〉詳證》，《南京大學學報》（哲學·人文·社會科學）1987年第4期，轉引自陸欽選編《名家解讀西遊記》，山東人民出版社1998年版。
〔註15〕劉振農《「八公之徒」斯人考》，《中國人民警官大學學報（哲社版）》1995年

陳澉指出在《西遊記》中至少有兩處情節與吳承恩晚年短暫而坎坷的仕途生涯直接相關：一、《西遊記》中九十六、九十七回唐僧師徒被誣下獄與吳承恩五任長興縣丞時一件自身「冤獄案」極其相似，作者明顯是爲「寫長興冤獄而在唐僧師徒地靈被誣的故事中去有意地比附、影射」；二、吳承恩的荊府紀善之任與書中「玉華王府」有直接、密切的聯繫，這足以說明「只有吳承恩依據他所供職的荊王府才能寫出玉華王府的故事」。〔註16〕此二例即吳承恩作《西遊記》的內證。

劉懷玉以第六十六回提到小張太子「收捕淮河水怪」之語，爲作者有意顯示地方色彩。此語「爲吳承恩作《西遊記》說提供了內證」。〔註17〕

蔡鐵鷹認爲要證明吳承恩是《西遊記》的作者，最重要的證據「一是方言，二是吳承恩的荊府紀善之任」。他採用語言學家顏景常的《西遊記》方言研究成果，認爲其中的方言韻類不屬於北方話，亦不是吳語，應屬於淮海話，作者應是淮安人吳承恩；「《西遊記》中敘述的玉華州的故事正是荊王府舊事與《西遊記》有直接關係的有力證據」。他又從吳承恩《宴鳳凰臺》詩的解讀斷定吳承恩確曾到過荊府，《西遊記》的作者確爲吳承恩。〔註18〕

此外，宋剋夫以《吳承恩詩文集》中的《贈張樂一》一詩爲證，考查了《贈張樂一》與《西遊記》在思想和語言上的一致性，從而爲吳承恩著《西遊記》找到一條新的證據。〔註19〕劉蔭柏認爲「吳承恩是《西遊記》小說的最後加工寫定者」。〔註20〕

四、「非吳承恩」說

新版《西遊記》開始署「吳承恩著」不久，上世紀三十年代即有俞平伯在《駁〈跋銷釋眞空寶卷〉》中即對此提出質疑，然而沒有受到學界的注意。其後吳承恩說長時期沒有受到大的挑戰。至八十年代，更多學者否定吳承恩的著作權地位，形成吳作說與非吳作說兩派激烈的爭論。

非吳承恩所作說的主要學者在日本有磯部彰，他早在 1980 年就撰文指

第 2 期。
〔註16〕陳澉《吳承恩作〈西遊記〉的內證》，《北方論叢》1990 年第 2 期。
〔註17〕劉懷玉《淮河水神與〈西遊記〉》，《明清小說研究》1990 年第 3～4 期合刊。
〔註18〕蔡鐵鷹《〈西遊記〉作者確爲吳承恩辯》，《晉陽學刊》1997 年第 2 期。
〔註19〕宋剋夫《吳承恩著〈西遊記〉新證》，《明清小說研究》2004 第 2 期。
〔註20〕劉蔭柏《劉蔭柏說西遊》，中華書局 2005 年版。

出，「吳承恩的『西遊記』也可能不是唐三藏西天取經故事」〔註21〕。近年又總結認爲：「古代士大夫傳統形成有一種原則，即官撰或以官撰爲準則的正規史書、目錄類著作中不會無所顧忌地採錄白話小說作品。因此天啓《淮安府志》中的吳承恩的《西遊記》是否是一部『稗官小說』，大可懷疑。事實上，《千頃堂書目》著錄吳承恩的《西遊記》就被歸入『輿地類』，認爲它是一部地理紀行之類的作品。」又，「嘉靖、隆慶、萬曆初制，名爲吳承恩的文人至少有三人。……此三人易於混淆」〔註22〕，意謂果然《西遊記》的作者是吳承恩的話，也要辨明是那一位吳承恩。「此外，在山西省潞城縣發現的《迎神賽社禮節傳佈寺是曲宮調》抄本中有舞戲《唐僧西天取經》一單，其故事發展順序與『元本西遊記』相接近，而故事容量在規模上要超過『元本西遊記』，已接近今見之《西遊記》。一般認爲此『禮節傳簿』的初抄在萬曆二年（1574），其時世德堂刊本尚未付梓，它所據的當是某種『舊本西遊記』。如果這個『舊本西遊記』爲吳承恩所編，則吳承恩就不是世德堂刊本之祖本的作者，他不可能在短時間內著成二種《西遊記》。倘若世德堂刊本之祖本出自吳承恩之手，則他只是據這個『舊本西遊記』加以改編而已。不可將作者歸於吳承恩一人。」〔註23〕

在美國有浦安迪認爲：「把小說認定是吳承恩的作品這件事本身遠非確鑿無疑。事實上，這種說法正是基於通常受到文學史家普遍排斥的那種證據」，即天啓《天啓淮安府志》等地方志記載「僅是一些微不足道的證據」〔註24〕，而對於丘處機所作說，「我相信至少應該說這個問題上還有爭論的餘地」〔註25〕。

在澳大利亞有華裔漢學家柳存仁認爲，在百回本《西遊記》裏，有許多丘處機本人出現的地方，所以丘處機不可能是百回本《西遊記》的作者，「眞正撰寫這個假定的全眞本《西遊記》的人，他的生存和活躍的年代，也許要

〔註21〕 〔日〕磯部彰《中國人對〈西遊記〉的鑒賞與傳播——以明代正德年間至崇禎年間爲中心》，《東方宗教》1980（第五十五號），轉引自中美野代子《〈西遊記〉的秘密》（外二種），王秀文等譯，中華書局 2002 年版，第 202 頁。

〔註22〕 〔日〕磯部彰《百回本小說西遊記》，轉引自石昌渝主編《中國古代小說總目》（白話卷），山西教育出版社 2004 年版，第 412 頁。

〔註23〕 〔日〕磯部彰《百回本小說西遊記》，轉引自石昌渝主編《中國古代小說總目》（白話卷），第 412 頁。

〔註24〕 〔美〕浦安迪《明代小說四大奇書》，沈亨壽譯，中國和平出版社 1993 年版，第 151 頁。

〔註25〕 《明代小說四大奇書》，第 154 頁。

比丘處機遲個五六十年到一百年。不過書裏既然蘊著一些全真的文字和教義，恰巧丘處機個人又曾有他的另外一詞不尋常的西遊，而記載他那一次西行的真實紀錄，就是在元代也早已被簡稱做《西遊記》了，和道教有關的人士們振振有詞地提出丘祖長春是它的撰人的說法來，照今天我們所能把梳到的記載資料看來是一種微帶著誤會和過分地簡化了繁紛的問題的意見。」〔註26〕又據浦安迪著《明代小說四大奇書》注稱質疑或否定吳作說的還有杜德橋、嚴敦易、張靜二等。〔註27〕

中國大陸最具代表性是章培恒的文章，該文指出，明清各本《西遊記》沒有一種署吳承恩作。魯迅和胡適關於「《西遊記》的作者是吳承恩」這一結論的唯一依據是天啓《淮安府志》卷十九《藝文志》《淮賢文目》的記載。而府志對《西遊記》的卷數及書的性質都未加說明。而清初黃虞稷《千頃堂書目》卷八史部地理類卻著錄「吳承恩《西遊記》」，可見它不是小說《西遊記》。還指出吳承恩《二郎搜山圖歌》稱二郎神爲清源公，和《西遊記》不同；吳氏《興鼎志》說：「胸中之貯者消盡，獨此十數事壘塊尙存，」他認爲「無論此志寫作在前在後，都同洋洋大觀的《西遊記》不合」。此外，「《西遊記》中的方言是長江北部地區的方言與吳方言並存的語言，而能作爲淮安方言的詞語至多三個，因此，作者可能是吳語方言的人。」〔註28〕

章培恒的文章自然招致吳作說學者的反對，蘇興針對章文的論據認爲：一、「吳承恩的好友是李春芳，『華陽洞天主人』就是李春芳的號，這倒反而替吳承恩撰《西遊記》做了印證。然而即使是李春芳校，也不等於吳承恩校，更不等於吳承恩撰」。二、「把通俗小說稱之爲『雜記』大約也有可能，天啓《淮安府志》的作者把吳承恩的《西遊記》當作『雜記』看待了。吳承恩沒有到荊府紀善的任上去，沒有西遊，也不可能寫出遊記《西遊記》」。三、吳承恩的口語中可能夾雜些吳語方言，如果《西遊記》中果真有 3 條純屬淮安的方言，反倒證明《西遊記》可能是吳承恩所作。〔註29〕同樣持反對意見的

〔註26〕 柳存仁《全真教和小說西遊記》，原載《明報月刊》〔港〕1985 年第 9 期。轉摘自《中國古典小說論談——臺灣及海外中文報刊資料專輯》，北京圖書館文獻信息服務中心剪輯，書目文獻出版社 1987 年版。

〔註27〕 《明代小說四大奇書》，第 203 頁。

〔註28〕 章培恒《百回本〈西遊記〉是否吳承恩所作》，《社會科學戰線》1983 年第 4 期；《再談〈西遊記〉是否吳承恩所作》，《復旦學報》1986 年第 1 期。

〔註29〕 蘇興《也談百回本〈西遊記〉是否爲吳承恩所作》，《社會科學戰線》1985 年第 1 期。

謝巍指出：「《千頃堂書目》著錄分類『頗多錯謬』，將小說《西遊記》列入史部輿地類，也不足爲奇。」〔註 30〕因此可以斷定這個《西遊記》就是小說。劉振農認爲，章文立論犯了孤證不舉之大忌，《千頃堂書目》著錄《西遊記》抄自《淮安府志》，「至於將其分至史部地理類，是因爲清初通行小說《西遊記》上已署上丘處機的名字，黃又不作考證，他當然只能望文生訓地把《西遊記》與那些眞正的遊記文字一起歸類了！」「章培恒先生關於吳承恩所著《西遊記》是恰與小說同名的遊記的說法站不住腳，既違背常情也不符合《吳集》提供的材料事實。」〔註 31〕

但章文也得到學界許多人的支持，此外，楊秉琪通過將吳承恩詩集中的詩詞與《西遊記》中的詩詞對照研究，發現「二者的用詞極不相同，風格也不相類」，〔註 32〕證明兩書不是出自一人之手。

劉勇強發現並提出了「非吳承恩」說的新證據，認爲《西遊記》第七回「受籙承恩在玉京」，第九回「承恩的，袖蛇而走」，第二十九回「承恩八戒轉山林」等三次出現「承恩」一詞，「舊時文人如此漫不經心地把自己的名字嵌入小說是不符合情理的」。尤其是「受籙承恩在玉京」一句，與吳承恩一生不得志的坎坷經歷不符，吳承恩大約 40 歲才赴京選貢，在京受人白眼，心境凄涼，不可能有「籙」和「恩」。〔註 33〕這確是「非吳」說的一條有力證據。此後黃永年先生亦在 1993 年版的《西遊記》《前言》中發表了類似的觀點，「百回本二十九回的回目是『脫難江流來國土，承恩八戒轉山林』，如果吳承恩眞是作者，何致在這裡用上『承恩』二字，而且用在形象並不光輝的『八戒』前面。」因此吳承恩不可能是小說《西遊記》的作者。

徐朔方在肯定章培恒《百回本〈西遊記〉是否吳承恩所作》一文論證的基礎上，進一步補充說，「明代文人以《西遊記》爲題的紀遊之作並非絕無僅有之事。如萬曆十四年略前張瀚的《松窗夢語》一書中就有《西遊記》和南北東遊記。此處記載的《西遊記》是嘉靖三十八年張瀚從家鄉杭州出發，經安徽、湖廣、溯三峽到成都、長安、太原的紀行之作」。吳承恩作爲《西遊記》

〔註 30〕 謝巍《百回本〈西遊記〉作者研究》，《中華文史論叢》1985 年第 4 期。
〔註 31〕 劉振農《「八公之徒」斯人考》，《中國人民警官大學學報（哲社版）》1995 年第 2 期。
〔註 32〕 楊秉琪《章回小說〈西遊記〉疑非吳承恩所作》，《內蒙古師大學報》1985 年第 2 期。
〔註 33〕 劉勇強《奇特的精神漫遊——〈西遊記〉新說》，三聯書店 1992 年版。

的寫定者之一至少有待進一步論述才能成立。〔註34〕

　　李安綱認為吳承恩不是小說《西遊記》的作者。「吳承恩……沒有接觸過玄門釋宗，沒有學過佛、修過道。……從未說過寫小說之事。……對金丹學、佛學等方面的瞭解與小說《西遊記》有很大差異。」《淮賢文目》不是書目，「《西遊記》收入《淮賢文目》之中……可能是一篇遊記類的文章，而不是小說《西遊記》。」〔註35〕後李安綱《新評新校西遊記》（山西古籍出版社，1995）署作者為「無名氏」，是上世紀唯一新版而不署吳承恩為作者的《西遊記》。

　　針對李安綱否定吳作說的論據，劉振農列舉《吳承恩詩文集》中有關談佛論道的詩文，認為吳承恩「對佛道二教皆有相當的接觸瞭解」〔註36〕。蔡鐵鷹則說吳「真正動筆完成卻是在荊府任職期間，而且，寫成後極可能是將書稿留在荊王府等待王府出資刊刻，或直接交給書商。這樣，吳承恩卸任回鄉後，手邊並無書稿，不談或少談此書就很正常，陳文燭等人不提此書也就不足為怪。」又以天啓《淮安府志》的著錄距吳承恩生活的年代不過四十多年，以吳承恩「名震一時」的影響而論，這條著錄應是相當可信的。進而引劉知幾《史通・雜述》以「雜記」屬小說等，論證「雜記」也可能是小說〔註37〕，並謂《西遊記》語言的韻類應屬於淮海話，作者應是淮安人吳承恩。

　　此外，對吳作說未作直接否定，而是有所懷疑或實際是否定的，有張乘健先生認為：「儘管吳承恩的著作權需進一步確證，但絕不可能出自道教徒之手。」〔註38〕還有陳洪先生指出，《西遊記》的成書經歷了一個全真化的過程，「最終成書於隆萬之際某天才作家之手」。〔註39〕但是，在否定吳作說的學者中也陸續有人提出若干新說或新的猜測（詳下）。

五、「李春芳」說

　　沈承慶認為，《西遊記》的作者不是吳承恩，而是明嘉靖的「青詞宰相」李春芳。他的主要根據是，「吳承恩有詩《贈李石麓太史》，石麓為李春芳的

〔註34〕 徐朔方《論〈西遊記〉的成書》，《社會科學戰線》1992 年第 2 期。
〔註35〕 李安綱《吳承恩不是〈西遊記〉的作者》，《山西大學學報》1995 年第 3 期。
〔註36〕 劉振農《再論〈西遊記〉的作者與性質——兼評當前西遊研究中的一種「新說」》，《中國人民警官大學學報》，1997 年第 1 期。
〔註37〕 蔡鐵鷹《〈西遊記〉作者確為吳承恩辯》，《晉陽學刊》1997 年第 2 期。
〔註38〕 張乘健《略論〈西遊記〉與道教》，《河南大學學報》1997 年第 6 期。
〔註39〕 陳洪《論〈西遊記〉與全真教之緣》，《文學遺產》2003 年第 6 期。

號。李籍隸江蘇興化縣，嘉靖年間狀元及第，因善撰『青詞』而累升宰輔。少時曾在江蘇華陽洞讀書，故又有號『華陽洞主人』。曾受命總校《永樂大典》」。在《西遊記》第九十五回有一首詩：「繽紛瑞靄滿天香，一座荒山倏被祥；虹流千載清河海，電繞長春賽禹湯。草木沾恩添秀色，野花得潤有餘芳。古來長者留遺跡，今喜明君降寶堂。」這首詩的第四、五、六、七四句，暗含「李春芳老人留跡」，與卷首「華陽洞天主人校」指的是「編撰《西遊記》」之意。「吳承恩作有《西湖記》，《西遊記》應爲《西湖記》之誤」。〔註40〕

六、「陳元之」說

陳君謀認爲「陳元之即華陽洞天主人，亦即百回本《西遊記》作者」。他通過對比《淮安府志》和《千頃堂書目》的著錄情況，認爲《千頃堂書目》中關於吳承恩著作的著錄是目驗過的，《淮安府志》的著錄有誤。《千頃堂書目》把吳承恩《西遊記》列入「輿地類」是正確的，吳承恩《西遊記》是遊記性質的作品，不是百回本《西遊記》。又從《西遊記》的思想和風格入手以及對吳承恩的生平的研究，認爲吳承恩不具備做小說《西遊記》的條件。最後從陳元之背景研究入手，結合百回本的校者、作序者和作者三者的關係的推測，認爲此三者實爲一人即陳元之。〔註41〕

張錦池認爲「『五四』以來定吳承恩爲《西遊記》作者，是據魯迅先生的一家之言」，「世德堂本不像成於誰某獨力創作，而相承於誰某妙手改定」，「世德堂本的思想性質與楊本和朱本貌似神異，而與《焚書》異曲同工」，「《吳承恩詩文集》的思想和風格與世德堂本殊不類，孫悟空斷非吳氏所期望的英雄」，最後指出「今見外證材料不能證明世德堂本爲吳承恩作，此書最後改定者是華陽洞天主人」陳元之。〔註42〕廉旭針對陳文從五點提出反對意見。一、「吳承恩沒有遊歷的經歷」，「不具備創作遊記性質《西遊記》的基本條件」。二、「陳文僅憑《千頃堂書目》的記載即斷定吳承恩的《西遊記》爲遊記性質的作品令人感到依據不足」。三、「陳文在論證吳承恩思想保守時，僅以吳承恩《二郎搜山圖歌並序》中「致麟鳳」三字爲依據給吳承恩的思想定調子，

〔註40〕 沈承慶《話說吳承恩——〈西遊記〉作者問題揭秘》，北京圖書館出版社 2000年版。

〔註41〕 陳君謀《百回本〈西遊記〉作者臆斷》，《蘇州大學學報》1990年第1期。

〔註42〕 張錦池《〈西遊記〉考論》，黑龍江教育出版社 2003年版。

有斷章取義之嫌」。四、以蒲松齡爲例，說明吳承恩雖熱衷科舉考試而又「功名未遂」，但仍然可以寫出《西遊記》。五、「校訂者決非創作者，作序者也應爲作者自己，很少有人直書序者姓名，多數冠以別號。陳文認爲的『陳元之就是作者』恐怕也不是眞名」。〔註 43〕吳聖昔針對陳文的「臆斷」，認爲世德堂本之前有「前世本」，陳元之《序》中提到的「舊有敘」即編發在「前世本」上。「世本」不一定是初刻本。陳《序》說「不知其何人所爲」不是指世德堂本，而是「前世本」，三個「或曰」也是指這部書。用三個「或曰」作「掩護」只能說明陳《序》作者的確不知道《西遊記》的眞正作者是誰，「陳元之極有可能就是華陽洞天主人，但他不可能是《西遊記》的作者」。〔註 44〕

七、「魯府」說

黃霖從現存明代萬曆以前的三種百回本《西遊記》卷首都有的署名爲陳元之的《序》入手，認爲《西遊記》出自某藩王府。又據《古今書刻》著錄知《西遊記》有「魯府」刊本的存在，和至今沒有找到《西遊記》與荆王府之間關係的相關記載等，斷定《西遊記》原刊應出自魯府。又從隆、萬年間的《古今書刻》已有著錄、陳元之序有舊刊的情況看，《西遊記》原刊出於嘉靖年間最合情理。而生活於嘉靖年間的魯王主要有兩個：端王觀烃和恭王頤坦。接著又進一步推斷陳元之序中的「壬辰」應是明嘉靖十一年而不是一個周甲之後的萬曆二十年，《序》中所稱的「今」王即是到嘉靖二十八年才去世的魯端王朱觀烃，而不是他的兒子恭王朱頤坦。又通過對朱觀烃父子的生活經歷和思想作風的比較，提出「百回本小說《西遊記》的原本很可能出自端王朱觀烃時期的魯王府」。〔註 45〕周郢認爲，「吳承恩與泰山之關係，尚需進一步求證；而百回本《西遊》最早刊於泰山附近，卻是不爭之事實。」「《西遊記序》之『天潢何侯王之國』應係指魯王府，故《西遊記》實最早付刊於泰山南之魯府。」「魯府家族深受泰山文化之濡染，在其編訂付刊《西遊記》時，增入一些泰山地方色彩，亦未嘗無此可能。」〔註 46〕此論有助於「魯府說」的成立。

〔註 43〕廉旭《百回本〈西遊記〉作者臆斷質疑》，《蘇州大學學報》1991 年第 1 期。
〔註 44〕吳聖昔《陳元之不可能是〈西遊記〉作者——評〈百回本《西遊記》作者臆斷〉》，《蘇州大學學報》1991 第 3 期。
〔註 45〕黃霖《關於〈西遊記〉的作者和主要精神》，《復旦學報》1998 年第 2 期。
〔註 46〕周郢《〈西遊記〉與泰山文化》，《山東礦業學院學報》1999 年第 4 期。

八、「周府」說

《開封日報》（2003.03.27）《〈西遊記〉的作者應是開封人》（未署作者名）一文指出，《古今書刻》著錄的《西遊記》無法證明就是小說，而明代盛於斯《休庵影語》（前已引）提及的周邸抄本以及據之翻刻的《西遊記》確實是指小說《西遊記》，《西遊記》的最初抄本出自開封的周王府。又指出「《西遊記》一書，博大精深，作者不但對佛道有研究，而且對歷史、對《易經》都有很深的造詣。作為《西遊記》的作者，非得是一通儒不可。這個人既要生活在嘉靖、萬曆年間，又要是一博學多才之人，而且還要與周王府有關」。此人只能是朱睦㮮。《西遊記》中描寫開封大相國寺的來歷、孫悟空大鬧天宮的故事，只有朱睦㮮這樣的「天潢貴冑」才能寫出來。作者還認為書中的取經經歷是周王流放雲南的經歷。又說：「唐僧師徒途中多遇林木茂盛之山，又多見大河，只有從中原往西南去，才能有此景象。又經歷各國，與中國語言相通，姓氏相同，這些國也不是西域諸國，只能是明代的諸藩國。」「《西遊記》中好皇帝不多，但卻有一個賢王玉華王。此王乃『天竺皇帝之宗室』，『專敬僧道，重愛黎民』，這只能理解為周王府的自我表白。」「《西遊記》中還有許多開封方言，也可證明此書出於開封人之手。」〔註47〕

九、「樊山王府」說

張曉康認為《西遊記》是一部「發心」之作，它的作者是個「發心」的群體。他認為「《西遊記》是非一人之智力、精力、見識、體驗所能為之的」。他將《西遊記》劃分為四大段，指出其中的山名「花果山」中的「花」字，人名「陳萼」中的「萼」字，地名「里社祠」中的「社」字連起來，正好是「花萼社」三個字，認為「花萼社」是探求《西遊記》的作者問題和重新認識《西遊記》的新線索和依據。他指出，據《明史》載，花萼社乃明襲封樊山王府的（但未請封王號）朱載垱的三個兒子所結詩社名。若按陳元之序「出自王府」的思路推論，樊山王府的王爺載垱，以及三位小王子和府中的其他讀書人，是對在此之前已有的《西遊記》進行再「發心」的創作者，百回本《西遊記》應該出自這個藩王府的「花萼社」。又《西遊記》取經人按「五行」稱，而在明皇室宗親中，只有樊山王府諸王的名字是嚴格按照「五行」之間

〔註47〕 張曉康《〈西遊記〉的作者是個「發心」的群體》，據《紅網搜索》。

相生說的順序來排序的。故百回本《西遊記》應出自樊山王府，其最後的編修寫定者很可能就是樊山王府中的翊金氏。這與百回本《西遊記》未署名的原因相符，與百回本《西遊記》創作成書和傳出王府的時間相符，也與《西遊記》故事中美猴王屬「金」的暗示相符，還與「花萼社」掌門人的身份相符。〔註48〕

十、「史志經」說

清代主吳承恩說者，有許多同時認為丘處機是最早的作者。如最早提出吳承恩說的吳玉搢，就說「意長春初有此記，至（吳承恩）先生乃為之通俗演義，如《三國志》本陳壽，而《演義》則稱羅貫中也。書中多吾鄉言，其出淮人手無疑」。（吳玉搢《山陽志遺》卷四）後來的阮葵生亦曰：「按明郡志謂出自射陽手，射陽去修志未遠，豈能以世俗通行之元人小說攘列己名？或長春初有此記，射陽因而衍義。」（《茶餘客話》卷二十一）可見最初提出吳承恩說的人，實是以《西遊記》為丘處機與吳承恩並為作者，而丘首創在先，吳演義在後，並未完全排除丘處機與小說《西遊記》有關係。

進入二十一世紀以來，胡義成在丘處機說的基礎上，認為《西遊記》直接祖本《西遊記（平話）》係丘祖高徒史志經弟子作，應將其與吳承恩並列為《西遊記》的作者，「華陽洞天主人」即史志經弟子之稱。「小說《西遊記》的定稿者在隱去自己姓名的同時，又很可能有意把故事框架的最早制定者隱晦地標出」。他認為史志經弟子具備撰寫《西（平話）》以闡教理的條件：其一，元朝統治者大力扶持全真龍門派並力促其傳播，這給史氏弟子以《西（平話）》闡揚龍門派教理提供了最為適宜的大環境。其二‧史志經到華山前後，全真龍門派在陝道士們與設在六盤山和西安的「安西王府」親密關係更非同一般。保證了作為「道書」的《西（平話）》梓行播布。其三，虞氏生活在宗教氣氛很濃的元代，不時為受寵的全真教張目，有據可查。作為文壇尊宿，他被龍門派道士乞求作序且允之，順理成章。其四，《平話》產生前後，全真龍門派的獨尊地位有所動搖，導致了《西（平話）》特殊宗教觀的出現。另外，西遊故事中的許多地名皆可在隴縣龍門洞一帶找到，如花果山水簾洞、瑤池、高老莊、火焰山的原型。〔註49〕

〔註48〕 《〈西遊記〉的作者應是開封人》，《開封日報》2003年3月27日。轉引自《紅網‧文萃》。
〔註49〕 胡義成《〈西遊〉作者：撲朔迷離道士影》，《陰山學刊》2001年第9期。

十一、「久寓泰安者」說

張宏梁、彭海與周郢都曾考論《西遊記》與泰山的關係，指出《西遊記》的創作與泰山有聯繫。最近，杜貴晨進而指出：「《西遊記》的作者對泰山有著多面、立體、系統和深刻的瞭解，他絕非一般到過泰山的遊客。」《西遊記》中有不下十四次提及泰山，顯示了作者的泰山情結；「《西遊記》第六十九回孫悟空把金毛犼怪比喻爲『東嶽天齊手下把門的那個醜面金睛鬼』，可見《西遊記》作者一定到過泰山東嶽廟即岱廟，對那裡『把門』的神像有深刻印象」。從而結論說《西遊記》作者「如果不是一位泰安人，也應該有久寓泰安的經歷，否則，他就根本不可能如此自覺大量而又巧妙地籠泰山景觀於筆端，創造出今本《西遊記》『花果山』以至『天、地、人』三界的環境，乃至石猴出世的情節」。〔註50〕這一揭示爲《西遊記》作者問題的探討提供了新的參照。

此外，對《西遊記》作者提出猜測的還有清末王韜，他認爲：「《西遊記》一書，出悟一子手。」悟一子即陳士斌，字允生。他是《西遊眞詮》的作者。其書有尤侗《序》，曾明確說：「今有悟一子陳君起而詮解之。」〔註51〕俞樾認爲：「《千頃堂書目》，有僧宗泐《西遊集》一卷。此書無傳本。……今俗有《西遊記演義》，託之邱長春，不如託之宗泐，尙是釋家本色。」〔註52〕但宗泐的時代尙早。

本文以上綜述各家之言爲十一題，除其中「『非吳承恩』論」無正面具體的主張之外，其他持論較爲具體的約有十說。十說之中，除「『久寓泰安』者說」僅可資確定作者身份的參照之外，其他九說中「魯府說」「周府說」「樊山王府說」實爲「出今天潢何侯之國」說的具體化，而「史志經」說則是「邱長春」說的推衍，從而至今《西遊記》作者論爭根本的分歧，只在「出今天潢何侯之國」說、「邱長春」說、「吳承恩」說、「李春芳」說、「陳元之」說等五家之間。而綜述自難免有遺珠之憾，又引述甚略，但自信已可見以往四百年論爭之大概，又可知其必將繼續下去，一時難得共識。但從目前趨勢看，以往幾成共識的吳承恩說無疑已經受到了極大的挑戰，近二十餘年國內外持

〔註50〕 杜貴晨《〈西遊記〉與泰山關係考論》，《山東社會科學》2006 年第 3 期。
〔註51〕 〔清〕王韜《新說西遊記圖像序》，劉蔭柏《西遊記研究資料》，上海古籍出版社 1990 年版。
〔註52〕 〔清〕俞樾《九九消夏錄》（節錄），朱一玄、劉毓忱《〈西遊記〉研究資料彙編》，中州書畫社 1983 年版。

「非吳承恩」論者實已居參與討論學者的多數，而諸新說的相繼提出大大開拓了研究的思路與視野。儘管問題最後的解決還在未可知之數，但是，相信隨著時間的推移和學者們持續不斷的努力，達成新共識的可能性將日益增長。

（本文與王豔碩士合作，原載《泰山學院學報》2006 年第 5 期）

「天蓬元帥」與「鹹豬手」

　　《西遊記雜劇》中的豬八戒原為「摩利支天部下御車將軍」，到了百回本小說《西遊記》，被寫成了玉皇大帝「掌管天河八萬水兵大眾」的天蓬元帥（第四十八回）。豬八戒對自己的天官履歷，甚是驕傲，逢人誇耀：

> 因我修成大羅仙，為吾養就長生客。敕封元帥號天蓬，欽賜釘鈀為御節。（第十九回）

當年做元帥也好高興：

> 巨口獠牙神力大，玉皇升我天蓬帥。掌管天河八萬兵，天宮快樂多自在。（第八十五回）

然而，也許是忘乎所以了，他竟「帶酒戲弄嫦娥」，遭玉帝懲罰，再回頭是百年身」，不僅把個天官弄丟了，神仙做不成，而且「丟人」——連人也做不成——成了「豬八戒」。《紅樓夢》評甄士隱家婢嬌杏（諧「僥倖」）後來得為賈雨村夫人說：「偶因一著錯，便為人上人。」（第二回）我們看天蓬元帥的咎由自取，竟可以說是：「偶因一著錯，便罰不當人。」

　　與嬌杏相比，天蓬所犯錯誤的性質相近，不同處是嬌杏乃無意中瞟了賈雨村一眼，而正在落魄中企盼人同情的賈先生，卻誤會是對他飛了一個媚眼，從而好感動啊。後來回到此地做知府，便報答她這一瞟「莫須有」的情份，四處打聽，尋來納為小妾，不久夫人死了，又扶她為妻。這裡嬌杏的所謂「錯」，是沒有謹守「非禮勿視」的古訓；而天蓬「帶酒戲弄嫦娥」，則錯在「非禮勿動」。天蓬的錯雖屬故意，又是現行，嚴重多了。但即使如此，依古代在風流事上於男性寬恕乃至網開一面的「潛規則」，一般也就檢討了事，處分也至多是降級或換個地方罷了，總不至於落到「豬八戒」的地步！

在今天看來，天蓬「帶酒戲弄嫦娥」，涉嫌「性騷擾」，也當受罰。但是，「性騷擾」在多國刑法中都還是風流小過。如果係「帶酒」失控的所為，又發生在「掌管天河八萬水兵大眾」的元帥這樣的高官身上，依「刑不上大夫」的遺風，在不准報導的情況下，大概就內部處理，法律上可能免責了。然而我們看《西遊記》寫玉帝的天廷，在這一方面「立法」反而特別嚴格。書中有詩敘寫天蓬獲罪的全過程云：

> 只因王母會蟠桃，開宴瑤池邀眾客。那時酒醉竟昏沉，東倒西歪亂撒潑。逞雄撞入廣寒宮，風流仙子來相接。見她容貌挾人魂，舊日凡心難得滅。全無上下失尊卑，扯住嫦娥要陪歇。再三再四不依從，東躲西藏心不悅。色膽如天叫似雷，險些震倒天關闕。糾察靈官奏玉帝，那日吾當命運拙。廣寒圍困不透風，進退無門難得脫。卻被諸神拿住我，酒在心頭還不怯。押赴靈霄見玉皇，依律問成該處決。多虧太白李金星，出班俯顖親言說。改刑重責兩千錘，肉綻皮開骨將折。放生遭貶出天關，福陵山下圖家業。我因有罪錯投胎，俗名喚做豬剛鬣。

這裡把《西遊記雜劇》寫「摩利支天部下御車將軍」即天蓬所犯偷竊的過錯，改為「帶酒戲弄嫦娥」，又事出有因：一則天蓬因為「那時酒醉竟昏昏」，又適撞上「風流仙子……容貌挾持魂」，引起「舊日凡心難得滅」，是運會所至，又偶然失態，不純粹是故意，更非屢犯；二則天蓬「扯住嫦娥要陪歇」，似要行強姦，然而多少有商量之意，未至於暴力，而且「未遂」，所以還可以說沒有越過「性騷擾」的底線；三是從嫦娥被「扯住」卻沒有呼救，更沒有「報案」看，似乎嫦娥也沒有把天蓬的酒醉胡來很當成一回事；反而是他自己情不自禁，「叫似雷」，驚動糾察靈官，事發被捉。這就近乎是一場鬧劇。玉帝因此派兵圍困廣寒宮，大動干戈，純屬小題大做；又「問處決」，准予減刑了，還要打「兩千錘」，皮開肉綻幾乎骨折；還要貶下人間，神仙既不讓做了，又使做不成人，錯投胎成豬的模樣，豈不是罰過其罪，又肉體、精神雙重的「虐囚」了！

因此，天蓬酒後無德，風流小過，慘劫至此，實有冤枉。而且果然天蓬該當此罪的話，那麼「開宴瑤池」的王母，「來相接」的「風流仙子」，是否也該從中引出「管理無方」或「招蜂引蝶」的一點點教訓呢？特別是王母的蟠桃會，不僅酒風太盛誤了天蓬元帥，而且還享用奢侈，先後誤過齊天大聖、

捲簾大將，實在辦得不怎麼成功。倘不責令停辦，也應限期整改，而為什麼玉帝連一言半語的溫辭諭責都沒有呢？可知玉帝要麼是糊塗，要麼他也是男人，是單為女人活著的那一種，最能包涵女人！

　　然而《西遊記》是小說家的寓言，作者寫這樣一個故事，並非認真要把「帶酒戲嫦娥」的小過問成死罪抑或重刑，不過要藉此說修行的大敵，正如世俗儒家所謂「萬惡淫為首」，一旦這一關把守不住，萬千的修煉，無量的功德，注定都要付之雲煙，所以絕不可犯，更不可恕。以此而論，天蓬被「依律問成該處決」，不過是從重，而落為「豬八戒」，使到「丟人」的地步，乃量刑適當，實不冤枉。而且如果天蓬真有了嫦娥「陪歇」的情節，那一定是殺無赦；而正因其至多為「強姦未遂」，犯戒尚輕，自己也得如唐僧「一點元陽未泄」（第三十二回），「性靈尚存」（第十九回），又錯投胎後，雖「身如畜類，幸汝記愛人身」（第一百回），所以雖然後來成了豬相，但仍然有重修仙道，精進成佛的緣分，並最後與唐僧等一起取經「徑回東土，五聖成真」（第一百回）。

　　不過，《西遊記》寫天蓬錯投胎為豬八戒，而不是別的什麼動物，應該不是偶然的。其必然性，一是前代西遊故事已經有「黑豬精朱八戒」（朝鮮《朴通事諺解》引《西遊記平話》），甚至已經有了「豬八戒」（楊景賢《西遊記雜劇》）之稱，《西遊記》由此生發，寫其成「豬」的原因如此，是順理成章；二是如上已論及，天蓬元帥「帶酒戲弄嫦娥」雖屬風流小過，卻屬世俗認為最「丟人」的事，所以做不成人，從而成為「豬」；三是現實中豬為家畜，它的懶、饞與多欲等，在動物中最為人熟知，最易於引起讀者欣賞的共鳴，所以在藝術取象上寫其成豬相最好。總之，這既是歷史的一個傳統，又是《西遊記》作者的一個美學創造。

　　這一個創造，在《西遊記》人物的畫廊，是僅次於孫悟空的一大成功。不僅豐富並提升了作品的思想內涵，而且平添了無窮藝術之趣，為作者意匠經營之妙又一大見證。然而作者未必有意卻給今天帶來啟發的是，他寫因為天蓬元帥對仙女嫦娥行「性騷擾」，而被罰下界成了「豬八戒」，得一個「豬」的造型，竟一定程度上暗合了好像是由西方傳來把「性騷擾者」比作「鹹豬手」的俗稱，豈不又是中西文化比較與古今文化演變上的一則佳話！

（二〇〇六年三月十日）

《西遊記》名義眞解

《論語‧子路》載：

> 子曰：「必也正名乎！」子路曰：「有是哉，子之迂也！奚其正？」
> 子曰：「野哉，由也！君子於其所不知，蓋闕如也。名不正，則言不
> 順；言不順，則事不成；事不成，則禮樂不興；禮樂不興，則刑罰
> 不中；刑罰不中，則民無所錯手足。故君子名之必可言也，言之必
> 可行也。君子於其言，無所苟而已矣。」

文學在古代被視爲「立言」方面的事，作家們自然也會注意到孔子「正名」
的這一番教導，以致寫小說，雖「齊東野語」之類，也慮及「名不正，則言
不順；言不順，則事不成」的原則，於稱名取義，十分講究。

　　加以古代小說家飽覽經史，出入百家，雜學旁收，作品題名往往深隱，
並不能夠一目了然。有時看來很簡單的，如《水滸傳》「水滸」一詞出《詩經‧
大雅‧綿》，是一篇講周太王至文王開基立國的史詩中語，何以被用指嘯聚山
林的「強盜」梁山好漢故事，學者的意見就很不一致。遠的如金聖歎說：「題
其書曰《水滸》，惡之至、迸之至、不與同中國也。……王土之濱則有水，又
在水外則曰滸，遠之也。遠之也者，天下之凶物，天下之所共擊也，天下之
惡物，天下之所共棄也。」（《水滸傳序二》）其荒謬和有意歪曲，是不必說了。
即今之學者，如王利器、羅爾綱先生，也還頗有不同，而本人與王、羅二氏
的看法亦有不同〔註1〕。而《紅樓夢》本題加上書中第一回所稱先後的四個書
名，共有五個書名，情況就更複雜了，也難說了。然而即使有的小說題名，

〔註 1〕杜貴晨《〈水滸傳〉名義考辨》，《傳統文化與古典小說》，河北大學出版社 2001
　　　　年版。

如百回本《西遊記》，看來不過直指其事，又自古本沿襲而來，其意義應該是顯而易見的了，卻又不然，反而更大有講究。

這裡就單說《西遊記》名義。今人以爲百回本《西遊記》題名不過直指其事，即唐僧西天取經之事，其實有很大誤會的成分，甚至是從根本上誤會了。因爲依世德堂本，取經的事從如來造經三藏寫起，自第八回才被提出來，作爲傳統取經故事中心人物的唐僧，到第十一回才正式出現，第十三回才正式上路，如果這就是全書唯一中心的話，那麼開篇石猴出世至第七回孫悟空被壓在五行山下的故事，在結構上就不好解釋了。

說是楔子？序曲？引子？都不合適！這七回書顯然是一個有一定獨立性而又與全書中心密切相關的有機的部分。但是，若以《西遊記》的題旨在唐僧的西天取經，則孫悟空不過唐僧的大徒弟，開篇七回不說師父唐僧，而先說徒弟，就不合常情；而且說大徒弟悟空出身用七回書，說二徒八戒、三徒沙僧出身，雖然文字不多，但也履歷清楚，唯獨取經的主角師父「唐僧的出身，卻反而沒有，只在第十一回中，用二十四句七言韻語，作了一個極簡略的介紹」。從而疑心「很可能原書是有一段敘述唐僧出身的故事的，世德堂本把它刊落了」，所以要根據《西遊證道書》等補出「江流兒」即唐僧出身故事作爲第九回，「整個『西遊』故事也完整了」。後來人們雖然也「考慮到補出的這一回既然不像是吳承恩的原作」，但還是把它作爲「附錄」〔註2〕，以爲是不可缺的。但是，這樣一來，豈不等於說作者寫《西遊記》，其初以至最後殺青定稿，都全無主張，把最應該寫，又要濃墨重彩加以突出的唐僧出身，置於不顧，卻從其徒弟孫悟空下筆，喧賓奪主了？

如果是那樣，就眞成了一個低級的錯誤！而《西遊記》作者才華橫溢，運斤如風，無施不可，顯然不至於失手到如此地步。而「觀物審名，論人辨志」（金聖歎《水滸傳序二》），讀者還是應當拋棄成見，就書論名，多給作者一些信任爲好。

在《西遊記》名義的認識上拋棄成見，就是不爲傳統西遊以唐僧西天取故事爲中心所圍，就《西遊記》所寫論「西遊」，抉出《西遊記》的眞面目，求出其眞解來！

我以爲《西遊記》的眞面目，固然包括了唐僧西天取經，但論其根本，卻不在「取經」，而在唐僧等「五眾」的「西遊」，尤其是孫悟空的「西遊」。

〔註2〕吳承恩《西遊記》，人民文學出版社1955年版《前言》。

換言之，《西遊記》寫唐僧取經，雖然還託爲敘事的中心，但實際卻只是全書故事靠後的一部分，並且主要是這一部分的線索，甚至是作書的由頭，與傳統唐僧取經故事主體從玄奘取經史實衍出的文本大不一樣了。這只要看今存最早的唐僧取經故事文本題爲《大唐三藏取經詩話》，特標以「取經」，而百回本承元人平話而僅題爲「西遊」，就可以明白了。

這個中的道理，就是「取經」乃唐僧一人之事，以唐僧爲中心，必是「取經」爲主體，從而下筆即寫「取經」人，迅疾進入「取經」事，所以《大唐三藏取經詩話》以「唐三藏取經」標題，行文下筆即出唐僧，然後出猴行者；元人《西遊記平話》未見，但在《詩話》與《西遊記》之間，它應該只是一個過度，所以既不便論也可以不論，而只論《西遊記》：它題名僅標以「西遊」而不及唐僧，則固然循傳統又能從寫作的實際，不能不包括唐僧，但是，全書故事的中心，已經不在「唐三藏取經」，而在包括唐僧在內「五眾」的「西遊」了！

這「西遊」的目的，只有唐僧一人在「取經」，而且不專在「取經」。唐僧除了「取經」之外，與悟空、八戒、沙僧、龍馬並爲「五眾」，有一個共同的目標，就是以「取經」之功，贖回前生所犯的罪孽，以眞正皈依佛門而成「正果」。這在唐僧於第九十八回過凌雲渡成仙之前是不自覺的，待「脫卻胎胞骨肉身」後「方才醒悟，急轉身，反謝了三個徒弟」，而悟空等受菩薩之教，都早就心裏明白，由孫悟空答唐僧一語說破道：「兩不相謝。彼此皆扶持也。我等虧師父解脫，借門路修功，幸成正果；師父也賴我等保護，秉教伽持，喜脫了凡胎……」所以，一部《西遊記》，不再如傳統西遊故事爲「唐三藏取經」記，而是今本《西遊記》篇首詩末句所稱之《西遊釋厄傳》！

《西遊釋厄傳》才是《西遊記》的正名！這裡「釋厄」即佛教的救贖。換句話說，《西遊記》的中心不在「取經」，而在「釋厄」，在獲取個人的救贖以「成正果」即佛；而雖然佛在「西」，經亦在「西」，但《西遊記》的題名不能理解爲「西天取經記」，而應該理解爲「西遊救贖傳」，或「西天學佛記」。

按照這樣的理解，書中雖詳略不等，但包括唐僧前世爲佛祖的第二個徒弟金蟬子和尚被貶下世的「罪與罰」在內，「五眾」各自所遭之「厄」，書中都有所交待，「西遊」的理由都已充足，從而筆墨集中在全書的中心，在寫「五眾」各爲將功補過，贖回前衍，而努力「修持」。從而就《西遊記》所寫故事的中心而言，在佛祖是爲挽救「五眾」所行宗教的考驗，在「五眾」則是修

持「心性」自贖以成「正果」的學佛實踐，至於諸人必要求救贖之由，都不過是作書的「因緣」，而重點在救贖之「法」。從而不僅八戒、沙僧的前傳雖然簡略，但畢竟道破因果，也就足矣，而且唐僧的前傳，也不必專章。具體到「江流兒」故事，只是唐僧前世在西天犯過後受罰的餘波，增之則有餘，減之不為不足。所以，這個故事可能是早就有了的，但為《西遊記》作者所不取，蘇軾所謂為文行於所當行，止於所不可不止者，就是如此。後人不必補，亦不能補，補之則為蛇足。

至於《西遊記》作者置孫悟空前傳於全書開篇，以七回的大過程寫他獲罪被壓在五行山下之始末，而完全不同於對唐僧等人前事的約略道及，是一個例外！此原因無他，乃在於不僅《西遊釋厄傳》最中心的人物是孫悟空，而且全書題旨的象徵也是孫悟空。

我們認為，以孫悟空代替唐僧，擢居於全書敘事的中心，是《西遊記》作者的一個創造，是對傳統西遊故事最大的改造。這一改造，既重在實質性地使孫悟空成為唐僧取經一路最重要的護法者與精神上的導師（見於其隨處對唐僧信口談禪的表現），又革命性地調整傳統西遊故事的格局，為猴行者命名「孫悟空」以點全書「成佛」之旨，並使之成為開卷第一人，最先出場，統領全書。

《西遊記》第一回寫孫悟空出世的故事，題為「靈根孕育源流出，心性修持大道生」，不止措意於悟空一人，而且點明全書之旨，在修持「心性」（即「孫」），「悟」明「大道」即「空」〔註 3〕。而事實上正是從這第一回開始，全書就已經進入了「西遊記」，孫悟空是「西遊」的第一人，全部的「西遊」不是從唐僧開始，而從孫悟空發軔！何以見得？

我們看第一回寫石猴因一點生死的「遠慮」而「道心開發」，慕佛與仙與神聖能「躲過輪迴，不生不滅，與天地山川同壽」，發願「雲遊海角，遠涉天涯，務必訪此三者，學一個長生不老，常躲過閻君之難」。於是自「東勝神洲傲來國花果山」下山，「獨自……登筏，……連日東南風緊，將他送到西北岸前，乃是南贍部洲地界」，在南贍部洲「不覺八九餘年，忽行至西洋大海，……獨自個依前作筏，又飄過西海，直至西牛賀洲地界」，於此洲之「靈臺方寸山」，「斜月三星洞」，拜須菩提祖師，被賜以「孫悟空」的法名，潛心學道……。

〔註 3〕杜貴晨《「孫悟空」名義解》，收入《數理批評與小說考論》，齊魯書社 2006
　　　年版。收入本卷。

儘管這一次悟空僅是學了些騰挪變化等仙道的皮毛，就因爲賣弄本事，被祖師開發，半途而廢了，但是，他這一番尋仙學道的雲遊，是自東勝神洲西北行，至南贍部洲又西行，正是一路向西，所至學道處也正是佛祖所在的西牛賀洲。

所以，原石猴之最初「道心開發」，論其後來遊學踐履，都可以說是一次眞正的「西遊」。從而全部《西遊記》，首先是孫悟空學道半途而廢的「西遊」記，然後才是孫悟空保唐僧奉旨取經的「西遊」記。唐僧只在後一「西遊」記中扮演了符號性的中心人物，孫悟空才是前後兩次「西遊」記，也就是全書貫穿始終的眞正的主人公。第十四回《心猿歸正，六賊無蹤》，寫孫悟空對「六賊」說「我這出家人是你的主人公」，是其歸心於佛的見道語，也是《西遊記》作者有意無意提示：「孫悟空」才是百回大書題名《西遊記》的意義所在，他也是全書敘事眞正的中心！

這既可以從全書開篇即寫石猴出世看得出來，也可以從第八回寫佛祖發願傳經東土，卻從佛祖道「自伏乖猿安天之後」云云寫起看得出來。不然，傳經的事，何以「自伏乖猿安天」紀年？這顯然是作者藉以強調「乖猿」即孫悟空命運是全書的中心。其意若曰：雖然沒有後來的唐僧西天取經，孫悟空不便從五行山下出來，與八戒等一起「借門路修功」以成「正果」，但是，如果沒有「伏乖猿安天」的既往，也許當時如來還說不到傳經——取經之事，也就沒有了唐僧取經。儘管接下來的描寫並沒有顯示這兩件事有本質上的聯繫，但是，文學是「有意味的形式」，作者這樣用筆的心思與實際的效果，卻把「伏乖猴安天」之事，做成了後來傳經——取經的引子，開啓了孫悟空從上次不成功的「西遊」到下次「西遊」成功的過度。這是純以神運的妙筆，也只有從眞正藝術「圓而神」（《周易·繫辭上》）的角度，才可以有眞正的批評與理解。這裡既需要實事求是，也需要「虛」事求是，一味地「實話實說」，很可能會埋沒甚至辜負了作家的用心，自己也會因爲誤讀誤判，而生出許多不必要的想頭與麻煩來。

因此，《西遊記》不可以僅僅理解爲唐僧西天取經的《西遊記》，而應該理解爲包括唐僧在內「五眾」一體，救贖「釋厄」，修持心性、皈依大道的《西遊記》，特別是「孫悟空」墮而復起，死裏逃生，不懈追求，終成「正果」的《西遊記》。它的中心不在唐僧，也不在「取經」，而在孫悟空即「心悟空」，也就是對佛教終極關懷畢竟爲「空」的體認。

也就因此，《西遊記》雖然可以作一般小說來讀，幾百年來大都也是這樣讀的，但作者當年寫作，卻不僅是要做一部尋常意義上的小說，而是用心良苦，加入了許多道、釋理論與人生況味上的思考，把一個傳統的宗教史實、故事，改造做了他自己心目中佛、道理論與人生哲學的注腳。從而不是作者「尤未學佛」，而是於佛、道二氏之學一竅不通或很少瞭解的人，根本無法弄明白他寫這樣一個故事和這樣地來寫，到底想說什麼，為了什麼，又說了些什麼。

這是很遺憾的。但是，如果我們知道，無論佛、道奧義，人生妙諦，寫在紙上的，千言萬語，固然往往難懂，但是，說來說去，總不過是教人如何活著，即第一回石猴的那「一點兒遠慮」。它的答案好像是要「取經」來念，可以這麼看，但也不盡然，甚至在作者看來，那些用文字寫成的經之有無，並不是最重要的，最好的「修持」其實不需要念經，而是「頓悟」，即直接從內心來體悟佛的境界，第八十五回中詩所謂「佛在靈山莫遠求，靈山只在汝心頭」，就是講這個道理。

這個境界不是別的，不是要把「心」做成什麼樣，而是把「心」做掉，做到「無心」，第十四回回前詩所謂「若知無物又無心，便是真如法身佛」。但是，這不是容易到的，以悟空為「花果山天生聖人」還要「鬥戰勝」才能成「佛」，一般人就更是不容易了。

不過，佛雖然不是人人能成的，但是成佛之機，也就是人應該如何活著的道理，卻是人人都應該懂得的，那就是：

第一，要如「五眾」特別是悟空一樣，懂得人生是第一要義，不要為一時的歡樂誤了性命的修養，始終存一點「遠慮」，不懈追求永恒。而在前進的道路上，雖不免會犯錯誤，但要及時改悔，努力救贖，千難萬險，決不退縮，直至成功。

第二，書中說「心生，種種魔生；心滅，種種魔滅」，自然是太過重主觀了。但是，人生的煩惱與災禍，雖由外部的刺激與壓迫，卻也要看自己如何感覺它，而有些煩惱與災禍則是自種自找的。在這個意義上，煩惱與災禍的避免或消除，就主要是自己如何對待了，所謂「自求多福」（《詩經·大雅·文王》）。

第三，人生在世，不但要潔身自好，祛除「六賊」，摒棄「七情」，向「無物又無心」的目標努力，「自求多福」，還要幫助人人都好，「彼此皆扶持」，

才能共同到達光明的彼岸。

　　《西遊記》趣味橫生，筆筆見意，可能讀出的道理，例如隨處都有的對世情的揶揄與諷刺，或成百上千。但是，若論「大道」，我以爲就只有如上幾點。總而言之，就是《壇經》所說：「智者心行。」即一句老話：憑良心活著！

（本文原爲杜貴晨《齊魯文化與明清小說》第四章附錄，齊魯書社 2008 年版）

「西天取經」的「意味」

　　通常說《西遊記》寫「西天取經」，關注的往往是其中最精彩的那些故事，如「三打白骨精」「三調芭蕉扇」之類，確實如煩上三毫，使全部冗長的故事整體上成了經典。但是，整體的「西天取經」能夠成爲經典，卻不僅由於其中有這些好的故事，而還由於它作爲整體，在全書具關鍵的意義，是一種「有意味的形式」〔註1〕。

　　作爲「有意味的形式」，「西天取經」的意義主要不在那些故事本身，而在它整體上是一次宗教的考驗，一個「成佛」的儀式，一個人類企圖脫出原欲、追求永恒的偉大象徵！

　　這要從《西遊記》寫取經原由以至過程大略說起。第八回寫佛祖褒貶「四大部洲」，獨惡南贍部洲之人「多貪多殺，多淫多誑，多欺多詐；不遵佛教，不向善緣，不敬三光，不重五穀；不忠不孝，不義不仁，瞞心昧己，大斗小秤，害命殺牲。造下無邊之孽，罪盈惡滿」，又自言「我今有三藏眞經，可以勸人爲善」〔註2〕，卻是不可以送去——「我待要送上東土，叵耐那方眾生愚蠢，譭謗眞言，不識我法門之旨要，怠慢了瑜迦之正宗。怎麼得一個有法力的，去東土尋一個善信，教他苦歷千山，詢經萬水，到我處求取眞經，永傳東土，勸化眾生，卻乃是個山大的福緣，海深的善慶。誰肯去走一遭來？」從而提出了一個尋找取經人和使取經人來西天取經的問題。觀音菩薩主動承

〔註1〕〔英〕克萊夫・貝爾《藝術》，周金環等譯，中國文聯出版公司 1984 年版，第 4 頁。

〔註2〕〔明〕吳承恩《西遊記》，李卓吾、黃周星評，山東文藝出版社 1996 年版。本文引《西遊記》原文及評語均出此書，說明或括注回數。

擔去東土尋找取經人的任務，並一路上爲取經人安排好了沙僧、八戒、悟空、龍馬等未來西行的助手，並最後尋找到唐僧，贈以袈裟、錫杖等寶物，又遣唐王《頌子》云：

> 禮上大唐君，西方有妙文。程途十萬八千里，大乘進殷勤。此經回上國，能超鬼出群。若有肯去者，求正果金身。

於是借唐太宗之手選得僧玄奘爲取經人，擇吉上路，迤邐演出「西天取經」故事，直到第九十八回傳經，佛祖又對唐僧重複此意，至一百回「徑回東土，五聖成眞」，「一了百了」（黃周星評語），可說是佛祖、菩薩、太宗、唐僧等「五眾」世界各都圓滿，皆大歡喜。

從以上取經起因、發動以至最後完成的全過程來看，作者爲這一場取經事業所設的目標，最終是要取經回東，拯救「東土眾生」於「愚迷不悟」之中，保大唐「江山永固」。這在佛教徒怎麼看是一回事，對一般讀者來說，誠屬荒唐。但是，小說本就是一個善意的謊言。而全部「西天取經」的謊言，固然根源在「那南贍部洲之人，貪淫樂禍」云云，但具體處其實只起於佛祖的一念，即「我今有三藏眞經，可以勸人爲善」云云，而遴選取經人、組織取經隊伍以至途中暗中保祐取經人等事，則幾乎全部由觀音菩薩料理。這就是說，西天取經雖由唐僧等一步步行至西天，然後取經回東完成，但這項事業的第一推動力是佛，始終照管其事的是菩薩，唐僧等只是志願如「數」（「程途十萬八千里」，歷經「八十一難」，爲了時「五千零四十八天」，取經「五千零四十八卷」等）完成取經的具體實踐者。這裡形成的佛祖、菩薩、唐僧、悟空等人的關係，如果比照時下工程項目制的情況來說，佛祖就是「西天取經」的項目「發包人」，觀音菩薩是這一項工程的「總經理」，唐僧則是這一項工程的「承包人」即「包工頭」，悟空等四眾則是這一項工程的「包身工」！

這種實質性的關係，從第九十八回傳經會後菩薩向佛祖繳旨的描寫就明顯看得出來：

> 如來因打發唐僧去後，才散了傳經之會。旁又閃上觀世音菩薩合掌啓佛祖道：「弟子當年領金旨向東土尋取經之人，今已成功，共計得一十四年，乃五千零四十日，還少八日，不合藏數。望我世尊，早賜聖僧回東轉西，須在八日之內，庶完藏數，准弟子繳還金旨。」如來大喜道：「所言甚當，准繳金旨。」即叫八大金剛吩咐道：「汝等快使神威，駕送聖僧回東，把眞經傳留，即引聖僧西回，須在八

日之內，以完一藏之數，勿得遲違。」金剛隨即趕上唐僧，叫道：「取
經的，跟我來！」

於是有第九十九回通天河濕經第八十一難和八日內西回的描寫。這裡觀音「繳
旨」的算計，不啻是工程的報驗，而如來的「准繳金旨」則是宣佈除如菩薩
所說完成收尾之外，全部工程驗收合格。而最後「徑回東土，五聖成眞」——
——各因在取經途中的表現而成佛或羅漢不等——則是佛祖向唐僧等兌現全部
工程的「報酬」！

這在取經人來說，是一個「有志者事竟成」和「善有善報」的故事。但
在西天佛祖來說，卻是弘法東土的佛教考驗。我們看佛祖爲什麼不把經送去
東土？是因爲「那方眾生愚蠢」，唯恐由此把經看輕，「怠慢了瑜迦之正宗」，
所以要著人「去東土尋一個善信，教他苦歷千山，詢經萬水，到我處求取眞
經」。這同時也就是爲什麼孫悟空等都能騰雲駕霧，卻不能代替唐僧早早地把
經取回，省去「苦歷千山，詢經萬水」的辛苦與麻煩，而必要陪著唐僧一步
一挨地走路西行，乃至一天不能少，一難不能缺，都是爲了幫助唐僧完成佛
祖對取經人進行的全部考驗，自己也「借門路修功」（第九十八回）。

這件事情的性質，正如今天的大學普通本科，一般規定學制四年，學習
若干門課，另有實習、做論文等等，都要考試或考查過；少一門課、一篇作
業，也要補。這樣全部完成了，才可能畢業授予學位，成爲一名合格的大學
畢業生。按理說每一位大學生都應該心裏明白，考試不同於眞正的做事，一
切試題都是虛擬的，不過藉此鍛鍊增長德行、智力等而已，所以比較考分與
具體的成績，學生應該更注意學習與考試的過程內容所強調思想與方法獲得
的多少，與牢固的程度，特別是舉一反三的應用能力。但在當今的教育體制
下，能夠持這種態度與做法的學生卻很少，更多的人不免更注意分數，以至
學校與教師也不得不把分數即成績作爲考核學生的主要標準。佛教的考驗也
是這樣，也只能這樣。這就是爲什麼唐僧「西天取經」的難數、天數等都缺
一不可的原因。

但是，聰明的讀者一如優秀的學生，都應該知道這考試或考驗本身，不
過是一種甄別高下良莠的戲法，一個入道進而成佛的儀式。第十七回菩薩說：
「悟空，妖精、菩薩，總是一念；若論本來，皆是無有。」就不止說破「八
十一難」都是虛設，而且「妖精、菩薩」即佛與魔也純屬虛設。這在所寫菩
薩爲設教，在文學爲虛構。而文藝最忌刻板地證實，小說唯虛故活，尤賴虛

構。卻可惜的是，這樣一部高度象徵深層寓意的小說，多年來被有些人作爲可以拿去與現實生活的人與事對號入座的寫眞，生出許多似是而非的說法來。如以佛祖的外甥爲影射權貴作惡的親戚以諷世等，儘管不無一定的道理，但是要看到那首先是爲對取經人行考驗而設，與「四聖試禪心」一樣同爲「八十一難」之數，以最終完成佛祖傳經東土的宏願。

總之，「西天取經」如一切優秀的文學書，都不可呆看。讀全部《西遊記》也是如此。我們看全書最後寫佛祖對「東土眾生」只能傳有字眞經的無奈，就可以知道作書人寫「西天取經」，事則唐僧等「五眾」之事，心則佛祖如來之心，若曰：佛在我心，哪裏有什麼「西天取經」？何必「西天取經」而後成佛也！即第八十五回借悟空之口所吟詩曰：「佛在靈山莫遠求，靈山只在汝心頭。人人有個靈山塔，好向靈山塔下修。」

《西遊記》，一部人心「修持」之書也。

（本文原爲杜貴晨《齊魯文化與明清小說》第四章附錄，齊魯書社 2008 年版）

《西遊記》爲「仙石記」試論

　　「西遊」故事自唐代發生，至宋元二代，雖經過了漫長的演變過程，但其敘事一直是以唐僧開篇並爲中心人物的取經故事。但至明代百回本《西遊記》成書，故事大略雖仍未盡脫唐僧取經的框架，但全書開篇和貫穿始終的真正主人公，卻已經由取經人中的師父唐僧，轉換爲曾經大鬧天宮後來做了唐僧徒弟的孫悟空。這一轉換的主要標誌與全部關鍵在前面的第一至第七回書，又主要在第一回寫花果山「仙石」化猴的故事：

　　　　那座山正當頂上，有一塊仙石。其石有三丈六尺五寸高，有二
　　　　丈四尺圍圓。三丈六尺五寸高，按周天三百六十五度；二丈四尺圍
　　　　圓，按政曆二十四氣。上有九竅八孔，按九宮八卦。四面更無樹木
　　　　遮陰，左右倒有芝蘭相襯。蓋自開闢以來，每受天真地秀，日精月
　　　　華，感之既久，遂有靈通之意。內育仙胞，一日迸裂，產一石卵·
　　　　似圓球樣大。因見風，化作一個石猴。……目運兩道金光，射沖斗
　　　　府。〔註1〕

孫悟空本爲仙石所化的事實後來又由他屢次自道，或曰：「我雖不是樹上生，卻是石裏長的。我只記得花果山上有一塊仙石，其年石破，我便生也。」（第一回）或自稱「花果山頭仙石卵，卵開產化我根苗」（第八十六回），「父天母地，石裂吾生」（第九十四回）等等。由此可知，作者十分在意《西遊記》故事主人公孫悟空原本一塊仙石的起點。這一物象的描寫有什麼意義呢？

　　首先，「仙石」描寫奠定全書「修心」之旨。《西遊記》主題眾說紛紜，

〔註1〕〔明〕吳承恩《西遊記》，李卓吾、黃周星評，山東文藝出版社 1996 年版。
　　　　本文引《西遊記》原文及評語均出此書，說明或括注回數。

莫衷一是，其實不過見仁見智。若論作書人本意，還當根據中國古代小說的傳統，重在從書中可視爲作者自道處（中國古代小說大多有這類作者「聲明」似的內容）認定。以這一原則，筆者認爲第一回目曰「靈根育孕源流出，心性修持大道生」，已是開宗明義，揭出此書大旨，只在「心性修持」之「大道」。書中寫唐僧說：「千經萬典，也只是修心。」（第八十五回）這自然可以認爲僅指佛經，但作書人自重其書，意中豈肯以所作《西遊記》自外於「千經萬典」？所以「也只是修心」一語，實可以視爲作書人於全書開宗明義之後延伸的自評，謂其大旨不過「修心」二字。

這可以從《西遊記》對「心」的重視看出。書中以「心」「佛」並舉，如第十五回篇首詩云：「佛即心兮心即佛，心佛從來皆要物。」但據電子版檢索，這部書中用「佛」字多不過七百六十七次，但用「心」字卻多達一千四百七十二次；又第十九回專寫有「浮屠山玄奘受《心經》」，黃周星評云：「烏巢禪師以二百七十字授三藏。其實何嘗有二百七十字，不過一字而已。一字者何也？曰：心也。所謂修眞之總徑，作佛之會門，豈有能外此一字者哉？」（第十九回回前）就是肯定了「心」爲此書始終關注的中心。

但其關注之始，卻在全書開篇寫「仙石」，在於把「仙石」寫爲心的象徵。明顯處如上引「上有九竅八孔，按九宮八卦」句下有李贄評曰：「此說心之始也，勿認作說猴。」又有黃周星評曰：「不過只是說心耳，……此是心之靈通。」「內育仙胞，一日迸裂，產一石卵．似圓球樣大」句下有黃周星評云：「此是心之形狀。」「因見風，化作一個石猴」句下有黃周星評曰：「心字出現。」這些評語指出《西遊記》寫「仙石」即已暗點全書「修心」之旨，今人或不以爲然，其實正中肯綮。因此，作者所託始之「仙石」雖爲物象，但其所象徵爲「心」，是全書以「修心」爲旨的奠基之「石」！

其次，「仙石」描寫顯示其本質上與孫悟空形象爲一，其貫穿全書，加強了「修心」主題的表現。雖然《西遊記》寫「仙石」化猴不久，即「將『石』字兒隱了，遂稱美猴王」，後又稱「心猿」「孫悟空」「齊天大聖」「孫行者」，乃至最後成「鬥戰勝佛」等，一系列的變稱不能不使讀者意中逐漸淡化了他本爲「仙石」的原質。即使書中已由悟空不時自道其仙石的根本，以作提醒，但仍不容易引起和保持讀者有對《西遊記》敘事從這一角度的始終不懈的關注。對此，我們不能不認爲「仙石」作爲貫穿全書線索的隱晦與薄弱，但是，畢竟論小說當以文本爲據，既論文本之實際如何，又論作者之初心本意曾欲

如何，從而因為有開篇託始仙石的描寫與中間多次關於悟空為石裂而生的提示，使我們至少在邏輯上不能不承認「悟空」「大聖」「行者」等稱號的相續出現與並存，並沒有改變其為「仙石」的幻象、化身或後身的實質，而作者堅持以「仙石」為全書敘事之基雖隱晦而實未嘗有所動搖。

換言之，石猴、美猴王、孫悟空、齊天大聖、孫行者、鬥戰勝佛等等，雖各有所謂，但在邏輯上一例是「將『石』字隱了」之變化後的仙石；仙石雖自化猴之後，石頭之象不復再現，卻是後來有諸多異稱之石猴亦即孫悟空形象的根本。從而名號頗多之孫悟空，本質上與仙石為一而二、二而一，乃「仙石」一體多面之化身或幻象。作書人正是以此實現了《西遊記》「借卵化猴完大道」之敘事策略。

這一策略使對「心性修持」之「大道」的闡揚，比較直接寫人，乃至僅以猴喻人，為根本的超越，或說更加徹底。即《紅樓夢》「石皆能迷」（甲戌本第二十五回脂評）的反面——石與猴尚且能「悟空」，豈人而不如猴，亦不如石乎？其他八戒作豬相、白龍作馬相等，雖本於前代描寫，但用心莫非如此，即黃周星評所說：「你看若猴、若豬、若馬，俱成正果。獨有人反信不及，倒去為猴、為豬、為馬，卻不大顛倒乎？」（第九十八回回前）這就關乎本書確有「勸學」「談禪」或「講道」〔註2〕，或三者兼而有之的用意了。

最後，「仙石」描寫作為全書主人公正傳的起點，同時是全書敘事的具體託始，根本上賦予了《西遊記》為「仙石」通靈化育以「成佛」之演義的性質，使《西遊記》成為了一部「仙石傳」或「仙石記」。

《西遊記》第一回從天地開闢、萬物生成說起，研究者或以為僅是說書式的為聾人聽聞而遠遠道來的一個冗長的引子，從而往往不甚注意其在總體建構上的意義。其實這一個從「宇宙」觀點出發的寫法，正是傳統「西遊」故事被文人化、哲理化的集中體現，顯示了作書人已不再囿於前代「西天取經」的主題和僅僅講一個好聽好看的故事，而是要以其書「究天人之際」，為人生天地間作只有孫悟空才會有的「一點兒遠慮」（第一回），探索天地人生的「大道」。

這一意圖通過全書敘事特別是第一回回目作了集中的表達，即所謂「靈根孕育源流出，心性修持大道生」。按書中具體描寫，其所謂「靈根」，「正是

〔註2〕魯迅《中國小說史略》，《魯迅全集》（9），人民文學出版社1991年版，第166頁。

百川會處擎天柱，萬劫無移大地根」的「花果山」；其所謂「源流」，即一書故事的來隴，也就是因天地開闢而有「花果山」，有「仙石」，因仙石「孕育」而有「石卵」，因石卵迸裂而生「石猴」，而有「美猴王」「孫悟空」……。這裡「孕育」有「石卵」的「仙石」是作者心目中「天人之際」的結合點。作者正是以此為基礎，搭起了全書敘事「借卵化猴完大道，假他名姓配丹成」的主體建構。建構中「仙石」所起的作用，讀者倘能暫棄「西遊」故事總不過是「西天取經」的成見，就可以明白正如俗說「種瓜得瓜，種豆得豆」，是使《西遊記》一改前代西遊故事為唐僧西天取經的總體格局，而獲得了新的主題與中心線索，即成為了一塊「仙石」通靈化育，歷盡劫難，「心性修持」，而「成大道」即成佛的故事。在這個故事中，縱然「西天取經」仍然佔有最大篇幅，但從結構上說，因以石猴的出世打頭和孫悟空的「棄道從僧用」（第三十五回）貫穿全書，取經之事實已成為了半道插入進來的內容，失去了它原本獨立的意義，成為孫悟空「借門路修功」（第九十八回）的話所表明的，由「心性修持」以「完大道」的「門路」了。

又雖然同樣是作「心性修持」的還有唐僧等師徒，但全書既以孫悟空貫穿，孫悟空即「仙石」當然是「心性修持」最集中的代表。從而《西遊記》託始「仙石」的意義，是從根本上把一個流傳數百年的唐僧取經故事，改變成為了一塊「仙石」通靈化猴，「修心」以成佛的演義，一部「悟空傳」「仙石傳」，亦即「仙石記」。

這裡順便說到，以《西遊記》為「悟空傳」「仙石傳」，或《仙石記》，就從根本上改變了對《西遊記》題材性質的看法。即一方面它不再是一部唐僧「西天取經」記，而是「仙石」通靈化猴的「西遊成佛記」，是記「仙石」成佛之始末的一部「石頭記」；另一方面傳統以「西天取經」為中心解釋《西遊記》故事構成為「大鬧天宮」「取經緣起」「西天取經」三大部分的做法並不合理。《西遊記》故事這三大段落劃分的依據是孫悟空，正確的表述應該是：

（一）第一回至第七回寫「仙石」化猴學道為孫悟空的第一次不成功的「西遊」及其獲罪之因。這七回書寫仙石——孫悟空尋仙學道，半途而廢，恃強縱慾，大鬧三界，「犯了誑上之罪」（第十四回），被佛祖壓在五行山下受罪，為其後來保唐僧取經埋下伏筆。

（二）第八回至第十四回，寫孫悟空第二次西遊的緣起。這七回書寫孫悟空因佛祖傳經之機而有緣為唐僧之徒以「西天取經」。這七回書雖不得不寫

及佛祖、觀音、唐太宗,並略及八戒、沙僧等,旁逸斜出,頗費筆墨,一時悟空似乎成了配角,但是觀其第八回以佛祖論事以「自伏乖猿安天之後,我處不知年月,料凡間有半千年矣」云云領起,又第十四回以「心猿歸正,六賊無蹤」標題,可知所謂「取經緣起」的伏脈而實為主線,仍繫於悟空之命運。所謂「取經緣起」不只是明裏暗裏包括了悟空的事體在內,而且整體上為寫孫悟空命運服務,本質上是孫悟空第二次「西遊」學佛之緣起。

(三)第十五回至第一百回,寫唐僧等「五眾」之「西天取經」作為「西遊」的成功,在孫悟空是第二次「西遊」學佛最後的成功。全書自第十四回起寫「心猿歸正」,隨之有八戒、沙僧等加入進來,以成「五眾」西天取經、將功贖罪以「釋厄」──「歸真」之格局。這看來是以唐僧和取經為中心了,但這種認識的產生,除了舊來西遊故事即唐僧取經的成見支配之外,還由於為這一段落篇幅之大所震懾和對之僅作孤立的考察影響之故,實際百回本中整個西天取經故事已成為「悟空」的組成部分,唯是最大之「重頭戲」而已。這一點唐僧曾一直不明白,讀者也或不夠明白,只有孫悟空心知肚明,卻到了唐僧脫體成仙後謝他時才一語道破。書中寫道:

> 三藏方才省悟,急轉身,反謝了三個徒弟。行者道:「兩不相謝。彼此皆扶持也。我等虧師父解脫,借門路修功,幸成了正果;師父也賴我等保護,秉教伽持,喜脫了凡胎。師父,你看這面前花草松篁,鶯鳳鶴鹿之勝境,比那妖邪顯化之處,孰美孰惡?何善何凶?」三藏稱謝不已。

這裏悟空其實也就是作者把悟空參與取經之事分說得明白,即唐僧非悟空等保祐不能取經,而悟空也非有唐僧取經之機緣,不能得為唐僧弟子的「門路」以「成了正果」。這也就是說,在百回本《西遊記》中,取經故事還是那個故事,甚至更闊大繁複了,但這只是對於唐僧甚至八戒、沙僧等形象而言是他們的全部,對於孫悟空而言,就只是「借門路修功」的第二次「西遊」。唯是與上一次學仙不同,這一次是學佛,而且是由上一次的失敗,孕育了這一次的成功。

總之,《西遊記》脫胎前代西遊故事,沒有也不可能完全超出「西天取經」的藩籬,但無論就其故事框架的實際與所體現作者總體設計的意圖而言,其中心人物與故事都已經改變成為了以寫孫悟空與他的兩次西遊為主的格局。讀者不當仍停留在傳統唐僧「西天取經」故事的層面,以「西天取經」為中

心論此書，而應該從《西遊記》為以「仙石」——「孫悟空」為中心的故事論此書。看到所謂《西遊記》三大部分，實乃寫了本質為「仙石」之「孫悟空」的兩次西遊，乃起於「西遊」，終於「西遊」；敗於「西遊」，成於「西遊」，故曰「西遊記」。但是正如「西遊」只是「修功」之「門路」，也是作書人所謂「心性修持」以「完大道」過程的象徵，真正的「修心」之「大道」並不在「西遊」，當然也就不在「取經」，而在自「心」之明悟，第八十五回有詩所謂「佛在靈山莫遠求，靈山只在汝心頭。人人有個靈山塔，好向靈山塔下修。」又悟空說「一片志誠，雷音只在眼下」云云，就都是這個意思。讀者倘能會心及此，則進一步可知「孫悟空」即「心悟空」〔註 3〕，《西遊記》即「仙石」而能「悟空」的「修心記」，易言之曰一部以「修心」為旨的「仙石記」。其為後來《紅樓夢》託始「石頭」以為「石頭記」的前驅，不亦宜乎！

（原載《福州大學學報》2010 年第 3 期）

〔註 3〕參見杜貴晨《「孫悟空」名義解》，《數理批評與小說考論》，齊魯書社 2006 年版，第 154～64 頁。收入本卷。

《西遊記》「悟空」論

　　前人論《西遊記》本旨，或謂「證道」，或謂「談禪」，或謂「勸學」，或謂「收放心」，等等不一，而各有偏至，未能圓照。其原因無他，乃是《西遊記》「三教歸一」〔註1〕（第一回）、「三家配合」（第四十七回），其思想之跡，非此非彼，亦此亦彼，故就其字面的表現從一面立論，不能貫通。但是，其既然爲「三」教合一，則理論上就應該有一個「一而三，三而一」〔註2〕內在的根據，這一根據即書之本旨。今從數理批評的角度看來，這一根據就是書中不止一次強調的「歸一」之「一」，而其指向則是全書終極之旨——「悟空」。

　　《西遊記》卷首「詩曰：混沌未分天地亂，渺渺茫茫無人見……」，此即道家的「無」，又即儒家的「無極而太極」；又正文開篇曰：「蓋聞天地之數，有十二萬九千六百歲爲一元」；然後仙石化猴——「其石有三丈六尺五寸高，有二丈四尺圍圓。三丈六尺五寸高，按周天三百六十五度；二丈四尺圍圓，按政曆二十四氣，……內育仙胞。一日迸裂，產一石卵，似圓球樣大。因見風，化作一個石猴」。這些具有具有提挈全書綱領、昭示形象意義的文字表明，《西遊記》故事的哲學基礎是道家「無」中生「有」、因「數」成「象」的理念；而《西遊記》主體故事結束在第九十九回「九九數完魔滅盡，三三行滿道歸根」，「九九數完」也就是「三三行滿」，爲「數」盡而「象」滅。所以，《西遊記》的數理機制爲「數」生→「數」滅的過程。

〔註1〕〔明〕吳承恩《西遊記》，李卓吾、黃周星評，山東文藝出版社 1996 年版。本文引《西遊記》原文及評語均出此書，說明或括注回數。

〔註2〕尤侗《西遊眞詮序》，朱一玄、劉毓忱編《〈西遊記〉研究資料》，中州書畫社 1983 年版，第 218 頁。

　　但是，按第一回有云「不生不滅三三行」，可知《西遊記》「數完」「行滿」的境界爲「不生不滅」。而依佛教禪宗教義，「不生不滅」即爲成佛之境。這是《西遊記》中也曾引據著明的，第十九回「浮屠山玄奘受心經」載《心經》云：

> 舍利子，是諸法空相，不生不滅，不垢不淨，不增不減，是故空中無色，無受想行識，無眼耳鼻舌身意，無色身想味觸法，無眼界，乃至無意識界，無無明，亦無無明盡，乃至無老死，亦無老死盡。無苦集滅道，無智亦無得，以無所得故。菩提薩陀，依般若波羅蜜多故，心無掛礙。無掛礙故，無有恐怖，遠離顛倒夢想，究竟涅槃。

此「諸法空相，不生不滅」云云就是「涅槃」之境。《五燈會元》卷二《跋陀禪師》也說：

> 師曰：「如何說涅槃之義？」曰：「涅而不生，槃而不滅。不生不滅，故曰涅槃。」

又，《景德傳燈錄》卷二八《江西道一》則曰：

> 經云：……如天起雲，忽有還無。不留礙跡。猶如畫水成文。
> 不生不滅，是大寂滅。

所以，「不生不滅」即「涅槃」，亦即「大寂滅」，也就是「空」。石猴之法名「悟空」與第八十四回詩云「管取法王成正果，不生不滅去來空」，以及「五聖成眞」，「大眾合掌皈依」，共誦佛號的尾聲，就都是其爲「成佛之書」的證明。所以，《西遊記》「數」生→「數」滅的數理機制，又表現爲因道成佛、證「無」成「空」。

　　《西遊記》雖曰「三教歸一」（第四十七回），寫唐僧取經也打了保大唐「江山永固」的旗號。但它所關注的重心在道、釋關係。對此，作者雖以「禪玄原是一家」（第九十八回李卓吾評）、「仙佛同源」（第九十八回黃周星評），但是，畢竟悟空後來爲取經護法是「棄道歸佛」（第九十回），唐僧取經是「成佛」的事業。所以，從總體上看，《西遊記》對儒家持敷衍的態度，於道、釋兩家則推尊佛氏，其所謂「三教歸一」是率儒、道「歸一」於佛，中心是因道入佛。因道入佛即證「無」成「空」，而數生——數滅只是這一思想本質的表現。

　　按《老子》以世界的本源即道爲「無」，世界萬象爲「有」，而「有生於

無」。結合了頗受道家思想影響的《易傳》來看,《老子》說「道生一」云云即宇宙由「無」生數,由數生象。所以,道家之「無」不是佛教之「空」,卻似「空」而非空,是象數未見之中有可見之機。其可見始於一,進而有二、有三和「三生萬物」。這就是《西遊記》故事發生即「心生,種種魔生」的邏輯;而佛教之「空」卻是「不生不滅去來空」(第八十四回)。其雖然可以修煉而至,爲「一」之歸,卻一旦「數完」「行滿」,必至於象數俱盡,無生無滅。即第三十二回悟空所說「若功成之後,萬緣都罷,諸法皆空」。這就是《西遊記》大小故事結束以至全書結局即「心滅,種種魔滅」的邏輯。

　　《西遊記》「心生」「心滅」之說本於佛教禪宗教義,《古尊宿語錄》卷十三《趙趙州(從諗)眞際禪師語錄並行狀》:

　　　　師示眾云:「心生即種種法生,心滅即種種法滅。你諸人作麼

　　生?」僧乃問:「只如不生不滅時如何?」師云:「我許你者一問。」
「我許你者一問」而不許再問,就是說「不生不滅」已是這一問題的最後答案,其通常簡約的說法就是「空」。換言之,「空」是《西遊記》「心生」「心滅」邏輯的必然歸宿。從而「無」能生「數」而有「象」,故《西遊記》有事可記;「數完」「行滿」即「數」完「象」滅而「空」,則《西遊記》也就到了結束。第一百回黃周星評曰:「如此方是永脫輪迴,一了百了,不須下回分解,亦不許下回分解矣。」所謂「永脫輪迴」,即「不生不滅自來空」之境,是「行滿」「數盡」的結果。

　　總之,《西遊記》「由數生」,其數是「無」爲「渾沌未分」,卻有「緣」有「數」而能生之無中生有之數;而「歸一」於「空」卻是「萬緣都罷」之「行滿」「數完」而滅,也就是第八回所謂「畢竟寂滅,同虛空相,一無所有」,亦即《多心經》所謂「諸法空相,不生不滅」之境。所以,《西遊記》首尾數生→數滅、證「無」成「空」,實是作者預設「棄道歸佛」和因道成佛的數理表現。第九十八回寫上靈山的路是「自(玉眞)觀宇中堂穿出後門便是」云云,就是一個象徵。黃周星評說這「明乎仙佛同門:道爲堂宇,而禪爲閫奧也。且大仙所指者,不在平地而在高峰,又明乎仙佛同歸:道爲入門升堂,而禪爲登峰造極也。兩家會合之妙,明白顯易無過於此。」又寫接引佛祖用「無底船」載五眾過「凌雲仙渡」,稱爲「登彼岸無極之法」,就都是此義的象徵。其所謂「無底船」,雖由接引佛祖撐渡,卻是道家「無極之法」;而「彼岸」已是佛教「畢竟寂滅」「虛空」的「極樂世界」。小說至此已經點明「歸

一」於「空」之旨。但是，接下第九十九回還寫了佛祖要唐僧等於取經時日補「八日」之數並「還生一難」者，才成「九九數完」「三三行滿」，似爲蛇足，其實不然。這一「湊數」的描寫在過「凌雲渡」之後，其實是全書數理機制完成的「臨去秋波那一轉」，與上述過凌雲渡已經成佛的描寫不僅沒有矛盾，更起到「鳥鳴山更幽」的藝術效果。

《西遊記》中「歸一」之「一」所以能起這樣的作用，實是由於其能會通三教，是向來三家並尊之數。《西遊記》中佛教「歸一」之論已如上引；先秦以降儒、道二氏也殊途同歸，如《老子》曰：「道生一。」《論語‧里仁》曰：「子曰：吾道一以貫之。」等等，都以「一」爲道之代碼。宋儒更不分彼此，《二程遺書‧二先生語一》載：「持國曰：『道家有三住，心住則氣住，氣住則神住，此所謂存三守一。』伯淳先生曰：『此三者，人終食之傾未有不離者，其要在收放心。』」但是，由於上已提及的原因，邵雍之說尤其引起我們注意。《皇極經世書》卷十三《觀物外篇上》說：「先天學，心法也，……先天之學，心也。」同書卷十四《觀物外篇下》又說：「心爲太極，又曰道爲太極。」又說：「心一而不分，……當如止水則定，定則靜，靜則明。」此說「心一」云云與《西遊記》「歸一」之論形跡更相接近。總之，諸說《西遊記》爲「證道」「談禪」「勸學」「修心」等等各有偏頗，而一言以蔽之曰「歸一」，則於《西遊記》意義的說明就無施而不可了。而作者也正以此調和三教而求合於最廣大的讀者的信心。

但在《西遊記》中，「歸一」之眞義並非三教之義理的「公約數」，而自有其獨立的意義。具體來說，一是「三教歸一」歸於「佛」，二是「萬法……歸一」歸於「心」。但是，據第十四回「詩曰：佛即心兮心即佛，心佛從來皆要物。若知無物又無心，便是眞如法身佛。」就是說「心」「佛」雖然兩稱，卻是一而二、二而一的；雖然「歸一」於「心」即「佛」已自難得，但是，既說「心」與「佛」，也還有「物」而未盡。換言之，心、佛之上還應該有個更進一步的道理，那就是「歸一」的極致爲「歸一」之後不再有「一」，而是「無物又無心」，那才是「眞如法身佛」，即「五蘊皆空」「諸法皆空」的境界。第五十八回回目曰：「二心攪亂大乾坤，一體難修眞寂滅。」「眞寂滅」即全書畢竟歸「空」之義。總之，《西遊記》「歸一」之論雖會通三教，也最接近書之本旨，但是其本身並不就是書之本旨，而是通向本旨之路。換言之，《西遊記》之本旨不在於「一」，不在於此書描寫的表面、正面的任何東西，而在

其深隱之處和「有字」的背面，即「一」而能「空」的「無字」之處。而這一點要結合《西遊記》中「歸一」之「一」的象徵來看。

　　《西遊記》「歸一」之「一」的象徵不一，如金箍棒，如筋斗雲，如佛祖，如一藏之經等等都是，大都作者筆下隨緣而設，可各自為說。這裡以與全書本旨關係最密切者為例，僅就「有字真經」的「一藏之數」加以討論。作為唐僧等西行求法的成果，這「一藏之數」之「有字真經」當然是「歸一」的恰當的象徵。但是，這只是一個為俗眾說法不得不然的一個象徵。宋賾藏主編集《古尊宿語錄》卷二十《舒州白雲山海會（法）演和尚初住四面山語錄》云：

> 上堂云：「僧問雲門：如何是一代時教。」門云：「對一說。」
> 師云：「對一說，卷盡五千四十八。風花雪月任流傳，金剛腦後添生鐵。」

可知唐宋以降，「五千四十八卷」是佛門「一代時教」常用經典的全部之數。而「五千四十八」即《西遊記》「一藏之數」，又是八戒之鈀、沙僧之杖重量之斤數（第八十八回）。所以，《西遊記》作為取經故事結於「一藏之數」的「有字真經」，實在只是出於對「一代時教」的迎合；而第 98 回佛祖所見笑「東土眾生愚迷，不識無字真經」則是更深層的理由。總之，《西遊記》以「數合一藏」之「有字真經」為取經故事作結，並非作者本意，而是無可奈何而為之；作者本意所重不在此「一藏之數」之「有字真經「，而是唐僧等棄而不取的「無字真經」。第九十三回寫唐僧道：「悟能、悟淨，休要亂說。悟空解得是無言語文字，乃是真解。」「無字真經」因不立文字，直指心源，而更合於「五蘊皆空」「諸法皆空」的大乘妙理，才是全書終極之旨的真正象徵，卻終於沒有也無法由唐僧取回東土，則是作者心目中人世之一大遺憾！

　　作者的這一遺憾實已由佛祖之口道出。佛祖說：「你那東土眾生，愚迷不悟，只可以此（有字真經）傳之耳。」此話實雙關乎書裏書外，不僅為唐僧「五眾」而設，更是提醒讀者「有字真經」是俗僧（眾）的讀本，真有佛性者應該識得「無字真經」。「有字真經」為「一藏之數」，是「有」是「一」，有象有數；而「無字真經」是「無」是「空」，象數俱滅。所以，為俗僧（眾），不能不有「有」有「一」，立文字之象，故結於「有字真經」，因其「有字」而且數合「一藏」，為「一「的象徵。這同時是《西遊記》作為文本的理由。但是，正如悟空所說，隨唐僧取經不過「借門路修功」（第九十八回），《西遊

記》「歸一」也只是五眾修行之「本路」（第九十八回），而不是要達到的目標。換言之「歸一」只是最終「悟空」成佛的津梁。對此，第十七回借菩薩之口有所點破，──菩薩說：「悟空，菩薩、妖精，總是一念；若論本來，皆屬無有。」而悟空聽了這話，也「心下頓悟」。「頓悟」即「明心見性」，一至此境，則「有字真經」──包括《西遊記》──也就全用不著了。第一百回寫「長老（唐僧）捧幾卷登臺，方欲諷誦，忽聞得……半空中有八大金剛現身高叫道：『誦經的，放下經卷，跟我回西去也。』」而唐僧也就「丟下經卷……騰空而去」，說明既能「頓悟」，念誦佛經就是多餘之事。這就是《西遊記》由「歸一」而「悟空」的邏輯。雖然隱晦，卻處處有跡可尋。實在說作者已經不厭其繁，橫說豎說，唯恐讀者不能參透此之旨。但是，如同第一回寫「石猴高登王位，將『石』字兒隱了」之深義往往不爲現代批評家注意，《西遊記》最後撲朔迷離的描寫，也使今天的讀者忽略把「無字真經」作爲「有字真經」的參照而深入文字背後的思考。結果幾百年來，讀者往往不能識其終極「悟空」之旨，其「歸一」之論也基本上沒有受到學者的重視，乃至「石猴」之「石」字的顯、隱與「真經」之「字」之有、無等等的暗示，也幾乎完全沒有引起今天研究者的警惕，豈不辜負作者一片苦心！

　　這一終極之旨，還早在第一回須菩提祖師爲石猴命名「孫悟空」即已點出。按書中所寫，祖師是亦道亦佛的人物。祖師曰：「教你姓『猻』倒好。『猻』字去了獸傍，乃是個子系。子者，兒男也；系者，嬰細也。正合嬰兒之本論。教你姓『孫』罷。」又賜名字說：「到你乃第十輩之小徒」「排到你，正當『悟』字，與你起個法名叫做『孫悟空』。」「嬰兒之本論」即《老子》「嬰兒」之論。《老子》之論「嬰兒」曰：「專氣致柔，能嬰兒乎？」又曰：「我獨泊兮，其未兆也，如嬰兒之未孩。」又曰：「知其雄，守其雌，爲天下溪。爲天下溪，常德不離，復歸於嬰兒。」都以「嬰兒」爲無知無欲柔弱單純即道體本然狀態的象徵。祖師是「說一會道，講一會禪」的人物，其賜石猴以「孫」姓，正是要他爲「雄」守「雌」，行「剛」而能「柔」之道，這是入「道」之門；而賜其名字之意，則是要他更上一層爲「悟空」成佛。因此，原祖師爲石猴賜名傳道之意，姓「孫」是勉其入道，而「悟空」是望其成佛。但是，石猴在祖師處只是學得神通變化之類入道的皮毛，而且馬上就不安份了，所以後來要經種種魔難，才漸以得道之真諦，進而成佛，達至祖師賜名「悟空」之境。這是一個「棄道從釋」（第二十六回）或曰「棄道從僧用「（第三十五回）

的因「無」悟「空」的過程，而作爲「法名」，「孫悟空」的意義實即「心悟空」。黃周星評說：「二心不若一心，一心不若無心」（第五十八回），「無心」即「悟空」之境。因此，孫悟空在作爲「歸一」之「一」的象徵的同時，又是全書終極「悟空」之旨的說明。

作者始終關注這個由道入佛「借門路修功」的門徑與更上一層的道理，於全書結束又以象徵點出，即第九十八回有一段寫象徵道教的玉眞觀就在靈山腳下，迎候取經人的金頂大仙接引唐僧等去靈山（西天佛祖居處）之「本路」就在觀中──「原來這條路不出山門，就自觀宇中堂穿出後門便是」。可知作者心目中「歸一」之「本路」，就是由修道而學佛，由「歸一」而「悟空」。「悟空」即全書終極之旨。第九十八回黃周星評曰：「由玉眞觀上靈山，不出山門，即從中堂而出後門，明乎仙佛同門：道爲堂宇，而禪爲闥奧也。且大仙所指者，不在平地而在高峰，又明乎仙佛同歸：道爲入門升堂，而禪爲登峰造極也。兩家會合之妙，明白顯易不過於此。不然，《西遊記》一成佛之書也，何以前有三星洞之神仙，後有玉眞觀之大仙耶？」

還要說明的是，這裡有兩類閱讀上長期的誤會。一是書中寫唐僧常常「敵我不分」，被讀者專家指爲「迂腐」，以爲是作者對佛徒的有意諷刺，其實不然。這既是情節發展的需要（如果唐僧也能識得妖魔，就整個地沒戲了），又是唐僧形象作爲佛徒以慈悲爲懷而又「肉眼凡胎」的表現。雖不足爲訓，但是只可「觀過知仁」，而不能認爲有什麼眞正的諷刺！二是有學者常常提到《西遊記》中孫悟空多有「謗佛」的話頭，如說觀音「活該一世無夫」「如來哄了我」「還是妖精的外甥」之類，以爲這就是此書並不敬信佛教乃至「造反派脾氣」的根據，也是一個誤會。其實那不過是悟空急切中眞性情的流露，只比他和八戒常在背後稱唐僧爲「那老和尚」略甚，不僅不是眞正的譏謗，而且有些恃寵撒嬌的嫌疑了。此等寫法與第九十八回爲西天作接引的玉眞觀金頂大仙對唐僧所說「我被觀音菩薩哄了」，爲同一措意，可相參觀。另一方面，悟空也曾自認「妖精與老孫有親」（第四十回），都是觸景生情的話，讀者不可當眞。總之，小說亦如詩，絕妙處但睹性靈，不見文字，──讀《西遊記》這部象徵之書，尤以不落言筌爲要。

雖然如此，《西遊記》還是「云空未必空」。一方面，其「悟空」之旨實起於對現實的關懷，例如第五十至五十三回寫悟空暫離師父外出化齋，臨行用金箍棒爲唐僧等畫一道安身的圈子，囑其不得離開，而唐僧等未能遵守，

後來悟空對之抱怨道：「不瞞師父說，只因你不信我的圈子，卻教你受別人的圈子。多少苦楚。可歎！可歎！」這一感慨就透露《西遊記》所設「悟空」的「圈子」，實是針對「別人的圈子」。而「別人的圈子」明顯指現實中不免而作者爲之無奈的種種缺陷。所以，第五十一回後李卓吾總批評曰：「誰人跳出這個圈子？誰人不在這個圈子裏？……可憐，可憐！」而第十九回烏巢禪師傳《多心經》之後有云：「精靈滿國城，魔主盈山住。老虎坐琴堂，蒼狼爲主簿。」黃周星評說：「二語似不止說西方妖魔，請試思之。」第七十六回有詩寫獅駝國城「斑斕老虎爲都管，白面雄彪作總兵。……當年原是天朝國，如今翻作虎狼城」；同回李卓吾評說：「妖魔反覆處，極似世上人情。世上人情反覆，乃眞妖魔也。作《西遊記》者，不過借妖魔來畫個影子耳。」所說都極爲透徹，深得作者之心。換言之，作者正爲此人世的「圈子」、官虎而吏狼與「人情反覆」，才作《西遊記》；因此，讀者須是知作者有此心，也才可以讀《西遊記》。而《西遊記》所謂終極「悟空」，說到底就是要讀者「明心見性」，知道如何對待這種種「別人的圈子」。

　　所以，《西遊記》總體上爲出世間法，其對待之法從根本上說不過看破紅塵而「悟空」，當然是消極的；但是，它寫孫悟空「大鬧天宮」與一路上斬妖降怪，卻表明這看破的過程也免不了「鬥戰」，而孫悟空正因「鬥戰」成佛，所以爲「南無鬥戰勝佛」。依佛理而言，其所鬥戰的對象爲「心生」之「種種魔」，但如上所揭示，作者意中實亦指人世間之「種種魔」。所以，《西遊記》雖以「悟空」爲旨，其實是「云空未必空」。它寫的是出世故事，不容不取「悟空」之旨，但其底蘊充滿入世的關懷。因此，《西遊記》是一部悟書，同時又是一部怨書，一部怒書。作者本意如此，讀者看來也能以如此。至於如張書紳《西遊記總論》所說：「一部《西遊記》也。以一人讀之，則是一人爲一部《西遊記》；以士農工商、三教九流、諸子百家各自讀之，各自有一部《西遊記》。」則亦無不可，同時是自然之理，也會有眞正的高論；然而，那與本文作數理批評直指作品命意與作者本心的說明將不是一回事。

　　總之，從數理批評的角度看，《西遊記》由「歸一」而至於「悟空」，是一部揉和儒、道「歸一」於佛教色空而以「治心」淑世的長篇小說。它自然不免佛教故事的色彩，卻並不就是以宣揚佛教教義爲宗旨的佛教小說。從各方面看，《西遊記》作者並非不通佛理，卻也熟諳儒、道之說，因此能信手拈來，「三家配合本如然」（第一回）。他僅是因爲用這樣一個佛教題材故事爲小

說，而不得不借助於佛教「諸法皆空」的觀念，但是，並無熱衷推崇遁入空門之意。有種種跡象表明，他寫這樣一部書的目的是融道、釋之「無」與「空」的哲學，以抒發憤懣，針對現實的「圈子」以解決種種人生缺陷的問題。所以，此書雖寫神魔，卻處處有關人情世故，其善善惡惡，頗多可以令人深長思之的內容。這些都還需要認眞深入的討論，而數理批評將爲進一步的研究開闢新的門徑。

（原載《南都學壇》2005 年第 1 期，2005 年 6 月 18 日修訂）

「孫悟空」名義解

　　《西遊記》孫悟空的形象來源，有外來、本土等諸說，均從中國或外國古代猴子故事演變的層面立論，而很少注意到《西遊記》的這隻猴子已不止是神通廣大，更被賦予了那時古今中外一切猴子所從未有過的思想意義，並通過命名「孫悟空」規定和體現出來。因此，學者們不妨繼續考證是中外哪一隻猴子演變成爲了美猴王，而筆者卻願意對「孫悟空」的名義的內涵與淵源略作索解和探討。

　　「孫悟空」命名之義應從全書有關描寫得到說明，但最重要是第一回寫須菩提祖師爲石猴命名一段文字：

　　　　祖師笑道：「你身軀雖是鄙陋，卻像個食松果的猢猻。我與你就身上取個姓氏，意思教你姓『猢』。猢字去了個獸旁，乃是個古月。古者老也，月者陰也。老陰不能化育，教你姓『猻』倒好。猻字去了獸旁，乃是個子系。子者兒男也，系者嬰細也，正合嬰兒之本論，教你姓『孫』罷。」猴王聽説，滿心歡喜，朝上叩頭道：「好，好，好！今日方知姓也。萬望師父慈悲，既然有姓，再乞賜個名字，卻好呼喚。」祖師道：「我門中有十二個字，分派起名，到你乃第十輩之小徒矣。」猴王道：「那十二個字？」祖師道：「乃『廣大智慧眞如性海穎悟圓覺』十二字。排到你，正當『悟』字。與你起個法名叫做『孫悟空』，好麼？」猴王笑道：「好，好，好！自今就叫做孫悟空也！」正是：鴻蒙初闢原無姓，打破頑空須悟空。〔註1〕

〔註 1〕　〔明〕吳承恩《西遊記》，李卓吾、黃周星評，山東文藝出版社 1996 年版。本文引《西遊記》原文及評語均出此書，說明或括注回數。

這裡祖師的話雜糅釋、道，又聯繫接下第二回寫這位祖師「靜坐講《黃庭》」，「說一會道，講一會禪，三家配合本如然」，似乎其爲石猴命名之義，並不主一家，其實不然。

按須菩提祖師是佛祖十大弟子之一。《西遊記》中多次提及、佛教禪宗最爲推崇的《金剛經》一書，全部文本就是佛與須菩提的對話。因此，《西遊記》所寫孫悟空的這第一位師傅根本是佛教中人。書中有關這一人物住洞天福地、念《黃庭》、傳法（道）術等描寫，不能不使讀者感覺其撲朔迷離，道釋難辨，但是，從全書對兩家關係的處理看，總不過是表現「仙不能離佛」「佛不能離仙」（第一回），修仙爲成佛之「本路」（第九十八回）。換言之，作者之意並不以仙、佛爲無別，而是仙爲佛階，以道濟佛，「歸一」（第四十七回）於佛。這集中表現爲上引須菩提爲石猴命名取義，根本就從禪宗頓教義理而來。

首先，是命名的原則。須菩提祖師爲石猴「就身上取個姓氏」，似乎只是極自然之筆，恰到好處而已，其實最具禪意。按此「就身上取個姓氏」之義，即是以「自性」爲姓，定義悟空爲「自性」的象徵。而「自性」是禪宗教理的基礎，是指一切眾生自作、自成、自有、自在、不變之本性。袾宏《彌陀疏鈔》卷一云：「此之自性，蓋有多名：亦名本心，亦名本覺，亦名眞知，亦名眞識，亦名眞如，種種無盡。統而言之，即當人靈知、靈覺本具之一心也。」從而祖師爲石猴「就身上取個姓氏」命名之意，實是入手就教以禪宗「見性」的工夫，「見性成佛」〔註2〕。而猴王叩頭曰「今日方知姓也」，就是回應祖師「見性」之教。

其次，是所賜之姓。祖師從「猢猻」之「猻」，說到爲其賜姓「孫」；又因「孫」爲「子系」而牽合「嬰兒之本論」。「嬰兒」之論本出《老子》，而《孟子》「赤子之心」也庶幾近之。與《西遊記》關係甚大的宋代張伯端《悟眞篇》其十四也說：「三家相見結嬰兒，嬰兒是一含眞氣。十月胎圓入聖基。」但是，須菩提祖師說「正合嬰兒之本論」，卻是沿唐宋以降「三教一理」之論，用爲佛教禪宗的比喻。《五燈會元》卷五《石室善道禪師》：

> 汝不見小兒出胎時，可道我解看教、不解看教？當恁麼時，亦不知有佛性義、無佛性義。及至長大，便學種種知解出來，便道我能我解，不知總是客塵煩惱。十六行中，嬰兒行爲最哆哆和和時，

〔註2〕〔唐〕惠能著，郭朋校釋《壇經校釋》，中華書局1983年版，第53頁。

喻學道之人離分別取捨心，故讚歎嬰兒，可況喻取之。若謂嬰兒是道，今時人錯會。」〔註3〕

可知「嬰兒之本論」實是況「喻學道之人離分別取捨心」，也就是禪以「無念為宗」〔註4〕之「心」，又謂之「禪定」〔註5〕。所以，如同第五十八回中詩說「禪門須學無心訣，靜養嬰兒結聖胎」，這裡為石猴賜姓「孫」而「合嬰兒之本論」者，也是以「嬰兒」喻心，即以「孫」為「心」明點「心」字，以勉其「見性」又「識自本心」〔註6〕始。

從而孫悟空又有別號「心猿」。「心猿」曾見於道教典籍，如宋張伯端《悟真篇》中卷第六十：「了了心猿方寸機，三千功行與天齊。自然有鼎烹龍虎，爭奈擔家戀子妻。」宋石泰《還原篇》第十五章：「意馬歸神室，心猿守洞房，精神魂魄意，化作紫金霜。」但是，二書均晚於三國吳支謙即已漢譯之印傳佛典《維摩詰所說經》：「以難化之人，心如猿猴。故以若干種法，制御其心，乃可調伏。」這一譬喻後世多為禪宗典籍《祖堂集》《五燈會元》《古尊宿語錄》等書所稱引。因此，上引《維摩詰所說經》的幾句話，特別是經禪宗的稱引，才是孫悟空別名「心猿」真正的出處！

《西遊記》至少有三十三次稱「心猿」，僅出現於回目中就有十四次之多；另有稱其為「心主」「心神「者非止一處。可見其對於孫悟空作為「心」之象徵的高度關注！因此，「心」才是這一猴子形象最本質的意義！

最後，是取名字。先排行取「悟」輩。祖師稱其門有「廣大智慧真如性海穎悟圓覺」十二字，各為派別，雖係杜撰，但是，「廣大智慧」「真如」「性海」「穎」「悟」「圓」「覺」等作為哲學概念，基本上只是佛教專用或最先使用、用得最多，並且多為佛教禪宗語。而尤以「悟」字為禪宗修行「最上乘」〔註7〕法，所謂「前念迷即凡，後念悟即佛」〔註8〕，「一悟即知佛也」〔註9〕。祖師說：「到你乃第十輩之小徒矣。」又說：「排到你，正當『悟』字。」即佛門「十二字」中，「悟」字當「第十」。這一位次也是有意義的。《易·屯》：

〔註3〕〔宋〕普濟《五燈會元》，中華書局1984年版，第285頁。
〔註4〕《壇經校釋》，第31頁。
〔註5〕《壇經校釋》，第37頁。
〔註6〕《五燈會元》，第60頁。
〔註7〕《五燈會元》，第88頁。
〔註8〕《五燈會元》，第51頁。
〔註9〕《五燈會元》，第60頁。

「十年乃字。」孔穎達注曰：「十者，數之極。」因此，把「悟」排爲「第十輩」，實是作者以此「極」數，體現禪宗頓門以「頓悟」爲「最上乘」之義。後取字，即「空」。「空」是佛教多數派別最基本的觀念，但各派對「空」的層面與程度的看法有差別，而以禪宗最爲徹底。在禪宗看來，不僅宇宙萬物，而且「惡法善法，天堂地獄，盡在空中，世人性空，亦復如是」〔註10〕無一物實在。須菩提爲石猴取名字爲「悟空」之「空」，就是這種至於極端的徹底的「空」。其意就是勉其「識自本心」，不僅「心」知萬相爲空，而且「本心」亦空。

綜上所論，可知《西遊記》寫須菩提爲石猴命名「孫悟空」，並以之貫穿全書，實是特筆點明此書之旨爲「心悟空」，是以禪宗頓教「無念爲宗」的一部「無心訣」而已。

「悟空」之名字似最早見於《佛說十力經》有「從安西來無名僧悟空」，至唐宋禪宗僧人多用之，如《五燈會元》卷八有《升州清涼院休復悟空禪師》，卷十四有《襄州谷隱智靜悟空禪師》，《景德傳燈錄》卷二十有《潭州龍興寺悟空大師》等篇，傳主均名「悟空」，又均爲禪宗頓門僧人。可知《西遊記》以「悟空」命名石猴，實是取了佛教→禪宗最流行的概念，從而對於當時讀者來說，也就是傳達了禪宗最普通的教義，是認識這一文學形象進而全書思想傾向最重要的標誌。

但是，對於石猴來說，以「悟空」命名仍然有特殊的意義。據禪宗典籍《月燈三昧經》卷二云：「有或繫屬魔，悟空無忿怒。」又卷五云：「若能悟空者，是則知寂滅。」可知「悟空」之重要一義在使「無忿怒」即制怒，而歸根於「寂滅」即「涅槃」。從全書描寫看，石猴最突出的性格缺陷正就是「躁」，因此，祖師爲石猴命名「悟空」之意，既寓言禪宗「無念爲宗」之最高訴求，又具體針對石猴之性「躁」，可謂妙合無垠。

然而，即使禪宗內部，「悟空」之途也有頓、漸之分。漸教即以五祖弘忍的大弟子神秀爲代表之北宗，主打坐參禪、念佛誦經，由漸而頓，漸悟成佛；頓教爲神秀的同學六祖惠能所創之南宗。惠能不識字，所以不樂漸悟，而主「不假文字」，「以心傳心」，「直指本心」，頓悟成佛。比較而言，頓教唯自求本心，看似至難，其實以無法爲法，最爲簡易快速，合乎人不願受任何束縛的本性，所以唐宋以降，最爲流行。《西遊記》寫須菩提祖師爲石猴命名「悟

〔註10〕《五燈會元》，第 49 頁。

空」之義，正是這種禪宗頓教的「悟空」，上引所謂「打破頑空須悟空」者，就是頓教那種「空」至於極致的「悟空」。

以須菩提祖師爲石猴命名爲中心，《西遊記》全書前後有關孫悟空的描寫隨處點明並突出此「心悟空」之義。

首先，第一回祖師命名之前，已寫石猴是「心」的象徵。如寫其所從出之仙石尺寸並有「九竅八孔」，李卓吾評曰：「此說心之始也，勿認說猴。」又寫此石「內育仙胞，一日迸裂，產一石卵，似圓球樣大」，黃周星評曰：「此是心之形狀。」又接寫其「因見風，化作一個石猴」，黃周星又評曰：「心字出現。」都極有見地；更進一步，須菩提所居仙山洞府即石猴學道之地，爲「靈臺方寸山」，李卓吾評曰：「靈臺方寸，心也。」爲「斜月三星洞」，李卓吾評曰：「斜月象一勾，三星象三點，也是心。言學仙不遠，只在此心。」黃周星評略同，都正確指出了美猴王爲「心」之意象。其姓「孫」爲「心」之喻，不過是這三復象徵性暗示之後的進一步影寫罷了。

其次，第二回寫孫悟空本自有「悟」性，所以於「道」「流」「靜」「動」各門的俗學都不感興趣，因此爲祖師所知，而有得道之機云：

> 祖師聞言，咄的一聲，跳下高臺，手持戒尺，指定悟空道：「你這猢猻，這般不學，那般不學，卻待怎麼？」走上前，將悟空頭上打了三下，倒背著手，走入裏面，將中門關了，撇下大眾而去。唬得那一班聽講的，人人驚懼，皆怨悟空……，悟空一些兒也不惱，只是滿臉陪笑。原來那猴王已打破盤中之謎，暗暗在心。所以不與眾人爭競，只是忍耐無言。祖師打他三下者，教他三更時分存心；倒背著手走入裏面，將中門關上者，教他從後門進步，祕處傳他道也。

而《五燈會元》卷一《五祖弘忍大滿禪師》載禪宗五祖弘忍向惠能傳法：

> 逮夜，（五）祖潛詣碓坊，問曰：「米白也未？」盧曰：「白也，未有篩。」祖於碓以杖三擊之。盧即以三鼓入室。祖告曰……〔註11〕

雖然這類「打三下」「三擊之」的啞謎，在各種禪宗典籍中並不少見，而且以上兩節引文，前繁後簡，似乎差別很大。但是，就基本情節而言，二者實很爲一輒，並在敘事中都具關鍵的意義，而顯然前者從後者脫化而來。由此可知，孫悟空形象其初實略有六祖惠能的影子，與「孫悟空」之名體禪宗頓教

〔註11〕《五燈會元》，第52頁。

之義密相關合。

第三，書中多次寫孫悟空「頓悟」。如第二回：

祖師道：「我也不罪你，但只是你去罷。」悟空聞此言，滿眼墮淚道：「師父，教我往那裡去？」祖師道：「你從那裡來，便從那裡去就是了。」悟空頓然醒悟道：「我自東勝神洲傲來國花果山水簾洞來的。」祖師道：「你快回去，全你性命；若在此間斷然不可！」

第三回：

猴王漸覺酒醒，忽抬頭觀看，那城上有一鐵牌，牌上有三個大字，乃「幽冥界」。美猴王頓然醒悟道：「幽冥界乃閻王所居，何爲到此？」

第五回特筆點悟空之「悟」，

好大聖，搖搖擺擺，仗著酒，任情亂撞，一會把路差了，不是齊天府，卻是兜率天宮。一見了，頓然醒悟道：「兜率宮是三十三天之上，乃離恨天太上老君之處，如何錯到此間？也罷，也罷！一向要來望此老，不曾得來，今趁此殘步，就望他一望也好。」

而以第十七回所寫，最爲點睛之筆：

行者看道：「妙啊，妙啊！還是妖精菩薩，還是菩薩妖精？」菩薩笑道：「悟空，菩薩、妖精，總是一念。若論本來，皆屬無有。」
行者心下頓悟，轉身卻就變做一粒仙丹。

以上引繁複寫悟空之「頓悟」「頓然醒悟」等，比較寫唐僧等其他一切形象，全然不及於此，可知《西遊記》「五眾」以及其他神魔中，能「頓悟」「頓然醒悟」的只有孫悟空一人。儘管這些「頓悟」「頓然醒悟」的用法不盡合於禪宗頓教之義，但是，作爲小說家言，至少表明作者有意以此點出孫悟空之「悟」即「頓悟」，乃禪宗頓教之「悟」。

第四，書中一再通過他者確認寫孫悟空能「頓悟」。第十九回寫鳥巢禪師說：「多年老石猴（按指孫悟空）……他知西天路。」第九十三回寫唐僧道：「悟能、悟淨，休要亂說。悟空解得是無言語文字，乃是眞解。」

總之，全面看來，悟空有的是猴氣、神氣、妖氣、道氣，乃至呵佛罵祖的狂禪之氣，但是，其基本的方面，或說作者著意突出的悟空思想特徵本質的方面，是一個以「無念爲宗」「頓悟成佛」的禪僧。

然而，正如歷史上頓教雖以「自性」爲空，卻還是要「見性」；雖稱「頓

悟」，卻還是要「心行」，《西遊記》的「心悟空」也並不是「一悟即知佛也」。唐僧等不必說了，即使孫悟空只任「心行」而「不假文字」和坐禪念經等，但是，全書卷末寫孫悟空爲「鬥戰勝佛」，說明作者也不得不以他畢竟仍要有一個「鬥戰」的過程。

這一過程就是從須菩提祖師門下出來，離開「靈臺方寸山，斜月三星洞」，回到花果山，自「放下心」（第三回）開始，中經「大鬧天宮」「八十一難」等，到取經回東，返於西天。在這一過程中，孫悟空完成由魔而道、而佛的轉變，關鍵在「棄道從釋」（第二十六回），或曰「棄道從僧用」（第三十五回）、「棄道歸佛」（第九十回），又關鍵在「西遊」，第九十八回孫悟空對唐僧所說「借門路修功」（第九十八回）是也。

可知《西遊記》的「心悟空」，雖高自標榜「最上乘」法之「頓悟」，卻終於不能無所憑藉地「一悟即知佛」。而且果然「不假文字」「一悟即知」的話，一切經典都可以沒有，而《西遊記》也可以不作。而畢竟要「西天取經」，有此一部《西遊記》，實是因爲如佛祖所說，「東土眾生，愚迷不悟」，不識「無字真經」，只可「以此（有字真經）傳之耳」。這固然是作書的由頭，卻同時表達作者之意，是以如我輩讀者還不配讀「無字真經」，而不得不寫一部《西遊記》，假象見義，使知有唐僧輩不得不西天取「有字真經」之事，也使知有「悟空解得是無言語文字，乃是真解」之「心悟空」即頓悟成佛的道理，以共赴西天之孫悟空與唐僧的對照，顯示「法即一種，見有遲疾，見遲即漸，見疾即頓」〔註12〕。所以，《西遊記》只能是一部寫唐僧歷經「八十一難」取經成佛的「漸門」之書。即使孫悟空有「頓悟」之資，卻還是要「借門路修功」，才能終成「正果」。

雖然如此，作者卻始終關注那個不須任何憑藉和過程「一悟即知佛」的「頓悟」。如唐僧弟子有「三悟」——悟空、悟能、悟淨，而以悟空爲首。第八十回沙僧對八戒道：「莫胡談！只管跟著大哥走。只把工夫捱他，終須有個到之之日。」而全書後半多寫悟空談禪，也是「智人與愚人說法，令彼愚者悟解心解」〔註13〕。這些地方所顯示雖非禪宗頓悟的正義，卻分明體現了作者對頓悟之法的推崇與嚮往，是《西遊記》一書所執「最上乘」的宗旨。

又如，孫悟空「一筋斗就有十萬八千里」，正好是東土去西天的路程。而

〔註12〕《壇經校釋》，第 76 頁。
〔註13〕《五燈會元》，第 58 頁。

《五燈會元》卷九《韶州靈瑞和尚》載：「僧問：『如何是西來意。』師曰：『十萬八千里。』」〔註14〕類似的話在諸禪宗典籍中屢見不鮮。可知孫悟空的「筋斗雲」乃從「西來意」化出，爲「一悟知佛也」的象徵。

再如「八十一難」後寫唐僧等取回東土的雖然只能是「有字眞經」，但是，當傳經之際，仍由佛祖說：「白本者，乃無字眞經，倒也是好的！」以不足爲俗人道的口吻表示了推重「無字眞經」之意。而「無字眞經」又顯然是「不假文字」「直指本心」之頓教的象徵！

所以，「心悟空」才是「孫悟空」名義的正解。而《西遊記》「三教歸一」歸於佛，「萬法……歸一」（第八十四回）歸於禪，又以禪宗「頓悟」之教爲「最上乘」法，以「悟空」爲一書終極之旨，即黃周星評云：「又要即心即佛，又要無佛無心，所以心猿法名悟空」（第十四回）。

這裡還要順便說到，孫悟空別號「心猿」既出自印傳《維摩詰所說經》，所以，即使不論其神通變化等行爲方面的特徵，僅從其思想內涵來看，孫悟空的「血統」也不免帶有印傳佛教文化的成份。但是，「心猿」之說傳入中土後，不僅如上所引及，佛、道的典籍多所採用，而且早在《西遊記》之前，就已有小說家推衍其義，以爲故事。如《太平廣記》卷四四五《畜犬》十二《楊叟》，敘乾元初，會稽民有楊叟病心，「蓋以財產既多，其心爲利所運，故心已離去其身。非食生人心，不可以補之」。其子宗素至孝，既聞之，乃求之於浮圖氏法。一日，遇一胡僧，貌甚小而枯瘠，衣褐毛縷成袈裟，踞於磐石上。問之，僧曰：「吾本是袁氏，祖世居巴山。其後子孫，或在弋陽，散遊諸山谷中，盡能紹修祖業。爲林泉逸士，極得吟笑。人好爲詩者，多稱其善吟笑，於是稍聞於天下。有孫氏，亦族也，則多遊豪貴之門，亦以善淡謔，故又以之遊於市肆間。每一戲，能使人獲其利焉。獨吾好浮圖氏，……常慕歌利王割截身體，及菩提投崖以飼餓虎，……恨未有虎狼噬吾，吾亦甘受之。」宗素因告以故，曰：「願得生人心，以療吾父疾」僧曰：「檀越所願者，吾已許焉。今欲先說《金剛經》之奧義，且聞乎？」宗素曰：「某素尚浮圖氏，今日獲遇吾師，安敢不聽乎？」僧曰：「《金剛經》云，過去心不可得，現在心不可得，未來心不可得，檀越若要取吾心，亦不可得矣。」言已，忽跳躍大呼，化爲一猿而去。宗素驚異，惶駭而歸。注出《宣室志》。

這是一個有關佛教「心法」的故事，所以明陸楫《古今說海》改題爲《求

〔註14〕《五燈會元》，第 559 頁。

心錄》。故事值得注意的是，胡僧既「本是袁氏，祖世居巴山」，末又「化爲一猿而去」，可知其本質爲「猿」無疑；還值得注意的是，胡僧即使能捨身飼虎，也答應了宗素「願得生人心」的要求，卻又引《金剛經》之奧義，明告其「心……不可得」，然後化猿而去，可知這隻「猿」正是《維摩詰所說經》所說的「心猿」；更值得注意的是，胡僧自稱爲「袁氏」的同時，又提及「有孫氏，亦族也」，實即關於「心猿」姓「孫」具體的說明。因此，可以認爲，這一故事是佛經「心猿」說進入小說並中國化的開端，《西遊記》寫悟空爲「心猿」，姓「孫」等，則是在這一故事基礎上的發展。而一如禪宗是完全中國化了的佛教，孫悟空這隻猴子的「心悟空」，卻應該說是地道的「中國製造」了。

（原載拙集《數理批評與小說考論》），齊魯書社 2006 年版）

《西遊記》作者的「數」控意圖

　　《西遊記》主題，向來有「證道」「勸學」「談禪」「收放心」等種種異說。但是，除「遊戲」說之外，各說無不以《西遊記》有一「載道」即教化的目的。然而，文章之遊戲三昧往往只是「以天下爲沈濁，不可與莊語」（《莊子・天下篇》），其荒唐之言中仍然不能不有嚴肅思想的指向與眞摯感情的蘊含。所以，無論如何，西遊故事歷經數百年流傳，其最後定格爲今百回繁本《西遊記》，都不能不貫穿有這位寫定者寄情明志、淑世化人的意圖。這應當是《西遊記》研究之天下公論。但是，藝術是「有意味的形式」〔註1〕，沒有對形式的正確把握，不可能眞正理解作者的「意圖」即作品的「意味」。雖然傳統認爲文學藝術的形式是形象、結構、情節、細節、語言等等，但這些都還只是形式上表面的東西。藝術形式的本質是「數」。中國古代高明的作家就往往以「數」控造就其作品藝術的形式，《西遊記》即典型的一例，從中可以看到《西遊記》自覺和強烈的「數」控意圖。

　　首先，《周易・說卦傳》曰：「昔者聖人之作《易》也，幽贊於神明而生蓍，參天兩地而倚數，觀變於陰陽而立卦，發揮於剛柔而生爻，和順於道德而理於義，窮理盡性以至於命。」《周易・繫辭上》說：「參伍以變，錯綜其數。通其變，遂成天下之文；極其數，遂定天下之象。」這一思想對中國文學的直接影響最突出是形成「倚數」結撰的傳統。《西遊記》一書中常於不經意中表現作者對此有很濃厚的興趣。如第三十四回寫悟空變作魔頭的母親而來，「兩個魔頭聞說，即命排香案來接。行者聽得，暗喜道：『造化！也輪到

〔註1〕〔英〕克萊夫・貝爾《藝術》，周金環等譯，中國文聯出版公司 1984 年版，第 4 頁。

我爲人了！我先變作小妖，去請老怪，磕了他一個頭；這番來，我變作老怪，是他母親，定行四拜之禮。雖不怎的，好道也賺他兩個頭兒！』（按「兩個頭兒」，猶言「幾個頭兒」）由此可知，其於「數」頗是在意。而第三十六回寫唐僧師徒繼續西行，一路賞玩景色，有詩云：

> 十里長亭無客走，九重天上現星辰。
>
> 八河船隻皆收港，七千州縣盡關門。
>
> 六官五府回官宰，四海三江罷釣綸。
>
> 兩座樓頭鐘鼓響，一輪明月滿乾坤。

李卓吾評這首詩爲「數目可厭」，固然論之過苛。而還可惜的是，他但知《西遊記》作者有作詩用數的嗜好，卻不知這嗜好之中，正包孕了他結撰《西遊記》也有「數控」的眞實意圖。

　　這種意圖在《西遊記》中有多種方式的坦露。首先，有些故事的結撰帶有自覺比照一定數度的痕跡，如第二十七回寫孫悟空因打殺白骨精的化身，被師父誤解貶逐，乃說道：「……常言道：事不過三。我若不去，眞是一個下流無恥之徒。我去！我去！」這番話寫的是悟空，卻表明作者自覺以「事不過三」的數度結撰唐僧貶逐悟空的情節。實際也正是如此，小說寫悟空至說這番話的當兒，已三打白骨精，也正是三次被逐。由此可知，作者結撰故事情節，對「事不過三」是極爲講究，很是敏感。

　　其次，這種比照的自覺性有時還從作者對結撰故事所依據度數的刻意強調中凸顯出來，如讀者所熟知第九十八回寫傳經會後，觀音菩薩向佛祖繳旨說：「弟子當年領金旨向東土尋取經之人，今已成功，共計得一十四年，乃五千零四十日，還少八日，不合藏數。望我世尊，早賜聖僧回東轉西，須在八日之內，庶完藏數，准弟子繳還金旨。」如來便吩咐八大金剛「駕送聖僧回東，把眞經傳留，即引聖僧西回。須在八日之內，以完一藏之數」。可知取徑故事的安排，爲以一藏之數時日，取一藏之經而歸，時數既不可多，亦不能少。又如取經八十一難，乃三三之行，「九九之數」，也是一個定數。第九十九回寫菩薩看過唐僧受難簿子，「急傳聲道：『佛門中九九歸眞。聖僧受過八十難，還少一難，不得完成此數。』即令揭諦，『趕上金剛，還生一難者。』」故黃周星評曰：「八十一難中，少一難不得完九九之數，猶之夫五千四十八日中，少八日不合一藏之數也。」這本是小說寫明，讀者不難明白，反倒是作

者「臨去秋波那一轉」所作刻意強調的寫法，顯示其有比照一定度數結撰故事情節的故意，往往為讀者所忽略的，卻正是《西遊記》「倚數」結撰的證據。另外，還有一表明作者自覺用數的描寫，即孫悟空七十二變卻變不了那條尾巴，論者每每以為是純粹遊戲無根之筆墨，其實也未必不關乎數理。若試為一說，這一描寫的根據似乎是《周易·繫辭傳》「大衍之數五十，其用四十有九」——存「一」不用，也就是俗說的「留一手」的反用，仍由「倚數」文化傳統影響而來。

第三，從《西遊記》對前代西遊故事的改造也可以看出作者加強文本「數控」的意圖。如豬八戒早在元代吳昌齡著《二郎收豬八戒》中就已經出現，但是，至《西遊記》第十九回寫唐僧初收豬悟能為徒，八戒之名始得到解釋——唐僧道：「你既是不吃五葷三厭，我再與你起個別名，喚為八戒。」此即作者對「八戒」之名所作的釋義，即其所以為「八」，乃因三、五之和。所以，「八戒」之稱乃「倚數」而來。而且這還可以使我們想到《周易·繫辭下傳》「三與五同功而異位」的話，以及李清照《永遇樂》「中州盛日，閨門多暇，記得偏重三五」的詞句。又如據朝鮮《朴通事諺解》有關《西遊記平話》的註曾說到車遲國有伯眼與鹿皮師徒兩個妖精，「使黑心要滅佛教」，孫行者與之鬥法戰而勝之。這個故事到了今繁本《西遊記》中，由原來兩個妖精，增加到三個，分別是虎力、鹿力、羊力大仙，也明顯是有意要做個「三位一體」。

最後，從《西遊記》開篇可以明顯看出作者「數控」全書的意圖。陸機《文賦》論文學創作在「文繁理富」的情況下，必須「立片言以居要，乃一篇之警策」，陳柱釋曰：「凡文章必有一段或數語為一篇之精神所團聚處，或為一篇之精神所發源處。」古代小說不同於文章，但是猶如宋人「以文為詩」「以詩為詞」，古人為小說每不免借鑒文章之法。如嘉靖本《三國志通俗演義》卷之八《劉玄德三顧茅廬》一則崔州平論「治亂之道」一段話，後被毛宗崗評改《三國演義》概括為「話說天下大勢，分久必合，合久必分」云云，置於全書開篇，就有「立片言以居要」的作用，而「分」「合」之論遂成為「一篇之警策」。《紅樓夢》開篇稱「其書大旨談情」，也是作者自道作書之旨。這些事實說明，中國古代小說研究當然要顧及全書，但是，對於古代小說開篇往往而有的議論文字或詩詞，尤其不可忽略。須知在多數情況下，這些話都有開宗明義的作用，以提醒讀者關注其全書之旨。《西遊記》也正是如此。其全書開篇「詩曰」云云一大段文字，就有提醒讀者宇宙萬物由數生成，一部大書也由數生成的用意。

　　《西遊記》卷首：「詩曰：『混沌未分天地亂，茫茫渺渺無人見。自從盤古破鴻蒙，開闢從茲清濁辨。覆載群生仰至仁，發明萬物皆成善。』」這首詩前六句從「混沌未分」說到「盤古破鴻蒙」「清濁（即天地）辨」，到「發明萬物」，概述宇宙演化萬物生成之道；末二句「欲知造化會元功，須看西遊釋厄傳」，發明全書之旨，猶言《西遊記》寫的是「釋厄」，而要證明並傳達給讀者的卻是「造化會元功」。「造化會元功」即宇宙演化萬物生成之道，本宋代易學象數家邵雍（康節）《皇極經世書》元會運世之說〔註2〕，《西遊記》接下正文從「蓋聞天地之數，有十二萬九千六百歲為一元。將一元分為十二會」，至「正謂天地人，三才定位。故曰人生於寅」一大段文字，從一元肇始的「混沌」，到「天始有根」「地始凝結」，到「發生萬物」「人生於寅」等等的內容，就從邵雍元會運世之說推演而來。作者於此也稍不隱諱，中間除引《周易》外，正是用了邵雍的詩加以說明。這一點很像《水滸傳》開篇以邵雍、陳搏兩位數術家相標榜。

　　但是，《西遊記》卻不僅用邵雍之說領起全書，而且就邵雍之說演義出「天根」——「地根」。「地根」即花果山，「自開清濁而立，鴻蒙判後而成，……正是百川會處擎天柱，萬劫無移大地根」。第一回回目稱「靈根育孕源流出」，就是說孫悟空由天地生成，合「天地之數」：

　　　　那座山正當頂上，有一塊仙石。其石有三丈六尺五寸高，有二丈四尺圍圓。三丈六尺五寸高，按周天三百六十五度；二丈四尺圍圓，按政曆二十四氣。上有九竅八孔，按九宮八卦。四面更無樹木遮陰，左右倒有芝蘭相襯。蓋自開闢以來，每受天真地秀，日精月華，感之既久，遂有靈通之意。內育仙胞。一日迸裂，產一石卵，似圓球樣大。因見風，化作一個石猴。

「天地之數」即易數。《周易·繫辭傳》說：

　　　　天一，地二；天三，地四；天五，地六；天七，地八；天九，地十。天數五，地數五，一位相得而各有合。天數二十有五，地數三十，凡天地之數五十有五。此所以成變化而行鬼神也。

對此，邵雍損益古說而有自己的解釋。《皇極經世書》卷十三《觀物外篇上》說：

〔註2〕〔宋〕邵雍《皇極經世書》卷十二《觀物篇六十》：「日經天之元，月經天之會，星經天之運，辰經天之世，……古者謂三十年為一世。」

天一，地二；天三，地四；天五，地六；天七，地八；天九，地十。參伍以變，錯綜其數也。如天地之相銜，晝夜之相交也。一者，數之始，而非數也；故二二爲四，三三爲九，四四爲十六，五五爲二十五，六六爲三十六，七七爲四十九，八八爲六十四，九九爲八十一，而一不可變也。百則十也，十則一也，亦不可變也。是故數去其一，而極於九，皆用其變者也。五五二十五，天數也；六六三十六，乾之策數也；七七四十九，大衍之用數也；八八六十四，卦數也；九九八十一，玄範之數也。

以此爲基礎，形成後世江湖盛行的所謂「康節神數」。但在邵雍當時對數的推重與考究，目的只在求理，《皇極經世書》卷十三《觀物外篇上》：

天下之數出天理，違乎理則入於術。世人以數而入於術，故失之理也。

但是他又說：

有意必有言，有言必有象，有象必有數；數立則象生，象生則言彰，言彰則意顯。象數則筌蹄也，言意則魚兔也。得魚兔而忘筌蹄則可也，捨筌蹄而求魚兔則未見其得也。

這段話從《周易·繫辭上傳》引孔子所說「書不盡言，言不盡意」「聖人立象以盡意，設卦以觀情僞，繫辭焉以盡其言」等語生發而來，講言、意、象、數間關係，無疑與文學創作有密切關係；其中「數立則象生」云云尤能啓發文學家「倚數」結撰。而所謂「倚數」，《皇極經世書》卷十三《觀物外篇上》說：「倚者，擬也，擬天地之正數而生也。」以《西遊記》作者推重邵雍先天之數的態度，其開篇以「天地之數」領起，完全可以視爲自覺「倚數」結撰的一個含蓄的表示。其意不僅是爲了黃周星評說的「冠冕」，更是爲了表示把上引邵雍所說各種「天地之數」作爲結撰一書的綱領，由此形成《西遊記》的數控機制。當然，《西遊記》雖稱「天地之數」，實際運用中卻不過取其所需。邵雍的易學本已雜佛老之說，《四庫全書總目提要》引「議之者」對邵雍的批評說：「元會運世之分無所依據，十二萬九千餘年之說近於釋氏之劫數，水火土石本於釋氏之地水火風，……其取象多不與易相同，難免於牽強不合。」《西遊記》作爲小說，其「倚數」結撰難免更多隨意的附會，卻自成一種數控的機制，當然是天才的創造。

總之，在《三國》《水滸》等書之後，《西遊記》作者秉承章回小說「倚

數」編撰的傳統，又深受邵雍先天象數之學的影響，在賦予西遊故事最後的文本時貫穿了自覺的「數控」意圖，從而如張書紳《新說西遊記總批》所說：「《西遊記》稱爲四大奇書之一。觀其……西天十萬八千里，觔斗雲亦十萬八千里，往返十四年五千零四十八日，取經即五千零四十八卷，開卷以天地之數起，結尾以經卷之數終，眞奇想也。」這使得《西遊記》具有典型的數理機制。但是，我們並不完全贊同包括張書紳在內前人關於《西遊記》之「數」的解讀，而認爲其基本根據爲《老子》所說「道生一，一生二，二生三，三生萬物」，而具體表現爲「一」以貫之，「二」以變之，「三」以成之等等。換言之，作者以一、二、三諸數理爲基礎，錯綜以其他各「天地之數」以爲布局結構之聯絡，構成全書首尾圓合、神氣貫注的形象體系，寄寓了作者「證道」以淑世化人的良苦用心。

我們認爲，《西遊記》是一部有嚴肅寓意的「證道」或教化淑世之書。但它以小說「證道」行教化的根本出發點與途徑是「數」。這是我國古代文化以至小說的一個傳統。我國古代百家共尊的基本觀念是「道」。但是，正如《老子》所說「道可道，非常道」，眞正的「道」是不可言傳更無可捉摸的。所以，各家又有一公認體「道」的中介就是「數」。《莊子·天道篇》說：「得之手而應於心，口不能言，有數存焉於其間。」《孟子·公孫丑下》說：「由周而來，七百餘歲矣。以其數，則過矣。」《荀子·解蔽》說：「由法謂之道，盡數矣。」《荀子·勸學》說：「學惡乎始？惡乎終？曰：其數始乎誦經，終乎讀禮。」諸家所言「數」都是「道」的具體表現。其所以以「數」體「道」，乃因「道」不可言而可以「數」言，「道」不可及而可以「數」合，即《國語·周語》所說：「凡人神以數合之，以聲昭之。數合聲和，然後可同也。」《漢書·律曆志》所說：「數者，一、十、百、千、萬也，所以算數事物，順性命之理也。」這裡「神」「性命之理」本質上均即「天道」。因此，人事順乎天道，其入手處就是「數」，數是溝通神人——天道與人文的中介。在神與人、天道與人文之間，「數」爲天道之體，而有人文之用。因此，如上已提及，作爲人文的集中體現，中國文學自上古就形成重數與「倚數」編撰的傳統。這個傳統雖至漢以後日漸轉晦，但是，唐宋以降，三教合一，「數」仍作爲「道」之別稱爲各家各說常用概念，並因其高度抽象而又簡易直觀的特性，尤其被小說家用爲結構故事的理念與安排情節的依據。如《水滸傳》第一回於「洪太尉誤走妖魔」中就論說一部大書故事始末「豈不是天數」，《三國志通俗演義》結尾

詩的末四句謂「紛紛世事無窮盡，天數茫茫不可逃。鼎足三分已成夢，一統
乾坤歸晉朝。」都明確以「天數」爲全書出發點與旨歸，以及古代小說中最
大量存在的「三復情節」等，就都是「倚數」編撰典型的表現。《西遊記》作
者於「數」有濃厚的興趣，所以能自覺繼承《三國》《水滸》等小說「倚數」
編撰的傳統，使這部書成爲能作爲數理批評解讀的典型之作。

（2005 年 10 月）

《西遊記》的「倚數」意圖及其與邵雍之學的關係

　　「倚數」編撰是我國古代文獻——文學創作的一大傳統，因此形成文本的數理機制，從而有文學的數理批評〔註1〕。「倚數」說本《易傳》對《易經》成書的論述：「昔者聖人之作《易》也，幽贊於神明而生蓍，參天兩地而倚數……」馬融曰：「倚者，依也。」而所倚之數，《易傳》也有具體說明，即「天一，地二；天三，地四；天五，地六；天七，地八；天九，地十。天數五，地數五，五位相得而各有合。天數二十有五，地數三十，凡天地之數五十有五。此所以成變化而行鬼神也」（《繫辭傳上》）。這就是說，《易經》乃倚此「天地之數五十有五」而成，作爲「六經之首」，同時是我國古代「倚數」結撰之第一書；而傳以解經，《易傳》是我國最早有數理批評內容的著作。

　　《周易》之後，文獻——文學結撰的「倚數」以「天地之數五十有五」爲基礎，更擴大到倚用曆數、禮數、方位、五行之數，以及由「天地之數」交合衍生的各種數，即今所稱的「神秘數字」家族。這些神秘數字在文獻——文學結撰中的意義，首先是數字，有自然數之用，又有其自遠古積澱下來的形而上的神秘象徵作用。這種作用的哲學概括就是「數理」，往往是「道」的體現或者別稱，如《老子》說「道生一」，《論語·里仁》孔子說「吾道一以貫之」，《莊子·天道》說「有數存焉」，《孟子·公孫丑下》說「以其數則過之」等等，其中「一」或「數」都有「道」的意義。因此，古代文學的數理批評就是研究神秘數字作爲整體的「數」和每一個別數字，以及這些數字

〔註1〕杜貴晨《中國古代文學的重數傳統與數理美——兼及中國古代文學的數理批評》，《中國社會科學》2002 年第 4 期。收入本文集第一卷。

之間的聯繫對於作品形象體系的意義。

　　作爲一種理論的實踐，文學數理批評基本上是一項前人未曾開展的工作。筆者近年在對古代各體各類文學的考察中發現這一悠久的「倚數」結撰的傳統，在對《三國演義》《水滸傳》《儒林外史》乃至魯迅小說所作主要是「三而一成」數理表現的個案研究中〔註2〕，注意到這一傳統似乎只是依靠歷史的慣性延續和發展。其突出的表現是作家或批評家很少言及「倚數」結撰之事，而好像這一切都是無意爲之。從理論上說，這當然是不可能的。但是，文獻的缺乏使研究只能主要限定在文本之內，而很難擴大深入到作家的主觀世界及其所受外界影響的探討。此事之難使筆者曾已不抱什麼希望。但是，最近重讀《西遊記》〔註3〕，細研文本，反觀作者結撰之心，才發現原來它正是一個難得的例外，成爲我們考察古代作家「倚數」意圖及其所受影響的標本。

一

　　與前代文學包括《三國演義》《水滸傳》等書的不事聲張明顯不同的是，《西遊記》的「倚數」結撰不僅有意爲之，而且不憚表露，甚至唯恐讀者不知，刻意凸顯其「倚數」的意圖。茲舉例說明如下：

　　（一）《西遊記》夾用詩詞等韻語多用數字，某些極端的文例表明作者有「倚數」結撰的意圖。如第二十三回借八戒之口說取經行李之重，開口即道：「哥啊，你看著數兒麼！」——明標一個「數」字，無疑是作者「倚數」得意心情的流露；接下來便是一首句句「倚數」的雜言詩：

　　　　四片黃藤篾，長短八條繩。又要防陰雨，氈包三四層。匾擔還

愁滑，兩頭釘上釘。銅鑲鐵打九環杖，篾絲藤纏大斗篷。

第三十六回又有七律寫景詩一首云：

　　　　十里長亭無客走，九重天上現星辰。八河船隻皆收港，七千州

縣盡關門。六官五府回官宰，四海三江罷釣綸。兩座樓頭鐘鼓響，

一輪明月滿乾坤。

在書中韻文大量運用數字的背景上，這第二首逐句以數領起的詩的出現，引

〔註2〕相關諸文均見本文集第一卷。

〔註3〕〔明〕吳承恩《西遊記》，李卓吾、黃周星評，山東文藝出版社 1996 年版。本文引《西遊記》原文及評語均出此書，說明或括注回數。

起明代評點家李卓吾的不快，斥為「數目可厭」。而殊不知其既可通俗，又是《西遊記》「倚數」結撰意識在夾用詩賦方面的表現。對此，另一位評點家黃周星就多一分敏感，於第八十七回寫玉帝傳旨「著風部、雲部、雨部……降雨三尺零四十二點」下評曰：「定要餘幾十幾點何也？豈無零不成數耶？」以置疑之辭委婉表達了對作者「倚數」結撰匠心的感知。

（二）如同上引黃周星所摘評之語，《西遊記》散文部分「倚數」結撰的意識多表現於人物對話，如第三十四回寫悟空赴宴：

> 魔頭聞說，即命排香案來接。行者聽得，暗喜道：「造化！也輪到我為人了！我先變作小妖，去請老怪，磕了他一個頭；這番來，我變作老怪，是他母親，定行四拜之禮。雖不怎的，好道也賺他兩個頭兒！」

對於精鑒小說藝術的讀者而言，不難窺見作者寫悟空「賺他兩個頭兒」算計的背後，正是其「倚數」結撰的意識。而第四十七回寫悟空與老者對話：

> 行者笑道：「……老公公，你府上有多大家當？」二老道：「頗有些兒，水田有四五十頃，旱田有六七十頃，草場有八九十處，水黃牛有二三百頭，驢馬有三二十匹，豬羊雞鵝無數……」

其中「四五十」「六七十」「八九十」等數字三階遞增之式，與「二三百」「三二十」中「三二」「二三」的錯綜之式，也明顯是有意為之。而第七十二回寫盤絲洞的七個小妖：

> 行者看了道：「好笑！乾淨都是些小人兒！長的也只有二尺五寸，不滿三尺；重的也只有八九斤，不滿十斤。」

其中錯雜數字的繞舌模式，與他處「孫行者」「者行孫」「行者孫」以及「刁鑽古怪」「古怪刁鑽」等顛倒文字為文，為同一筆仗；而與後者不同的是，上引錯雜數字的對話，不僅顯示作者「倚數」結撰以求行文機趣的用心，而且以分句之數字錯雜形式的一再重複，顯露作者為此感到的一絲得意，那是作家創作中自我感覺明確而又良好時才可能有的心態。而從第五十九回悟空的話中把成語「朝三暮四」硬改為「朝三暮二」看，作者「倚數」為文的心態簡直就有些過當的嫌疑了。

（三）與前代西遊故事相比，《西遊記》在踵事增華中表現出刻意「倚數」結撰的意識。例如，據朝鮮《朴通事諺解》有關《西遊記平話》的注所說，車遲國有伯眼與鹿皮師徒兩個妖精，「使黑心要滅佛教」，孫行者與之鬥法並

戰而勝之。這個故事到了今本《西遊記》中，妖精由原來的兩個增加到三個，分別是虎力、鹿力、羊力大仙（第四十五回），明顯是爲了做個「三位一體」。而豬八戒之名在前代西遊故事中早已有之，至《西遊記》第十九回寫唐僧收其爲徒並爲之命名，唐僧道：「你既是不吃五葷三厭，我再與你起個別名，喚爲八戒。」這一解釋顯示，作者在繼承「八戒」形象的同時，對「八戒」之「八」有關於數理的思考，並以此形諸文字，自是刻意以求「倚數」意圖的表現。

（四）《西遊記》「倚數」結撰最多「以三爲斷」（第五十九回黃周星評），而作者對此也稍不隱諱，甚至有時自揭「謎底」。如第二十七回寫孫悟空受逐而不得不捨唐僧而去，說道：

> 「……常言道：事不過三。我若不去，眞是一個下流無恥之徒。我去！我去！」

又，第八十三回寫唐僧被妖精攝入洞中，悟空兩番搭救不成而晤言於八戒：

> 八戒又笑道：「哥啊，不是這話。師父一定又被妖精攝進洞去了。常言道：事無三不成。你進洞兩遭了，再進去一遭，管情救出師父來也。」行者揩了眼淚道：「也罷，到此地位，勢不容已，我還進去。……」

還有第八十七回寫李天王道：

> ……我向時聞得說，那郡侯撒潑，冒犯天地，上帝見罪，立有米山、麵山、黃金大鎖，直等此三事倒斷，才該下雨。

有書中「倚數」結撰最重「以三爲斷」的大量描寫相印證，諸例中借人物之口所說「事不過三」「事無三不成」「三事倒斷」等說明，就不僅有敘述本身的意義，而且可以認爲是作者有意無意抖出了《西遊記》情節創造的一大訣竅，那就是漢儒董仲舒《春秋繁露·官制象天》所稱「三而一成」。

總之，在中國古代小說「倚數」結撰的傳統中，《西遊記》作者表現了空前的熱情，給予了更大更多自覺的關注；因此，他比較前人對「倚數」結撰有更深入的理解和全面認眞的把握。

二

《西遊記》「倚數」結撰的意圖進一步表現爲「倚數」成文、因數定象的原則，進而形成全書數理機制。其原則具體如下：

（一）「天地之數」爲全書立意的基礎。如眾說周知，古代小說卷首詩往往有概括一書立意大旨的作用。而《西遊記》卷首詩云：

混沌未分天地亂，茫茫渺渺無人見。自從盤古破鴻蒙，開闢從茲清濁辨。覆載群生仰至仁，發明萬物皆成善。欲知造化會元功，須看《西遊釋厄傳》。

這首詩首聯說宇宙渾沌未分的狀態，頷聯說天地開闢，頸聯說人與萬物滋生，——前六句概述宇宙開闢萬物生成演化之道，雖未言及數，但是，其所依據明顯是《老子》「道生一，一生二，二生三，三生萬物」之說，與《周易·繫辭傳上》「《易》有太極，是生兩儀，兩儀生四象，四象生八卦」之說的雜糅，是合兩種宇宙「倚數」演化學說而成的一種新概括，並歸結爲尾聯首句所說「造化會元功」。

「造化會元功」即宋代象數學家邵雍所創制宇宙一元終始「倚數」演化的模式（詳後）。所以，卷首詩末二句歸結全詩，意在說明《西遊釋厄傳》即《西遊記》之旨，是通過全書的描寫以確證和傳達對「造化會元功」即宇宙「倚數」演化的規律的認識。換言之，《西遊記》爲「天地之數」即宇宙大道而作，它的全部描寫都是爲了確證「天地之數……所以成變化而行鬼神也」，當然也就必須建立於「天地之數」的基礎之上。

因此，卷首詩接下正文開篇，就從「蓋聞天地之數，有十二萬九千六百歲爲一元。將一元分爲十二會」云云說起，依次述及「天開於子」「地闢於丑」「人生於寅」，然後引出「四大部洲」——「東勝神洲」——「傲來國」——「花果山」——「仙石」——「石猴」……，全部故事就都從宇宙「倚數」變化之「造化會元功」而來。所以，「天地之數」不僅是全書立意的基礎，而且是全書結撰的起點。

無庸置疑，上述《西遊記》卷首詩與正文開篇對「天地之數」的倚用，於全書意旨及其結撰之法有象徵意義。那就是在以之表明著書確證「天地之數」的同時，也顯示書中將貫穿倚「天地之數」成文、定象的原則。實際上「蓋聞天地之數」一語作爲領起全書之句，便有「立片言以居要，爲一篇之警策〔註4〕陸機《文賦》的作用，客觀上就是全書「倚數」結撰的標誌。所以，黃周星於本句下評曰：「起得直如此冠冕，竟似一篇大文字論冒，從來小說中有此否？」雖爲感興之言，但是，「似一篇大文字論冒」的話，實已

〔註4〕陸機《文賦》。

揭示了《西遊記》作者欲以「天地之數」彌綸一書的創作原則。

（二）「天地之數」爲人物塑造的根據。《西遊記》以神佛魔怪等人物形象爲主。這些人物或有異稟，或具神通、擅魔法，按書中所寫，大都因出身修煉所致。但是，對其中主要人物，作者往往溯其根本，而歸之於符合某種「天地之數」。如孫悟空曾自言「父天母地，石裂吾生」（第九十四回），其在書中形象的塑造可追溯至「蓋聞天地之數」一語，即從天地開闢到花果山——仙石的生成等「天地之數」的演化而來，接下是有關他出生一段著名的描寫：

> 那座山正當頂上，有一塊仙石。其石有三丈六尺五寸高，有二丈四尺圍圓。三丈六尺五寸高，按周天三百六十五度；二丈四尺圍圓，按政曆二十四氣。上有九竅八孔，按九宮八卦。四面更無樹木遮陰，左右倒有芝蘭相襯。蓋自開闢以來，每受天眞地秀，日精月華，感之既久，遂有靈通之意。內育仙胞。一日迸裂，產一石卵，似圓球樣大。因見風，化作一個石猴。（第一回）

由這段文字可知，作者強調仙石之所以爲仙石的原因，除了它位於「那座山正當頂上」「四面更無樹木遮陰，左右倒有芝蘭相襯」等外部的條件外，最重要是其「高」與「圍圓」等合於「周天」「政曆」或「九宮八卦」等等的「天地之數」。描述中兩用「按」字表明，這「周天」「政曆」諸數是作者設定仙石能夠化育的自身的根据。而下文「每受天眞地秀，日精月華，感之既久，遂有靈通之意」云云，說的又基本上就是外因了。

因此，不是從今天內因是變化之根據的觀點看，仙石之數度爲其能夠化育的主要原因，而是從上古《國語·周語》所說「凡人神以數合之」的傳統看，仙石之數度是其能「受天眞地秀，日精月華」而「感之」的中介與關鍵。因此，上引《西遊記》對仙石數度的描繪和置於「每受」云云之前加以強調的做法，體現了作者以「天地之數」爲仙石——石猴——悟空立象之根據的創作原則。

又，「五行」之數在《西遊記》中運用極廣，如著名的「五行山」，紅孩兒所用「五行車」等，但是，最突出是用爲包括悟空在內取經五眾群體形象設計的根據。按取經「五眾」（第三十九回）形象雖承於前代故事，但是，《西遊記》中如同上引借唐僧之口對「八戒」之「八」立有新解一樣，「五眾」也不再僅僅是人數的概念，而被對應於傳統金、木、水、火、土「五行」之數。

這在書中雖然沒有一一指實，但是，第二回須菩提祖師傳悟空長生妙道，結末云：「攢簇五行顛倒用，功完隨作佛和仙。」末句實已指向最後一回「徑回東土，五聖成真」，而一總說破了「五聖」即「五眾」與「五行」整體對應的關係。

這是《西遊記》人物形象設計一大關鍵，也是觀察取經五眾各自性格與相互關係的一個重要角度。如第十九回謂悟空收伏八戒為「金性剛強能剋木，心猿降得木龍歸」，就奠定了悟空與八戒的關係的主要方面繫於「金……能剋木」之理。所以前人對這一對應關係的具體情況也有過猜測，如黃周星於第十五回評說「心猿之猿主火，意馬之馬主水」，而又於第二十二回評謂唐僧為「中意之土」，悟空為「南神之火」，龍馬為「北精之水」，八戒為「東魂之木」，沙僧為「西魄之金」；但在第十八回評又認作者「以心猿為金」。這就自相矛盾，同時與作品實際不符。

其實，書中描繪雖未盡指實，卻已有大概的顯示，從第三十八回、第四十七回特別是第八十九回回目所稱「金公」「木母」和「金木土」並與內容的對照可知，這對應的關係應是「金」指悟空，「木」為八戒，「土」為沙僧；而推論唐僧、龍馬當分屬「水」「火」，——唐僧出世抛江、渡河還元，與「水」相始終，正合於五行之「水」；馬在十二支為午，本屬「火」畜，而龍馬為唐僧坐騎，兩相配合最為默契，也正應「水火既濟」之數。總之，《西遊記》以「五行」之數為取經「五眾」群體形象設計根據是一個事實，但其在多大程度上以及如何影響了人物形象的塑造，是另一方面的問題。

還有，《西遊記》人物的性格命運往往由各種「天地之數」而定。如取經回東之前的唐僧肉吃了能長生不老的原因，按作者的解釋是「唐僧乃金蟬長老臨凡，十世修行的好人，一點元陽未泄」。書中凡十餘次說到這同樣的意思，並且多數情況下只講「唐三藏乃十世修行的好人」一點。這雖然很像是作者信筆所之，但是，「十」為極數，一世為三十年，與前舉仙石數度的描寫相參觀，也應當認為作者有以「十世修行」之數為唐僧異稟根據的用心。取經人之外，其他因素合天地而得大道的人物是玉皇大帝。他至高無上，不可替代，也是因數而定。第七回如來教訓悟空道：

> 你那廝乃是個猴子成精，焉敢欺心，要奪玉皇上帝龍位？他自幼修持，苦歷過一千七百五十劫。每劫該十二萬九千六百年。你算，他該多少年數，方能享受此無極大道。……

雖然「一千七百五十」之數的意義我們尚不能明白，但是，可以確知「一千七百五十劫」爲天地成毀一千七百五十次之數；而「每劫十二萬九千六百年」之數又是全書開篇所謂「天地之數」的「一元」。總之，以作者所設，玉帝所以「該」爲玉帝而不可替代，是由其「自幼修持」之數遠過於天地成毀「一元」之數所決定的。換言之，這樣的數是玉帝形象成立的根據，其中便有了作者因數定象的觀念。

（三）「天地之數」爲法寶神性的根據。與神魔形象的塑造相聯繫，《西遊記》中頗多各類「法寶」神物，有關描寫往往突出該物象某一方面之數，如悟空之棒一萬三千五百斤，八戒之鈀與沙僧之鏟各五千四十八斤，都是「三三」之數；而且「五千四十八」又正是唐僧等西天取經成眞的日數和所取回經卷的「一藏之數」。又如第十九回寫鳥巢禪師有「《多心經》一卷，凡五十四句，共計二百七十字」，第七十五回寫陰陽二氣瓶「只得二尺四寸高，……內有七寶八卦、二十四氣，要三十六個人，按天罡之數，才抬得動」，等等。

與前代《水滸傳》無論寫鎮魔殿的石碑、鎮壓地穴的石板，或刻有天書的石碣，都無明確數度的描寫相比，《西遊記》中這類描寫顯然在有意強調這些物象的數度。這些度數無不是「天地之數」或由其衍生之準天地之數，不必贅述。因此可以知道作者作如此強調的理由，也應如上述寫仙石——石猴、唐僧與玉皇大帝的情況一樣，是在他看來，其數合天地是性能通神的關鍵，同時是物象神性的根本特徵，從而數成爲作者創造這些神物形象的理論支點。因此，這類描寫同樣體現了作者以數定象的創作原則。

（四）恪守「倚數」原則，特筆加以凸顯。應當說，比較《三國演義》《水滸傳》等「倚數」結撰更進一步，《西遊記》事無鉅細，幾乎全部故事情節都建立在了「天地之數」的維繫之上。對此，作者苦心經營之餘，還唯恐讀者不知，乃於第九十八回傳經之後，又寫觀音菩薩向佛祖繳旨說，唐僧等行程時日「還少八日，不合藏數」；如來便吩咐八大金剛「駕送聖僧回東，把眞經傳留，即引聖僧西回。須在八日之內，以完一藏之數」。接下第九十九回又寫菩薩看過唐僧受難簿子，「急傳聲道：『佛門中九九歸眞。聖僧受過八十難，還少一難，不得完成此數。』即令揭諦，『趕上金剛，還生一難者。』」對此，清人黃周星評曰：「八十一難中，少一難不得完九九之數，猶之夫五千四十八日中，少八日不合一藏之數也。」可知「一藏之數」與「九九之數」爲取經故事恰好如此設計立象的根據。這兩處所作「臨去秋波那一轉」似的描寫，

特別是「還生一難」的安排，雖然不免「湊數」的嫌疑，而實不可少並另有深意，即因此突出了「佛門中九九歸眞」之數是「八十一難」情節設計即立象的根據。

三

　　《西遊記》「倚數」結撰的意圖，來自前代文學的傳統，也來自作者的學養、才華特別是創作經驗的積累。這裡或可略而不論，或文獻無徵而無可論，卻有一點上已提及而有必要進一步討論的是，《西遊記》「倚數」結撰意圖與原則的形成，與邵雍之學有直接關係。

　　邵雍（1011～1077）字堯夫。范陽（今河北涿州）人。北宋與周敦頤、程頤、程顥齊名的著名理學家。於學無所不窺，而尤精於《易》數。卒諡康節。《朱子語類・邵子之書》說：「康節數學源於陳希夷。康節天資極高，其學只是術數學。後人有聰明者，亦可以推。」這一特點決定了北宋理學家中，獨有邵雍之學能爲江湖所重，流爲後世民間盛行的所謂「康節神數」；從而又獨有他能與陳摶（希夷）相提並論，爲與勾欄瓦舍關係密切的小說家所推崇。《水滸傳》開篇就並提陳摶、邵雍，可爲二人思想學說與小說有密切關係之證。而《西遊記》更捨陳摶而獨推邵雍，不僅於開篇徵引其詩，而且以其學說爲「天地之數」即「一篇大文字論冒」的演繹，其尊崇有加，格外鍾情，使我們不能不關注是書與邵雍之學的關係，特別是《西遊記》「倚數」結撰從邵氏之學得到了什麼啓發。

　　（一）《西遊記》卷首詩所及作爲全書立意基礎的所謂「造化會元功」，原本邵雍《皇極經世書》「元」「會」「運」「世」之說，是邵氏獨有的發明。其說大略以宇宙成毀一週期爲一元；以一元爲十二萬九千六百年；一元有十二會，以每會爲一萬零八百年；一會有三十運，以每運爲三百六十年；一運有十二世，以每世爲三十年。以「元」「會」「運」「世」之數推步宇宙演化世事興衰之道，則如朱子注說一元十二會之中，初之一會天開，次之一會地成，再次之一會生人，萬物興焉。上已論及，《西遊記》開篇「蓋聞天地之數」云云「一篇大文字論冒」之後，即據邵雍此說敷衍而成。

　　但是，邵雍當時著爲此說，既以闡明《易》理，又爲推詳世事興衰之跡。所以，《皇極經世書》的主要內容是自唐虞以迄於作者當時世運的推考，體現了邵雍「學以人事爲大」（卷十三《觀物外篇下》）的經世致用精神。《西遊記》

雖寫神魔，但其「倚數」結撰用心也遠接邵氏。從書中有如「精靈滿國城，魔主盈山住。老虎坐琴堂，蒼狼爲主簿」（第十九回），又「斑斕老虎爲都管，白面雄彪作總兵。……樓下蒼狼呼令使，臺前花豹作人聲。搖旗擂鼓皆妖怪，巡更坐鋪盡山精。……當年原是天朝國，如今翻作虎狼城」（第七十六回）等一類憤激之辭看，作者著爲此書，目注神魔，而心繫世情，爲無可懷疑，從而確有與邵氏之說經世致用精神相通的一面。

　　然而，畢竟《西遊記》所寫是一個修心了道成佛的故事，其筆墨不能不以離現實愈遠愈妙，即有所關照，也一般只能發生折射的效用。所以，《西遊記》參用邵雍元會運世之說，終於主要是推衍「蓋聞天地之數」語意，起了進一步領起全書的作用，與後來故事的發展並無多少具體的聯繫。但《西遊記》化用邵雍之說的意義也不容忽略：一面是把作爲《西遊記》「論冒」的「天地之數」具象爲動態的宇宙演化過程，加強了西遊故事本源的神秘偉觀氣氛；另一面也實際接引了仙石化猴故事，成爲悟空出世的數理淵源，並在無形中肯定了「數」在全書結撰中作爲成文、定象根據的地位與作用。

　　（二）《西遊記》「倚數」結撰參用了邵雍對數的研究，或從其中受到啓發。《西遊記》所倚之數，固然原本《周易》，雜取諸說，但是，因爲《西遊記》專崇邵雍的關係，邵雍《皇極經世書》對「數」的推衍闡發，更值得特別注意。該書卷十三《觀物外篇上》說：

　　　　天一，地二；天三，地四；天五，地六；天七，地八；天九，地十。參伍以變，錯綜其數也。如天地之相銜，晝夜之相交也。一者，數之始，而非數也；故二二爲四，三三爲九，四四爲十六，五五爲二十五，六六爲三十六，七七爲四十九，八八爲六十四，九九爲八十一，而一不可變也。百則十也，十則一也，亦不可變也。是故數去其一，而極於九，皆用其變者也。五五二十五，天數也；六六三十六，乾之策數也；七七四十九，大衍之用數也；八八六十四，卦數也；九九八十一，玄範之數也。

該書論數在古代最爲詳盡而且有特色。所以，雖然上引一段話對數的推闡並無多少新的發明，但是，比較各家往往只作個別數的說明，卻更爲系統；並且其所涉及一至十諸數與「三三」「七七」「九九」等數，都在《西遊記》「倚數」結撰中起了關鍵與樞紐的作用；加以上論及包括《西遊記》作者在內的不少小說家對邵雍其人其學的尊崇，因此，儘管《西遊記》所倚諸數都可以

找到不止一種以上的解釋，但是，我們有理由認為，上引邵雍對「天地之數」的推衍與闡釋，應是其最重要的參考。

（三）《西遊記》倚數成文、定象的原則固然原本《易傳》，但是，邵氏學說可能給了《西遊記》作者更直接的啓發與理論的支持。《皇極經世書》卷十三《觀物外篇上》：

> 有意必有言，有言必有象，有象必有數；數立則象生，象生則言彰，言彰則意顯。

這段組織整飭的論述，從《周易·繫辭傳上》引孔子所說「書不盡言，言不盡意」「聖人立象以盡意」等語生發而來，卻比較《易傳》只重言、意、象的關係，而明確引入了「數」的討論。這很值得注意。因為，魏晉以降言、意、象等成為哲學與文學理論的重要概念，而「數」基本上沒有被賦予這樣的性質，而很少受到這樣的關注；所以，邵雍與言、意、象三者並稱引入「數」的概念，雖然並無進一步的說明，卻顯示其主觀上應是看到了「數」在言、象、意之間有可作為「中介」的作用，從而把《易傳》的言、意、象、數的關係統一起來，使「數」在被認可與文學密切相關的方向上前進了一步。

這一做法對當時文學包括文學批評可能並無普遍的指導意義。但是，在宋代傳統文化包括小說等文體發生歷史的變遷之際，隨著邵雍其人其學在大眾文化中影響的擴大，這一做法，特別是其揭明「數立則象生」的思想，對通俗小說家會有較強的暗示作用。《水滸傳》開篇盛稱陳摶、邵雍，而有空前明顯的「倚數」結撰傾向就是一例。而以《西遊記》對邵雍其人其說的格外推崇，其「倚數」成文、定象的指導思想，直接得之於邵氏「數立則象生」之論的啓發，或者間接受到後者的影響，應是非常自然之事。

總之，《西遊記》有「倚數」結撰的自覺意識和「倚數」成文、定象的明確的原則。作者這一創作意圖或曰思想的形成，和《西遊記》「倚數」結撰的巨大成功，一方面顯示了我國文學「倚數」結撰的傳統自先秦發生，不僅一直未嘗中斷，而且在小說領域裏，北宋以降，隨著說話藝術孕育並引出《三國演義》《水滸傳》等章回小說的創作有了長足的發展，至明中葉以《西遊記》出現為標誌而達到高度成熟。另一方面說明北宋以後，我國小說「倚數」結撰的這一發達過程，與邵雍之學的興起和在民間流為「康節神數」的歷史有同步密切的聯繫。

　　這些事實綜合表明，古代小說的「倚數」結撰與古代「數理」哲學的發展有密切關係。也就是說，古代小說的「倚數」結撰並不僅是方法與技巧，而更是一種觀念和理論的自覺或不自覺的實踐，是古代數理哲學向小說藝術的滲透，或者說是古代小說藝術對數理哲學的攀附與借鑒。總之，《西遊記》自覺「倚數」結撰的意圖及其與邵雍之學的關係，是古代哲學與小說的一次新的重要而成功的聯姻，一個內涵豐富複雜的歷史文化現象，值得專家學者關注和探討。

　　　　　　（原載《東嶽論叢》2003 年第 5 期，2005 年 6 月 17 日修訂）

《西遊記》「歸一」論

　　「一」爲數之始，除用於計算之外，還是我國古代哲學最基本的概念之一。以至於百家異說，卻並尊「一」爲體道之數。如《周易·繫辭傳下》：「天下之動，貞夫一者也。」《尙書·虞書·大禹謨》：「人心惟危，道心惟微，惟精惟一，允執厥中。」《孟子·梁襄王上》孟子答梁惠王曰：「（天下）定於一。」《春秋繁露·天道》：「故常一而不滅，天之道。」《二程遺書·伊川先生語一》：「涵養吾一。」《陽明傳習錄·上》：「主一是專主一個天理。」道家尙「無」，但是也以「一」爲道之體，宇宙之本原，修眞之要妙。《老子》除有「一生二」云云之外，還說：「是以聖人抱一爲天下式。」而《莊子·齊物論》曰：「道通爲一。……凡物無成與毀，復通爲一。」所以，《周易》有「太極」，唐人孔穎達混同儒、道，疏曰：「太極，謂天地未分之前，元氣混而爲一，即是太初，太一也。故老子云『道生一』，即此太極也。」《大般涅槃經》云：「菩薩了知一切生皆歸一道。一道者謂大乘也。」又，《六祖壇經·般若品第二》云「一切即一，一即一切。去來自由，心體無滯，即是般若。」總之，僅以儒、釋、道三家而論，雖宗旨有異，但是無不以「一」爲體道之數，而皆如《論語·里仁》載孔子所說：「吾道一以貫之。」從而這個能作爲各家之「道」的共名的「一」，在《西遊記》這一糅合諸家之學「倚數」以爲小說的古典文學名著中〔註1〕，最方便用爲全書中心思想的代碼。《西遊記》作者頗明此理，撰作中甚重此道，結果形成《西遊記》主旨，或被稱爲「證道」，或被指爲「談禪」，或被釋爲「收放心」等等，雖持論不一，但就其解釋的具體對象而言，

〔註1〕杜貴晨《〈西遊記〉「悟空」論》，錄自《數理批評與小說考論》，齊魯書社2006
　　　年版。

都可以歸結到書中所謂「歸一」的「一」。因此，對《西遊記》「歸一」內涵的研究是認識此書主旨的一大捷徑。

《西遊記》第一回回目曰「靈根孕育源流出，心性修持大道生」〔註2〕，開宗明義，點出此書主旨只在「心性修持」以「生」即明悟「大道」。這裡「大道」即「一」，「心性修持」以明悟「大道」的過程就是「歸一」。這表現在《西遊記》中的「歸一」是對修行者基本的要求，曾不止一次加以強調。如第十七回：「去去還無住，如如自有殊。總來歸一法，只是隔邪軀。」第四十七回：「行者……對君臣僧俗人說道：『……今日滅了妖邪，方知是禪門有道，向後來再不可胡爲亂信。望你把三教歸一，也敬僧，也敬道，也養育人才，我保你江山永固。』」第四十九回回中詩：「禪法參修歸一體，還丹炮煉伏三家。」第八十四回回中詩說：「法王滅法法無窮，法貫乾坤大道通。萬法原因歸一體，三乘妙相本來同。」第九十回回目說：「師獅授受同歸一，盜道纏禪靜九靈。」第九十八回回中詩說：「六塵不染能歸一，萬劫安然自在行。」等等，都以「歸一」爲萬全之道，而主要強調的是兩個層次，即「三教歸一」與「萬法……歸一」。對於這個問題，雖然筆者在過去的論著中已多少有所涉及〔註3〕，但語焉未詳，仍有必要作一專門的討論。因此，雖然以下論述的某些內容難免有與舊作重複之嫌，但筆者認爲對這一題目的討論，在總體上仍是新的。

一、「三教歸一」歸於佛

《西遊記》「三教歸一」的「一」實指佛教，其具體象徵爲「一藏之經」，而最後的指向是「一藏之數」。

讀者周知，《西遊記》寫孫悟空的師傅烏巢禪師授學，是「說一會道，講一會禪，三家配合本如然」（第二回）。其所謂「三家」即儒、釋、道三教；其他具體描寫也仙、佛並尊，共同成全唐僧奉詔取經以祈保大唐「江山永固」的實際是儒家治世的事業。

如此看來，作者似乎於儒、釋、道一視同仁，不分高下了。其實不然。我們看書中沒有出現儒家的聖人，但它寫以儒教立國的唐王朝，卻在那「貪淫樂禍，多殺多爭，正所謂口舌凶場，是非惡海」的南贍部洲，必須唐僧取

〔註2〕〔明〕吳承恩《西遊記》，李卓吾、黃周星評，山東文藝出版社 1996 年版。
　　　　本文引《西遊記》原文及評語均出此書，說明或括注回數。
〔註3〕杜貴晨《唐僧的「紫金缽盂」》，《光明日報》2005 年 3 月 25 日第 6 版。

了眞經回去「勸化」；而以玉帝爲代表的道教神仙集團，雖然高居天宮中，卻養尊處優，大都庸碌無能，以致孫悟空「大鬧天宮」，最終還要靠觀音菩薩乃至如來親自出面維持；「西天取經」取的是佛經，「五聖成眞」除唐僧之外都是「棄道歸佛」；又書中所寫幾乎沒有一個能幹的儒者，做壞事的大都是道士。而除了觀音院的三個和尚（第十六回）之外，佛門弟子幾乎都是好的。注意到這些，就可以知道作者雖曰「三教合一」，卻不是輪流坐椿，而是於三教中更推崇佛爲第一高門。

對此，書中不少描寫有象徵或可推論而出的意義。如第九十八回有一段寫取經人將近西天佛祖所居的靈山，而先到了玉眞觀下，有玉眞觀金頂大仙迎候接引；大仙指引唐僧等前去靈山的「本路」——「原來這條路不出山門，就自觀宇中堂穿出後門便是」。毫無疑問，這裡玉眞觀、金頂大仙是道教的象徵，其在靈山腳下與僅爲接引的地位，就標誌了雖然入道與成佛都在同一條路即成佛的「本路」之上，但「道」近而「佛」遠，「道」在下而「佛」在上，「道」爲卑而「佛」爲尊。又同回寫傳經之後，如來對唐僧說「此經……雖爲我門之龜鑒，實乃三教之源流」云云，就直以「我門之龜鑒」凌駕於儒、道兩家之上。所以，通觀全書，給人的感覺和印象不能不是儒、道雖各有妙用乃至神通，但是都不如佛教上可以「安天」，中可以濟世，下可以度鬼怪妖魔，爲無量大法。所以，《西遊記》說「三教配合」只是門面話，它眞正要凸顯的是儒不如道，道不如釋，因而「三教歸一」只能是歸於佛教的「不二門」（第一百回）。

由此可以順便說到，至少是從作者的用心看，《西遊記》不獨與「農民起義」風馬牛不相及，即使其中頗多陰陽五行、姹女嬰兒、金丹燒煉的描寫與說教，誠然是關乎道教的內容，但它的主題決非道教「金丹大旨」，而是表面上的佛、道並尊，以佛濟儒，而實質上是以道濟佛，以儒襯佛，「歸一」於對佛法的推崇與弘揚，即第七回中有詩所謂「萬相歸眞從一理，如來同契住雙林」。

但長期以來，有學者以爲《西遊記》有諷刺佛教的傾向，其實是出於對幾處描寫的誤讀。一是書中寫唐僧常常「敵我不分」，看來好像是對佛教徒之迂腐的有意諷刺。其實不然。取經途中的唐僧尚在「心性修持」的學佛過程中，未達明心見性的境界，有這種世人以爲迂腐等等的表現，正是其需要大力修持以見性成佛的證明。這是唐僧學佛未至的局限，而決非佛教的缺陷。

是對學佛未至者心性愚迷的諷刺，決非對佛教本身的諷刺；二是有學者常常提到《西遊記》中孫悟空多有「謗佛」的話頭，如說觀音「活該一世無夫」「如來哄了我」「還是妖精的外甥」之類，以爲這就是此書並不敬信佛教乃至「造反派脾氣」的根據，也是一個誤會。那其實只是悟空急切中眞性情的流露，只比他和八戒常在背後稱唐僧爲「那老和尚」略甚，不僅不是眞正的譏謗，而且有些恃寵撒嬌的嫌疑。此等寫法與第九十八回爲西天作接引的玉眞觀金頂大仙對唐僧所說「我被觀音菩薩哄了」，爲同一機杼，可相參觀。三是西天傳經要「人事」的描寫，也常常被視爲諷佛的表現，其實是禪機公案，完全不必當眞。總之，讀小說亦如讀詩，絕妙處當但睹性靈，不見文字。在這樣的地方，讀者若想有眞正的理解，正需要有一點「妙悟」的工夫，打破「文字障」而直視作者用心。

　　《西遊記》「三教歸一」歸於佛的具體象徵物爲「有字眞經」，「五千零四十八卷」。按《西遊記》所寫，西天取經在取經人是爲了成正果。但是，西天取經是爲了大唐，更是爲了實現佛祖傳經東土的宏願。所以，「五聖成眞」在唐僧等固然是修行目的，卻是「西遊」的「副產品」。就「西遊」而言，把如來所傳「有字眞經」取回到東土，交付唐王，才是終局。所以，對世俗讀者而言，「五千零四十八卷」是《西遊記》「三教歸一」歸於佛教的最後象徵。《西遊記》不結束於「五眾」到達西天，而結束於交付唐王「五千零四十八卷」以後，雖然是文學常識就可以理解的事實，卻從全書情節發展來看，正有以此「五千零四十八卷」爲坐實「三教歸一」歸於佛之主旨的重大作用，稱其爲「點睛之筆」，決不爲過。

　　但是，《西遊記》「三教歸一」歸於佛的主旨，卻沒有停留在「五千零四十八卷」，而是進一步歸結到這「五千零四十八卷。此數蓋合一藏也」。「此數」即「五千零四十八」，書中甚重此數，如寫「八戒笑道：『我的鈀也沒多重，只有一藏之數，連柄五千零四十八斤。』三王子問沙僧道：『師父寶杖多重？』沙僧笑道：『也是五千零四十八斤。』」（第八十八回）又寫觀音菩薩爲唐僧等計算途程說：「共計得一十四年，乃五千零四十日，還少八日，不合藏數。」（第九十八回）又都重在強調其合於「一藏之數」。書中描寫凡說及取得經卷，都特別提點其爲「一藏之數」。如寫傳經時「傳了五千零四十八卷，乃一藏之數」，之後如來催促唐僧等東歸，也說是「以完一藏之數」，唐僧東歸後報告太宗說「寶閣傳經，始被二尊者索人事未遂，故傳無字之經，後復拜告如來，

始得授一藏之數」，等等，都直接把「五千零四十八」稱爲「一藏之數」，給予特別突出和強調。這裡「數」即「道」，其言「數」不言「卷」即棄「象」言「數」的用心，就是表明《西遊記》於「西天取經」，比較經卷本身，更重其眞義，即佛家宗旨的「空」，也就是書中所稱孫悟空所「解得是無言語文字，乃是眞解」（第九十三回）的境界〔註 4〕。但更具體說來，則應該是書中寫唐僧等棄而不取的「無字眞經」。僅是因了爲俗眾說法，作者不得不寫唐僧終於取回了「有字眞經」，即如佛祖所說：「白本者，乃無字眞經，倒也是好的。因你那東土眾生，愚迷不悟，只可以此傳之耳。」（第九十八回）

二、「萬法……歸一」歸於「一心」

《西遊記》除從總體上以「三教歸一」歸於佛獨尊佛教之外，還在包括佛教各門派在內，於三教九流中強調「萬法……歸一」歸於「一心」，以弘揚佛法「悟空」之旨。

我國古代三教的最大融通之處在於並重心性。這表現在「一心」很早就成爲儒、釋、道修學的最高境界。《四書・大學》曰：「欲修其身者，先正其心。」《二程遺書》曰：「一人之心即天地之心。」（卷第二上《二先生語二上》）《朱子語類》曰：「心包萬理，萬理具於一心。」（卷九《學三・論知行》）《莊子・人間世》：「唯道集虛，虛者，心齋也。」《雲笈七籤》曰：「夫至人含懷道德，沖泊情性，抱一守虛……比於赤子。赤子之心，與至人同心。」（卷五六《諸家氣法部一》）《五燈會元》曰：「唯有一心，故名眞如。」（卷二《保唐無住禪師》）又曰：「故西天諸大論師，皆以心外有法爲外道，萬法唯心爲正宗……三教一心，同途異轍。」（卷十四《大洪報恩禪師》）可見爲學即修心體道，乃三教通識。如《二程遺書》載「持國曰：『道家有三住，心住則氣住，氣住則神住，此所謂存三守一。』伯淳先生曰：『此三者，人終食之頃未有不離者，其要在收放心。』」（卷第一《二先生語一》）又載：「聖賢千言萬語，只是欲人將已放之心，約之使反，復入人身來……」（卷第一《二先生語一》）邵雍《皇極經世書》曰：「先天學，心法也，……先天之學，心也。」（卷十三《觀物外篇上》）又曰：「心爲太極，又曰道爲太極。」又說：「心一而不分，則能應萬變，此君子所以虛心而不動也。人心當如止水則定，定則靜，

〔註 4〕杜貴晨《說「一藏之數」》，《南都學壇》2006 年第 1 期，收入本卷。

靜則明。」（卷十四《觀物外篇下》）如此等等，雖具體處總不免有異，但最重「心法」一點，諸家實無根本不同。

《西遊記》正是承我國古代三教並重心性的傳統，把「萬法……歸一」歸爲「一心」。這是此書開篇就著明的，其第一回稱「心性修持大道生」，明是寫悟空學道，暗亦點明此書「究天人之際」的根本就是「心性修持」，即「涵養吾一」的「心法」或曰「心學」；第十七回甚至借菩薩之口說：「悟空、菩薩、妖精，總是一念；若論本來，皆屬無有。」悟空聽了這話，「心下頓悟」。可知《西遊記》寫菩薩之教也就是它的宗旨，不過是使人「心下頓悟」禪學南宗的「本來無一物」（《六祖壇經‧行由品第一》）而已。書中有關顯示不勝枚舉，而以孫悟空形象的塑造最切此義。

《西遊記》幾乎就是一篇「悟空傳」，而寫悟空有便即點「心」字，稱「心猿」。如寫其前身爲仙石，「上有九竅八孔，按九宮八卦」下，李贄評曰：「此說心之始也，勿認說猴。」黃周星評曰：「不過只是說心耳……」又寫「一日迸裂，產一石卵，似圓球樣大」下，黃周星評曰：「此是心之形狀。」又寫石卵「因見風，化作一個石猴」下，黃周星評曰：「心字出現。」當是以猴子垂腕勾肘，合於「心」字形象。而後來不僅悟空學道之「靈臺方寸山，斜月三星洞」仍是「心」字之象，而且全書凡涉及情節意義處都稱孫悟空爲「心猿」，摘錄有關語句列表如下：

表1 《西遊記》稱孫悟空為「心猿」統計表

序號	回目	摘句
1	七	八卦爐中逃大聖 五行山下定心猿
2	十四	心猿歸正 六賊無蹤
3	十九	金性剛強能剋木，心猿降得木龍歸。
4		意馬胸頭休放蕩，心猿乖劣莫教嚎。
5	二十八	卻說唐僧聽信狡性，縱放心猿，攀鞍上馬。
6	三十	邪魔侵正法 意馬憶心猿
7		意馬心猿都失散，金公木母盡凋零。
8	三十一	金順木馴成正果，心猿木母合丹元。
9	三十四	魔王巧算困心猿 大聖騰那騙寶貝
10	三十五	外道施威欺正性 心猿獲寶伏邪魔

11	三十六	心猿正處諸緣伏　劈破旁門見月明
12	四十	正是：未煉嬰兒邪火勝，心猿木母共扶持。
13	四十一	心猿遭火敗　木母被魔擒
14	四十六	外道弄強欺正法　心猿顯聖滅諸邪
15	五十一	心猿空用千般計　水火無功難煉魔
16	五十四	法性西來逢女國　心猿定計脫煙花
17	五十六	神狂誅草寇　道昧放心猿
18	五十七	五行生剋情無順，只待心猿復進關。
19	六十一	自到西方無對頭，牛王本是心猿變。今番正好會源流，斷要相持借寶扇。
20		道高一尺魔千丈，奇巧心猿用力降。若得火山無烈焰，必須寶扇有清涼。
21	六十三	木母遭逢水怪擒，心猿不捨苦相尋。
22	六十五	馴猴秉教作心猿，潑怪欺天弄假象。嗔嗔恨恨各無情，惡惡凶凶都有樣。
23	七十五	心猿鑽透陰陽竅　魔王還歸大道真
24	八十	姹女育陽求配偶　心猿護主識妖邪
25	八十一	鎮海寺心猿知怪　黑松林三眾尋師
26	八十二	正是：心猿裏應降邪怪，土木司門接聖僧。
27	八十三	心猿識得丹頭　姹女還歸本性
28		一個是天生猴屬心猿體，一個是地產精靈姹女骸。
29	八十五	心猿妒木母　魔主計吞禪
30	八十八	禪到玉華施法會　心猿木母授門人
31	九十九	貶退心猿二十難
32		心猿遭害三十難
33		再貶心猿四十五難

　　以上「心猿」之稱在《西遊記》百回前後大致均勻分佈有 27 回書中出現
33 次，除第二十八回之例出現於正文敘述之中，其他各例均出現於回目（第
九十九回的 3 例視同回目）與詩詞之中。清劉一明《西遊原旨讀法》云：「《西
遊》每回妙義，全在提綱二句上。提綱要緊字眼，不過一二字。」以「心猿」
二字在全書回目等處出現之頻繁，可見「心猿」正是關乎全書「妙義」的「提
綱要緊字眼」。這在第七回有詩說「猿猴道體配人心，心即猿猴意思深」，已

自點明。其意即以「悟空」爲「心猿」修眞的最高目標，也就是經萬千磨煉，使石猴能悟心即是空、空即是心的道理。但是，「空」不可見而可見於「一」，所以「悟空」的過程爲悟「一」，使心能「定」、能「正」、能「一」，然後能「空」。換言之，即經由「歸一」而「悟空」。這在書中也還有更多具體的象徵。如寫花果山爲「百川匯處擎天柱，萬劫無移大地根」，「擎天柱」即是「一」之造型，寓有「一」即「靈根」之意；又孫悟空使「如意金箍棒」的創意，可能起於佛教禪宗「棒喝」的傳統，《水滸傳》寫宋太祖也是說「一條杆棒等身齊，打四百軍州都姓趙」，不必深論，而也能肯定是「一」之造型，又說它本是「一塊天河定底的神珍鐵」，就進一步寓有「一」即「定」之意。正是靠了這根棒，悟空才得爲「鬥戰勝佛」；而第九十八回寫過凌雲渡走的「獨木橋」也顯然是「一」字的造型，寓有經由「一」然後才能「空」之意。悟空「頓悟」早，能「一」，所以能過「獨木橋」，唐僧等未至於「歸一」，所以仍要乘「無底船」，不能從「獨木橋」過去。

但是，全書更多點染的是「一心」之修持。如第四回寫玉帝無奈封悟空爲齊天大聖，有官無祿，「且養在天壤間，收他的邪心」，句下有黃周星評曰：「收邪心是一部書中大主意，於此輕輕逗出。」而天宮爲悟空「起一座齊天大聖府，府內設兩個司：一名安靜司，一名寧神司」，自然也是爲「收邪心」的。直到第七回被如來壓於五行山下，題曰「定心猿」，第八回寫五百年後觀音菩薩經五行山下看望悟空，悟空表示「知悔……情願修行」，做取經人的徒弟，書中遂稱「那大聖明心見性歸佛教」。第十四回寫菩薩送唐僧緊箍，使收伏悟空，並傳授「緊箍兒咒」，又稱「定心眞言」，下黃周星評曰：「明明說出一篇宗旨。」第十七回菩薩用金箍擒了黑熊怪，「那黑熊才一片野心今日定，無比頑性此時空。」第二十回有偈語云：「法本從心生，還是從心滅。生滅盡由心，請君自辨別。既然皆己心，何用別人說。」第二十四回悟空道：「只要你見性志誠，念念回首處，即是靈山。」第八十五回唐僧道：「千典萬典，也只是修心。」又烏巢禪師的《頌子》說：「佛在靈山莫遠求，靈山只在汝心頭。人人有個靈山塔，好向靈山塔下修。」可見《西遊記》寫取經而意實不在經之本身，全部大書只是關於修心的寓言。故清人陳士斌評點《西遊記》自號「悟一子」，尤侗則稱陳士斌評點之《西遊記眞詮》爲「悟一之書」（《西遊眞詮序》），就都是看到了《西遊記》中「一」即道、道即「一」，「萬法……歸一」歸於「一心」，然後才至於「萬法皆空」的道理。

三、餘論

此外，「八十一難」的描寫也集中體現全書「一」以貫之的數理。第九十九回《九九數完魔滅盡，三三行滿道歸根》，寫唐僧等取經回程，於通天河淬水濕經，爲八十一難最後一難，所以回目說「數完」「行滿」，而所謂「滅盡」其實即俗說「九九歸一」。「一」爲數之始，「歸根」亦即「歸一」，也就是回到第一回所謂之「靈根」「元」或「源」。本回所謂還歸遇黿者，即還「元」歸本的「歸一」之意。而通天河之難，明爲顯示取經之難原有定數，缺「一」不可，暗中也象徵取經已過八十難，終於還需得「一」而成的數理。這個「一」，既是「八十一」之「一」，更是「九九歸一」「逢九進一」之「一」，即「元」。「歸根」之「根」與還「黿（諧元）」之「元」，分別即開篇第一回「靈根」之「根」「源流」之「源」，與結末「反本還元」（第九十八回）之「元」。這樣全書前後照應，實現了「一」以貫之的宗旨。作者於此安排極爲周密：取經來回十萬八千里，剛好等於悟空一個筋斗的路程，其數又是開篇「會元功」之「每會該一萬八百歲」之數的十倍；而通天河爲唐僧等取經回程第一站，黃周星評曰：「或曰：金剛之欲完一難，何以必於通天河？蓋適當五萬四千里之半途也。」也就是說，以全部取經程途論，通天河是「五萬四千之半途」，以取經人東歸論，通天河是回程即「歸根」「還黿（元）」之始。也正是爲此，作者於取經歸途之始多一波折，點明全書「歸一」之旨。另外，按五行之說，黃周星評曰：「通天河何以遇老黿？還元之也。還元何以墮水？水者，天一所生，地六所成，爲天地最初之數。三藏拋江，回東墮水，蓋八十一難，與賊相終始，亦與水相終始也。不墮水，安能完難？不完難安能還元？不還元，安能正果！」也就是說，這個以水賊始以水賊終的安排，也體現「一」以貫之的中心思想線索。

上所述論，《西遊記》「歸一」之旨表現爲兩個層次，即「三教歸一」歸於佛，尤歸於「一藏之數」；「萬法……歸一」歸於「一心」。其意在表明世人學佛，「卷盡五千四十八」，其要在歸於「一心」。而「一心」之境非他，乃石猴本爲「心猿（源）」而「法名叫做孫悟空」是也。因此，「悟空」才是全書「歸一」之本旨，而誠如黃周星評曰：「《西遊》，一成佛之書也」（第九十八回）

（原載《昆明學院學報》2010年第1期）

《西遊記》的「七子」模式

　　「七」之爲數以「七個」爲基本義。此義原本對實物的計量，與其他數字相比併沒有什麼特殊之處。但是，大約與上古對北斗七星的崇拜有關，生活以至文學中逐漸形成了「七子」模式的悠久傳統。從《詩經》「有子七人」（《邶風‧凱風》），到《左傳》「七子從軍，以寵武也」（《襄公二十七年》），《論語》「作者七人矣」（《憲問》），《莊子》「七聖皆迷，無所問塗」（《雜篇‧徐无鬼》），然後漢末有「建安七子」，晉有「竹林七賢」，以至禪宗「但紀七佛」（《五燈會元》卷一《七佛》），《水滸傳》有「七星聚義」，終至於從明初到明中葉百餘年間，文壇上前、後「七子」相續，聲勢浩大，從而社會意識中七位一體的「七子」模式也成了強勢突出的現象。《西遊記》恰在這個時候成書，其寫人物組合多「七子」型的設計，即使不是一種必然，也是比較容易理解的一種文學現象。卻從來沒有人注意和研究，所以值得一說。

　　《西遊記》人物組合的「七子」模式，最多傳統「七位一體」的類型，如美猴王即孫悟空「七兄弟」。第三回寫孫悟空：

　　　　他放下心，日逐騰雲駕霧，遨遊四海，行樂千山。施武藝，遍訪英豪；弄神通，廣交賢友。此時又會了個七弟兄，乃牛魔王、蛟魔王、鵬魔王、獅駝王、獼猴王、犬猳狨王，連自家美猴王七個。日逐講文論武，走犬傳觴，絃歌吹舞，朝去暮回，無般兒不樂。〔註1〕

此後孫悟空大鬧天宮，自稱「齊天大聖」，「七兄弟」乃又稱「七大聖」。第四回寫道：

〔註1〕〔明〕吳承恩《西遊記》，李卓吾、黃周星評，山東文藝出版社 1996 年版。本文引《西遊記》及其評點，無特別說明，均據此本。

你看那猴王得勝歸山，那七十二洞妖王與那六弟兄，俱來賀喜。在洞天福地，飲樂無比。他卻對六弟兄說：「小弟既稱齊天大聖，你們亦可以大聖稱之。」內有牛魔王忽然高叫道：「賢弟言之有理，我即稱做個平天大聖。」蛟魔王道：「我稱做覆海大聖。」鵬魔王道：「我稱混天大聖。」獅駝王道：「我稱移山大聖。」獼猴王道：「我稱通風大聖。」猢猻王道：「我稱驅神大聖。」此時七大聖自作自為，自稱自號，耍樂一日，各散訖。

無獨有偶，《西遊記》中這種「七位一體」的「七子」模式還有玉帝的外甥「小聖」二郎真君之「七兄弟」，又稱「梅山七聖」。第六回寫道：

這真君即喚梅山六兄弟，乃康、張、姚、李四太尉，郭申、直健二將軍，聚集殿前道：「適才玉帝調遣我等往花果山收降妖猴，同去去來。」眾兄弟俱忻然願往。即點本部神兵，駕鷹牽犬，搭弩張弓，縱狂風，霎時過了東洋大海，徑至花果山。

又有詩讚曰：

斧劈桃山曾救母，彈打棕羅雙鳳凰。力誅八怪聲名遠，義結梅山七聖行。

第六十三回又重提二郎真君之「六兄弟乃是康、張、姚、李、郭、直」。

因二郎真君稱「小聖」之故，所以「梅山七聖」也可以說是「七小聖」。從而悟空與二郎即「大聖」與「小聖」之戰，又正是「七大聖」與「七小聖」之爭。由此可知，這兩個「七子」的組合，乃作者有意造成鮮明對比。這一點又進一步從二郎與悟空賭變化看得出來。第六回「小聖施威擒大聖」寫道：

真君笑道：「小聖來此，必須與他鬥個變化。列公將天羅地網，不要慢了頂上，只四圍緊密，讓我賭鬥。若我輸與他，不必列公相助，我自有兄弟扶持；若贏了他，也不必列公綁縛，我自有兄弟動手。只請托塔天王與我使個照妖鏡，住立空中。恐他一時敗陣，逃竄他方，切須與我照耀明白，勿走了他。」

我們同時可以想到，悟空一方自然也是「七大聖」齊上陣的。因此，這裡真君的安排，體現作者用心，在突出「小聖」與「大聖」的「決鬥」的同時，也寫其各有「兄弟扶持」，從而這一場「決鬥」也是「七大聖」與「七小聖」之爭。

讀者公認，《西遊記》寫得最好是前七回「大鬧天宮」，前七回中最驚心

動魄的就是「小聖施威擒大聖」一節，即「七大聖」與「七小聖」之戰。由此可見，這種「七位一體」的「七子」模式在《西遊記》敘事與描寫中起了重要作用。

除上述之外，這類「七子」模式在《西遊記》中的運用，至少還有以下三處：

一、第五回「亂蟠桃大聖偷丹」，寫王母蟠桃園中七衣仙女，分別是紅衣仙女、青衣仙女、素衣仙女、皂衣仙女、紫衣仙女、黃衣仙女、綠衣仙女；

二、第七十二回「盤絲洞七情迷本」，寫盤絲嶺盤絲洞的七個蜘蛛精，幻化爲七個女妖，象徵人類「七情」，佔了上天七仙姑的濯垢泉洗澡，又各有一個抱養的兒子，共「七樣蟲」，「有名喚作蜜、螞、蠦、班、蜢、蠟、蜻」。孫悟空降伏這「七樣蟲」的方法，是用自拔毫毛變作「七樣鷹」，「一嘴一個」地吃掉；

三、第九十回「師獅授受同歸一」，寫「七個獅子精」，「都是些雜毛獅子：黃獅精在前引領，狻猊獅、摶象獅在左，白澤獅、伏狸獅在右，猱獅、雪獅在後，中間卻是一個九頭獅子」。

諸例綜合表明，《西遊記》中這類「七子」模式，雖因襲傳統「七位一體」的基本構架，卻比較傳統「七子」多爲聖賢的組合，已全然不顧其品類。其形象既有道魔之別，又有男女之分，甚至有了禽、獸、蟲、鳥之不同，乃至蟲蛭之中又有爬蟲、飛蟲各異。可知其雖出於傳統，但在形象組合的品類上已有極大變化，形色各異，從而超越了傳統。

然而，《西遊記》對傳統「七子」模式的成功運用，不僅於因襲中求變化和超越，而且富於獨創，集中表現於大量運用了以「一」與「六」對立統一組合的「七子」模式。

這種模式分爲兩種情況：一是「七」分而爲「一」與「六」的對立樣式，二是「一」與「六」合而爲「七」的統一樣式。

對立的樣式僅有「七大聖」後來的分化一例，而通過孫悟空與牛魔王的大戰補寫出來。第四十二回寫道：

> 行者心中暗想道：「他要請老大王吃我師父，老大王斷是牛魔王。我老孫當年與他相會，眞個意合情投，交遊甚厚，至如今我歸正道，他還是邪魔。雖則久別，還記得他模樣，且等老孫變作牛魔王，哄他一哄，看是何如。」

這裡悟空自居「正道」，而以牛魔王為「邪魔」。雖然只說到牛魔王而不及其他，但是，可想其他也只是「邪魔」，從而隱隱之中，「七大聖」的「七位一體」一變而為「一」與「六」的對立的「七子」格局。

統一的樣式則非止一例，而以第十四回《心猿歸正，六賊無蹤》所寫最為精彩：

> 行者道：「我也是祖傳的大王，積年的山主，卻不曾聞得列位有甚大名。」那人道：「你是不知，我說與你聽：一個喚做眼看喜，一個喚做耳聽怒，一個喚做鼻嗅愛，一個喚作舌嘗思，一個喚作意見欲，一個喚作身本憂。」悟空笑道：「原來是六個毛賊！你卻不認得我這出家人是你的主人公，你倒來擋路。把那打劫的珍寶拿出來，我與你作七分兒均分，饒了你罷！」那賊聞言，喜的喜，怒的怒，愛的愛，思的思，欲的欲，憂的憂，一齊上前亂嚷道：「這和尚無禮！你的東西全然沒有，轉來和我等要分東西！」

作者借悟空之口特意點出「作七分兒」，以顯示「六個毛賊」與悟空形成「一」與「六」的對立，為基於對「七」之為數乃「一」與「六」之對立統一的理解而創新形成的一種「七子」模式。

這種樣式早在第二回寫孫悟空學道的描寫已見端倪：

> 悟空道：「此間更無六耳，止只弟子一人，望師父大捨慈悲，傳與我長生之道罷，永不忘恩！」

這裡「此間更無」二句雖為虛擬，但顯示悟空意識中，「六耳」即六人與「弟子一人」相對即「一」與「六」的對立，是妨害正道的基本矛盾。第五十八回寫六耳獼猴與悟空作對，就是這一矛盾樣式的演義。換言之，真假猴王的對立，也是以悟空為「一」與獼猴為「六」所形成「一」與「六」對立統一的「七子」模式。

類似的情況也出現於對楊二郎的描寫中。第六回寫觀音菩薩保薦灌口二郎，曾順口說他「曾力誅六怪」，也顯示把「七」視為「一」與「六」之對立統一的意識，是《西遊記》人物組合設計一個強烈的思維定勢。這使《西遊記》「七子」模式的設計不僅超越了傳統，而且發展出了新的傳統，為中國文學提供了「七子」模式的嶄新樣式。

這種新的「七子」模式的數理根據，一在《周易》，二在佛典，是儒、釋、道「三教歸一」之數理思想影響小說創作的產物。

　　這一模式的數理根據首在本《易經・復卦》「七日來復」。唐明邦《周易評注》釋「七日來復」曰：

> 　　陰陽交互往復變化，以七日為一週期。《集解》引虞翻曰：「乾成坤反出於震而來復。」「消乾六爻為六日，剛來反初，故七日來復。」此即是說：以卦之每一爻代表一日，由乾（☰）→姤（䷫）→遁（䷠）→否（䷋）→觀（䷓）→剝（䷖）→坤（☷）→復（䷗），陽（─）漸消盡而復生，七變而成，故言七日來復。〔註2〕

這就是說，自乾卦純為陽爻象徵盛極而衰，經六次陰陽推移，陽爻（─）變化為陰爻（──），而至於「坤」卦，其象純陰；至第七變亦即「七日」，才有一陽爻居卦象之上位，即一陽來復，因名《復》卦。《復》卦雖僅一陽在上位，卻表示新一輪變化的開始，陽漸盛而陰漸衰，象徵君子道長，小人道消，所以主吉。而以卦序論，這一陽來復的《復》卦，正在第七，對應於日常生活，故曰「七日來復」。《易經・既濟》「六二」曰「七日得」，也表示同樣的意思。

　　這裡「七」之為數，或因為從「乾」開始，六次變化都由陽而陰，或因為從「乾」開始的變化至第六次而終於《坤》卦為純陰，所以當第七變的《復》卦出現一陽居於上位之時，對比前面六次變化的趨向，或對比《坤》卦的六爻皆陰，就成了一陽來復之數。這本是上古卜筮之理，然而其既用「七」數，後世就不免從這位居第七之《復》卦的一陽來復，看出其中實隱有「一」陽與「六」陰對立的數理。這一數理思想是儒、道互滲的產物。《西遊記》作者以「七」為「一」與「六」之對立統一進行人物組合模式的思維定勢，就從這一思想而來，從而是這一思想的體現。

　　《西遊記》所創新「七子」模式體現《周易》「一陽來復」數理思想的特點，主要有三個方面：

　　一是《易》數分陰陽，「六」屬「老陰」。而如第一回須菩提祖師云：「老陰不能化育。」所以，「六在《易》數中有極負面象徵之一義。上引諸文例中所涉及「六耳」「六賊」等，皆屬於此極負面意義之類；

　　二是與「六」相對的「一」，作為「一陽來復」之數，雖為第七居末位，卻在「七」數中占中心的地位。如上引第十四回中悟空先是稱「原來是六個毛賊！你卻不認得我這出家人是你的主人公」，又說「把那打劫的珍寶拿出來，我與你作七分兒均分」，雖自居於最後即第七位，卻自命為當然的「主人

〔註2〕唐明邦《周易評注》，中華書局1995年版，第63頁。

公」；又如第四十一回有意使悟空對紅孩兒說明「七聖」位次：

> 行者道：「你是不知，我乃五百年前大鬧天宮的齊天大聖孫悟空
> 是也。我當初未鬧天宮時，遍遊海角天涯，四大部洲，無方不到。
> 那時節，專慕豪傑，你令尊叫做牛魔王，稱為平天大聖，與我老孫
> 結為七弟兄，讓他做了大哥；……驅神大聖，做了六哥；惟有老孫
> 身小，稱為齊天大聖，排行第七。我老弟兄們那時節耍子時，還不
> 曾生你哩！」

三是據「七日來復」之道，「一」與「六」之爭最後必然是「一」戰勝「六」，
第十四回所謂「六賊無蹤」與第五十八回寫悟空能打死六耳獼猴，就都遵循
並體現了這一《易》數之理。

　　這一模式的數理根據又在於佛教禪宗的「心法」。這直接表現為書中這類
「七子」模式中，「六魔」或「六賊」的稱呼。「六魔」「六賊」同義，均佛教
對人欲的貶稱。前者出《雜阿含經》卷九〔二四四〕：

> 如是我聞，一時，佛住毗捨離獼猴池側重閣講堂。爾時，世尊
> 告諸比丘，有六魔鉤。云何為六。眼味著色。是則魔鉤。耳味著聲。
> 是則魔鉤。鼻味著香。是則魔鉤。舌味著味。是則魔鉤。身味著觸。
> 是則魔鉤。意味著法。是則魔鉤。

後者如上引第十四回所寫諸賊名號已有所顯示，第四十三回悟空據《多心經》
又作了具體解釋：

> 「老師父，你忘了『無眼耳鼻舌身意』。我等出家人，眼不視色，
> 耳不聽聲，鼻不嗅香，舌不嘗味，身不知寒暑，意不存妄想——如
> 此謂之祛褪六賊。你如今為求經，念念在意，怕妖魔不肯捨身，要
> 齋吃動舌，喜香甜嗅鼻，聞聲音驚耳，睹事物凝眸，招來這六賊紛
> 紛，怎生得西天見佛？」

防範、祛除「六魔」「六賊」之道，即如《五燈會元》卷十八《性空妙普庵主》
載禪詩《警眾》云：

> 學道猶如守禁城，晝防六賊夜惺惺。中軍主將能行令，不動干
> 戈致太平。

其所謂「中軍主將」就是悟空所自稱「主人公」即「一心」。由此可知，《西
遊記》「一心」與「六賊」對立統一的七子模式，其實只是佛教禪宗「修心」
之道的演義。「六個毛賊」「六耳獼猴」即「六賊」，象徵或代表的是佛教禪宗

要袪除的「多心」即「念念在意」的有住之心；防範、袪除之法，就是「修心」「歸一」，用「一心」戰勝「多心」。第十四回所謂「心猿歸正，六賊無蹤」，所寫就是「一心」來而「六賊」去之禪學修心之道的象徵。

　　由此可見《西遊記》所創新「七子」模式不僅借徑於儒、道思想，而且融合了佛教禪宗的觀念，是「三教歸一」歸於佛，「萬法……歸一」歸於禪的產物。而因此之故，我們就從這類看似尋常或遊戲之筆墨中，發現了更多豐富複雜的思想內涵。

　　《西遊記》全書至少有八次說到「三教歸一」或「萬法……歸一」，第五十六回又有詩曰「除六賊，悟三乘，萬緣都罷自分明」。由此可知，《西遊記》作為一部「成佛之書」，「七」之為數特別是「七」作為「一」與「六」的對立統一之數，是其數理機制一大關鍵。包括作者因始終重視這個「一」與「六」的對立統一關係而構造的新型「七子」模式在內，《西遊記》「七子」模式的運用是對中國文學敘事與人物形象塑造藝術的一大貢獻。

（原載《福建師範大學學報》2005年第5期）

《西遊記》的「七復」模式

　　除「七個」之外，「七」之為量數的另一重要義項是「七次」即「七復」。「七復」即一次次重複以至於「七」的過程，與「七個」之對實物的計量相比，沒有什麼本質的區別。然而與一般說由「七星」之「七個」引申出的「七子」模式不同，「七復」所根據的是《周易》「七日來復」〔註1〕之義，象徵的是陰盡陽復，又趨於興旺發達的吉祥之兆。因此影響中國人對「七」之為序數的認識，如同「三而一成」（《春秋繁露・官制象天》），也往往以「七」為一事完成之度數，形成生活進而文藝中的「七復」模式。

　　古代生活與文藝中的「七復」模式，是指做一件事必以某種形式一次次重複至七次才完成的過程。這一過程圓滿的標誌即其循環模式為「七七」，也就是以七個「七次」為一事全過程之度數的模式，當另文論述。這裡只說「七復」模式最基本的樣式，即單一次數的重複至於「七」的敘述，古代文獻中也不勝枚舉。如《孟子・離婁下》稱「猶七年之病求三年之艾」，《禮記・學記》稱「古之教者，……七年視論學取友，謂之小成」；《維摩詰所說經》以「七日為一劫」，。而《孟子》一書為「七篇」，《莊子》內篇也是「七篇」，而《易傳》稱「十翼」，而實為七種即七篇。至於由枚乘《七發》引出賦有「七體」、詩有「七哀」等，更是「七復」影響文學編撰顯著之例。還有中國戲曲表演小姐上下樓的臺步都是七步，《三國演義》寫曹丕逼曹植做詩也以「七步」為限。同時《三國演義》中除了膾炙人口的「七擒孟獲」為「七復」情節之外，第四十三回寫「諸葛亮舌戰群儒」，與東吳名士往復辯難，也是七人七次。《西遊記》在這一傳統籠罩之下，於「七子」前呼後應的明中葉成書，有意

〔註1〕唐明邦《周易評注》，中華書局1995年版，第62頁。

「倚數」結撰，也大量運用了「七復」模式，形成書中與以「七子」模式寫人並行之敘事藝術的一大特色。

《西遊記》自覺以「七復」敘事，於細節與語言中往往可見。如第二回寫悟空答須菩提祖師說：

> 「弟子本來懵懂，不知多少時節，只記得竈下無火，常去山後打柴，見一山好桃樹，我在那裡吃了七次飽桃矣。」祖師道：「那山喚名爛桃山。你既吃七次，想是七年了……」〔註2〕

又，第八回寫沙僧自述身世說：

> 「只因在蟠桃會上，失手打碎了玻璃盞，玉帝把我打了八百，貶下界來，變得這般模樣。又教七日一次，將飛劍來穿我胸脅百餘下方回，故此這般苦惱。沒奈何，飢寒難忍，三二日間，出波濤尋一個行人食用。不期今日無知，衝撞了大慈菩薩……」

又，第七十七回寫小妖向魔王急報籠蒸唐僧說：

> 「七、七、七、七滾了！」

此外，還有第九回寫漁樵唱和往復 7 次，第 49 回寫觀音菩薩「口念頌子……念了七遍」，第五十二回寫為老君看守青牛的小童拾吃仙丹一粒睡了「七日」並青牛下界也是「七日」，第六十回寫芭蕉扇變化之法是「撚著那柄兒上第七縷紅線」念咒，如此等等，大量以「七復」為度數的描寫，表明「七復」模式是《西遊記》作者自覺的運用，其將進一步提升為全書結構與重大情節安排的重要原則，乃屬自然之事。

《西遊記》「七復」模式在全書結構上的運用，突出表現為前部以兩個七回後先相繼為敘事的段落與節奏。從開篇寫石猴出世至孫悟空大鬧天宮，後被如來「易如翻掌」壓在五行山下為第一個七回。這一大段故事作七回敘述，似不必深究，也似乎無可深究。但是，在中國文學悠久的「倚數」結撰傳統〔註3〕之下，對於敘事寫人以「七年」「七滾」為口頭禪的《西遊記》而言，這一大段落不多不少正好七回的布置，卻未必不是一種「有意味的形式」〔註4〕，

〔註 2〕〔明〕吳承恩《西遊記》，李卓吾、黃周星評，山東文藝出版社 1996 年版。本文引《西遊記》及其評點，無特別說明，均據此本。

〔註 3〕杜貴晨《中國古代文學的重數傳統與數理美——兼及中國古代文學的數理批評》，《中國社會科學》2002 年第 4 期。收入本卷。

〔註 4〕〔英〕克萊夫·貝爾《藝術》，周金環等譯，中國文聯出版公司 1984 年版，第 4 頁。

而值得研究。

　　考察這一現象，很容易使人想到上述《孟子》「七篇」之類編撰的古法，同時可以認爲，這七回書寫悟空由山頂「仙石」而生，回至被壓在山底石頭之下的過程，正是「石猴」命運的一個輪迴，也是此書又名《西遊釋厄傳》之「厄」的最重要點題。因此，這七回書自成單元，一方面其寫孫悟空之「厄」鑄成在第七回書中，以「七」之爲數寓言其「厄」中正有「七日來復」之機，即「五行山下定心猿」之「厄」，實蘊有剝極必復之未來成佛的轉機；另一方面也確立了孫悟空是全書真正的中心人物。從而接下來第八回寫因爲如來欲傳經東土之故，使孫悟空有了重出於世、「再修正果」的機會。這一機會的造成，作爲第一個七回故事合乎邏輯的發展，同時是悟空「七日來復」命運轉折實際的開端。所以，《西遊記》開篇大段故事作七回書之數，既是故事內容的需要，又是悟空「七日來復」命運的一大寓言。

　　第二個七回即第八回至第十四回。人們往往以爲這八回書是以如來造經、唐僧出世等所謂「取經緣起」爲中心的故事，已備一說。然而細讀可知，儘管這七回書中有五回即第九至第十三回孫悟空並未出面，暫以淡出中心的地位，但第 8 回寫如來命觀音菩薩去東土尋取經人時，曾說「自伏乖猿安天之後……料凡間有半千年矣」，因悟空之事說起，到第十四回「心猿歸正」，這七回書敘事以悟空被佛祖鎮壓之事紀年，始於悟空「知悔」，終於悟空「歸正」，中間的五回實可以看作悟空重出的背景。這樣，同樣作爲「有意味的形式」，這第二個「七」回之數是孫悟空命運又一個「七日來復」的寓言。

　　這裡要說到《西遊記》敘事第一與第二個「七回」之間，有一個時間的空檔，即第八回如來所說「自伏乖猿安天之後……料凡間有半千年矣」。「半千年」即「五百年」。我國古代以「五百年」爲一循環週期之定數，見於多種記載，如《孟子》曰「五百年必有王者興」，《雲笈七籤》卷十五《天機經》曰「千年一聖，五百年一賢」，又《金剛經》曰「若如來滅後，後五百歲有持戒修福者」等說。可知「半千」即「五百年」是三教並尊所謂「王者」「賢」者、「修福者」循環再生一週期之數。因此，《西遊記》以美猴王孫悟空被壓於五行山下重出之數爲「五百年」，也應當是取如上傳統以「五百年」爲「王者」等重興之義。因此，這裡「五百年」之數既是形式，也是內容，是「五百年」之數與「五百年」之理的融合，並且成爲章回和情節上「七複」設計的過度。

　　這表現在書中自第八回如來、孫悟空先後說及此「半千年」即「五百年」之數以後，全書又不下五十次反覆道及此數。其中有三十四次說到「五百年前」，多爲孫悟空自道。可知作者不僅是以「五百年」之數爲孫悟空重出之「王者興」的寓言，而且還是以「五百年」之數爲從第一個七迴向第二個七回時間上的過度，進而浸潤第二個七回所謂「取經緣起」故事，也有了「王者興」的寓言性質。而第十四回標題大書「六賊無蹤，心猿歸正」，又照應第八回孫悟空「知悔」的表示，以坐實這第二個七回寫孫悟空從五行山下出來，爲「七日來復」而「王者興」的第一步。

　　由此可知，《西遊記》前後故事所謂「大鬧天宮」與「西天取經」之間，並沒有什麼「轉入了另一個主題」〔註 5〕的問題，而是以「修心」（第八十五回）爲主旨，一氣流轉，一脈相承，而一託之於孫悟空這個全書「一」以貫之的中心人物。

　　順便說到，近世學者多認爲《西遊記》原著應有一段敘述唐僧出身的故事，世德堂本把它刊落了。以致通行本多據《西遊證道書》增《陳光蕊赴任逢災，江流僧復仇報本》一回爲附錄，有的甚至直接迻錄爲本文，而改全書爲 101 回。這就不僅有妄改古書之嫌，而且是對世德堂本進而《西遊記》原作的極大誤解。

　　這是因爲，一方面應當看到，關於唐僧出世，世德堂本雖然未闢專章敘述，但在第十四回、三十七回、四十九回、六十四回、九十三回、九十九回等處，實已分別穿插有所交待；另一方面應知作者這樣處理的用心，是與以「五百年」之數加強前後兩個七回的聯繫，進而以孫悟空爲全書「一」以貫之中心人物相應，既使唐僧的身世有所交待，又避免了專章敘述可能削弱上述「一」貫聯繫建立。事實上由於作者不得不「花開兩朵，先表一枝」，第八回開始已不得不按下孫悟空在五行山下受罰的主線，而旁逸斜出，另敘如來造經等事。在這種情況下，如果再闢專章敘唐僧出身，勢必更加分散讀者對孫悟空命運的關注。所以，從全書布局以孫悟空爲「一」貫之中心人物的總體構思來看，今通行本「附錄」唐僧出身故事的做法實爲蛇足。

　　因此，世德堂本或原本第一回至第十四回，並無眞正的疏漏。其未設專章敘唐僧出世故事，是在以孫悟空爲全書中心人物總體構思之下，用兩個七回後先相承的形式，寓言悟空「七日來復」命運的合乎數理邏輯的安排。

〔註 5〕游國恩等《中國文學史》（四），人民文學出版社 1986 年版，第 109 頁。

　　但是，畢竟寫小說不是做數學演算，自第十五回開始也就是第二個七回以後，每七回爲一段落的節律就不甚嚴格了。如自第十五回收龍馬至第二十二回收沙僧，「四象和合矣，五行攢簇矣，此一部《西遊》之小團圓也」，實爲一大段落，卻已經是八回之數，與「七日來復」之度已略有不合，可以不論。但從全書布局來看，「七」仍然是《西遊記》章回設計的基本度數，只是一變而爲以「七七」之數爲度的布置，更爲深隱了，當另文說明。

　　除了總體結構方面的表現之外，《西遊記》「七複」模式還大量運用於重大情節的設計與安排。最突出者約有以下三處。

　　第一，《西遊記》寫觀音菩薩爲唐僧等第一保護神，取經途中，每至無可奈何處，總由觀音菩薩親自出面救了。這樣的情節共有七處，即觀音菩薩曾「七複」親臨爲唐僧「釋厄」。第四十九回黃周星評曾經指出：

> 　　唐僧取經因緣，皆由觀音大士而起，則凡遇一切魔難，自當問之大士無疑矣。乃總計八十一難中，其與大士相關會者，不過七處。有求之而不親來者，收悟淨是也；有不求而自至者，收金毛獅是也。至於求而來，來而親爲解難者，不過鷹愁澗、黑風山、五莊觀、火雲洞、通天河五處耳。……奈何陋儒不察，妄以此爲《西遊記》詬病曰：『《西遊》無多伎倆，每到事急處，惟有請南海菩薩一著耳。』噫！豈非捫槃揣籥之見耶？

這段評語雖然不是從作品運用「七複」模式角度出發並有微誤，卻提示了唐僧等取經途中「八十一難」與觀音菩薩相關會的次數也是「七」。

　　黃周星評語的微誤，一是「收悟淨」在第 8 回觀音去東土尋取經人途中就已基本說定，儘管後來未免有悟空、八戒與之一戰，並計入「八十一難」之中，卻是由於悟空等「不曾說出取經的事情與姓名」，乃屬誤會，可以不計；二是第 55 回寫悟空等與蠍子精大戰不利，觀音菩薩也曾「不請自來」，爲指點去「告請昴日星官」。因此，黃周星之說雖有微誤，但以此易彼，合計觀音親自出面爲取經人解除困厄者，不多不少總計仍是七次，也應該是一種「七複」的安排。

　　第二，悟空與二郎神賭變化也是「七複」。第六回有關描寫雖膾炙人口，但古來未見有人從此一角度的分析，因爲方便起見，仍摘略原文，並標以「七複」之序如下：

> 1、卻說眞君與大聖變做法天象地的規模，正鬥時，大聖忽見本

營中妖猴驚散，……慌了手腳，就把金箍棒捏做繡花針，藏在耳內，搖身一變，變作個麻雀兒，飛在樹梢頭釘住。……二郎圓睜鳳目觀看，見大聖變了麻雀兒，釘在樹上，就收了法象，撇了神鋒，卸下彈弓，搖身一變，變作個餓鷹兒，抖開翅，飛將去撲打。

2、大聖見了，搜的一翅飛起去，變作一隻大鶿老，衝天而去。二郎見了，急抖翎毛，搖身一變，變作一隻大海鶴，鑽上雲霄來嗛。

3、大聖又將身按下，入澗中，變作一個魚兒，淬入水內。二郎趕至澗邊，不見蹤跡，心中暗想道：「這猢猻必然下水去也，定變作魚蝦之類。等我再變變拿他。」果一變變作個魚鷹兒，飄蕩在下溜頭波面上。等待片時，那大聖變魚兒，順水正游，……二郎看見……」趕上來，刷的啄一嘴。

4、那大聖就攛出水中，一變，變作一條水蛇，游近岸，鑽入草中。二郎因硋兼他不著，他見水響中，見一條蛇攛出去，認得是大聖，急轉身，又變了一隻朱繡頂的灰鶴，伸著一個長嘴，與一把尖頭鐵鉗子相似，徑來吃這水蛇。

5、水蛇跳一跳，又變做一隻花鴇，木木樗樗的，立在蓼汀之上。二郎見他變得低賤——花鴇乃鳥中至賤至淫之物，不拘鸞、鳳、鷹、鴉都與交群，故此不去攏傍，即現原身，走將去，取過彈弓拽滿，一彈子把他打個躘踵。

6、那大聖趁著機會，滾下山崖，伏在那裡又變，變了一座土地廟兒，大張著口，似個廟門，牙齒變做門扇，舌頭變做菩薩，眼睛變做窗櫺。只有尾巴不好收拾，豎在後面，變做一根旗竿。真君趕到崖下，不見打倒的鴇鳥，只有一間小廟，急睜鳳眼，仔細看之，見旗竿立在後面，笑道：是這猢猻了！他今又在那裡哄我。我也曾見廟宇，更不曾見一個旗竿豎在後面的。斷是這畜生弄喧！他若哄我進去，他便一口咬住。我怎肯進去？等我攥拳先搗窗櫺，後踢門扇！」

大聖聽得，心驚道：「好狠，好狠！門扇是我牙齒，窗櫺是我眼睛。若打了牙，搗了眼，卻怎麼是好？』撲的一個虎跳，又冒在空中不見。

……，……

7、卻說那大聖已至灌江口，搖身一變，變作二郎神爺爺的模樣，按下雲頭，徑入廟裏。……眞君撞進門，大聖見了，現出本相道：「郎君不消嚷，廟宇已姓孫了。」

這裡寫孫悟空「七復」變化，依次爲麻雀兒→大鷟老→魚兒→水蛇→花鴇→土地廟兒→二郎神，可謂搖曳多姿，又用筆細膩，不僅在《西遊記》中，而且在全部古代小說也堪稱此一模式運用的典範。

與此相類也不乏特色的「七復」情節，還有第九回寫漁樵聯句，第六十一回寫孫悟空與牛魔王斗法等。關於後者，黃周星評曾指出：「此變化，乃五百年前曾與二郎賭過者，今乃再見於牛王。可見高棋敵手，亦自難逢。」並不以爲有何不妥。但是，李卓吾評卻說：「此等處不可無一，不可有二，只管如此，便可厭矣。」各見仁見智，茲不具論。然而不管怎麼說，唯其如此，「七復」模式才成爲了《西遊記》情節構造一大特色。

第三，張書紳《〈西遊記〉總批》指出：

八百里黃風嶺，八百里流沙河，八百里火焰山，八百里通天河，八百里荊棘嶺，八百里稀柿河，八百里獅駝嶺。問其名皆八，究其處有七，皆人生之大魔障也。」〔註6〕

這也應該是「七復」模式的一個運用。而且這七處「八百里」所寫，正應了第五十回黃周星評所說：「三藏之難，山與水相爲循環。」

綜合以上諸例，可知「七復」模式不僅於細節詞句處，更在總體構思、章回安排與情節設計等宏觀方面，成爲《西遊記》敘事的重要手段。儘管這一模式是與其他數理模式（如「三而一成」「九九」之數）錯綜交互爲用而存在的，但在全書大而嚴密的數理機制〔註7〕之中，仍然有突出的個性特點，形成獨特的藝術效果。大致說來，比較「一」「二」「三」等其他「天地之數」（《周易・繫辭上》）的應用，「七復」本「七日來復」之義，其模式主要用於某種轉機的形成，從而相對地並不多見；又比較「三」「九」等數主要是應用於構造故事的情節與細節，《西遊記》的「七復」模式在章回布置方面的作用要更

〔註6〕朱一玄、劉毓忱編《西遊記資料彙編》，中州古籍出版社 1983 年版，第 224 頁。

〔註7〕杜貴晨《〈西遊記〉數理機制論要——從神秘數字出發的文學批評》，《山東師範大學學報》2005 年第 1 期。收入本集第一卷。

突出一些。而同樣是應用於章回的布置，比較「九九」「十十」等數，「七復」的運用更為內化和隱秘，以致讀者不易覺察，卻從深入的閱讀理解來看，又不可不知；又比較「一」「二」「三」等數，「七復」模式的應用雖不多見，卻更能引人矚目（如悟空與二郎賭變化、觀音施救），從而在全書數理機制的表現中獨標高格。

《西遊記》「七復」模式的運用既是對前代文學的繼承，又是對後世小說藝術的重要貢獻。這首先表現於其把《孟子》《莊子》等「七篇」的「七復」模式，應用於小說章回的布置，使這一主要是用於詩文布局謀篇的藝文傳統，第一次用為章回說部敘事節律的重要依據，擴大了「七復」模式應用於文學篇章結構的範圍。其次，這一模式在構造故事情節方面的應用，雖然遠祖《三國演義》「七縱七擒」等，甚至還可以追溯到葛洪《神仙傳·張道陵》「七試趙升」的故事，但如孫悟空與二郎真君賭變化等以「七復」寫神變的具體手法，仍屬創造。至於觀音菩薩為取經人「釋厄」與「八百里」「山與水」的循環暗藏「七復」之玄機，更是全書敘事之大密諦，其意味值得深長思之。

總之，「七復」模式是《西遊記》作者用心經營的一大敘事策略，是讀者瞭解把握此書思想與藝術的一個重要著眼點和入手處。它源於傳統，也超越了傳統，不僅化腐朽為神奇，而且更多別出心裁，為中國文學特別是小說敘事提供了新的經驗，創造了新的典範。這是今天讀者專家不可不知，也不可不予以重視的一大文學現象。

（原載《河南教育學院學報》2005 年第 5 期）

《西遊記》中的「七七」與「九九」

　　中國古代的「七七」與「九九」各爲週期循環之數，在無論政治、宗教、日常生活與文藝中，都因具有神秘性而備受尊崇。《西遊記》〔註 1〕「倚數」結撰，也充分運用了這兩個數字以爲結構情節的度數，使其成爲全書數理機制的重要方面，茲略說如下。

　　「七七」即七個「七」，也就是一次次重複至於七次的「七復」之「七」復，乃「七」數以內「七復」延伸的極致，「七復」最高一級的循環，是關於《易經》「反復其道，七日來復，利有攸往」（《復卦》）之義最爲完美的寓言形式。其所傳達的意義，是一事在以某種方式對待之下，經過「七七四十九」之數度的持續發展，終將達至預期結果。因此，「七七」是一個定數。古代迷信，爲了趨吉避凶，彌禍消災，無論祭祀、祈禳或日常生活的其他方面，多有以「七七四十九日」爲度之制，如喪禮、黃白燒煉，乃至房中術等，爲期均以七日爲度，或二七、三七，至七七止。甚至佛教以佛祖住世也是四十九年，修行之要有所謂七七四十九法，皆用「七七」之數。

　　「九九」即九個「九」之和，亦即「九」與「九」之乘積。按中國上古數分天地、陰陽的傳統，「九」爲陽數之極，從而九個「九」之和亦即「九」與「九」之乘積，也就是「九九八十一」之數，有象徵終極圓滿之義，而被用爲寓言事物發展終至於完備狀態之數度。影響到文藝的創制，就有如《史記・律書》載：「律數：九九八十一以爲宮。」同書《田儋傳》云：「蒯通者，善爲長短說，論戰國之權變，爲八十一首。」又宋張伯端撰「律詩九九八十

〔註 1〕〔明〕吳承恩《西遊記》，李卓吾、黃周星評，山東文藝出版社 1996 年版。本文引《西遊記》及其評點，無特別說明，均據此本。

一首，號曰《悟眞篇》」〔註2〕。而《五燈會元》卷九《芭蕉慧清禪師》載：「問：『北斗藏身，意旨如何？』師曰：『九九八十一。』」〔註3〕如此等等，古代無論儒、釋、道的傳統以至日常生活與文藝中「七七」「九九」的大量運用，必然影響滲透於後世小說的創作，成爲小說文本結撰的重要數度，而《西遊記》「倚數」結撰，成爲這方面的典範。

讀者一般可見，《西遊記》文本以「七七」爲度者，如第七回寫太上老君八卦爐煉孫悟空，「眞個光陰迅速，不覺七七四十九日，老君的火候俱全」；第十一回寫唐僧「選到本年九月初三日，黃道良辰，開啓做七七四十九日水陸大會」；第十二回寫菩薩與木叉道「今日是水陸正會，以一七繼七七，可矣了」；第三十八回寫行者道：「師父，你怎麼信這呆子亂談！人若死了，或三七、五七，盡七七日，受滿了陽間罪過，就轉生去了⋯⋯」；第五十二回有詩說「七七數完開鼎看，我身跳出又凶張⋯⋯」，第六十一回寫火焰山之火，「羅刹道：『要是斷絕火根，只消連搧四十九扇，永遠不再發了。』」等等；以「九九」爲度者卻只有一例，那就是著名的取經「八十一難」。

兩者相較，《西遊記》中似乎「七七」爲度數的表現雖多，卻不足爲奇；反而唯一「九九」之數的「八十一難」引人矚目，最爲突出。其實不然，深入來看，《西遊記》以「七七」爲度，也有類似「九九」的布置與作用，並與後者交錯，構建了《西遊記》章回結構與故事框架。從而在一定程度上可以說，《西遊記》文本有一個「七七」與「九九」互補的數理機制。

《西遊記》章回布置與情節的設計暗藏了以「七七」爲度之「七七四十九法」的玄機。這突出表現於全書以百回結卷一歸於「五聖成眞」，其意義按黃周星評所說爲「一了百了」（第一百回評），誠然是對的。但是，「一了百了」是「九九歸眞」的結果（第九十九回），而基於第九十八回寫金頂大仙與接引佛祖一送一接的描寫——當時唐僧等於「靈山腳下玉眞觀」一宿：

次早，唐僧換了衣服，披上錦襴袈裟，戴了毗盧帽，手持錫杖，登堂拜辭大仙。大仙笑道：「昨日藍縷，今日鮮明，觀此相眞佛子也。」三藏拜別就行，大仙道：「且住，等我送你。」行者道：「不必你送，老孫認得路。」大仙道：「你認得的是雲路。聖僧還未登雲路，當從本路而行。」行者道：「這個講得是，老孫雖走了幾遭，只是雲來雲

〔註2〕〔宋〕張伯端著，王沐淺解《悟眞篇淺解》，中華書局1990年版，第4頁。
〔註3〕〔宋〕普濟《五燈會元》，中華書局1984年版，第551頁。

去，實不曾踏著此地。既有本路，還煩你送送，我師父拜佛心重，幸勿遲疑。那大仙笑吟吟，攜著唐僧手，接引旛壇上法門。原來這條路不出山門，就自觀宇中堂穿出後門便是。大仙指著靈山道：「聖僧，你看那半天中有祥光五色，瑞藹千重的，就是靈鷲高峰，佛祖之聖境也。」唐僧見了就拜。行者笑道：「師父，還不到拜處哩。常言道望山走倒馬，離此鎮還有許遠，如何就拜！若拜到頂上，得多少頭磕是？」大仙道：「聖僧，你與大聖、天蓬、捲簾四位，已此到於福地，望見靈山，我回去也。」三藏遂拜辭而去。

以下所寫即是接引佛祖以無底船接唐僧等過凌雲渡。這仙送佛接的情節安排，看似平常，其實大有深意，是理解《西遊記》一書宗教傾向和思想主線的點睛之筆。

按如上所引，玉眞觀爲道觀，金頂大仙係道教仙人；靈山爲「佛祖之聖境」，接引佛祖爲如來使者。而玉眞觀在「靈山腳下」，靈山在「半天空中」，「還有許遠」。由此可知，道教仙境與佛教聖境相比，後者不僅高而且遠。但在另一方面，東土去西天之徑，亦即成佛之路，在孫悟空只消一斛斗雲就到了，走的是「雲路」，即「頓悟成佛」；但在唐僧，卻只能走「本路」。這條「本路」就是唐僧自東土出發，先歷經劫難到達玉眞觀，「不出山門，就自觀宇中堂穿出後門」，在道、佛之界，由接引佛祖掌舟過凌雲渡，脫體成仙，然後直上靈山。簡括而言，這條「本路」就是因道成佛。從而這段描寫不僅如清人黃周星評曰：「仙佛同源，到此不但明明說出，且明明畫出矣。」還有更重要的，是區別了仙、佛之高下，顯示全書道爲佛階，因道成佛，唯佛是尊的宗教傾向和思想主線。

與這傾向和主線相應的是全書章回情節倚「七七」「九九」之數的安排。按如上所述，唐僧由「本路」脫體成仙，在第九十八回。而「九十八」正是兩個「七七四十九」之和，其根本爲「七七」之數。換言之，《西遊記》不僅以第九十八回書的內容寫了唐僧經由「本路」脫體成仙，而且以此內容所在章回的「九十八」即兩個「七七」之數象徵了其成仙的必然性。這就不僅以情節的內容爲意義的表現，而且以情節的形式爲內容的顯示，達到了數理與形象、形式與內容的完美融合。

以《西遊記》寫仙送佛接在第九十八回爲兩個「七七四十九」之數安排的根據，不僅是全書開篇已經有兩個「七復」的布置，也不僅由於「九十八」

恰是兩個「七七四十九」之和，而且還由於相應故事情節設計的暗示。這就是書中寫唐僧等去西天之路「十萬八千里」，從東土出發到通天河，是西遊「五萬四千里」處，恰路程之半，在第四十九回，爲一個「七七」之數。接下來又「五萬四千里」，至第九十八回到達靈山，完成「十萬八千里」西遊，爲又一個「七七」之數。也就是說，章回上的兩個「七七」之數，正與里數上以通天河爲界的前後兩個半途相對應，從而均非隨意的布置，而是章回設計上有意作兩個「七七」即「七七」復「七七」之數的安排，以對應其行程的節奏。

接下來《西遊記》用「九九」之數，就是人盡皆知的「八十一難」，還有人們大都熟視無睹的寫「八十一難」終於完滿的第九十九回，以及回目中說「九九數完」等語。這看似尋常，其實也大有講究。即把「八十一難」之數的完滿──「九九數完魔滅盡，三三行滿道歸根」──寫在第九十九回，並標「九九」於回目，明顯是取難數、回數、回目的一致，以多方象徵菩薩所說「佛門中九九歸眞」（第九十八回）。

對此，第九十九回黃周星回前評也曾指出：

> 八十難中，有以一難爲二難者，有以一難爲三四難者。分之則爲八十，合之則四十八耳。然以八十計之，則九九之數缺一；以四十八計之，則七七之數亦缺一。九與七俱陽數，名異而實同也，又安得不補足一難也？

此說以難數之分合各符「九九」「七七」之數，是一個發現。但是，其說「九與七俱陽數，名異而實同」，進而「九九」「七七」亦即分之「八十一難」、合之「四十九難」是一回事的認識，卻與書中菩薩所說「佛門中九九歸眞」更重「九九」之數的見解不合，令人難以置信。

事實上，對第九十八回與第九十九回內容作貫通的考察，可知與第九十八回「方脫殼」「見眞如」的成仙，和第九十九回「魔滅盡」「道歸根」的成佛的聯繫與區別相對應的，正是「九八」與「九九」之數的聯繫與區別，也就是「七七」爲「九九」之階，卻包括在「九九」之中，二數錯綜交互爲用。這就是說，《西遊記》寫唐僧等由仙而佛、因道成佛，是以兩個「七七」之數即九十八回書敘事達至成仙，進而包括此數在內，以「九九」之數即「九九八十一難」在第 99 回書完滿象徵成佛，進而又以第一百（十乘十）回作結，象徵「歸眞」「悟空」爲「一了百了」。在這樣一種數理關係中，「七七」爲「九

九」也就是第九十八回爲第九十九回之階;而「九九歸眞」也就是「歸一」,「九九歸一」即歸於「一了百了」之「一百」。因此,《西遊記》中「九九」又爲「十」個「十」(十乘十)即「一百」,亦即第九十九回爲第一百回之階,至第一百回而「一了百了」。

這一數理的聯繫與區別實本於道教「七返朱砂返本,九還金液還眞」〔註4〕的義理。佛教也有近似的標榜,即以「七七」「九九」爲修行不同階段的度數。但《西遊記》因道成佛,把這兩個修行度數分屬於道、佛,從而既以「佛門中九九歸眞」,「七七」也就只是道教成仙之度數,乃成佛之初階,並體現於情節、章回的安排,使內容與形式高度合一。也就是先「七返」即「七七」返本成仙成聖,進而包括「七返」之數在內達至「九還」即「九九」之數歸眞成佛。成佛才是眞正的「了」。所以第九十九回以後還要有第一百回「五聖成眞」,著明佛號,「一了百了」。這就是《西遊記》章回之數理,也是其故事布局、情節主線設計之數理,於理解全書意旨關係甚大。

如上已述及,古代文學用「七」與「九」乃至「九九」作爲章節、情節聯繫之數度的並不少見,但是,用「七七」之數,特別是以「七七」「九九」兩循環之數錯綜交互爲章節、情節的結構素,卻是《西遊記》的首創。這一做法雖然大概只有古人也許主要是古代佛、道中人才容易感知其寓意,但是,一經揭明數理,普通讀者也不難理解其加強文本敘事層次性、整體性的建構作用,與內容融而爲一的象徵作用,從而產生某種帶有宗教圓滿意味的藝術美感。黃周星評所謂「如此方是永脫輪迴,一了百了,不須下回分解,亦不許下回分解矣」的感慨,即當出於此種領會。讀《西遊記》至此,也才能雅不負作者慘淡經營之匠心;而數理批評之於《西遊記》研究,進而於古代小說、文學研究的意義,也由此可見一斑。

(原載《南都學壇》2005 年第 5 期)

〔註4〕〔宋〕張伯端著,王沐淺解《悟眞篇淺解》,中華書局 1990 年版,第 146 頁。

說「一藏之數」

　　《西遊記》〔註1〕第 98 回寫如來命阿儺、迦葉二尊者於「在藏總經，共
三十五部，各部中檢出五千零四十八卷，與東土聖僧傳留在唐」。此「五千零
四十八卷」之數，當第 8 回所寫佛祖造經「三藏共計三十五部，該一萬五千
一百四十四卷」之數的三分之一，故稱「一藏之數」。作者於此數關注有加。
全書最後 3 回之中，自唐僧接手經卷始，先後三次寫及：第一次即第 98 回寫
迦葉傳經，「一一查與三藏。三藏卻叫道：『徒弟們，你們都好生看看，莫似
前番。』他三人接一卷，看一卷，卻都是有字的。傳了五千零四十八卷，乃
一藏之數。」第二次是第 99 寫唐僧持經回東途中，對陳氏二老述「始得授一
藏之數」；第三次是第 100 寫唐僧歸至東土，向唐太宗報告經數曰「……共計
有五千零四十八卷。此數蓋合一藏也」。不僅如此，早在第 88 回已寫八戒笑
道：「我的鈀也沒多重，只有一藏之數，連柄五千零四十八斤。」又寫沙僧寶
杖「也是五千零四十八斤」，均為「一藏之數」；第 98 回寫菩薩計唐僧等取經
歷時，「共計得一十四年，乃五千零四十日，少八日，不合藏數」。如此等等，
書中對「一藏之數」不避繁複，突出強調，值得注意。

　　按魯迅《小說舊聞鈔·西遊記》錄有楊文會《等不等觀雜錄》四《一藏
數目辨》，並案引胡應麟《少室山房筆叢》（四十七）載「西天經總」目辨正，
以為「五千四十八卷之數」本《開元釋教錄》，「疑明代原有此荒唐經目，流
行世間，即胡氏《筆叢》所鈔，亦即《西遊記》所本，初非《西遊記》廣行

〔註 1〕〔明〕吳承恩《西遊記》，李卓吾、黃周星評，山東文藝出版社 1996 年版。
　　　　本文引《西遊記》及其評點，無特別說明，均據此本。

之後，世俗始據以鈔槧此目也」〔註 2〕。此說甚是。但是，《西遊記》以「此荒唐經目」入小說，固然有情節自身發展的需要，卻似又不限於此。觀其如上述不避繁複以突顯「一藏之數」，約可揣知其引入「此荒唐經目」，還有坐實「一藏之數」的用心。效果也正是如此。這就是說，突顯「一藏之數」應是《西遊記》臚列玄奘從西天持歸經目的深層義。則此「一藏之數」，非遊戲筆墨，還應別有寄託。

　　從情節的層面來看，《西遊記》所高標「一藏之數」正如「九九」「三三」等數，並與之本配合，是五眾歷劫取經又一方面的定數。這可以從書中有關文字看得出來。第 99 回回目即「九九數完魔滅盡，三三行滿道歸真」，又回中菩薩說：「我佛門中九九歸真。」可知「九九」「三三」之數，都是唐僧等「數完」「行滿」以「魔滅」「歸真」即成佛必完之定數。這都為讀者所熟知。但是，第 98 回已寫菩薩謂唐僧取經「少八日，不合藏數」，必須補足，並且正是在補足「一藏之數」的 8 天之內也就是同時，遭遇第 81 難，得完「九九」之數。清人黃周星評曰：「八十一難中，少一難不得完九九之數，猶之夫五千四十八日中，少八日不合一藏之數也。」可知一如「九九」「三三」之數，《西遊記》「一藏之數」即「五千四十八」，也是一個定數。其所以是一個定數，在《西遊記》來說，乃因其相當在藏經總數三分之一，又是總經中「每部各檢幾卷」（第 98 回）而成，於「三藏真經」為一而三、三而一，而又是佛祖親賜。因此稱「一藏之數」，既是寫實，又凸顯與「三藏真經」→「修真之經，正善之門」→西天佛祖的淵源，顯大莊嚴相，啟僧眾信心。這對於一部佛教故事題材的小說當然是必要的。

　　然而，從思想意義的層面深入來看，「一藏之數」雖然實指唐僧所持歸「有字真經」文本，卻畢竟落實在「數」，是棄其「象」而舉其「數」，強調的是「有字真經」之「數蓋合一藏」的一面。這不是無所謂的。《西遊記》雖寫佛教故事，但「三教歸一」（第 47 回），思想駁雜，包括開篇即引入了《易傳》「數」的觀念。而按《易傳‧繫辭上》說：「參伍以變，錯綜其數。通其變，遂成天下之文；極其數，遂定天下之象。」又說：「……凡天地之數五十有五，此所以成變化而行鬼神也。」可知古代象、數關係中，數略相當於道，是象之變化的動力與關鍵。《西遊記》全書正文開篇即以「蓋聞天地之數」領起，其對「數」的理解與應用，大體也正如《易傳》。所以，「一藏之數」略「有

〔註 2〕魯迅《小說舊聞鈔》，齊魯書社 1997 年版，第 36 頁。

字眞經」之「象」即文本而唯言其「數」，應是表明作者對傳來東土之「有字眞經」之「象」即其「有字」本身，另有看法。

這一點必須結合《西遊記》有關傳經的描寫才便於說明。按第98回寫雷音寺傳經，有「白本」「有字」之分。唐僧等先因未送「人事」，僅得「白紙本子」，「一卷卷收在包裏，馱在馬上，又捆了兩擔」。此「無字眞經」既爲「空本」，也無具體之數。後來送「人事」即以鉢盂換取，得「有字眞經」，「數蓋合一藏」，爲「有字」有「數」之經。可知「空本」即「無字」無數者，可以「空取」；「有字」有數者，便「不可以空取」。可見「空本」「有字」雖然都是「眞經」，但是其「象」不同，其傳亦不同，二者就有了高下之分。然而這分別並不在唐僧等所認爲的「無字」的無用，必「有字」才有用。而有所相反，即如來所說：「白本者，乃無字眞經，倒也是好的。因你那東土眾生愚迷不悟，只可以此（按指有字的）傳之耳。」讀者由此不難揣知，如來本重「無字眞經」，只是爲了俯就「東土眾生」修習，非「有字」不可，才不得已行此傳「有字眞經」的下策，並從市俗之道，索「人事」以交易之。

這個道理其實是容易明白的。佛爲「空門」，「白本」即「空本」之「空」才眞正合於佛性，而能密切作爲佛旨眞正的象徵。「有字的」固然也是「眞經」，但是，一面是雖然「有字」，卻言不盡意，所謂「君之所讀者，古人之糟魄已夫」〔註3〕；一面是學者誦讀，難免買櫝還珠，僅成經之蠹蟲。所以從體現佛祖傳經更重其本旨起見，作者使唐僧等一面只信「有字的」，卻另一面就「有字眞經」只言其「一藏之數」，即「數蓋合一藏也」。所以，「一藏之數」雖爲寫實，但更是強調全書「歸眞」的本意。同時也就可以認爲，《西遊記》佛祖傳經，「空本」可以「空取」，「有字的」則要「人事」一事，並非對佛祖西天的諷刺，而是一個禪機。其機若曰，學佛之道，判爲兩途：一者從「無字」處入，一者從「有字」入。從「無字」處入，如第93回寫唐僧稱讚「悟空解得是無言語文字」，於「空」中「悟空」，「乃是眞解」，爲最上乘；從「有字」處入，即如「東土眾生愚迷不悟」者，只能朝夕誦經，於「有」處求「空」，就事倍功半，甚至墮文字障中，不能自拔。即邵雍所說：「記問之學，不足以爲事業。」〔註4〕《西遊記》於「有字眞經」唯重其「一藏之數」，體現此書

〔註3〕曹礎基《莊子淺注》，中華書局1982年版，第204頁。

〔註4〕〔宋〕邵雍《皇極經世書》（下），《邵雍全集》，郭彧、於天寶點校，上海古籍出版社2016年版，第1244頁。

尊崇禪宗頓門的傾向。我國佛教禪宗雖託始達摩，但眞正形成是自唐代法師弘忍以下，惠能、神秀因菩提、明鏡之偈，而分南、北兩宗，即頓、漸二門。南宗爲六祖惠能所立。惠能不識字，因稱「諸佛妙理，非關文字」〔註5〕，「頓悟頓修」〔註6〕，「見性成佛」〔註7〕，故稱「頓門」，而與北宗神秀所立之「漸門」重坐禪誦經之傳統大異其趣。《西遊記》即一面至少有三次以讚美口氣說及頓門之「明心見性」，另一面又不止一處刻意表露對北宗漸門誦經學佛之習的輕蔑之意。如第2回寫悟空從須菩提祖師學道一節問答：

> 祖師又道：「教你『流』字門中之道如何？」悟空又問：「流字門中是甚義理？」祖師道：「流字門中，乃是儒家、釋家、道家、陰陽家、墨家、醫家，或看經，或念佛，並朝眞降聖之類。」悟空道：「似這般可得長生麼？」祖師道：「若要長生，也似壁裏安柱。」悟空道：「……怎麼謂之『壁裏安柱』？」祖師道：「人家蓋房欲圖堅固，將牆壁之間立一頂柱，有日大廈將頹，他必朽矣。」

這裡對三教九流以記誦爲學問之陋一概否定，但是，作爲一部佛教故事題材小說，其特別點出「念佛」之不足爲法，當然更值得注意。進而還應該注意的是，第99回寫「長老（按指唐僧）捧幾卷登臺，方欲諷誦，忽聞得香風繚繞，半空中有八大金剛現身高叫道：『誦經的，放下經卷，跟我回西去也。』」這一描寫雖然是情節發展的需要，但金剛一定止唐僧於「方欲諷誦」之際，又「高叫道」云云，就不僅是爲了情節的發展，而別有寄託，即以金剛之「高叫」，對俗眾行禪宗之「棒喝」。兩相參觀，可知《西遊記》於佛教禪宗有抑「漸」揚「頓」的傾向，乃是不爭的事實。

　　以小說參與禪宗教門論爭是《西遊記》的創造，但其高標「一藏之數」的做法仍淵源有自。按據今見資料，以「一藏之數」別頓、漸二派，體頓門之旨，是唐以後禪宗風氣演變的結果。自唐《開元釋教錄》有「五千四十八卷」之數，後世流行，五代宋、元間，此數幾乎爲該教之別稱。如五代靜、筠禪僧編《祖堂集》卷十七《岑和尚》：「問：『如何是教？』師云：『五千四十八卷。』」又宋賾藏主編集《古尊宿語錄》卷二十《次住太平語錄》：「上堂云：『僧問雲門：如何是一代時教。』門云：『對一說。』師云：『對一說，卷

〔註5〕〔宋〕普濟《五燈會元》，中華書局1984年版，第53頁。
〔註6〕〔唐〕惠能《壇經》，書海出版社2001年版，第209頁。
〔註7〕《壇經》，第184頁。

盡五千四十八。風花雪月任流傳，金剛腦後添生鐵。』」都把「五千四十八卷」作爲「一代時教」即世俗以坐禪誦經爲業之佛學的代稱，而以爲學者不但不能精進，反而「金剛腦後添生鐵」，更減損了佛性，正是一種「壁裏安柱」！

以「五千四十八卷」爲「一代時教」之代稱而加貶斥的，他如《古尊宿語錄》卷六《睦州（道蹤）和尙語錄‧上堂對機第一》：「問：『如何是一代時教？』師云：『上大人丘乙巳。』」。又《五燈會元》卷十五《東禪秀禪師》：「問：『如何是一代時教？』師曰：『多年故紙。』」就更是直接道斷「一代時教」即世俗佛學唯務誦習之「五千四十八卷」佛經，不過如幼學描紅之「上大人丘乙巳」之類無理路的話頭，是「多年故紙」，與「見性成佛」完全不沾邊。甚至「被人喚作拭不淨故紙」〔註8〕，念佛誦經只是「贏得一場口滑。去道轉遠」〔註9〕。正是在禪宗頓教的這一傳統影響之下，《西遊記》作者因緣生法，於「一代時教」之「五千四十八卷」中獨標舉「一藏之數」，以爲「一代時教」棒喝，使知佛經眞義，不在「五千四十八卷」之「卷」，而在其「五千四十八」之「數蓋合一藏也」。

綜上所論，《西遊記》於「有字眞經」強調「一藏之數」，實乃推闡其寫佛祖最重「無字眞經」之義，於「有字眞經」深入剖判，以突顯禪宗頓門「諸佛妙理，非關文字」之理，羽翼其「頓悟」成佛之教。

《西遊記》的這一思想傾向，雖至最後「一藏之數」的強調才得以突出，但在全書卻是一以貫之。這個一以貫之的中心線索就是孫悟空。第7回說「猿猴道體配人心，心即猿猴意思深」，全書至少有33次稱悟空爲「心猿」。這一形象的設計原理，實本於《古尊宿語錄》卷三《黃檗（希運）斷際禪師宛陵錄》載：

> 《淨名》云：「難化之人，心如猿猴。」故以若干種法制御其心，然後調伏。所以心生種種法生，心滅種種法滅。故知一切諸法緋由心造，乃至人天六道、地獄修羅，盡由心造。如今但學無心，頓息諸緣，莫生妄想分別。……志公云：「本體是自心作，那得文字中求？」

或者也還摻和了張伯端《悟眞篇》其六十「了了心猿方寸機，三千功行與天齊」〔註10〕。的話頭而來。但是，張伯端本是先爲道士，後來又做和尙，《悟

〔註8〕 《五燈會元》，第914頁。

〔註9〕 〔宋〕賾藏主編《古尊宿語錄》，中華書局1994年版，第256頁。

〔註10〕 〔宋〕張伯端著，王沐淺解，《悟眞篇淺解》，中華書局1990年版，第125頁。

眞篇》深受禪學的影響。所以，從思想淵源說，孫悟空形象主要還是南宗頓門之說的演義。第 1 回寫孫悟空學道，因祖師將「頭上打了三下」，而悟三更傳法之機，就是自《五燈會元》卷一《五祖弘忍大滿禪師》記六祖惠能受五祖弘忍傳法故事模擬脫化而來。其名「悟空」之義，也屬頓門之悟。第 17 回寫他聽菩薩之教，「心下頓悟」，就是明證。而唐僧謂「悟空解得是無言語文字」（第 93 回），則是更進一步的說明。從而取經五眾之中，只有悟空知道「佛在靈山莫遠求，靈山只在汝心頭」（第 85 回）。而全部《西遊記》特別是「取經」云云，只是爲俗眾說法不得已而設。其實哪裏用得著「西遊」？哪裏用得著「經」？又「那得文字中求？」這個道理，唐僧最後也終於明白。第 85 回寫他即已認識到：「千經萬典，也只是修心。」准此，則《西遊記》的主旨，說千道萬，也只是「修心」。而「修心」之要，不在「五千零四十八卷」之「言語文字」，而在「五千零四十八」之「數蓋合一藏」之道。

這個道就是「修心」以「歸眞」，最後達至禪宗涅槃之途。全部《西遊記》就是演義此一過程。始於寫悟空出世，以「猿猴道體配人心」，擬人之「有心」，作爲全部描寫的基礎；繼而寫悟空因「放心」即「多心」而「心生則種種魔生」，進而寫其被壓在五行山下「定心」而「一心」，終於經過爲唐僧「取經」護法的考驗，由「一心」而「無心」。第 58 回所謂「禪門須會無心訣，靜養嬰兒結聖胎」者是也。但在悟空是由「仙」而「聖」而佛，唐僧則基本上是由「凡」而「仙」而佛，其他三眾介二者之間，卻總而言之，都是這樣一個由「有心」而進於「無心」並終於「歸眞」的過程。

這裡「無心」即「空」。這個「空」不是「無」中生「有」之「無」，而是「不生不滅自來空」。從「有」到「多」到「一」再到「無」即「空」，整個過程都是「數」的變化。「數完」即「行滿」，也就「魔滅盡」而「道歸眞」了。所以，「數」是把握這一過程的關鍵。《西遊記》卒篇高標「一藏之數」，正是一面突出頓悟成佛之禪理，又一面提示讀者「數」才是理解《西遊記》的不二法門，同時與全書開篇「蓋聞天地之數」云云相呼應。其用心之微妙，他書殆無以過之。

因此，《西遊記》雖「三教歸一」，唐僧爲保大唐「江山永固」（第 12 回）而取經、悟空「棄道歸佛，保唐僧西天取經」（第 90 回），但從故事題材、情節與其思想的基本傾向看，總不過是藉儒而言道，因道以成佛，而「歸一」於佛，即黃周星評所說：「《西遊記》，一成佛之書也。」而於佛之諸派，又偏

重在禪，即悟空所說「禪門有道」；於禪之諸宗，則輕「漸」重「頓」，除本文上所論及，第 2、第 3、第 5 回寫悟空歸佛之前即已三復「頓然醒悟」。可知其不僅結以「一藏之數」是爲著彰顯南宗頓門義理，而且入手即已扣緊「頓悟」，爲全篇精神聚焦之點。

當然，《西遊記》並非只是這樣一個思想的圖解，而是如世尊「拈花示眾」之相，是佛教哲理與詩美的融合。其雜採儒、道而以南宗禪學義理爲小說，如鹽溶於水，合化於全書人物與情節的生動描繪之中，可味而不可見，可感而不可觸。這就決非淺學拙筆之輩所能爲。魯迅先生以作者爲「尤未學佛」〔註11〕，恐未必然矣。

（原載《南都學壇》2006 年第 1 期）

〔註11〕魯迅《中國小說史略》，人民文學出版社 1973 年版，第 140 頁。

說「十萬八千里」

《西遊記》〔註1〕中「十萬八千里」一說共出現 14 次。作爲一個神秘的定數，其所指稱有二：

其一是孫悟空所學騰雲之法——筋斗雲的里程。第 2 回寫孫悟空從須普提祖師學道 3 年，自以爲「功果完備，已能霞舉飛昇」，但「弄本事，……踏雲霞去勾有頓飯之時，返復不上三里遠近」，爲祖師所笑：

> 祖師笑道：「這個算不得騰雲，只算得爬雲而已。自古道：神仙朝遊北海暮蒼梧。似你這半日，去不上三里，即爬雲也還算不得哩。」
>
> 悟空道：「怎麼爲『朝遊北海暮蒼梧』？」祖師道：「凡騰雲之輩，早辰起自北海，遊過東海、西海、南海，復轉蒼梧。蒼梧者，卻是北海零陵之語話也。將四海之外，一日都遊遍，方算得騰雲。」

祖師遂因悟空懇請，教以騰雲之法：

> 祖師道：「凡諸仙騰雲，皆跌足而起，你卻不是這般。我才見你去，連扯方才跳上。我今只就你這個勢，傳你個筋斗雲罷。」悟空又禮拜懇求，祖師卻又傳個口訣道：「這朵雲，撚著訣，念動眞言，攢緊了拳，將身一抖，跳將起來，一筋斗就有十萬八千里路哩！」……這一夜，悟空即運神煉法，會了筋斗雲。逐日家無拘無束，自在逍遙，此亦長生之美。

其二爲東土大唐去西天的距離。第 12 回「觀音顯象化金蟬」留頌子曰：

> 禮上大唐君，西方有妙文。程途十萬八千里，大乘進殷勤。此

〔註 1〕 〔明〕吳承恩《西遊記》，李卓吾、黃周星評，山東文藝出版社 1996 年版。本文凡引《西遊記》，均據此本，說明或括注回數。

　　經回上國，能超鬼出群。若有肯去者，求正果金身。

又第 14 回寫觀音菩薩又化身老母道：「西方佛乃大雷音寺天竺國界，此去有十萬八千里路……」，第 24 回寫沙僧道：「師兄，我們到雷音有多少遠？」行者道：「十萬八千里，十停中還不曾走了一停哩。」第 100 回寫唐僧取經回東，唐太宗問道：「遠涉西方，端的路程多少？」三藏道：「總記菩薩之言，有十萬八千里之遠。……」

　　此外，第 61 回寫牛魔王大驚道：「猢猻原來把運用的方法兒也叨話得來了。我若當面問他索取，他定然不與。倘若扇我一扇，要去十萬八千里遠，卻不遂了他意？……」又以「十萬八千里」爲芭蕉扇一扇能使人遠去的距離。但是，這與第 59 回寫芭蕉扇眞正的主人羅刹女卻說「我的寶貝，搧著人，要去八萬四千里，方能停止」相左，二者必有一誤。而以情理論，芭蕉公主爲扇子的眞正主人，讀者當以其所言爲是，故可以不論。從而「十萬八千里」之數，只在悟空的一個筋斗雲與東土去西天的距離。

　　這是兩個密切相關的象徵。作爲東土去西天的距離，「十萬八千里」象徵東土眾生與佛懸隔之遠。也就是說，眾生修行到成佛的地位，猶如從東土到西天，要經過「十萬八千里」的跋涉。《五燈會元》卷十《報恩慧明禪師》。

　　　　問：「如何是佛法大意？」師曰：「我見燈明佛本光瑞如此。」
　　問：「如何是學人自己？」師曰：「特地伸問是甚麼意？」問：「如何
　　是西來意？」師曰：「十萬八千眞跋涉，直下西來不到東。」〔註2〕

這裡「問」先「佛法大意」而後「西來意」，是既以「西來意」爲「佛法大意」，又以其爲佛法大意之精要。而「西來意」即禪宗妙理，《五燈會元》卷一《釋迦牟尼佛》載：

　　　　世尊在靈山會上，拈花示眾。是時眾皆默然，唯迦葉尊者破顏
　　微笑。世尊曰：「吾有正法眼藏，涅槃妙心，實相無相，微妙法門，
　　不立文字，教外別傳，付囑摩訶迦葉。」

又，《祖堂集》卷十一《齊雲和尚》：

　　　　師初入龍華，上堂云：「……世尊靈山說法之後，付囑摩訶迦葉。
　　祖祖相繼，法法相傳。自從南天竺國王太子捨榮出家，呼爲達摩大
　　師，傳佛心印，特置十萬八千里過來，告曰：吾本來此土，傳教救
　　迷情。已經得二千年來，貞風不替。」

────────────

〔註2〕〔宋〕普濟《五燈會元》，中華書局 1984 年版，第 583 頁。

禪宗法嗣以迦葉爲西天 28 祖第一，達摩爲東土六祖之首。上引兩節文字表明，所謂「西來意」，就是指世尊傳至迦葉，迦葉傳至達摩，而由達摩「特置十萬八千里過來」東土所傳之「正法眼藏，涅槃妙心」，即「心印」，也就是禪宗之「心法」〔註3〕，從而禪爲「心宗」〔註4〕。而對於學佛者來說，「十萬八千眞跋涉」之路，應是「直下西來不到東」。這裡「直下」云云是說俗人學佛之路，猶東土到西天十萬八千里，「跋涉」的過程，唯是「直下」爲「正法」。而「直下」即禪宗的「直了」，即五祖弘忍所謂「即自見性，直了成佛。」〔註5〕也就是「頓悟」，即六祖惠能所謂「若識自性，一悟即至佛地」〔註6〕。因此，《西遊記》以孫悟空爲「心猿」，其渾身解數無不合「心」字，而「筋斗雲」者，實是心動如「筋斗」，神馳如「雲」之象徵；所謂「一筋斗就有十萬八千里路」的「騰雲法」，正好可由東土「直下」西天，乃「一悟即至佛地」之「心法」的象徵。

然而，作爲東土去西天或曰俗人學佛的途程，「十萬八千里」又不僅象徵其遙遠，同時寓言「苦歷千山，詢經萬水」的艱難（第8回）。但佛祖所說「千山」「萬水」，既指「水遠山高」「峻嶺陡崖難度」的障礙，也包括了「路多虎豹」「毒魔惡怪難降」（第13回）等「種種魔」者。但是，作爲一部寫「心性修持」（第1回）的小說，這些艱難險阻、妖精魔怪，雖有實相，本質上卻不過是人之情慾的象徵，乃心之所生。第 13 回寫唐僧答眾僧問，「箝口不言，但以手指自心，點頭幾度」，然後解釋說「心生，種種魔生；心滅，種種魔滅」，就總括說明，取經一路所遭「種種魔」難，都不過是境由心生，幻因情設。而第14回悟空所滅「六賊」即指「六欲」，第72回所殲7個女妖則爲「七情」，各是人心「種種魔」的象徵。從而《西遊記》寫悟空五行山下之厄以及唐僧取經「八十一難」，從正面看，不過如唐僧所說，「千經萬典，也只是修心」；從負面看，卻又如清人張書紳所說：「《西遊記》當名遏欲傳」〔註7〕。「十萬八千里」作爲佛教文學的象徵，就是這一「修心」、「遏欲」的過程。

然而又不僅如此，按《壇經》寫惠能說法云：

〔註3〕《五燈會元》，第14頁。

〔註4〕《五燈會元》，第45頁。

〔註5〕〔唐〕惠能《壇經》，書海出版社2001年版，第75頁。

〔註6〕《壇經》，第116頁。

〔註7〕〔清〕張書紳《新說西遊記總批》，朱一玄、劉毓忱編《西遊記研究資料》，中州書畫社1983年版，第224頁。

師言：「……世尊在舍衛城中，說西方引化，經文分明去此不遠。若論相說里數有十萬八千，即身中十惡八邪，便是說遠。說遠，爲其下根；說近，爲其上智。」〔註8〕

又云：

「今勸善知識，先除十惡，即行十萬；後除八邪，乃過八千。念念見性，常行十直，到如彈指，便親彌陀。使君但行十善，何須更願往生？不斷十惡之心，何佛即來迎請？若悟無生頓法，見西方只在刹那；不悟，念佛求生，路遙如何得達？」〔註9〕

這才是《西遊記》寫「十萬八千里」深意所本。而「十萬八千眞跋涉」所指，以「象」言是身體力行之跋山涉水之里程，以「數」言則是「心性修持」祛除「十惡八邪」之「心行」之度。

按「十惡八邪」爲佛教成說。按佛教以塵世爲孽海，人一身有一凶二吉三毒四倒五陰六入七識八邪九惱十惡。其中八邪說法不一，或謂邪見、邪思、邪語、邪業、邪命、邪方便、邪念、邪定，或謂不諦見、不諦念、不諦語、不諦治、不諦求、不諦行、不諦意、不諦定。八邪發則九惱著，九惱著而十惡生。所謂「十惡」，乃「身有三過，謂殺盜淫。意有三過。謂貪恚癡。口有四過：妄言、綺語、兩舌、惡口。作此十者名爲十惡」〔註10〕，十惡畢犯，身壞命終，皆入地獄。

由此可知，《西遊記》以孫悟空「一筋斗就有十萬八千里路」和「此去（西天）有十萬八千里路」，皆爲寓言學佛「成眞」之道，只在克服人性的邪惡。而悟空的「筋斗雲」與唐僧的「歷盡千山，詢經萬水」的西遊，就皆爲克服之法。前者疾，「一筋斗」即至；後者遲，須經「一十四年」「五千零四十日」，歷「八十一難」。《西遊記》即爲孫行者、唐僧二人而作。悟空爲「行者」的意思，是說他是「智者心行」〔註11〕，而能「頓悟」，所以五行山下一難，即已「知悔」（第8回），聽菩薩一言，就能「心下頓悟」（第17回）；而唐僧法號「三藏」，喻其唯知西天有經，而不知佛在心上，儘管一路持誦《心經》，仍不時墮「迷人口說」〔註12〕之窟，乍迷乍醒，歷「八十一難」，「漸修」至

〔註8〕〔唐〕惠能《壇經》，書海出版社2001年版，第127頁。
〔註9〕《壇經》，第128頁。
〔註10〕〔宋〕賾藏主編《古尊宿語錄》，中華書局1994年版，第531頁。
〔註11〕《壇經》，第107頁。
〔註12〕《壇經》，第107頁。

過了凌雲渡，才「識得本來面」，乃至「八戒卻也知覺，沙僧盡自分明，白馬也能會意」（第 99 回）；而「孫大聖護定唐三藏，取經僧全靠美猴王」（第 82 回），實是「愚者問於智人，智者與愚者說法」〔註13〕；最後都成正果，是「愚者忽然悟解心開，即與智人無別」〔註14〕。

所以《西遊記》故事不過禪宗「心法」祛除「十惡八邪」的寓言。而《壇經》載：「師示眾云：『善知識！本來正教，無有頓漸，人性自有利鈍。迷人漸契，悟人頓修，自識本心，自見本性，即無差利，所以立頓漸之假名。』」〔註15〕孫悟空與唐僧、八戒、沙僧的差別，即在「人性利鈍」，所以悟有頓漸，頓漸雙修，然後才有《西遊記》一書。

然而，「十萬八千真跋涉」之難，卻只是為唐僧等「東土眾生，愚迷不悟」者說法。若孫悟空能「頓悟」者，「一悟即至佛地」，「十萬八千里」途程，不過在「一筋斗雲」即心動神馳的一念之間，自然無事可記。所以，一般說來，《西遊記》寫取經只是唐僧取經，孫行者（悟空）、豬八戒（悟能）、沙僧（悟淨）等「三悟」，只是「借門路修功」（第 98 回）的取經護法人。然而，悟空之「頓悟」，卻也有時未盡，如唐僧等成佛之前，包括悟空在內，五眾都根本不懂得那「白本者，乃無字真經，倒也是好的」（第 98 回），視為無用，只求把「有字真經」取回東土供僧俗念誦。

這就不能不使我們想到，如同唐僧等取回東土的「五千四十八卷」之「有字真經」，《西遊記》也只是為世俗「迷人口說」而作；讀者即作者期待視野中的學佛之人，若能「直下西來不到東」，則「十萬八千真跋涉」，也不過一念之間，不僅經卷可以不讀，而且《西遊記》也可以不讀。這就是《壇經》所說：

> 人有兩種，法無兩般；迷悟有味，見有遲疾。迷人念佛，求生於彼；悟人自淨其心。所以佛言：「隨其心淨，即佛土淨。」使君東方人，但心淨即無罪；雖西方人，心不淨亦有愆。東方人造罪，念佛求生西方；西方人造罪，念佛求生何國？凡愚不了自性，不識身中淨土，願東願西，悟人在處一般。所以佛言：「隨所住處，恒安樂。」使君心地，但無不善，西方去此不遠；若懷不善之心，念佛往生難到。〔註16〕

〔註13〕《壇經》，第 114 頁。
〔註14〕《壇經》，第 114 頁。
〔註15〕《壇經》，第 139 頁。
〔註16〕《壇經》，第 114 頁。

又說：

> 一切修多羅及諸文字、大小二乘、十二部經，皆因人置。因智
> 慧性，方能建立。若無世人，一切萬法本自不有，故知萬法本自人
> 興；一切經書，因人說有。緣其人中，有愚有智；愚爲小人，智爲
> 大人；愚者問於智人，智者爲愚人說法；愚人忽然悟解心開，即與
> 智人無別。不悟，即佛是衆生；一念悟時，衆生是佛。故知萬法盡
> 在自心，何不從心中頓見真如本性？〔註17〕

因此，《西遊記》雖然大部寫唐僧（三藏）不能不歷「八十一難」，漸修成佛，
但其佛學理想或所尊「佛法大意」，卻只在孫悟空（行者）「一筋斗就有十萬
八千里路」的「筋斗雲」所寓，也就是「頓悟」之道，禪宗「一悟即至佛地」
的「心法」。第 19 回寫烏巢禪師的《頌子》說：「佛在靈山莫遠求，靈山只在
汝心頭。人人有個靈山塔，好向靈山塔下修。」第 24 回寫唐僧問靈山「幾時
方可到」，悟空答道：「你自小時走到老，老了再小，老小千番也還難。只要
你見性至誠，念念回首處，即是靈山。」等等，都明確表達了本書推重禪宗
「心法」的思想傾向。

　　總之，佛教「十萬八千里」是爲俗衆說法的寓言，《西遊記》用爲敷衍故
事的度數，以其爲東土去西天之距離的本意，只是作爲寫出「心生，種種魔
生」的憑藉；以其爲孫悟空筋斗雲一程之里數的用心，則是作爲唐僧「歷盡
千山，詢經萬水」「八十一難」方到達西天的對照，以體現全書頓、漸雙修，
而「迷聞經累劫，悟則刹那間」，更推崇「見性成佛」〔註18〕的「頓悟」之旨。
這是理解《西遊記》思想的門徑之一，讀者不可忽略，更不可錯會了。

（原載拙集《數理批評與小說考論》，齊魯書社 2006 年版）

〔註17〕《壇經》，第 114 頁。
〔註18〕《古尊宿語錄》，第 120 頁。

說「如意金箍棒」

　　《西遊記》寫孫悟空神通廣大，最得力於手中兵器，曰「如意金箍棒」。
正是憑了這根棒，悟空打上玉帝靈霄寶殿，直搗龍宮地府；四海千山盡皆拱
伏，西天路上幾無敵手。而一旦沒了這根棒，悟空心裏也先怯三分。第五十
一回寫悟空因金箍棒被金山兜山大王用金剛琢套去，吃了敗仗，來天宮求玉
帝派兵除魔：

> 當時四天師傳奏靈霄，引見玉陛。行者朝上唱個大喏道：「老官
> 兒，累你累你！我老孫保護唐僧往西天取經，一路凶多吉少，也不
> 消說。於今來在金峴山金峴洞，有一兒怪，把唐僧拿在洞裏，……
> 把老孫的金箍棒搶去，因此難縛妖魔。疑是上天凶星思凡下界，爲
> 此老孫特來啓奏，伏乞天尊垂慈洞鑒，降旨查勘凶星，發兵收剿妖
> 魔，老孫不勝戰慄屏營之至！」卻又打個深躬道：「以聞。」旁有葛
> 仙翁笑道：「猴子是何前倨後恭？」行者道：「不敢，不敢！不是甚
> 前倨後恭，老孫於今是沒棒弄了。」〔註1〕

這樣寫固然爲涉筆成趣，但畢竟悟空「於今是沒棒弄了」，又係求人，說軟話
也更合乎情理。而由此可見，如意金箍棒對於悟空形象的塑造，進而對於《西
遊記》全書敘事有重要意義。從而其來隴去脈，象徵意蘊，都值得我們深入
探索。

　　中國古代兵器至少有「十八般」，各有妙用，而孫悟空爲什麼獨喜此棒？
按第 3 回所寫，悟空龍宮借寶，龍王曾命屬下先後抬出大捍刀、九股叉、方

〔註 1〕　〔明〕吳承恩《西遊記》，李卓吾、黃周星評，山東文藝出版社 1996 年版。
　　　　本文引《西遊記》原文及評語均出此書，說明或括注回數。

天戟相送，悟空三復試過，皆因「不會」用或「不趁手」而不中意，最後才因龍婆、龍女之薦，得如意金箍棒（詳下），似隨機的選擇，而並無他故。其實不然。作者不過是在突顯此棒來歷不凡的同時，掩飾其一定要悟空使用此棒原因。而無論此棒來歷不凡，還是悟空終於喜歡此棒，雖然都是作者筆端造化，卻總是植根和孕育於中國傳統文化的滋養。

　　一、中國古代世俗防身作戰以棒為兵，應該是《西遊記》寫孫悟空使棒的根本原因。以情理論，棒最為簡易，製造、攜帶、使用均極方便，應是古人最早使用的兵器。但是我國古史至《三國志・魏書・武帝紀》裴注引《曹瞞傳》載，曹操為頓丘令，始有「造五色棒，縣門左右各十餘枚，有犯禁者，不避豪強，皆棒殺之」的記錄；至《魏書・尒朱榮傳》載，榮以為「人馬逼戰，刀不如棒，密勒軍士馬上，各齎神棒一枚，置於馬側」，棒才正式用為大規模戰爭的兵器；至隋唐五代宋，棒逐漸成為人們防身作戰常用兵器，型制名色亦趨繁多。《衛公兵法》已稱「刀棒自隨」，並有了連棒、白棒等名目；相傳宋太祖趙匡胤即善於使棒，而《宋史・禮志・儀衛》特載皇帝大駕鹵簿有哥（一作柯）舒棒、車輻棒、白乾棒等，都可能影響宋人有比較前代更加喜歡用棒的習俗，棒在日常生活中的影響也日益擴大。

　　宋人喜歡用棒的習俗影響市井說話與小說人物形象所用兵器中，棒為最普通常見的一種，乃至於「捍（或作趕）棒」與「撲刀」並列成為說話中公案、小說類的名目。如宋耐得翁《都城紀勝》載：「說公案，皆是搏刀趕棒及發跡變態之事。」宋羅燁《醉翁談錄・舌耕敘錄》記「小說」有「靈怪」等八類，之一即為「捍棒」，並列舉《花和尚》《武行者》《飛龍記》等十一種為「捍棒序頭」。在宋代「小說」話本等基礎上成書的《水滸傳》，引首即提到宋太祖「一條杆棒等身齊，打四百軍州都姓趙」，全書用到「棒」字達二百九十八次，用到棒之別稱「棍」字達九十九次。《西遊記》故事以《大唐三藏取經詩話》為標誌，主要在宋代定型，與水滸故事平行發展，後來有關孫悟空使棒的描寫，就應該是受到宋人風俗和話本小說中這類描寫的影響。

　　二、唐宋佛寺僧侶用棒的風俗是《西遊記》寫孫悟空使棒的直接來源。按與上述俗世用棒之風相應，隋唐以降佛寺僧侶也多以棒為護院之械，並漸以演變為說法度人的道具。相傳隋唐之際少林寺有十三棍僧，而《五燈會元》載德山說法：「示眾曰：『道得也三十棒，道不得也三十棒。』」〔註2〕故禪宗

_____

〔註2〕〔宋〕普濟《五燈會元》，中華書局1984年版，第373頁。

有「德山棒，臨濟喝」之說，而「棒喝」亦因此成爲唐宋禪宗頓教說法常事，並流爲成語。《西遊記》寫西天取經故事，闡揚頓教，又以孫悟空能「頓悟」，爲中心人物，從而其兵器自然以棒最爲寫意。

這就進入到孫悟空之「如意金箍棒」命義的問題。簡單地說，它是「一」「心」即「一心」的象徵。

這應該主要從書中有關「如意金箍棒」的出處得名的描寫看。按第三回寫孫悟空在龍宮借兵器，三復不中意之後，力逼龍王「再去尋尋看」：

> 龍王道：「委的再無。」正說處，後面閃過龍婆、龍女道：「大王，觀看此聖，決非小可。我們這海藏中那一塊天河定底的神珍鐵，這幾日霞光豔豔，瑞氣騰騰，敢莫是該出現遇此聖也？」龍王道：「那是大禹治水之時，定江海淺深的一個定子，是一塊神鐵，能中何用？」龍婆道：「莫管他用不用，且送與他，憑他怎麼改造，送出宮門便了。」老龍王依言，盡向悟空說了。悟空道：「拿出來我看。」龍王搖手道：「扛不動，抬不動！須上仙親去看看。」悟空道：「在何處？你引我去。」龍王果引導至海藏中間，忽見金光萬道。龍王指定道：「那放光的便是。」悟空撩衣上前，摸了一把，乃是一根鐵柱子，約有斗來粗，二丈有餘長。他盡力兩手撾過道：「忒粗忒長些，再短細些方可用。」說畢，那寶貝就短了幾尺，細了一圍。悟空又顛一顛道：「再細些更好。」那寶貝眞個又細了幾分。悟空十分歡喜，拿出海藏看時，原來兩頭是兩個金箍，中間乃一段烏鐵，緊挨箍有鑱成的一行字，喚做「如意金箍棒重一萬三千五百斤」。心中暗喜道：「想必這寶貝如人意！」一邊走，一邊心思口念，手顛著道：「再短細些更妙！」拿出外面，只有丈二長短，碗口粗細。

這一描寫賦予了「如意金箍棒」基本的象徵意義。

對此，前人橫說豎說，有種種猜測。著名者如清張書紳《新說西遊記總批》認爲：

> 定海神針，妙不可言。言人心上，原要有針線，又貴如鐵石，而外物不能搖動。〔註3〕

劉一明《西遊原旨讀法》則認爲：

〔註3〕朱一玄、劉毓忱編《西遊記研究資料》，中州古籍出版社1983年版，第227頁。

《西遊》寫三徒神兵，大有分曉。八戒、沙僧神兵，隨身而帶。惟行者金箍棒變繡花針，藏在耳內，用時方可取出。此何以故？夫釘鈀寶杖，雖是法寶，乃以道全形之事，一經師指，自己現成。若金箍棒，乃歷聖口口相傳，附耳低言之旨，係以術延命之法，自虛無中結就，其大無外，其小無內，縱橫天地莫遮攔，所以藏在耳內。這些子機密妙用，與釘鈀寶杖，天地懸遠。知此者，方可讀《西遊》。

〔註4〕

黃周星《古本西遊證道書》第三回總評認爲：

《西遊》一書，神明變化，總以心猿爲主；而心猿之神明變化，又以如意一棒爲主。蓋心猿者，吾之心；而如意棒者，吾心之才也。心非才不能運動，心猿非棒不能施展。故此回中，首揭出如意棒。心耶意耶，一而已矣。咄咄此棒，能大能小，能長能短，倏而鐵柱子，倏而繡花針，倏而針復爲柱，倏而柱復爲針，神明變化，若似乎一一與心猿相配而成者，則知天地之間，無此棒則無此猴，有此猴即有此棒。此猴既稱天生聖人，則此棒亦可稱天生聖物。

諸家之說，特別是劉、黃兩家之言頗有中肯之處。但是，除了仍不夠全面之外，都知其然而不知其所以然。因此，如意金箍棒之源流意義，還需要有更全面深入的說明。

首先，如意金箍棒爲「天一」之象。《史記》卷二十七《天官書》載北斗星斗口列有三星，「曰陰德，或曰天一」下，張守節《正義》引《星經》云：「陰德二星在紫薇宮內。」又云：「陰德星，中宮女主之象。」可知「天一」爲星名，合「中宮女主之象」。由此比較作者寫前三件兵器皆由龍王命人抬出，而寫如意金箍棒卻因龍婆、龍女兩「中宮女主」之薦而出，應是有意表明此物性屬「陰德」，而合於「天一」之象。又龍婆、龍女稱此棒本爲「一塊天河定底的神珍鐵」，換言之即「天河定底的一塊神珍鐵」，自可以縮略稱爲「天一」。又據《隋書·天文志上》稱「天河直如繩」，則「天河定底」之物狀，也將如繩之直，其造型也擬「天一」。加以其幻化後「原來兩頭是兩個金箍，中間乃一段烏鐵」之狀，亦像古代書法「一」字的造型。

其次，如意金箍棒「主戰鬥」，「主吉」。上引《史記·天官書》「或曰天一」下《正義》又曰：「天一一星，疆閶闔外，天帝之神，主戰鬥，知人吉凶。

〔註4〕朱一玄、劉毓忱編《西遊記研究資料》，第252頁。

明而有光，則陰陽和，萬物成，人主吉；不然，反是。」因此，上引龍婆、龍女說「（神珍鐵）這幾日霞光豔豔，瑞氣騰騰，敢莫是該出現遇此聖也？」又寫其「金光萬道」等，除表明此物「該出現遇此聖」而出世外，還通過其「明而有光」，顯示「主戰鬥」，並終能使「陰陽和，萬物成，人主吉」的本性。因「主戰鬥」，所以悟空能憑它而打遍三界，蕩盡妖魔；因「主吉」，所以悟空能「棄道歸佛」，並終於成佛，而名曰「鬥戰勝佛」。

第三，如意金箍棒本為「神珍」，用為「如意」，契合禪宗「心」論。古代用「神珍」一詞殊不多見，故今見辭書未收。而據王勃《廣州寶莊嚴寺舍利塔碑》文有云：「至誠冥感，神珍顯會。」可知「神珍」應是能會人意之物。因此，「神珍鐵」一入悟空之手，即粗細長短隨意變化，故有「如意」之稱。而佛教有「如意珠」，又名「心珠」。《五燈會元》卷十二《靈隱德章禪師》有《心珠歌》曰：

> 心如意，心如意，任運隨緣不相離。但知莫向外邊求，外邊求，終不是，枉用工夫隱真理，識心珠，光耀日，秘藏深密無形質。拈來掌內眾人驚，二乘精進爭能測。碧眼鬍鬚指出，臨機妙用何曾失？尋常切忌與人看，大地山河動發發。

可知「如意」一如「神珍」，皆「心」之別名。從而質地為「神珍鐵」之「金箍棒」又冠以「如意」，更明確成了「心」的象徵。作為「心」之象徵，此「棒」以「神珍」為體，「如意」為用；而「神珍鐵」之「定底」，暗擬「數始於一」（《史記·律書》），又如上述及「如意……棒」契書法「一」字的造型，這就更進一步顯示其為「一心」的象徵。

第四，「如意金箍棒重一萬三千五百斤」，合道教「胎息」之數。宋張君房《雲笈七籤》云：「凡欲求仙，大法有三：保精，引氣，服餌。……其大要者，胎息而已。胎息者，不復以口鼻噓吸，如在胞胎之中，則道成矣。」〔註5〕又曰：「只要心不動移，凡一日一夜十二時，都一萬三千五百息。」〔註6〕而宋張伯端《金丹四百字序》則謂：「一日結一萬三千五百息之胎。」〔註7〕由此可知，「一萬三千五百」是內丹修煉「一日一夜」「心不動移」，即《老子》所謂「抱一」的「胎息」之數。因此，《西遊記》以「如意金箍棒重一萬三千

〔註5〕〔宋〕張君房《雲笈七籤》，齊魯書社1988年版，第191頁。
〔註6〕《雲笈七籤》，第86頁。
〔註7〕〔宋〕張伯端撰，王沐《悟真篇淺解》，中華書局1990版，第204頁。

五百斤」，取「一萬三千五百」之數爲棒之重量，也表明金箍棒形象是「一心」即「心不動移」的寓言。

第五，《西遊記》中「如意金箍棒重一萬三千五百斤」之數，同時又是第三回地獄生死簿上孫悟空注名「魂字一千三百五十號上」之數的十倍。生死簿以孫悟空注號爲「一千三百五十」屬「魂字」，當是有意契合悟空爲「心猿」之義。進而如意金箍棒重爲此「魂字一千三百五十號上」之數的 10 倍，就更是「心不動移」所結「一萬三千五百息之胎」了。

作爲「一心」的象徵，「如意金箍棒」在書中又有多種意義。

首先，悟空作爲「心猿（源）」，而配以「金箍棒」，並寫其用棒多「當頭」打去，雖爲棒法之常，卻是兼取禪宗頓教「棒喝」之義，爲以棒說法、「直指心源」〔註8〕的象徵。在這個意義上，上引張書紳說定海神針是「言人心上」之「針線」，全不著邊際。

其次，金箍棒能粗能細，能長能短，能爲鐵柱子，又能爲繡花針，「以一化千千化萬」（第四回），又能復歸本「一」，從而既顯「一心」之變化無窮，又體現《西遊記》「萬法……歸一」（第八十四回）的傾向。在這個意義上，上引劉一明之說略有先見之明，但他沒有注意到人耳形狀如心，金箍棒能變成繡花針藏於耳內，乃收心「歸一」之喻。

第三，金箍棒作爲「一」的象徵，固然神通廣大，然而《老子》曰「道生一」，「一」雖爲體道之數，卻終不如「道」之本體「無」即「無極」更加徹底。而宋儒周敦頤《太極圖說》稱「無極而太極」，並表示爲圓圈中空，使儒、道兩家宇宙本源之說合二而一，從而「○」（圈）成爲儒、道之道通用的象徵。所以，《西遊記》中太上老君的「金剛琢」又名「金剛套」，被描繪爲一個「白森森的圈子」，悟空先是被此「圈子」所打，後如意金箍棒又被金山兜山大王以此「圈子」套去。均顯示如意金箍棒雖爲至寶，但是仍在道術的範圍，出不了太上老君的「圈子」；

第四，如意金箍棒雖爲《西遊記》「萬法……歸一」的象徵，但「歸一」不過此書所寫「悟空」之路。所以，如意金箍棒作爲「一心」之象徵，卻只是「悟空」因道成佛之憑藉，一旦成佛，此物也就歸「空」。所以《西遊記》結末寫悟空頭上的金箍兒「自然去矣」，而沒有再提到此棒。顯示作者意中，作爲道術象徵的「如意金箍棒」於佛境中實無位置。

〔註 8〕〔宋〕普濟《五燈會元》，中華書局 1984 年版，第 576 頁。

　　「如意金箍棒」終歸何處？這一問題從沒有人提出。從一般小說的閱讀來說，這應該是《西遊記》留下的一個謎。其實不然，佛為空門，猴王既已「悟空」，「心滅種種魔滅」，如意金箍棒當然也就不再是一個必要，而只能歸於無何有之鄉的「空」了。所以，《西遊記》未曾寫明如意金箍棒的下落，未必是一個遺漏，而是答案已在「五眾成真」的大結局所示「五蘊皆空」（第十九回）的意義之中了。

　　這只要注意到第三回寫孫悟空勾卻生死簿的描寫就可以思過半了。這一回寫悟空在地獄生死簿「魂字一千三百五十號上」勾去了自己的姓名，喻其已能了生死，而此「一千三百五十」之號下已「空」；進而金箍棒重「一萬三千五百斤」，為「魂字號」數十倍，到頭來悟空既已成佛，「五蘊皆空」，金箍棒也成了「孫猴子的尾巴，『一』無所用」，當然也就歸「空」。

（原載拙集《數理批評與小說考論》），齊魯書社 2006 年版）

孫悟空是公猴嗎？

　　《西遊記》寫孫悟空是不是公猴？似乎不成問題。因為一面是小猴們都稱他為「大聖爺爺」（第二十八回），一面是他自己也說：「常言道，男不與女鬥，我這般一個漢子，打殺這幾個丫頭，著實不濟。」（第七十八回）所以他是隻公猴，應該沒問題。但是，仍有可疑之處。

　　原來《西遊記》一書，雖然主要是寫和尚的事，但風流亦復不少。在那些多是「女惑男」的故事中，豬八戒天生好色，最容易著魔，是不必說的；唐僧雖堅守僧規，是個好和尚，但他肉體凡胎，未到西天之前，塵緣未斷，因此遭遇女魔挑逗，有時仍不免「耳紅面赤，羞答答不敢抬頭」（第五十四回），要「咬定牙關」（第五十五回），才撐熬得過去，也有些「男人的弱點」；沙僧人物平常，在這方面的表現也不足為典要；唯有孫悟空，心如死灰，身如槁木，美色當前，視如無物，戰女妖也最絕決。這就不僅使人生疑：如果它是隻公猴，何以比他的老師還更能夠拒絕犯那「美麗的錯誤」？

　　我曾經想，這是《西遊記》作者寫孫悟空生硬不夠細緻處。若不然，就應該如《三國演義》寫關雲長，為不至於非禮亂性而「秉燭達旦」。有了類似這樣的一筆，使讀者知道孫悟空在這件事上，心裏也有過「鬥戰」，敘事才算圓滿。然而無有，豈不是個疏失？

　　這個疑問長期縈繞心中。直到最近，才豁然開朗：原來孫悟空不是人養的，乃「父天母地，石裂吾生」（第九十四回），從而後來雖有無窮的本事，但這位「天生聖人」（第三回），卻「一生無性」（第一回）！

　　這就是說，如自古以來世所公認《孟子》中「食色性也」，《禮記》中「飲食男女，人之大欲存焉」（《禮運》）之類的話，對於孫悟空是完全不適用的。

這也就是說，《西遊記》作者寫孫悟空，雖然比照人類，賦予了他某些類人的性情，如「智」與「勇」，「傲」與「躁」等。但從寫他「無父母」，是「石裏長的」（第一回），「一生無性」的先天，就已經使故事中的他與「飲食男女，人之大欲」等，全然割斷了關係。這也就是為什麼第二十三回「四聖試禪心」，戲寫唐僧拒絕「那婦人」招贅，乃叫道：「悟空，你在這裡罷！」行者道：「我從小兒不曉得幹那般事……」對比同樣的問話，沙僧不願留下的原因只是「怎敢圖此富貴」，就可以知道悟空「我從小兒不曉得」云云，正是作為第一回他自說「一生無性」的補充。表明悟空之「無性」，不只是「罵我……不惱」，「打我……不嗔」（第一回），更在無「飲食男女，人之大欲」的情色之心。

在這個意義上，《西遊記》寫孫悟空，雖然是公猴氣派，也確實絕無母猴性徵，但就「男女之際」的「大欲」而言，他固然不是隻母猴了，卻也不是一隻標準的公猴，而是一只有公猴之貌，公猴之勇，與公猴之智等等，而無公母即男女之心的一隻似乎「男不男、女不女」的「無性」之猴！

這就很特別：一面這個形象是中國小說寫英雄不近女色傳統的極致，另一面又是《西遊記》作者故為唐僧，更是為豬八戒多為色魔所困，留下的一個解套的人。因為如果不是這樣，孫悟空也如八戒「人之大欲存焉」，一見女色，與大家一起暈了，則不獨氣短不夠一個英雄了，而且故事也就不好說，甚至沒法說！

如果是那樣，《西遊記》作者可就作繭自縛了！但是，畢竟他是一位天才，在這種《三國演義》寫關羽不得不「秉燭達旦」，以打熬情慾才能撐過去的地方，只作「無性」一語，輕輕了之，悟空的視女色為無物的原因，就得到了完全不同於《三國》中關羽與本書沙僧等形象的獨特說明。

我國自《周易》以下，有關猴子的故事多半與淫人妻女相關。因此，《西遊記》寫孫悟空「無性」是一個反傳統的大膽改變。然而，這樣一來，世俗讀書，孫悟空是不是隻公猴，也好像成了一個問題；而且「男不男、女不女」的答案，也不見得為讀者所樂意接受，所以值得提出來，做一個探討。以期讀者在看待書中這位「大聖爺爺」的時候，能別有一種眼光，即雖然稱「爺」，卻「一生無性」，乃天生做和尚的一位「猴行者」！

《西遊記》寫孫悟空雖然「無性」，卻懂得調情。第八十一回寫老鼠精已經吃六個小和尚，孫悟空化作小和尚在佛堂念經，那女妖化作「一個美貌佳人，徑上佛殿。行者口裏嗚哩嗚喇，只情念經。那女子近前，一把摟住……

與他親個嘴道：『我與你到後面耍耍去。』行者故意的扭過頭去道：『你有些不曉事……』……隨口答應道：『娘子，我出家人年紀尚幼，卻不知甚麼交歡之事。』」

（原載《齊魯晚報》2006 年 12 月 6 日《青未了》，
題《孫悟空的性別》。茲據原稿收錄）

「西天取經」的孫悟空才是真正的英雄

　　孫悟空是《西遊記》全書真正的中心人物。近世這個形象被抬得很高，主要是以他「大鬧天宮」等是反封建的象徵，體現了蔑視權威，反對等級制，追求自由平等和個性解放的精神等等。然而，實際上《西遊記》前七回寫孫悟空是「跑官」「要官」的官迷，「大鬧天宮」是孫悟空的「誑上之罪」，第十四回後從五行山下出來取經途中的孫悟空才是真正的英雄。

　　我們知道，有壓迫才會有反抗，有暴政才會有造反。反壓迫、反暴政的造反，才是推動社會進步的革命。否則，一味打打殺殺，不是暴亂，也是胡鬧。按照這個標準，孫悟空的「龍宮借寶」「大鬧天宮」等能否稱得上是「革命」造反，是很可疑的。

　　這裡不是說《西遊記》所寫「玉帝」「天宮」象徵的不是封建統治，更不是說封建統治不應該被推翻，中國歷史上也已經被推翻了。而是說如書中所寫，那些一般被視為封建統治者象徵的玉帝、龍王等，並非昏君姦臣，「天宮」的秩序還沒有那麼壞，更不曾首先對悟空施壓，甚至石猴出世，玉帝還「垂賜恩慈」了一番。而且很明顯，孫悟空最初不是因為感到了天宮壓迫、有暴政才去「大鬧」玉帝讓位與他。而是他認為「強者為尊該讓我，英雄只此敢爭先」。這雖然有些「競爭上崗」的意思，但是，「拳大就是哥」乃「黑社會」傳統，不是良好政治的原則。因為，即使在封建社會，志士仁人們倡導的也是「天下唯有德者居之」，並沒有說「唯有力者居之」。悟空是尚力不尚德的一隻猴。他以力征服諸猴與眾獸即地上的世界，使「四海千山皆拱伏，九幽十類盡除名」，又「心高要做齊天聖」，「為嫌凡間天地窄，立心端要住瑤天」，完全是「山大王」「霸主」心態與作風。我們看他監守自盜，偷吃蟠桃，倘真

的又做了玉帝，還能指望會有什麼好嗎？

孫悟空「大鬧天宮」的理由之一，是說玉帝「輕賢」、不會用人，但這並無根據。當時天上太平，他的神通派不上用場；又天廷也是不缺官的，趕上還有一個弼馬溫的缺能補，其實機會就不錯了。但孫悟空嫌官小，讀者也多欣賞，然而絕非什麼好德行。後來玉帝被「大鬧」得無奈，又封他做「齊天大聖」，雖然只是敷衍，但以孫悟空的德行，若果然實授孫悟空有職有權的官位，倒是玉帝眞的昏頭了。再說「齊天大聖」雖係假官，但是「破格」的待遇，名義上與玉帝平起平坐的地位，也該知足了。但他仍「意未足」，要取玉帝而代之，豈非「官迷」以高效規範「皇帝迷」了？還有他大鬧蟠桃宴，其實還是在「去打聽個消息，看可請老孫不請」的路上，就打定了「暗去赴會」攪亂的主意，既是盲目，又極其惡作劇。同時他還說了：「就請我做個席尊，有何不可？」可知即使王母請了他，若不讓他做個「席尊」，也不免一鬧。他是個「鬧」不知足，以「鬧」爲樂，以「鬧」爲生，「齊天」未足之心比天高的「心猿」，並非什麼有眞正原則與理想的「大聖」。

孫悟空這樣的「鬧」是反對等級制度，追求自由平等、個性解放嗎？形式上看有一點，所以曾有此評價也可以理解，但是有極大的片面性。一者「物之不齊，物之情也」（《莊子》），人類社會尤其官場不可能沒等級，一概反對等級制度，並不科學。須知理論上行政機構的等級制不是人格上的不平等，而是行政管理上權力與責任層層分解的體現。層級分明，各司其責，正是科學管理追求的目標。官場和一切組織中正是要有合乎科學的等級制，才能使人盡其才，協同實現政府與組織的工作目標。如今的改革就包含了這方面的內容；二者人類繁衍生息，生產建設，不可能不依賴於群體；而爲了有效組織領導一個群體的發展進步，各個層級的領導也不能沒有一定的權威。因此，一概地蔑視、反對權威，並不合於人類發展進步的需要。而且更重要的是，孫悟空蔑視他人包括神佛的權威，並不是爲了建立健全人格平等的制度，而是要樹立維護他個人的權威；他「傲」對神佛，至多是爭他個人在天宮等一切場合的唯我獨尊。這突出表現在他在花果山，開口就是「小的們」，沒有任何平等意識；他貌似追求自身個性的解放與張揚，卻要使「四海千山皆拱伏」，把別的猴踩到自己腳下。如此心性做派，都說不上是眞正的爭自由、講平等、個性解放。他只是爭官，爭名分，不僅高「猴」一等，還要高「神」一等，乃至要高「天」一等，並發展到與如來佛賭賽。這是何等的心高妄想！但「心

比天高」的結果是，這只從花果山正當頂上一塊石頭中誕生的孫悟空，落到被壓在五行山的底下，成了《紅樓夢》中所說「爲嫌紗帽小，致使鎖枷扛」（第一回）的人物，可以爲「跑官」、「要官」者戒！

即使孫悟空的「大鬧」確有明中葉思想解放思潮的影響，那也只是曲折的反映，而非正面的體現，可以忽略不計。其直接正面的表現是「仇富」「仇官」心理和地痞流氓作風。例如「龍宮借寶」是讀者最開心的故事。但是，好笑卻未必是好事。他初稱「告求」，是「借」，但一步步就成了勒索。還貪心不足，金箍棒到手，又要鎧甲，說：「眞個沒有，就和你試試此鐵？」這是不是「入室搶劫」嗎？有人說這時的他是「黑老大」，可能言重了。然而決非値得稱道的「革命」行爲和「革命者」，是毫無疑問的，而任何一個穩定有序發展進步的社會，都不需要這樣的「大鬧」分子。

進一步說，孫悟空「大鬧天宮」不是「砸爛舊世界，建立新世界」，而是一個自感受了「主人」委屈的「奴才」，去搶「主人」的椅子，至多是強盜世界的爭權奪利。而且果然孫悟空如願代玉帝成爲天宮的主宰，那天地三界將會如何之顚倒混亂，無事生非，就匪夷所思了。由此可見孫悟空「大鬧天宮」除能迎合一般社會下層受壓抑人群的發泄心理之外，別無任何有益社會發展的啓示意義。《西遊記》寫「大鬧天宮」的成功，不是有了任何正面肯定性的描寫，而是除了其本身的生動有趣之外，就是成爲其後孫悟空經由被佛祖壓在五行山下「五百年」的反省，終於走上「西天取經」之修行正途的臺階或鋪墊，是其終成「正果」的不可或缺的「因」。只有把孫悟空的「大鬧天宮」與其後來爲唐僧護法「西天取經」兩件事聯繫起來看，才可明白作者寫孫悟空「大鬧天宮」的眞正意圖，及其對孫悟空「大鬧天宮」的所持眞正的立場與態度。雖然因爲孫悟空終能成「正果」之故，作者寫其「大鬧天宮」有如兒戲可恕的一面，但是絕無任何肯定之心，歌頌之意。近世讀者以《西遊記》寫孫悟空「大鬧天宮」是英雄行爲者，完全是一種「意淫」，而與作品描寫無任何關係。

更進一步說，《西遊記》寫孫悟空形象，以其被壓在五行山下爲界分爲前後兩大階段，前一階段「大鬧天宮」的孫悟空雖然好看，卻是「因放下心」而「才大難爲用」，是走火入魔的孫悟空。即使從五行山下出來「歸正」以後，他的魔心也沒有完全褪盡。做了唐僧的徒弟，還不免與唐僧三離三合（當然也有唐僧糊塗的原因），若不是有「緊箍」束縛，他早就又眞的「回鍋」做妖

怪去了，哪裏還能成什麼「正果」！

　　當然，取經之前的孫悟空也並非一無是處，他的「傲」與「躁」本於氣質，是他這位產於「靈根」的「天生聖人」固有的性格缺陷，而不是心地邪惡。他給我們的感覺，更像是一個因違犯校規而被除名「輟學」失教的頑童，肆無忌憚，進而成為一個「青少年犯罪」的典型。如來佛罵他「你這個初世為人的畜生」，就包含了這個意思。所以，他的「大鬧」也多是惡作劇式的，即有上所述及之「兒戲」色彩，從而使人恨不得，愛不得，心生一種如果他能夠不如此胡鬧該有多好的感覺。換言之，被壓在五行山下之前的孫悟空，是由一個真性少年到「問題少年」，又到「青少年犯罪」的典型。他的罪可謂「彌天」之大，但是，由於他「靈根」未滅，又畢竟年輕，所以將來有可能向善，只是要經過五行山的鎮壓和取經的鍛鍊。

　　「五百年必有王者興」（《孟子・公孫丑下》）。後一階段從五行山下出來重現江湖西天取經的孫悟空，才是應該受到稱讚的真正的英雄。這時的孫悟空降妖捉怪，救苦救難，濟世利民，才是真正的英雄。

　　「西天取經」的孫悟空雖然還保持了他在花果山時的「尊性高傲」，但已淘盡黃沙，唯餘昂揚樂觀、機智勇敢與幽默風趣的可愛性情。更重要是他的人生目標變了，淡泊名利了。大鬧天宮時他曾經說：「皇帝輪流做，明年到我家。」但至取經路上，他一捨「跑官」「要官」的念頭，宣言「老孫……做慣了和尚，是這般懶散。若做了皇帝……怎麼弄得慣？」（第四十回）他依舊鬥志昂揚，敢打敢拼，但不再是為了自己撈取什麼好處，而是為了保護師父，而師父是為「保大唐江山永固」而去取經。此外，他還「專秉忠良之心，與人間報不平之事，濟困扶危，矜孤念寡」（第四十四回），並且除惡務盡，「為人為徹」，卻一無所圖，一心做個好和尚，好徒弟，努力向前，指望有一天取經成功，把「緊箍」去了，長生不老，逍遙自在。這時的孫悟空沒有了「美猴王」的匪氣，「齊天大聖」的霸氣，依舊是特別能戰鬥，才是值得讀者合十讚歎的真正的英雄。

　　綜上所述論，一部《西遊記》決不是把「大鬧天宮」當作孫悟空初出茅廬第一功來寫的，那是第十四回孫悟空從五行山下出來時就已經承認，又後來一再追悔的「誑上之罪」；自第十四回開始的為唐僧護法取經，就都從對「大鬧天宮」等「誑上之罪」的救贖而來。若不然，安居花果山東享天年的孫悟空有什麼必要和興趣要陪唐僧去西天取經？這也就是說，一如唐僧前世為佛

祖跟前犯戒謫世的弟子，須取經修功才能重返西天相似，「大鬧天宮」就是寫孫悟空後來必保唐僧「西天取經」有「因」，而「西天取經」才給了孫悟空修成「鬥戰勝佛」的「果」。第九十八回寫唐僧過了凌雲渡脫體成仙，要謝三位弟子，孫悟空道：「兩不相謝，彼此皆扶持也。我等虧師父解脫，借門路修功，幸成了正果；師父也賴我等保護，秉教伽持，喜脫了凡胎。」這番話道出了「西天取經」的更深層次的目的，即包括唐僧在內的取經五眾各都是為了對自己前世罪愆的救贖。而《西遊記》的真正主角是孫悟空，全書的中心即孫悟空浪子回頭、棄道歸佛、終成正果的故事。

作為孫悟空浪子回頭、棄道成佛的故事，《西遊記》寫天宮、玉帝等神佛，並不難寫得如商紂王、隋煬帝那樣的惡劣，使悟空的造反理由十足，更像是革命；但是，那麼寫來的結果就是孫悟空不應該被鎮壓，佛祖懲罰悟空就成了為惡，那麼他造的經還值得取嗎？故事就會成為另外的樣子了。所以，不是作者，也不是我們要迴護玉帝等神佛，更不是我們蓄意推翻讀者對孫悟空「大鬧天宮」約定俗成的正面評價，而是實事求是，就文本書本，糾正過去的誤會，認識到取經之前的孫悟空，不是作者肯定的正面形象，而是一念之差誤入歧途，成為妖魔的神猴（孫悟空在取經途中多次說自己在花果山是做妖魔）；取經途中的孫悟空改惡從善、護國弘法、濟世救民，才是真正的英雄。袁行霈教授主編《中國文學史》認為，「孫悟空最終成了一個有個性、有理想、有能力的人性美的象徵」〔註1〕，是完全正確的。

這是一個有重要意義的翻案。因為除了作品描寫的事實應該如此看待之外，還是文學研究與時俱進的需要，即如果說過去我們肯定「大鬧天宮」的孫悟空，無論是否合乎作品的實際，都還曾經有利於「打碎一箇舊界」，那麼今天我們「建設一個新世界」，建設和諧社會，更需要的是「西天取經」中「專秉忠良之心」的孫悟空。即使並不必有如此急功近利的比附，也至少應該如實承認《西遊記》寫孫悟空決未看好其「大鬧天宮」，而是以「西天取經」的孫悟空為真正的英雄

總之，《西遊記》寫孫悟空形象的褒貶是文學研究上的大是大非，也會影響到社會政治與日常生活。例如那個打打殺殺，使「四海千山皆拱伏」又「大鬧天宮」的孫悟空形象，遠不如「西天取經」的孫悟空更適合成為諸如奧運

〔註 1〕 袁行霈主編《中國文學史》（第二版第四卷），高等教育出版社 2005 年版，第130頁。

等國內外大型文體活動的吉祥物。因為，使「四海千山皆拱伏」又「大鬧天宮」的孫悟空形象決非中國人傳統美德的體現。與人為善、愛好和平才是中華民族的天性，孔夫子說：即使「遠人不服」，也不過「修文德以來之」（《論語‧季氏》），而不是打得人家「拱伏」。由此可見，孫悟空作為家喻戶曉、婦孺皆知的文學形象，對人類特別是中國社會生活乃至政治進程的影響，遠非一般其他文學形象和現實公眾人物所可比，從而本文有關何謂孫悟空英雄行為的討論，就不僅是一個學術問題，還隱指某個可能的社會政治問題，不可不慎思明辨，樹立正確的認識。

（2006 年 11 月初稿
2018 年 4 月 12 日修訂）

豬八戒三「妻」考議
——兼及《西遊記》非吳承恩所作

　　今見元明西遊文學（主要指戲曲、小說）諸文本寫豬八戒的「婚姻」共有三次，其「妻」的形象也有三個，依次是裴海棠、卵二姐、高翠蘭。這三個形象的設計分別植根於不同的文化淵源，具有各自的文化內涵，體現了不同作者或同一作者不同情況下的藝術匠心，而終至於作為豬八戒欲望的對象，幫助成就了豬八戒作為「好丈夫」和「好色之徒」的典型。以下試論說之。

一、「裴海棠」

　　今知寫豬八戒之「妻」最早的，或說豬八戒的第一個「妻」的形象，出現在明孟稱舜評點《新鐫古今名劇柳枝集》載元吳昌齡著《二郎收豬八戒》雜劇（以下或簡稱「吳劇」），今存《正目》曰：「朱太公告官司，裴海棠遇妖怪。三藏託孫悟空，二郎收豬八戒。」孟稱舜評曰：「裴女不想朱郎，也未必。遇怪一語，便為世人說法。」〔註1〕

　　但是，吳劇殘存有關內容僅止於此，其具體演義這位名叫「裴海棠」的豬八戒之「妻」的有關文本已不可見。所幸從明初楊景賢《西遊記雜劇》（以下或簡稱「楊劇」）與吳劇中女子均稱「裴海棠」、是裴家莊裴老的女兒等設置看，楊劇寫豬八戒騙搶裴海棠為「妻」的第十三至第十六出應是據吳劇人物情節敷衍，使我們還可以窺知吳昌齡原作又經楊景賢加工過的豬八戒第一

〔註1〕劉蔭柏《西遊記研究資料》，上海古籍出版社1990年版，第192頁。

個「妻」形象的特點。

　　楊景賢《西遊記雜劇》第十三齣寫豬八戒上場自報家門以後，說道：

　　　　近日山西南五十里裴家莊，有一女子，許配北山朱太公之子爲
　　　　妻。其子家貧，裴公欲悔親事。此女夜夜焚香禱告，願與朱郎相見。
　　　　那小廝膽小不敢去。我今夜化作朱郎，去赴期約，就取在洞中爲妻
　　　　子，豈不美乎。只爲巫山有雲雨，故將幽夢惱襄王。〔註2〕

豬八戒就如此變化冒作朱郎，去到裴家，得見海棠小姐，告上云：「小生朱太
公之子，往常時白白淨淨一個人，爲煩惱娘子呵，黑乾瘦了……」又云：「小
姐就在四望亭，我著家人般〔搬〕酒果來，和小姐敍見許之情……花轎都將
在此，我和娘子去咱！」如此輕鬆如意，把海棠小姐騙到黑風洞中，自己早
出晚歸，每日使「幾個鄰家女子相陪」，做了他的渾家。雖然裴海棠從八戒的
形跡已疑「想必也是妖精」，卻並沒有提及遭受暴力驚嚇等事，又兼有八戒著
人陪伴，所以裴女並無恐懼，只是有些想家而已。

　　由此可以看出，早期西遊故事寫豬八戒第一次得「妻」，雖係以騙爲搶，
做法惡劣，但那一方面是裴公嫌貧悔婚的不正和在作者看來海棠小姐與朱郎
偷期密約的非禮招之，另一方面也是由於以上兩個原因，爲豬八戒行騙搶爲
婚姻之不義，留下了可乘之隙。所以就故事的設計理念而言，豬八戒的介入，
固然主要是作爲展現八戒性格命運而設的情節，但至少在客觀上作者一筆並
寫了兩面。即作爲對裴家父女邪心招魔的懲罰，豬八戒這位「第三者」的插
足，實有「替天行道」的意義，包含了作者順筆以刺世疾俗的用心。上引孟
稱舜所謂「遇怪一語，便爲世人說法」，即揭示此意。

　　但是，如若更加深究上述寫八戒之第一個「妻」的文化淵源，裴小姐名
「海棠」的名義，也正有她該當此劫的寓意。

　　按裴小姐名「海棠」，當取自蘇東坡《寓居定惠院之東，雜花滿山，有海
棠一株，土人不知貴也》一詩。那首詩寫東坡先生本爲朝官，被貶江城黃州
（今湖北黃岡），一日飯後無事，散步逍遙，見海棠一株，不覺有「絕豔照衰
朽」的驚喜，乃有詩感慨曰：

　　　　陋邦何處得此花？無乃好事移西蜀？寸根千里不易致，銜子飛
　　　　來定鴻鵠。天涯流落俱可念，爲飲一樽歌此曲。明朝酒醒還獨來，

雪落紛紛那忍觸！〔註3〕

宋代黃州距東坡的家鄉四川即西蜀眉山甚遠，詩稱海棠當來自「西蜀」，實寓有以海棠自比之意；且因路遠不易移至之故，想其必由「鴻鵠」「銜子飛來」而生。對照《西遊記雜劇》寫豬八戒是天官謫世投胎爲怪，蟄居於黑風山，而蘇東坡以翰林學士謫爲黃州通判，實投閒廢置，如其所見海棠般「苦幽獨」，二者情境相似；又豬八戒把裴小姐從「（黑風）山西南五十里裴家莊」（楊劇中裴女一說「黑風山西北」，一說「黑風山西」，均在山之西面），攝來裴家莊東北（或東南）的黑風山，也與東坡詩想像海棠花的被鴻鵠「銜子」由「西蜀」而東至黃州的況味略同。從而《西遊記雜劇》中豬八戒搶裴小姐爲妻的這一段姻緣，形式上竟有似於蘇東坡與黃州海棠的邂逅。大約因此，吳昌齡或其他不知名作者就最早爲裴小姐命名作「海棠」了。我們看劇中寫裴女埋怨豬八戒「將我攝在這裡，千山萬壑，不知是哪裏……不知幾時見俺父母丈夫，又不知俺父母丈夫，這其間若何也呵」（第十四齣）等語，固然貼切故事情節之事理人情，但品其遠韻，豈非正就是東坡詩起首「江城地瘴蕃草木，只有名花苦幽獨」之境嗎？

按蘇軾對此同一株海棠，另作有七絕云：「東風嫋嫋泛崇光，香霧空濛月轉廊。只恐夜深花睡去，故燒高燭照紅妝。」但其本人更喜前作，《王直方詩話》說蘇軾「平生喜爲人寫（此詩），蓋人間刊石者，自有五六本，云：『吾平生最得意詩也。』」紀昀評曰：「純以海棠自寓，風姿高秀，興象深微。後半尤煙波跌宕。此種眞非東坡不能，東坡非一時興到亦不能。」〔註4〕所以此詩流傳既廣，影響亦大。元代吳昌齡等去宋未遠，必是熟悉乃至甚愛此詩，故其雖爲戲劇，但運筆之際，神思興會，遂移此東坡自比遭貶身世的海棠，而爲遇劫被擄深山女子的象徵，並以之爲女子的芳名。二者之間的這一聯繫縱難得實證，然而無論從文學創作之可能或從讀者閱讀之再創造看，筆者寧信其有，而不願信其無也。

因此，大約正是託了東坡詠海棠名作的感染，《西遊記雜劇》寫豬八戒與裴海棠，雖爲強合之婚，人物更是大不般配，同居爲「夫妻」的日子也無多，但在其共處的日子裏，不僅豬八戒一廂情願，一往情深，而且裴海棠除了嫌他「想必也是妖精」又不免想家之外，待這位冒名插足的「第三者」，情分竟

〔註3〕管士光，杜貴晨《唐宋詩選》，太白文藝出版社2004年版，第420頁。
〔註4〕管士光、杜貴晨《唐宋詩選》，太白文藝出版社2004年版，第420頁。

也未至於十分涼薄。例如劇中裴海棠在慨歎「俊兒夫似海內尋針」以後，已近乎認可並接受了自己命運不濟，要安下心來與八戒過日子了。又劇中寫她主動「安排下酒果」，等待「朱（豬）郎回來」，而豬八戒外出回來入得洞門，得意「每夜快活受用」之後，也居然想到「今日回得晚了，怕小娘子怪」，遂高叫：「姐姐，小人回來了也！」——自稱「小人」，海棠則答云：「著我等你多時了呵！」豈非豬八戒的「逆取順守」，感化被擄的裴海棠也有些「一日夫妻百日恩」的心思了！

至於以女子姓「裴」，我在《齊魯文化與明清小說》一書中曾經指出：「明初楊景賢《西遊記雜劇》寫豬八戒強娶的女子裴海棠爲『裴家莊』人。『裴』者，『非』、『衣』也。」〔註5〕以《三國演義》寫劉備引「古人有云：『兄弟如手足，妻子如衣服……』」（第十五回）的邏輯，海棠作爲被八戒騙搶來爲「妻」的女子，自然算不上眞正的「妻子」即「非衣」。因此可以循古代小說有拆字爲姓名的傳統，寓以姓「裴」了。由此可以看出早期西遊文學作者對豬八戒這第一位「妻子」形象設計上所融合傳統文化的豐富性，今之讀者不當僅以「通俗」文學看待，而應從「雅」「俗」兩面觀之，才可能有全面正確的理解。

進一步說，從「裴海棠」形象的描寫，《西遊記雜劇》所寫豬八戒的第一次婚姻，雖然來路不正，又不久就被孫悟空攪散了，但是當初老豬的不僅多欲而且多情，於「夫妻」之間對海棠的頗能尊重，洞房之中當更爲溫柔等，都能給人以「忘爲異類」〔註6〕的感覺。所以，《西遊記雜劇》中的豬八戒固然不是一個「俊兒夫」，但他確實可以當得起如今某娛樂明星舞臺上搞笑所說：「我很醜，但我很溫柔！」是一個世俗「好丈夫」的形象！

二、卵二姐

元明西遊文學寫豬八戒的第二、三個「妻」都出現在百回本《西遊記》中。第二個即卵二姐，見第八回，不僅未作正面描寫，而且由八戒因觀音菩薩之問交待自己墮落此山的經歷中追敘及之，也只簡略說道：

「（這座山）叫做福陵山。山中有一洞，叫做雲棧洞。洞裏原有個卵二姐。她見我有些武藝，招我做了家長，又喚做『倒踏門』。不

〔註5〕杜貴晨《齊魯文化與明清小說》，齊魯書社 2008 年版，第 314 頁。
〔註6〕魯迅《中國小說史略》，人民文學出版社 1973 年版，第 179 頁。

上一年，他死了，將一洞的家當，盡歸我受用……」〔註7〕
由此我們知道，豬八戒的第二個「妻」是一位有本事擅長持家過日子的女人；
但她寡居深山洞中，應當也是妖怪。她有取於八戒的，除男女之際的「大欲」
之外，是他還「有些武藝」，當是以其可保家護院爲女人之依靠的了。

　　與卵二姐的結合，是西遊文學寫八戒唯一合乎文明標準的眞正的婚姻。
這一情節的構思，應是受了《西遊記雜劇》寫裴老曾要八戒做上門女婿的啓
發。但雜劇寫裴老要八戒做上門女婿，只是孫悟空所設擒他這個「妖豬」的
圈套，實際不想、當然也就更沒有做成。而《西遊記》的作者寫至第八回豬
八戒出場需要補敘其來歷，同時作爲後來寫他騙佔高老莊高翠蘭小姐爲妻的
鋪墊，遂因《西遊記雜劇》中裴老的話敷衍生發，添寫了眞有女子即卵二姐
出來，招他「倒踏門」，做了一次「家長」，則是西遊文學藝術上的一個創造。

　　作爲西遊文學中豬八戒第二次婚姻描寫中的女主角，卵二姐的出現使豬
八戒形象的顯現，在除有雜劇中待女人溫柔的一面之外，還別增一番它做丈
夫的資本，即世俗一位女子不免期待於丈夫能夠保護自己的「武藝」。豬八戒
就因此而被卵二姐接受，你情我願地做了卵二姐的「家長」。

　　唯是作者深知，有關豬八戒與卵二姐婚姻的描寫於全書故事中心關係甚
遠，所以卵二姐作爲豬八戒第二位「妻」的形象，僅以豬八戒的追敘出之，
簡略到普通讀者難得注意的地步。儘管如此，這一形象的命名安排等的特點，
還應該並且可以引深我們對《西遊記》作者是否吳承恩的進一步思考。

　　首先，作者設豬八戒此妻姓「卵」稱「卵二姐」，當含對贅婚之俗的刺譏
之意。我國似無「卵」姓。《西遊記》設豬八戒此妻姓「卵」，或取於《山海
經‧海經》載：「有卵民之國，其民皆生卵。」郭璞注云：「即卵生也。」當
是譏其不同於「胎生」之人類者。又「不上一年，他死了」，卵二姐被作者安
排早死，自然是爲了敘事不過多枝蔓的需要，但也可以認爲，作者是以正如
動物之「卵」的可以暫存而不能久住爲喻，譏其坐產招夫，不得長久之意。
這裡至少可以看出，作者對女家招贅的婚俗並不以爲然。

　　其次，寫豬八戒「倒踏門」亦微含譏意。上引《西遊記》寫豬八戒被卵
二姐坐產招爲「家長」，還惟恐菩薩不知此俗，主動解釋說「又喚做『倒踏門』」。
這一描寫在豬八戒作爲「呆子」的形象固然生動可信，但以古代觀音信仰的

────────────
〔註7〕〔明〕吳承恩《西遊記》，李卓吾、黃周星評，山東文藝出版社 1996 年版。
　　　　本文引《西遊記》原文及評語均出此書，說明或括注回數。

常情論，菩薩無所不知，八戒的解釋純屬多餘，適足表現了他唯知有妻，而不知男子做「倒踏門」女婿的臉面無光。這裡其實也透露了作者亦以「倒踏門」不是男子漢大丈夫的光榮，從而其寫豬八戒這實屬多餘的解釋寓有婉諷之意。

總之，《西遊記》作者寫豬八戒的第二個「妻」姓「卵」爲卵二姐也罷，特別點出豬八戒之與卵二姐結合爲「倒踏門」也罷，都決不可以排除其有譏諷「倒踏門」即贅婿之俗的內涵。那麼由此就發生一個問題，即這一描寫有可能出自吳承恩的手筆嗎？

按力主百回本《西遊記》作者「吳承恩說」的蘇興先生著《吳承恩小傳》，據吳承恩《先府君墓誌銘》載其父吳銳「弱冠昏於徐氏……遂襲徐氏業」云云述論曰：

> 吳銳終於沒有去就鄉學……弱冠之年出贅別家。中國封建社會，因家貧而出贅當贅婿的人，都是不得已而爲之的痛苦事。贅婿到婦家是半主半奴……吳銳是所謂書香門第（修文世家）的子孫，不能紹箕裘而出贅，更有著雙重的痛苦。〔註8〕

蘇先生此論無疑是正確的。而且其父吳銳的痛苦，當然也就是其子吳承恩決不會忍心自揭的傷疤！

因此，筆者很懷疑上述《西遊記》寫借豬八戒與卵二姐之「倒踏門」以譏諷贅婿的文字，會出於其父即爲贅婿的吳承恩之手！而且下文寫豬八戒的第三個「妻」時，作者的安排仍是「養老女婿」，又是「倒踏門」！（詳後）試想一個父爲贅婿、於贅婿之事心有隱痛的作者，僅是爲了小說的好看，在並非不可以避免的情況下，能夠似乎樂此不疲地通過生性「好色」之豬八戒而一再寫及「倒踏門」，以自觸其上世之「痛苦」嗎？

三、高翠蘭

豬八戒的第三個「妻」是高翠蘭。《西遊記》第十八回寫高翠蘭是高老莊高老第三個女兒，雖被豬八戒騙佔爲妻，但豬八戒也因此與他做卵二姐的丈夫並無二致，作爲高太公夫妻的「養老女婿」，又是一次「倒踏門」！

比較與卵二姐的結合，書中寫豬八戒與高翠蘭的故事要繁複得多。觀其

〔註8〕蘇興《吳承恩小傳》，百花文藝出版社1981年版，第5頁。

有里第居室、父母姊妹等一個完整的家庭，明顯應是從《西遊記雜劇》寫裴海棠故事脫化而來，但已經有了很大的改變。除故事中女子的莊戶所在由黑風山「西南五十里裴家莊」改爲「烏斯藏國界之地，喚做高老莊」，相應女家的姓「裴」也就改爲姓「高」，女子也不再如「裴海棠」是獨女並早已許配，而成了高老的第三個女兒「高翠蘭」。豬八戒也不是攝了女子回洞中做夫妻，而是趁了高老有話爲小女「招個女婿」的機會，毛遂自薦做了高老的「養老女婿」。高老告訴孫悟空說：

> 不期三年前，有一個漢子，模樣兒倒也精緻，他說是福陵山上人家，姓豬，上無父母，下無兄弟，願與人家做個女婿。我老拙見是這般一個無根無絆的人，就招了他。一進門時，倒也勤謹：耕田耙地，不用牛具；收割田禾，不用刀杖。昏去明來，其實也好；只是一件，有些會變嘴臉。」

高老因此知道自己的豬姓女婿是一個妖怪，請孫悟空拿他，說：「就煩與我除了根罷！」於是有了「高老莊大聖降魔」。

《西遊記》「高老莊大聖降魔」，一如吳劇至楊劇的寫孫悟空在裴家莊，也是化作豬八戒妻子的模樣，等了八戒自外面回來，就洞房中拿他。這一機杼與《水滸傳》第五回「小霸王醉入銷金帳」中魯智深洞房打周通的情節雷同，但由於不能確知《水滸傳》與吳劇和楊劇成書孰爲先後，所以無法斷定是誰模仿了誰。

至於把女子姓「裴」改作姓「高」，我以前認爲或是由於作者不明吳劇與楊劇以女子姓「裴」是言其「非衣」，寓有其不當「妻」位的貶意，而隨便改掉了。但現在看來，恐怕是作者並非不明其意，但由於女子身份的設定已改作「年方二十歲，更不曾配人」，沒有了已許朱姓爲妻和女子與朱郎密約偷期的情節，從而沒有了再稱其爲「非衣」以譏其不當「妻」位的必要與可能，所以乃改姓爲「高」，不僅決沒有了譏意，讀者即使向對這一人家有所褒揚的方向去想，可能也不過分。但這裡更值得注意的是，黑風山「西南五十里裴家莊」也改爲「烏斯藏國界之地，喚做高老莊」了。

烏斯藏即西藏。元吳昌齡《唐三藏西天取經》雜劇已經提到取經路過的地方有「西番烏斯藏」[註9]，《西遊記》於「西天取經」部分寫「高老莊」在彼自然是合理的。但是，儘管《衛藏通志》載西藏德慶有蔡里俗稱「高老

〔註 9〕朱一玄、劉毓忱《西遊記資料彙編》，中州書畫社 1983 年版，第 74 頁。

莊」，但其書成於清乾隆以後，誠如丁國鈞《荷香館瑣言》卷下《高老莊》條末按說：「《西遊記》載豬八戒在高老莊娶親事，方謂小說家荒唐之言，不意竟有其地，恐亦俗語不實，流爲丹青耳。」〔註10〕這裡還可增加一個理由，即「高老莊」明顯是漢地村莊的名稱，很不可能在《西遊記》成書以前就出現在藏地。縱然其地眞有此俗稱，那也一定是《西遊記》流行後影響的結果。

但是，這並不等於說「高老莊」之名一定是作者隨意拈出，而無所憑依。只是其有所根據的話，一定是出在《西遊記》成書的明萬曆朝之前。筆者數年前曾研究《西遊記》成書與泰山關係密切，據《泰山志》《岱史》等明嘉靖以前志書，考得泰山約有四十餘處明萬曆以前即已見諸載籍的景觀名稱出現在《西遊記》中，並論及「高老莊」因「高老」得名，而泰山有「高老橋」，見於《岱史》載：

高老橋，在紅門上五里許，相傳有學黃老者姓高，始開此道。

又據成書於明萬曆末期的蕭協中《泰山小史》於「高老橋」條下辨稱：

《西遊》有高老橋（引者按當作「莊」），俗遂以此當之，然眞

贋無從考也。世傳有高老得道於此，故名。

由此可知，明萬曆時就已經有人認爲《西遊記》「高老莊」由泰山「高老橋」得名，對泰山與《西遊記》關係的思考與認識由來久矣！反而由於《西遊記》所寫「高老莊」已不在泰山而在「烏斯藏國」，引發了西藏德慶有「蔡里」即《西遊記》「高老莊」的「俗傳」。〔註11〕

但據泰山學者周郢先生引元代李簡《高老橋》詩考證認爲：「元代已有此橋。」〔註12〕按顧嗣立、席世臣《元詩選癸集‧癸之甲》載「蒙齋先生李簡」小傳云：「簡字□□，信都人。中統間，爲泰安州倅，學者稱爲蒙齋先生。」中統爲元世祖忽必烈年號（1260～1263），當宋景定年間（1260～1264），所以《元詩選》列李簡爲「金宋遺老」，而《高老橋》詩固然可以說元人之作，但實際也可以說作於宋末，從而泰山有此橋的歷史，至晚也是南宋，比烏斯藏入元版圖尙早約三十年〔註13〕。所以，《西遊記》把前代故事中之「裴家莊」

〔註10〕《西遊記研究資料》，第542頁。
〔註11〕《齊魯文化與明清小說》，第314頁。
〔註12〕周郢《泰山志校證》，黃山出版社2006年版，第599頁。
〔註13〕參見《新元史‧世祖本紀》：「（至元）二十九年……九月……丁亥，立烏斯藏納里速古兒孫三路宣慰使司。」至元二十九年爲公元1292年，即中統之後29年。

改稱「高老莊」，根本不可能出於所謂烏斯藏之「高老莊」，而是並烏斯藏之「高老莊」在內，都遠祖於南宋時泰山即已有之的「高老橋」，乃因「高老」並易「橋」為「莊」而來。至於因以「高翠蘭」代替了「裴海棠」而取消了牽連蘇式的詩意，或是一個遺憾，但在《西遊記》作者聚精會神於取經之事的書寫來說，怕也是不得已而為之。

高翠蘭是豬八戒形象史上又一重要女子。比較裴海棠與卵二姐，她縱然不一定是標準的淑女，但僅從他人口中敘述所及有關她的情節來看，作者實以其為無可挑剔的良家女子。而豬八戒除了時露其「妖精」相和食腸過於寬大之外，連高老也說他「昏去明來，其實也好」，是個不錯的「養老女婿」。

綜合以上考議，早期西遊文學文本以至百回本《西遊記》中豬八戒之三「妻」的形象之變化差異甚大，各有其原因，各有其價值與意義。但三者一貫的是都主要服務於豬八戒典型形象的塑造，即作為八戒欲望的對象以襯托其為「好丈夫」「好女婿」的世俗情懷，尤其是為了突出其「有頑心，色情未泯」（第一百回）的本性。這是八戒作為修行學佛者的大敵，卻是他作為文學形象最根本的性格特點。其他諸如好沾小便宜、好耍小聰明之類，都不過是他作為一個為「色」所累形象性格的有機組成部分，或曰搭配的色調。近世學者多以其為「小私有者」的典型，似乎只從錢眼裏看人，而忽略了前後作者們一貫以這一形象為世之好色者說法的用心！至於從《西遊記》兩寫豬八戒「倒踏門」的無所顧忌，甚或是作為得意之筆，推斷其作者不像是父為贅婿的吳承恩，雖不自本文始，但其作為《西遊記》非吳承恩所作的內證，卻是再作強調而決不過分的。

（原載《內江師範學院學報》2012 年第 1 期）

唐僧的「紫金缽盂」

　　《西遊記》寫唐僧先從觀音菩薩得佛祖所賜三寶，即錦襴袈裟一領，九環錫杖一根，金、禁、緊三箍並咒語三篇；後又從唐太宗受通關文牒一通，紫金缽盂一個供「途中化齋而用」。這些都是唐僧取經上路必需的寶貝，第五十六回甚至說「通關文牒、錦襴袈裟、紫金缽盂，俱是佛門至寶」。最後金、禁、緊三箍依次各派了用場，錦襴袈裟、九環錫杖在唐僧成佛後仍服用如故，通關文牒在唐僧取經回東後仍繳納於唐王。唯是紫金缽盂被作為取經的「人事」，送給了阿儺、迦葉，等於被佛祖沒收了。此書問世以來，讀者幾無不注意此一情節，而很少人不以這個紫金缽盂送「人事」的故事，是對西天佛國也貪求財賄的諷刺，其實誤會。

　　按佛教東來，僧侶本有托缽乞食的傳統。因此，《西遊記》寫唐僧將取經上路，唐王贈紫金缽盂，即送一個飯碗，是合情合理之事。而唐僧於路饑餐渴飲，也實在少不了它。唯是《西遊記》妙筆生花，搖曳生姿，紫金缽盂由一個飯碗，最後成了「人事」絕妙的象徵，以其被佛祖索要，在諷刺「人事」的同時，表達了禪宗頓教「本來無一物」（《六祖壇經·自序品》）之義。

　　這要從《西遊記》寫佛祖造經說起。按書中所寫，佛祖造真經三藏，分「白本」「有字」兩種。「白本」即「無字真經」，因是「空本」之故，可以「空取」即不須「人事」。唐僧等第一次所取，即是此種本子。雖然唐僧等以為「似這般無字的空本，取去何用」，並指「阿儺、迦葉等指財不遂，通同作弊，故意將無字的白紙本兒教我們拿去」，但那是他們尚未「九九歸真」時殘存的「迷人」之見，或其高明終不如佛祖處。而佛祖說「白本者，乃無字真經，倒也是好的」云云，似輕描淡寫，其實最堪玩味，是此書「悟空」的正義。然而，

佛祖同時說「他兩個（按指阿儺、迦葉）問你要人事之情，我已知矣。但只是經不可輕傳，亦不可以空取」，並舉了爲趙長者家念經一遍「只討得他三斗三升米粒黃金回來，我還說他們忒賣賤了」之例，明告唐僧等非送「人事」不可以傳經，並且後來也確實是唐僧送了紫金鉢盂後才准其「換經」。這就不僅使向來讀者惶惑，認爲佛祖也貪財好貨，而且把他說「無字眞經，倒也是好的」，也看作哄人的話，其實是被作者哄了。

《西遊記》「三教歸一」，大旨是一部寫取經成佛的書。其於佛中主禪，而按傳統的說法，唐以降禪分南、北宗即頓、漸二教。北宗漸教爲釋神秀所創立，主張通過念佛誦經、打坐參禪以體認佛性，漸修以成佛；南宗頓教爲神秀的同學慧能所創立，其說以《壇經》爲代表，認爲漸修不可能成佛，主張「不假文字」，「直指人心」，「頓悟」以「見性成佛」（《六祖壇經·般若品》），當然就用不著「有字的」經；而念經也就只成了愚人的事，所謂「迷人口說，智者心行」（《六祖壇經·般若品》）。《西遊記》正是本南宗頓教之義，以孫悟空爲頓悟的代表，一則寫他聽了菩薩說「悟空，菩薩、妖精，總是一念；若論本來，皆屬無有」的話，即「心下頓悟」（第十七回）；二則寫唐僧也道：「悟能、悟淨，休要亂說。悟空解得是無言語文字，乃是眞解。」（第九十三回）暗示「無言語文字」即「無字眞經」，才是上乘大法，諸佛妙理的所在。終至於由佛祖說出「白本者……倒也是好的」，貌似輕忽，其實是以當時對唐僧等人，不足以語妙，而眞意卻是說「無字眞經」才是最好的。與對悟空「眞解」的點染相參觀，可知更推重「無字眞經」才是《西遊記》作者的本意。

至於「有字眞經」，乃專爲「迷人」而設。《六祖壇經》云：「一切經書，及諸文字，小大二乘，十二部經，皆因人置。……一切經書皆因人有。」（《般若品》）這些「人」就是佛祖所說「東土眾生，愚迷不悟」之人。而所謂「愚迷不悟」，根本也只在不悟「三世諸佛，十二部經，亦在人性中本自具有」，所以打坐參禪、誦經禮佛，唯「執外修」（《六祖壇經·般若品》），從而「有字眞經」是「迷人」學佛幾乎唯一的憑藉。佛祖無奈，「只可以此傳之耳」。此乃因緣生法，隨俗設教，不得已而爲。作者以此顯示其對世俗學佛只在文字中打攪，而不重「心行」（第十一、八十六、九十九回）風氣的輕蔑之意。也就因此，唐僧回東交付經卷已畢，「長老捧幾卷登臺，方欲諷誦」就有「八大金剛現身高叫道：『誦經的，放下經卷，跟我回西去也。』」不早不晚，剛好在「方欲諷誦」時打斷，就是明示唐僧既已「心行」，又「何須努力看經」

（第十一回）！「誦經」之事，就由「東土眾生」盡其蠢鈍而好自為之吧。

「有字真經」既為「迷人」而設，則其授受也應當循「迷人」世界之法即市井之道，以錢物交易，自然以金為貴，「換經」的價格也必高昂。因此，佛祖說為趙長者誦經一遍，「只討得他三斗三升米粒黃金回來，我還說他們忒賣賤了」，乃對「人」說「人」話，並非佛祖真的愛錢和西天缺錢，而正如黃周星評所說：「豈佛祖真將經賣錢耶，不過設詞以示珍重耳。」因此之故，乃有阿儺索要「人事」、唐僧以紫金缽盂「換經」之事。其不曰「禮物」而稱「人事」，應是點明此「事」雖在西天，卻擬自「人」為，是佛祖以其人之道，還治其人身的「人事」。換言之，正如「東土眾生」只識「有字真經」，如果「有字真經」可以「空取」而不必換，又如果「換經」而「忒賣賤了」，那麼以其「愚迷不悟」之性，就連「真經」也會看輕，甚至於以為「無用」了。總之，取經要「人事」以及誦經討黃金之事，不是一般文學的寫實，而是寫佛祖傳經的一樁公案。其意在表明，世俗唯知以錢論重輕之俗牢不可破，連佛祖也只好因勢利導、以金錢勸誘為功了。這顯然不是對佛祖西天，而是對東土「人事」的諷刺了。

然而，唐僧送「人事」何以正是紫金缽盂而不是其他？這一則由於唐僧西遊，所攜除佛祖所賜予之外，只有此缽盂係唐王所送世俗之物，可以當得起「人事」；另是由於一件佛教的公案，需稍為詳說。

按《六祖壇經》載六祖慧能對神秀禪機有偈云：「菩提本無樹，明鏡亦無臺。佛性常清淨，何處有塵埃！」其中「佛性常清淨」一句，後來各本都竄改為「本來無一物」，流傳甚廣。而又據《五燈會元》卷一《五祖弘忍大滿禪師》載，慧能說如上偈語畢，仍請別駕張日用書之於壁。這就與其所主張「諸佛妙理，不關文字」相矛盾了；同卷《六祖慧能大鑒禪師》又載五祖弘忍歷述前代祖師傳法，只憑衣即袈裟為信，而囑六祖慧能，以後並袈裟亦不傳，唯「以心印心」，更不關乎缽盂。但是，同篇卻載慧能說法，得唐中宗所賜「磨衲袈裟、絹五百匹、寶缽一口」，這就又與「本來無一物」相矛盾了。以致宋代禪僧黃龍悟新誤信「本來無一物」是慧能偈語原文，作詩諷刺云：「六祖當年不丈夫，倩人書壁自塗糊。明明有偈言無物，卻受他人一缽盂。」（郭朋《壇經校釋‧序言》）

《西遊記》寫唐僧受唐太宗所賜紫金缽盂，正由慧能受中宗「寶缽一口」事脫化而來；而結末寫唐僧所攜這唯一俗世的寶貝，作為「人事」獻給了佛

祖，則是推衍悟新詩意，顯示唐僧一路走來，終能「心行」，見其「本來無一物」之真面目。而佛祖假傳經以設公案，收取了唐僧的紫金缽盂，也在對「東土眾生」因俗設教的同時，為「心行」將盡的唐僧消除了這最後的滯礙，使之達到「本來無一物」的境界，以最後成佛。試想，如果唐僧成佛之後，還托著唐王賜予的紫金缽盂，將成何「佛性」的體統？

至於書中寫代佛祖收受「人事」即紫金缽盂的一定是阿儺，則很可能因為另一樁公案，《五燈會元》卷一《釋迦牟尼佛》載：

世尊一日勅阿難（儺）：「食時將至，汝當入城持缽。」世尊曰：「汝既持缽，須依過去七佛儀式。」阿難便問：「如何是過去七佛儀式？」世尊召阿難，阿難應喏。世尊曰：「持缽去！」

引文中阿難即阿儺。世尊使阿儺「持缽去」，猶言「拿缽盂去吧」。就字面義而言，這一則故事也許就是《西遊記》一定是寫阿儺代佛祖收受了唐僧紫金缽的根據。

總之，《西遊記》寫唐僧紫金缽盂一事淵源於佛學，既是南宗「繞路說禪」的公案，又是對人間「權錢交易」等送「人事」陋俗的諷刺，是融禪宗哲理、淑世之情於物象描寫高妙的藝術象徵。讀《西遊記》，不知此一事來歷，則不知佛祖收取唐僧紫金缽盂，實為禪宗因緣生法「公案」之機；而不明其為藝術的象徵，則不知此一「公案」，佯為諷佛，而實以刺世，並彰顯禪宗頓教「本來無一物」，也就是「佛性常清靜」的「性空」之義。

（原載《光明日報》2005 年 3 月 25 日《文學遺產》，有訂正）

《西遊記》寫猴與《聊齋誌異》寫狐之「尾巴」的功能——兼及「人身難得」的文化意義

　　據說人類的祖先——類人猿因為上躥下跳中需要保持身體的平衡，也是有尾巴的。但在由猿到人進化的過程中，尾巴因為用處越來越小而逐漸褪化，久而久之便成了沒有尾巴的動物，進而產生以沒尾巴為榮和以有尾巴為恥的觀念，甚至推之於人以外的其他動物，頗有以為除了孔雀等少數之外，動物的尾巴大都是沒有用的，更不值得人類關心。老一輩的人大概都還記得，「文革」後期有一部電影《決裂》的一段情節，就特別諷刺了大學教授堅持講「馬尾巴的功能」而不給正在耕地的牛看病。雖然那部電影並沒有具體說到馬尾巴有沒有功能和有什麼樣的功能，但它給觀眾的印象一無例外地是研究「馬尾巴的功能」肯定是沒有用的事。其實，在這個問題上真正可以說「存在即合理」。對馬稍有知識者都可以總結出現實中「馬尾巴的功能」至少有四：一是打掃落在身上的蒼蠅、牛虻、塵土等，二是在狂奔中搖動以保持平衡，三是可以做胡琴的弓弦，四是無論閑暇或奔跑中都使馬的姿態顯得優雅和美麗。至於從學術研究的角度看，本人於動物學是個外行，但外行也能夠看得出來「馬尾巴」是馬之各種區別於人的一個特點。這個區別移之於其他動物也是一樣的，並因此造就古代小說中關於動物「尾巴」描寫的藝術。例如《西遊記》寫孫悟空的猴尾與《聊齋誌異》中有多篇寫及的狐尾，除了各有其藝術上的奧妙之外，二者後先的聯繫也值得一說，其先後共顯的意義也並沒有因其為關於動物尾巴這最後一個部位的描寫而缺乏領袖前衛的人類精神。

一、《西遊記》寫孫悟空的「猴尾」

《西遊記》寫孫悟空由猴子而「初世爲人」〔註 1〕（第七回），尚不能不有尾巴。從而尾巴成爲孫悟空形象的鮮明特徵之一，對人物塑造，情節設計都起有不少作用。有關故事中的孫悟空可說成也尾巴、敗也尾巴，而總體看來得利時較少，爲害處頗多。

孫悟空的尾巴唯一的用處是尾毛能夠變化。對此，書中多有描寫，如第七十三回寫孫悟空滅除七個蜘蛛精：

> 行者卻到黃花觀外，將尾巴上毛抒下七十根，吹口仙氣，叫「變！」即變做七十個小行者；又將金箍棒吹口仙氣，叫「變！」即變做七十個雙角叉兒棒。每一個小行者，與他一根。他自家使一根，站在外邊，將叉兒攪那絲繩，一齊著力，打個號子，把那絲繩都攪斷，各攪了有十餘斤。裏面拖出七個蜘蛛，足有巴斗大的身軀。一個個攢著手腳，索著頭，只叫：「饒命！饒命！」此時七十個小行者，按住七個蜘蛛，那裡肯放。

待消滅了蜘蛛精，悟空「卻又將尾巴搖了兩搖，收了毫毛，單身輪棒，趕入裏邊來打道士」。又第七十四回寫孫悟空用尾巴上的毛變爲巡山小妖的金漆牌兒，又自身變爲那小妖：

> 即轉身，插下手，將尾巴梢兒的小毫毛拔下一根，撚他把，叫：「變！」即變做個金漆牌兒，也穿上個綠絨繩兒，上書三個眞字，乃「總鑽風」，拿出來，遞與他看了。小妖大驚道：「我們都叫做個小鑽風，偏你又叫做個什麼總鑽風！」去哄騙魔王，也幾乎成功。行者到邊前，把尾巴搊一搊，跳上去坐在峰尖兒上，叫道：「鑽風，都過來！」

但是，《西遊記》寫孫悟空因爲尾巴而計謀成功只有一次，吃虧卻有三次。

第一次是第六回寫孫悟空與楊二郎鬥法，第七變而成一座土地廟：

> 那大聖趁著機會，滾下山崖，伏在那裡又變，變一座土地廟兒：大張著口，似個廟門；牙齒變做門扇，舌頭變做菩薩，眼睛變做窗櫺。只有尾巴不好收拾，豎在後面，變做一根旗竿。

但是，就因爲這「旗竿豎在後面」，被二郎眞君識破，悟空只好「撲的一個虎

〔註 1〕〔明〕吳承恩《西遊記》，李卓吾、黃周星評，山東文藝出版社 1996 年版。本文引《西遊記》原文及評語均出此書，說明或括注回數。

跳，又冒在空中不見」。

第二次是第三十四回寫孫悟空變作妖魔的母親行騙妖魔，正好被妖魔所擒的八戒、沙僧在場：

> 八戒笑道：「弼馬溫來了。」沙僧道：「你怎麼認得是他？」八戒道：「彎倒腰，叫『我兒起來』，那後面就掬起猴尾巴子。我比你弔得高，所以看得明也。」沙僧道：「且不要言語，聽他說甚麼話。」八戒道：「正是，正是。」

結果就因為悟空要捉弄八戒，當著八戒的面向老魔開玩笑說把「豬八戒的耳朵……割將下來整治整治我下酒」，引起八戒恐慌而透露了真相，使悟空這一次解救師父的努力功虧一簣。這次失敗，固然有作者故為趣筆所寫悟空的輕率和八戒不知趣的原因，但根本說來，還是孫悟空的猴子尾巴藏不住而沒能瞞住八戒所造成的。

第三次就是上述第七十四回寫他變化魔王的母親，去哄騙魔王幾乎成功的那一次了。結果先是因他「一笑笑出原嘴臉……露出個雷公嘴來」，被第三個妖魔發現；雖然當時老魔還是不肯相信眼前這個自稱是「小鑽風」的部下是孫悟空變的，但是到了「三怪把行者扳翻倒，四馬攢蹄捆住；揭起衣裳看時，足足是個弼馬溫」，孫悟空的計謀也就徹底敗露了。

至第三次吃虧，書中揭出悟空屢因尾巴而致敗的真實原因：「原來行者有七十二般變化，若是變飛禽、走獸、花木、器皿、昆蟲之類，卻就連身子滾去了；但變人物，卻只是頭臉變了，身子變不過來。果然一身黃毛，兩塊紅股，一條尾巴」。所以他變的「小鑽風」，「老妖看著道：『是孫行者的身子，小鑽風的臉皮。是他了！』」

二、《聊齋誌異》中的狐尾

《聊齋誌異》的作者蒲松齡一生居住鄉下，熟悉各種當地的動物，故其小說寫動物和動物幻化為人的故事頗多，並多有及於動物尾巴的描寫。如《促織》寫蟋蟀「巨身修尾，青項金翅」，「俄見小蟲躍起，張尾伸鬚，直齕敵領」〔註2〕云云，即於描寫對象的尾巴關注有加。而《申氏》寫涇河「士人子申氏者，家屢貧，竟日恒不舉火」，又因「父執皆世家，向以搖尾羞，故不屑相求

〔註 2〕〔清〕蒲松齡《聊齋誌異》，任篤行輯校，齊魯書社 2000 年版。本文引此書均據此本。

也」云云，「搖尾羞」一語誠神來之筆！但書中寫動物以狐為多，寫動物尾巴
也以寫狐為最好。如《狐妾》云：

> 萊蕪劉洞九官汾州，獨坐署中，……一日年長者來，謂劉曰：「舍
> 妹與君有緣，願無棄菲。」劉漫應之，女遂去。俄偕一婢擁垂髫
> 兒來，俾與劉並肩坐……劉諦視，光豔無儔，遂與燕好。詰其行跡，
> 女曰：「妾固非人，而實人也。妾前官之女，蠱於狐，奄忽以死，瘞
> 園內，眾狐以術生我，遂飄然若狐。」劉因以手探尻際，女覺之笑
> 曰：「君將無謂狐有尾耶？」轉身云：「請試捫之。」自此，遂留不
> 去，每行坐與小婢俱，家人俱尊以小君禮。

雖然此篇尚未真正寫及狐尾，但是以有無尾巴驗其是為狐還是為人，已是虛
寫實至。而且試想上引一段敘事若無「劉……探尻際」一筆，豈不成平鋪直
敘，一覽無餘了嗎？

《聊齋誌異》寫狐多，寫狐女多，又多及其尾巴。如《董生》寫狐女云：
「竟為姝麗，韶顏稚齒，神仙不殊。戲探下體，則毛尾修然。」但是書中以
寫狐之尾巴構造情節的佳作當推《賈兒》一篇。節略如下：

> 楚某翁，賈於外。婦獨居，夢與人交……知為狐……入暮邀庖
> 媼伴焉。有子十歲，素別榻臥，亦招與俱。夜既深，媼兒皆寐，狐
> 復來……兒執火遍照之……兒宵分隱刀於懷……欻有一物，如狸，
> 突奔門隙。急擊之，僅斷其尾，約二寸許，濕血猶滴……兒薄暮潛
> 入何氏園，伏莽中，將以探狐所在……見二人來飲，一長鬣奴捧
> 壺……頃之，俱去，惟長鬣獨留，脫衣臥庭石上。審顧之，四肢皆
> 如人，但尾垂後部……兒乃歸……適從父入市，見帽肆掛狐尾，乞
> 翁市之……沽白酒……隱以藥置酒中……自是日遊廛肆間。一日，
> 見長鬣人亦雜儔中。兒審之確……便詰姓氏。兒曰：「我胡氏子。曾
> 在何處見君從兩郎，顧忘之耶？」其人熟審之，若信若疑。兒微啟
> 下裳，少少露其假尾，曰：「我輩混跡人中，但此物猶在，為可恨耳。」
> 其人問：「在市欲何為？」兒曰：「父遣我沽。」其人亦以沽告。兒
> 問：「沽未？」曰：「吾儕多貧，故常竊時多。」兒曰：「此役亦良苦，
> 耽驚憂。」其人曰：「受主人遣，不得不爾。」因問：「主人伊誰？」
> 曰：「即曩所見兩郎兄弟也。一私北郭王氏婦，一宿東村某翁家。翁
> 家兒大惡，被斷尾，十日始瘥，今復往矣。」言已，欲別……（兒）

取酒授之，乃歸。至夜母竟安寢……告父，同往驗之，則兩狐斃於
亭上，一狐死於草中，喙津津尚有血出。酒瓶猶在，持而搖之，未
盡也。

上引文字雖然仍有嫌冗繁，但是畢竟原文比較概述其事能夠更生動地顯示《賈
兒》中有關狐尾的描寫，特別是賈兒「假尾」之計，於人物性格、故事情節
所起的作用，眞可以說是「拔一毛而利天下」，或「牽一髮而動全身」。如實
說即明顯是無此狐之一被「斷尾」、一在酒後不慎「尾垂後部」和賈兒之「露
其假尾」等等，則賈兒不足以成殺狐報仇之事，更難得如此曲折動人，涉筆
成趣。由此可知，雖然如古人云「傳神寫照，正在阿堵中」（《世說新語·巧
藝》），誠爲寫人的妙法，但在大手筆爲之，卻可能無施而不妙，即使在如「馬
尾巴的功能」似無可爲力處，也不見得就一定無可發揮。這裡起決定作用的
不僅是被描寫對象的特質，更在於作家有怎樣的識度與才情，是否能夠在題
材、素材的處理上因事制宜和最大限度地做到物盡其用，甚至變廢爲寶，化
腐朽爲神奇。如《西遊記》寫猴和《聊齋誌異》寫狐之尾巴而能使人物性格
躍然紙上，故事情節橫生波瀾者，豈非作者大才工奪造化，意匠天成！

三、《西遊記》《聊齋誌異》尾巴描寫的異同及承衍

以上《西遊記》寫猴與《聊齋誌異》寫狐的尾巴顯然有異：一是姿態不
同。《西遊記》中孫悟空的猴尾總是「掬起」的，似有契合於孫悟空高傲的性
格；《聊齋誌異·賈兒》中狐尾則是拖垂的，與其狡黠低調的性格若相符合。
二是孫悟空的猴尾尚且還有毛可以變化，所以不完全是累贅起負面的作用，
但《聊齋》中狐尾除了使其容易敗露之外，還如賈兒所代言使其深感蒙羞。
三是在《西遊記》寫孫悟空「但變人物，卻只是頭臉變了，身子變不過來。
果然一身黃毛，兩塊紅股，一條尾巴」，尾巴僅是其「身子變不過來」的部位
之一，而《聊齋》中的狐卻是「四肢皆如人，但尾垂後部」，只有尾巴不能變
化而已。

從以上三點差異，特別是從第三點差異之大，可知兩書各自的描寫，尤
其是《聊齋誌異》雖然後出，卻並沒有簡單地偷套前人，而幾乎與《西遊記》
同樣表現出戞戞獨造的鮮明特點。從而向來未見有讀者把這兩部書中猴尾與
狐尾的描寫聯繫起來考量，以爲若風馬牛不相及者，也就沒有什麼好奇怪的
了。

　　但是，《西遊記》寫猴與《聊齋誌異》寫狐的尾巴既然同爲寫動物的尾巴，二者在藝術的表現上也就容易有某些相同、相通、相似的特點：一是二者都是寫動物幻化爲人情況下的尾巴未變，成爲它們變化後留下的非人的破綻，並終於由此被識破眞相，遭受挫折甚至滅頂之災。二是雖然孫悟空的尾巴有毛可以變化曾經給過他戰勝妖魔以幫助，孫悟空自己也不曾有以此爲遺憾的表示，但是他因此而更多吃虧的事實，客觀上證明了尾巴變不過來是他「初世爲人」（第七回）未及於完備的一個缺陷。孫悟空的不以爲恥是他高傲的性格使然，但從其「爲人」的目標看總是一個遺憾。這在《聊齋誌異・賈兒》中就是賈兒僞爲狐怪所說：「我輩混跡人中，但此物猶存，爲可恨耳。」三是二者的描寫共同顯示了「人身難得」等看來遠比尾巴於其自身更爲重要的思想與美學的意義（詳下）。

　　兩書寫尾巴的這些相同、相通、相似之點，當然可以是不期而遇或不約而同，但也容易使人想到二者若有後先的承衍。《西遊記》成書於明中葉以後，蒲松齡是清初人，《聊齋誌異》有《齊天大聖》篇，寫閩俗崇祀孫悟空，並提及「孫悟空乃丘翁之寓言」。由此可知蒲松齡讀過《西遊記》，尚且相信《西遊記》是長春眞人丘處機所作的誤傳。那麼進而可以推想如上之同應該與蒲松齡讀過《西遊記》並受後者的影響有關，或其上述有關狐尾的描寫曾從《西遊記》寫孫悟空的猴子尾巴有所借鑒。如果是這樣，那麼對於魯迅先生所評「《聊齋誌異》獨於詳盡之外，示以平常，使花妖狐魅，多具人情，忘爲異類，而又偶露鶻突，知復非人」〔註 3〕特點的形成，《西遊記》就有了一定的導夫先路之功。

四、《西遊記》《聊齋專異》尾巴描寫與「人身難得」

　　《西遊》《聊齋》的尾巴描寫雖似遊戲筆墨，但內涵卻比較重大而嚴肅，那就是集中體現了「人身難得」，突顯了人類的高貴與尊嚴。

　　《西遊記》寫孫悟空以異類修仙，七十二般變化尚且「身子變不過來。果然一身黃毛，兩塊紅股，一條尾巴」，集中體現一個道理即「人身難得」。這是《西遊記》中一個重要的觀念，時時處處，多有表現。如愛惜「人身」，第五十七回寫菩薩責備悟空道：

〔註 3〕魯迅《中國小說史略》，人民文學出版社 1973 年版，第 179 頁。

> 「……草寇雖是不良，到底是個人身，不該打死。比那妖禽怪
> 獸、鬼魅精魔不同。那個打死，是你的功績；這人身打死，還是你
> 的不仁。但袪退散，自然救了你師父。據我公論，還是你的不善。」

因此許多情況下，即使妖魔而已獲人身或做了壞事的人，取經人也往往會看
在其爲「人身」的面上給予饒恕了。第五十三回寫沙僧打傷了阻撓取水的道
人又罵道：

> 「我要打殺你這孽畜，怎奈你是個人身！我還憐你，饒你去罷！
> 讓我打水！」

第六十一回寫孫悟空制服了羅刹女，把扇子還了羅刹。又道：

> 「老孫若不與你，恐人說我言而無信。你將扇子回山，再休生
> 事。看你得了人身，饒你去罷！」

更典型的當然是第四十九回寫唐僧謝老黿馱渡八百里通天河之恩，老黿道：

> 「不勞師父賜謝。我聞得西天佛祖無滅無生，能知過去未來之
> 事。我在此間，整修行了一千三百餘年；雖然延壽身輕，會說人語，
> 只是難脫本殼。萬望老師父到西天與我問佛祖一聲，看我幾時得脫
> 本殼，可得一個人身。」三藏響允道：「我問，我問。」

雖然後來唐僧因遺忘失信於老黿，致生通天河濕經之難，但是由此可見老黿
對脫殼「得一個人身」是何等的渴望和迫切。

此外書中還多有相關的議論，如第四十六回中有詩云「人身難得果然
難」；第六十四回寫唐僧對眾言有曰：「夫人身難得，中土難生，正法難遇：
全此三者，幸莫大焉。」當然最典型的還是上述寫孫悟空變物一滾即過，而
若變人物則「身子變不過來。果然一身黃毛，兩塊紅股，一條尾巴」。這就如
老黿「難脫本殼」一樣，孫悟空作爲石猴，雖爲「天地精華所生」，但畢竟爲
「下方之物」（第一回），不是「人」，從而也是「人身難得」。如此等等，可
見《西遊記》是把「人身難得」作爲一個極爲重要的觀念，而人類的高貴與
尊嚴也由此得到強烈的突顯。

《聊齋誌異》寫狐尾也體現了幾乎同樣的思想。除了如上賈兒僞爲狐以
自慚曰「我輩混跡人中，但此物猶存，爲可恨耳」云云之外，他如上舉《狐
妾》篇寫劉洞九「因以手探尻際。女覺之，笑曰：『君將無謂狐有尾耶？』」
又《蓮香》寫鬼、狐爲得人身，不惜死而生，生而死，最後異史氏曰：「嗟乎！
死者而求其生，生者又求其死，天下所難得者，非人身哉？」等等，無非以

動物之能成精作仙者尚且不得人身，爲體下賤，以突顯人類的高貴與尊嚴。

「人身難得」首先是佛教的觀念。《百喻經》云：「人身難得，譬如盲龜值浮木孔。」又《佛說四十二章經》：「佛言：人離惡道，得爲人難；既得爲人，去女即男難……」因此，它首先是一個佛教義理。按清人《西遊證道書》第九十八回黃周星評曰：「《西遊記》，一成佛之書也」，佛教觀念是《西遊記》立意根基之一。而佛教以地獄、餓鬼、畜生、阿修羅、人間、天上爲「六道」。認爲人行善入天道，作惡下地獄，報應循環，輪迴升沉於「六道」之中。而天道、地獄之間，能得爲人身，居於世間，是除了「天上」之外最大的幸運，當然也就極爲難得。因此，如上《西遊記》寫猴、《聊齋誌異》寫狐之尾巴所秉承「人身難得」首先就是佛教的這一觀念。

「人身難得」同時是道教的觀念。《北斗眞經》曰：「是時，老君告天師曰：『人身難得，中土難生……』」又《悟眞篇·自序》云：「嗟夫！人身難得，光景易遷，罔測短修，安逃業報。」雖然道教有此說可能是接受了佛教的影響，但是唐宋以下「三教合一」，《西遊記》講「三教歸一」（第四十七回），「人身難得」成爲釋、道二氏的共同教義也證明了此一觀念的普世價值和深入人心的程度。

值得注意的是釋、道二氏「人身難得」的共識暗合於先秦儒家之說。《孔子家語·六本》載：

> 孔子游於泰山，見榮聲期，（聲宜爲啓，或曰榮益期也）行乎郕之野，鹿裘帶索，瑟瑟而歌。孔子問曰：「先生所以爲樂者，何也？」期對曰：「吾樂甚多，而至者三。天生萬物，唯人爲貴，吾既得爲人，是一樂也；男女之別，男尊女卑，故人以男爲貴，吾既得爲男，是二樂也；人生有不見日月，不免襁褓者，吾既以行年九十五矣，是三樂也。貧者士之常，死者人之終，處常得終，當何優哉。」孔子曰：「善哉！能自寬者也。」得宜爲待。

這一記載又見於《說苑》《新序》《孔子集語》等，並流爲俗語云「天地之間人爲貴」。卻又爲道教所接受，《太平經》云：「夫天地之性人爲貴。」《雲笈七籤》：「天生萬物，以人爲貴。」〔註4〕又曰：「夫稟氣含靈，惟人爲貴。」〔註5〕

〔註4〕〔宋〕張君房《雲笈七籤》卷九十《七部語要部·連珠（凡六十五首）》之五十三。

〔註5〕〔宋〕張君房《雲笈七籤》卷三十二《雜修攝部一·養性延命錄並序》。

佛典中亦偶見引用，如牟子《理惑論》云：「孔子曰：『天地之性人爲貴。』」而《論語》載：「樊遲問仁。子曰：『愛人。』」（《顏淵》）《孝經》載孔子教孝曰：「身體髮膚，受之父母，不敢毀傷，孝之始也。」（《開宗明義章第一》）亦即愛惜人身之義。由此可見，在「人爲貴」的意義上釋、道、儒三家的認識確有很大程度上的交集。因此，如上《西遊記》寫猴、《聊齋誌異》寫狐之尾巴所集中體現之「人身難得」觀念，以之爲正出於佛教可，以之爲並出於三教亦無不可。然則「人身難得」或「天生萬物，唯人爲貴」豈不就是中華傳統文化的要義之一嗎？而於《西遊記》寫猴、《聊齋誌異》寫狐之尾巴的研究得之，則可見「X尾巴之功能」亦大矣哉！

（原載《南都學壇》2014 年第 5 期）

從「鈸」之意象看《西遊記》作者爲泰安或久寓泰安之人———一條「黃段子」似的證據

近百年來，以出版署名爲主要標誌，《西遊記》作者吳承恩說在社會上幾乎被完全接受了。但是，在古代小說學界卻從來就有不同的聲音，近年學者更幾乎無不注意到，清以來學者特別是「五四」以後魯迅、胡適等學者定《西遊記》作者爲吳承恩的根據並不夠確鑿，更不夠充分。從而此說頗爲可疑，持否定觀點或傾向的專家學者已越來越多〔註1〕。

儘管這種種懷疑或否定還未足以改變社會上久積的成見，離《西遊記》作者之謎的最後破解更是遙遠，但是，爲了解決問題的任何努力都是必要的。因此，筆者也曾從《西遊記》環境描寫多以泰山爲背景，推測其作者「即使不是一位泰安人，也應該有久寓泰安的經歷」〔註2〕，後來又發現書中雜有泰安方言可爲佐證〔註3〕。但儘管如此，筆者仍深知在這個問題上的「破舊立新」，證據還遠不夠充分；而且從來立論，可靠有效的證據總是不厭其多。所以筆者還要把近來讀這部書一段描寫中的發現，貢獻給讀者專家，以期對《西遊記》作者是泰安或久寓泰安之人推斷的成立能有所幫助。

〔註1〕杜貴晨、王豔《四百年〈西遊記〉作者問題論爭綜述》，《泰山學院學報》2006年第5期。收入本卷。
〔註2〕杜貴晨《〈西遊記〉與泰山關係考論》，《山東社會科學》2006年第3期。收入本卷。
〔註3〕杜貴晨《〈西遊記〉常讀常新》，《齊魯晚報》2006年9月28日《青未了·講壇》。

　　說來可笑，我的這一點發現，是探討問題不能不說，卻又似「黃段子」般有涉褻穢不便形諸文字的。然而轉念學術研究畢竟不應該有禁區，又以下的討論，只不過是文本怎麼寫，我們就怎麼論，所以也應該可以免責了，略過不提。且說這段描寫在第六十五回，謂彌勒佛祖司磬的黃眉童兒，偷了金鐃、搭包兒與磬槌三件寶貝，私走下界為妖，以狼牙棒為兵，與孫悟空對陣，最有關係的一段文字如下：

> 只聽得半空中叮噹一聲，撇下一副金鐃，把行者連頭帶足，合在金鐃之內。……限三晝夜化為膿血。……卻說行者合在金鐃裏，黑洞洞的，燥得滿身流汗，左拱右撞，不能得出，急得他使鐵棒亂打，莫想得動分毫。他心裏沒了算計，……急了，卻撚個訣……拘得那五方揭諦，六丁六甲、一十八位護教伽藍，都在金鐃之外……，行者道：「……這裡面不通光亮，滿身暴燥，卻不悶殺我也？」眾神真個掀鈸，就如長就的一般，莫想揭得分毫。……行者道：「我在裏面，不知使了多少神通，也不得動。」……那鈸口倒也不像金鑄的，好似皮肉長成的……，四下裏更無一絲拔縫。

這裡「金鐃」即「那鈸」，是我國傳統樂器之一，大者為鐃，小者為鈸——又稱鐃鈸或金鈸。其制為二銅片，中部隆起為半球形，穿孔以革貫之，兩片合擊發聲，多用於鑼鼓的伴奏。作為小說家筆下的妖怪所持寶物，這裡「金鐃」的描寫當然可以隨意布置，盡情發揮，但總歸在造成某種文學的意象，以其性狀功用特點的描寫，引起並訴諸讀者有關事理人情的某種聯想與共鳴。依據這種原則，上引《西遊記》描寫金鐃的特點：一是能將人「化為膿血」，二是黑暗燥熱，三是「就如長就的一般」，「好似皮肉長成的」。這些特點能啟發我們怎樣的聯想呢？

　　筆者以為這三個特點有內在的一致性，而集中表現為第三點，即「就如長就的一般」，「那鈸口……好似皮肉長成」的比喻，使人不能不往它是「近取諸身」（《周易・繫辭下》）的方向上去想。而包括「金鐃」在內，黃眉大王共有三件寶貝，另外的兩件，至第六十六回彌勒佛說破：「那搭包兒是我的後天袋子，俗名喚作人種袋，那條狼牙棒是個敲磬的槌兒。」雖不曾說到「金鐃」，但是，按照「物以類聚」又「三位一體」的模式，如果「人種袋」意指男性陰囊不錯的話，那麼就「近取諸身」連類思之，「那條狼牙棒是個敲磬的槌兒」，就應該是男性陰莖的象徵！而沿著這一思路下去，那困孫悟空於「黑

洞洞的，燥得滿身流汗，左拱右撞，不能得出」之「口……好似皮肉長成的」物什——「金鐃」，還能象徵什麼呢？就只能是女性的陰戶了。

　　筆者讀書不多，所以一有此想，便馬上意識到這是一個我國古代文學中一個極爲奇特的意象群，應不會是正統詩文的創造，而必然屬於通俗文學，更可能是源於民間口頭文學的產物。關於「後天袋」即「人種袋」與「敲磬的槌兒」的象徵義，應各有淵源，也應該一併說明的，但筆者尚無考證，而且還感覺不到其與本題有直接的關係。因此，本文只能就《西遊記》以「金鐃」爲陰戶之象的描寫，看其作者爲泰安或久寓泰安之人的推測是否具有合理性。

　　按筆者閱讀所及和爲寫作本文所做的檢索所得，以「金鐃」爲陰戶之象的描寫在古代小說中先後凡兩見。先見於《水滸傳》第四十五回「楊雄醉罵潘巧雲」寫石秀捉姦：

　　　　一隻手扯住頭陀，一隻手把刀去脖子上閣著，低聲喝道：「你不要掙扎！若高則聲，便殺了你。你只好好實說，海和尚叫你來怎地？」
　　那頭陀道：「好漢，你饒我便說。」石秀道：「你快說，我不殺你。」
　　頭陀道：「海闍黎和潘公女兒有染，每夜來往。教我只看後門頭有香卓兒爲號，喚他入鈸。五更裏卻教我來敲木魚叫佛，喚他出鈸。」

如上已說明，這裡的「鈸」即前引《西遊記》所寫到的「鐃」。這裡的「入鈸」「出鈸」，所指應如《西遊記》的寫悟空之被困鈸中和得到解脫，字面上都是進出「金鐃」的意思。但在《水滸傳》出自頭陀口中，字面上也許可以如有的注家所釋爲「進門」「出門」。然而細思之下，我們卻又不能不認爲，一般「進門」「出門」並不適合於被所說成是「入鈸」「出鈸」。從而「入鈸」「出鈸」很可能是與潘、裴行爲有關的隱語，指其進、出門所爲不便直言之事，即姦情。而以姦情論，其所出入之「鈸」的隱指，當然就不會是「門」，而最大可能是女人陰戶的象徵。

　　後見於《金瓶梅》第五十七回寫薛姑子爲士夫人家婦人「牽引」即拉皮條，說「有一支歌兒道得好」云：

　　　　尼姑生來頭皮光，拖子和尚夜夜忙。三個光頭好像師父、師兄並師弟，只是鐃鈸原何在裏床？

這一支歌又見西湖漁隱主人《續歡喜冤家》第二十二回《黃煥之慕色受官刑》開篇，題曰《吳歌·詠尼僧》，字詞微有不同：「拖子」作「拖了」，「並」作

「拜」，「原」作「緣」，但意義上並無大分別，可以不論。這裡單論其詞意，題作「牽引」，而且首二句分別說「尼姑」與「和尚」，自然是一男一女的姦情。但接下卻說「三個光頭」，包括「尼姑」即「師父」一個，「和尚」即「師兄並師弟」各一個，似又多出「師弟」一人。其實不然，文中說得明白，「三個光頭」是比喻和代指「好像」之事：第一個「光頭」所指仍是「尼姑」的一個，代「師父」；第二個「光頭」所指是「和尚」的一個，代「師兄」；而第三個「光頭」是所謂「師弟」的，卻不是眞的又有了第三個人，而是以「師弟」喻指「師兄」的性器，以「光頭」喻指其男根的「龜頭」。從而全詞所寫，實是男女並肩躺臥的情形，進而想那「在裏床」的「鐃鈸」，應該就是喻指尼姑的陰戶了。由此反觀上考《水滸傳》「鈸」之意象的實質，也只能是女性的陰戶而已。其「入鈸」「出鈸」都隱指性事。對於古代小說來說，這不僅是可能和被允許的，而且只有這樣寫和作這樣的理解，才更合乎頭陀於刀在「脖子上閣著」的情急之下，不能不如實交待的人情事理。

　　這就是說，前引《西遊記》寫「金鐃」即「鈸」的意象，正如後引《水滸傳》《金瓶梅》並《續歡喜冤家》引吳歌的寫「鐃鈸」，都用指女人的陰戶。《西遊記》作者正是用了這樣一個象徵，寫孫悟空這位本是無父無母又無性的天生石猴、太乙金仙，在皈依佛教的「修持」途中，也不免偶遭「生我之門，死我之戶」的困厄。卻又唯恐讀者不察，所以又故意顯山露水，作了「就如長就」「好似皮肉長成的」云云的提示。卻可惜即使如此，這樣一個可能只在我國魯西南一隅才爲人知曉的古老隱喻，至今專家學者竟也沒有多少人能夠明白了。

　　綜上所論，《西遊記》的作者與《水滸傳》《金瓶梅》並《續歡喜冤家》引《吳歌·詠尼僧》的作者，都以「鈸」或「鐃鈸」爲陰戶之象徵，表明在這一點上諸書有著共同的文化淵源。雖然一源可以多流，本文所引諸書用這一象徵可能各不相襲，但是，就其用這一象徵的時間先後而言，《水滸傳》的有關描寫不會是後人加入，而無疑是最早的。從而比較晚至明末出現的《續歡喜冤家》所引《吳歌》，我們寧肯相信小說中以「鈸」或「鐃鈸」爲陰戶之象徵，是至少爲作者之一的「東原羅貫中」《水滸傳》的首創，爲魯西南地區風俗之反映，而不是來自明末《續歡喜冤家》所引的《吳歌》。

　　小說以「鐃鈸」爲陰戶之象徵起自《水滸傳》進而爲魯西南地區風俗之反映的結論，可以從魯西南至今俗傳的一則諢話得到印證。按鐃鈸以兩片合

擊發聲曰「咣」，合擊並摩擦發聲曰「嚓」，其節奏一般爲兩合擊帶一合擊並摩擦，故連續發聲曰「咣——咣——嚓」。因此，魯西南（主要是泰山西南臨近地區）俗稱鐃鈸爲「咣咣嚓」。而鐃鈸之合擊並磨擦，有似於男女性事的動靜，所以魯西南人又以「咣咣嚓」喻女人陰戶。由此可知，「鈸」爲陰戶的象徵是魯俗之諢語，《水滸傳》由「東原羅貫中」寫成，其以「入鈸」「出鈸」隱言姦情性事，正是用他魯西南家鄉的方言俗語。

　　雖然這並不能證明《西遊記》用這一意象，一定是來自《水滸傳》而不是來自《吳歌》或者相反，但是卻可以證明《西遊記》作者熟知這一俗諢，不是得自吳歌誕生的吳地，就是得自《水滸傳》作者羅貫中的家鄉魯西南，進而說明他只能是吳地人或者魯西南人，當然也可能是筆者所未知同樣流行這一俗諢的其他地方人。但從《西遊記》故事環境描寫多以泰山爲背景，這位作者必定非常熟悉泰山可知，他「即使不是一位泰安人，也應該有久寓泰安的經歷」並且書中有泰安方言來看，若一定要做結論，在吳地、魯西南或其他地方之間選擇的話，那就縱然不完全排除其爲吳地或其他什麼地方人的可能，但可以認爲，熟知這一俗諢的《西遊記》作者更可能是泰安人，或生於他方後來卻長期寓居泰安的人了。

　　這也就是說，筆者以《西遊記》作者爲泰安或久寓泰安之人的結論，主要是從《西遊記》能以泰山爲地理背景描寫而言，無論泰安方言或本文泰安俗諢應用的發現，都只起輔助性的作用。儘管如此，這種輔助性的證明卻是不可少而且越多越好的。因爲只有這樣，我們才能夠做到，既有得出結論的關鍵證據，又有盡可能多的旁證，並且沒有反證，以無可置疑。至於筆者還沒有能夠在泰安或久寓泰安的人中找到這樣一個《西遊記》的作者來，誠不愜人意，但那是需要繼續努力的另外一個問題。正如憑此處有人跡就可以證明曾有人在此處，並不能因爲暫時找不到這個人，就可以否定有人曾在此處的事實，是一樣的道理。

（原載《明清小說研究》2007 年第 3 期）

拍電視劇《〈西遊記〉與吳承恩》是對學術的惡搞

　　今天才看到網上消息說，有一部題為《吳承恩與〈西遊記〉》的電視劇已經開拍。誰在做這件事與正在如何做，都不是我關心的，但是，這部劇繼續把吳承恩與《西遊記》扯在一起，借《西遊記》「為吳承恩立傳」的用心與做法，卻使本人應該也包括許多研究《西遊記》的學者實在不能閉目塞聽，坐觀其對學術的惡搞！

　　以我的猜想，熱衷做這件事或大力促成其事的人，不應該沒有《西遊記》作者研究歷史與現狀的知識，也不應該不做一點《西遊記》作者學術研究方面的調查。如果他們本就知道或者調查過了，就應該尊重幾十年來以至當今學術界《西遊記》作者研究上眾說紛紜的事實，尊重代表了這一問題研究上最新進展的最近大多數學者均否定或存疑《西遊記》作者為吳承恩的事實！

　　也許我應該列舉這些事實。但是，那些編造《吳承恩與〈西遊記〉》電視劇的人，顯然不是不知道這些事實，而是根本不考慮這一「立傳」的舉措，應該有充分那怕是比較充分的學術依據，應該有盡可能傳達正確的歷史信息，為天下後世負責的精神！甚至我們不能不懷疑，在學術界大多數學者都否定或存疑《西遊記》作者為吳承恩說的情勢下，這一拍劇「立傳」的行為，是欲以媒體的強力對學術進行惡搞！

　　固然，儘管學術界多已不認吳承恩為《西遊記》作者，但到目前為止，吳為作者仍是一說，幾十年來，絕大多數新版《西遊記》都維持吳承恩的署名，絕大多數《西遊記》的讀者也都是只知此一說，信此一說。從而在這個

意義上，胎胞中的《吳承恩與〈西遊記〉》電視劇必是百姓喜聞樂見，而可望座上客滿，財源一小滾的了。這結果實在是好！我也不願並且特別不是爲了要破人生意，才插上一嘴。再說看來是破人生意的話，例如這篇短文，說不定正好爲這一惡搞多吸引了若干眼球。然而一切不計，我們要問的是，這一電視劇的選題與拍攝，能夠僅僅是爲了錢，而完全不顧歷史的事實嗎？

那麼好吧，我們只舉一個事實，即百回小說《西遊記》最初問世是沒有署名的，據以認定吳承恩是此書作者的資料，其實只是明天啓《淮安府志・藝文志一・淮賢文目》載吳承恩名下，有「《西遊記》」的名目。但是，按古代書籍著錄的慣例，如《西遊記》這樣的小說是不入史志的，更不會入藝文志之屬的「文目」。著錄於「文目」的只能是「文」，從而吳承恩名下的《西遊記》只可能是「文」，不是小說。這個可能在清初著名藏書家黃虞稷《千頃堂書目》的著錄中得到了證實，吳承恩《西遊記》被載在地理類，表明吳承恩《西遊記》是一部地理遊記性質的書，而非百回小說《西遊記》。這個事實縱然不至於徹底改變對《西遊記》吳作說的信任，也至少應該使我們對此說產生相當的懷疑。倘在這樣的事實面前仍堅執吳承恩是《西遊記》的作者而不移，那就不像是在討論學問，而是在極力維護一種成見了。倘在這種情況下就因《西遊記》而爲吳「立傳」，那就不是要給讀者觀眾以信史，而是打了「立傳」的旗號而滿足其另外的目的了。

自然，能有這樣的事情發生，也由於否定《西遊記》吳作說的學者們至今未能舉出一個替代吳的可信的作者來，使吳作的舊說雖破綻百出，卻對於一般受眾來說聊勝於無。於是就這樣沿襲下來，是很可惜的。

（2007 年 7 月）